송상옥 유고장편소설

가족의 초상

송상옥 유고장편소설

가족의 초상

송상옥 유고장편소설
가족의 초상

초판 1쇄 발행 | 2019년 12월 05일

지 은 이 | 송상옥
펴 낸 이 | 문정영
펴 낸 곳 | 시산맥사
책임교정 | 오 늘
편집위원 | 강경희 안차애 오현정 정재분
등록번호 | 제300-2013-12호
등록일자 | 2009년 4월 15일
주   소 | 03131 서울특별시 종로구 율곡로 6길 36,
           월드오피스텔 1102호
전   화 | 02-764-8722, 010-8894-8722
전자우편 | poemmtss@hanmail.net
시산맥카페 | http://cafe.daum.net/poemmtss
지은이웹 | www.jayzo.info.com

ISBN | 979-11-6243-094-1(03810)

값 16,000원

* 이 책은 전부 또는 일부 내용을 재사용하려면 반드시 저작권자와 시산맥사의 동의를 받아야 합니다.
* 이 도서의 국립중앙도서관 출판시도서목록(CIP2019046002)은 서지정보유통지원시스템 홈페이지(http://seoji.nl.go.kr)와 국가자료공동목록시스템(http://www.nl.go.kr/kolisnet)에서 이용하실 수 있습니다.

* 이 에세이집은 교보문고와 연계하여 전자책으로도 발간되었습니다.
* 이 도서는 카카오톡 선물하기 〈독서의계절〉에서도 구입할 수 있습니다.

빛과 그늘, 들어가는 이야기 / *008*
'드러난 개펄 깊숙이 들어가면 건너편 푸른 연산의 한 자락이 눈앞에 성큼 다가오므로, 누구나 그때 자신들의 위치를 그렇게 착각을 한다. 거기까지 충분히 헤엄쳐 갈 수 있을 듯한 느낌.'

멀고 먼 집, 큰형의 마지막 날들 / *013*
'그게 마지막 모습이 되게 될 줄은 상상조차 하지 못했다. 그럴 줄 알았더라면, 만에 하나 그리될 줄 짐작이라도 했더라면, 결코 집 앞에서 그런 식으로 작별하지는 않았을 것이다.'

영원으로 날아가다 / *039*
'술은 입으로 사랑은 눈으로… 우리가 늙어서 죽기 전에 참이라 깨달을 건 이것 뿐… 나는 내 입에 잔을 대고 그대를 바라보며 한숨 짓는다'

아버지의 세상 / *070*
'아버지는 자신의 무너진 모습을 식구들에게 보이지 않으려고 되도록 집 밖으로 돌았다. 그러나 아버지에게 있어 집 밖은 어디 딴 데 일 수가 없었다.'

어머니의 모습 / 091
'어머니는 늘 '아는 병'이니 걱정하지 말라는 말만 했다. 특별히 잘못된 데가 있어서가 아니고 마음의 병이기 때문에 일을 하지 않고 가만히 있으면 오히려 더 나빠진다고'

방황, 뜬구름, 그리고⋯ / 123
'밤에 혼자 이곳에 와서 시커먼 바닷물이 크게 일렁이는 것을 한참씩 보고 간 일이 여러 번 있었다. 절망적인 기분에서 벗어나지 못하고 있을 무렵이었다. 그 충동 때문에 나는'

작은형의 비밀 / 154
'형은 자신의 병들고 일그러진 모습을 어디에도 남기지 않았다. 스스로 여자의 뒤를 따른 일은 태어나서 꼭 한 번 있었다고 한다. 단발머리 소녀였다'

첫 번째 서울 시절, 그리움 / 203
'늘 다른 사람과 같이 지내다가 혼자가 되면 그 사람에게 주었던 만큼, 또는 빼앗겼던 만큼의 몫이 날아가 버린다. 그것은 또 그만큼의 할 일이 없어져 버린 것을 뜻한다. 그 빈자리를 가득 채운 것은 여진, 그녀의 환영이었다'

만남, 그녀가 오고 있다 / *233*

'뒤창을 통해 그녀의 모습을 오래 볼 수가 없었다. 손을 잠깐 흔들어 보이고 앞쪽으로 향해 돌아앉자 다시 눈물이 핑 돌았다.'

그로부터 1년 / *274*

'내 편지에는 '사랑'이라는 말이 어느 한 귀퉁이, 단 한 번도 들어가지 않았다. 그러나 편지는 처음부터 끝까지, 글로 채워지지 않은 여백마저도 그 말로 가득 차 있었다.'

그 가을의 8일간 / *294*

'우리는 연못가의 노랗게 물든 잎들을 달고 있는 큰 나무 아래 벤치에 앉았다. 이젠 그녀의 말을 들을 차례여서'

송상옥 작가 작품론 / *357*
부조리한 삶의 구조 : 욕망과 현실 사이
이태동(문학평론가 · 서강대명예교수)

빛과 그늘, 들어가는 이야기

　　연한 갈색의 겉장은 손때가 묻어 반질거렸다. 그것은 두 손으로 들어야 할 만큼 크고 두꺼웠다. 내가 이 앨범을 다른 것들보다 더욱 아껴온 것은, 윗대로부터 내 아이들에 이르는 가족 삼대의 사진들이 여기에 들어 있기 때문이다.

　　언제 보아도 볼 때마다 친근감을 주는, 나에게는 무엇보다도 귀한 것이었다. 최근 들어 나는 오래된 이 가족앨범을 뒤적여보는 일이 부쩍 잦아졌다. 그 중에도 아버지와 어머니, 그리고 두 형과 내 소싯적 모습이 담긴 것들을 새삼 눈여겨보았다. 그것들은 보면 볼수록 아련한 그리움과 함께 아픔을 새롭게 했다.

　　밝고 선명한 컬러사진들에 앞자리를 내주고 뒤쪽으로 밀린 옛 흑백사진들, 나는 그것들을 몹시 중히 여겼다. 세월의 더께로 더욱 충충해진 색깔만큼이나 어두웠던 그날들이 떠오르면 언제나 가슴이 저려온다.

　　그래도 내가 그때를 돌이키며 웃음을 지을 수 있었던 것은, 그 시절 사진에는 없는 그녀가 거기 있었기 때문이다. 그녀는 휘황한 빛과도 같은 존재로 언제나 내 마음 한가운데에 자리해 왔다.

　　내가 그녀_ 여진을 처음 본 것은 고향 우리 집 뜰에서였다. 나는 막 초등학교 오학년생이 돼 있었고, 그녀가 중학 삼학년이었던 초여름 날이었다. 그녀는 갖가지 꽃들이 만발한 우리 집 꽃밭을 보러 자주 왔고, 나는 자연스럽게 그러한 그녀를 보게 되었다.

우리 집은 바다가 보이는 산 아랫마을에 있었다. 뜰이 넓은 게 자랑이었다. 농사를 지어, 간혹 짚단을 쌓아놓는 등 여러 쓸쓸이를 감안해도 아주 넓은 편이었다. 이웃 사람들이 운동장을 삼아도 되겠다는 말을 하고 있었을 만큼. 그 한쪽 찔레꽃 담 아래의 꽃밭도 넓었다.

아버지나 어머니는 꽃밭을 거의 가꾸지 않았다. 꽃이건 풀이건 아무렇게나, 자연스럽게 자라도록 내버려 두었다. 이따금 죽어 누렇게 된 잡초들만 없앴을 뿐이었다.

그래서 꽃 종류도 많았다. 땅바닥에 온통 깔린 듯한 채송화로부터 맨드라미 장미 튤립 코스모스, 그리고 키 큰 해바라기에 이르기까지 수십 가지는 되었으리라. 이웃 아낙네들이 지나다 들어와 감탄을 하며, 꽃가게를 차려도 되겠다는 말도 했다.

초여름이면 빨간 찔레꽃으로 뒤덮이는 한쪽 외에는, 집 둘레가 담 대신 나뭇가지로 얼기설기 둘러쳐져, 지나가는 사람들이 들어서도 별로 부자연스럽지 않았다. 그처럼 우리 집 뜰은 이웃에도 개방돼 있었다.

그 뜰은 나의 망막에 언제나 고정화면으로 남아 있다. 그것은 갖가지 꽃들로 어우러진 한 가지 화면만이 아니었다. 거기엔 인물이 있는 풍경도 있었다. 바로 여진, 그녀 때문이었다.

그 시절 내게는 특히 그녀의 새까만 눈이 인상적이었다. 그녀는 또한 거기 꽃밭의 장미꽃을 닮아 불그스름한 얼굴에 늘 정이 담뿍 담긴 웃음을 머금고 있었다. 그녀도 그 뜰의 장미를 좋아했다. 그때의 그녀를 생각하면 언제나 내 가슴은 기쁨으로 찬다.

처음 우리 집 뜰에서 그녀를 보았을 때 나는 아무 말도 건네지 않았다. 어느 꽃이 제일 좋아요? 또는 집이 어디예요? 그렇게 물어볼 수도 있었으련만.

그때 그녀도 내게 말없이 그저 웃음을 보여주었을 뿐이었다. 이렇게 꽃을 보러 우리 집에 드나들기 시작했던 그녀, 머지않아 이번에는 큰형을 만나러 우리 집에 오게 되었다.

고향을 생각하면 또 하나 절로 떠오르는 것이 있다. 바다다. 바다와 관계된 일들은 내 소년시절의 그리 많지 않은 즐거운 기억에 속했다. 우리 집은 바다의 반대편 산 아랫마을에 있었다. '산 아래' 마을이기 때문에 다른 데보다 지대가 높아, 집 뒤 언덕에 서면 멀리 바다 한쪽이 보였다. '멀리'라고는 하나 걸어 삼십분이면 충분히 닿을 수 있는 거리였다.

그래도 그 시절에는 바다가 꽤 멀게 느껴졌었다. 그 사이 몇몇 동네와 논과 밭과 들판이 가로놓여 있었고, 또 거기까지는 걸어가는 것 외의 다른 수단이 없었기 때문이기도 했다.

내가 즐겨 가곤 했던 그때 그 바다는 주변에 인공의 구조물이라곤 아무것도 없는, 오랜 세월 있어온 그대로의 바다였다. 마을들과 논과 밭과 들판을 질러 바다에 이르는 한 가닥 그 좁은 길은, 내 기억 속에 언제나 쏟아지는 햇살 아래 하얗게 드러나 있었다.

들판이 끝나면 풀이 듬성듬성 나 있는 언덕, 그것이 곧 둑이었다. 밀물 때는 바로 그 둑 위로 거의 찰 정도로 바닷물이 들어왔다. 썰물 때는 개펄 밭이 바다 한가운데까지 이른 듯 넓게 드러났다. 바다 '한가운데'라는 건 다름이 아니었다. 드러난 개펄 깊숙이 들어가면 건너편 푸른 연산의 한 자락이 눈앞에 성큼 다가오므로, 누구나 그때 자신들의 위치를 그렇게 착각을 한다. 다시 말해 실제로는 거리가 꽤 떨어져 있지만, 자기가 꼭 바다 한가운데로 들어와 거기까지 충분히 헤엄쳐 갈 수 있을 듯한 느낌이 드는 것이다.

바다엔 나 혼자 가기보다 두 형과 같이 갈 때가 더 많았다. 형들도 헤엄쳐 건너가려고 몇 번 시도하다 그만두었다. 큰형은 바다 한가운데에서가 아니라, 밀물 때 이쪽 언덕으로부터도 헤엄쳐가려면 갈 수도 있었을 테지만, 큰형을 따르려 할 게 틀림없는 작은형이 걱정스러워 뜻을 굽힌 것이다.

작은형은 큰형과 다섯 살 차이었다. 어릴 때 앓았던 소아마비로 오른쪽 다리가 온전치 못 한데다 몸도 약했다. 그래서 더욱 형을 의지했고 무슨 일이든 형을 흉내 내려고 했다. 큰형 또한 그러는 작은형을 여덟 살 아래 막내인 나 못지않게 끔찍이 위하고 보살폈다.

작은형에게나 내게나 그러한 큰형의 존재는, 말이 적어 어렵기만 했던 아버지의 자리를 대신하기도 했다. 큰형이 대학에 진학하여 서울에 가 있을 때는 하루빨리 방학이 되어 큰형이 집으로 올 날만 기다렸다. 돌이켜보면 그 시절은 내가 작은형과 함께 언제나 큰형을 기다리며 산 나날이기도 했다.

그랬다. 정말 그랬었다. 그런데 내가 형들과 함께 지냈던 시간이 얼마였던가. 너무나 짧았고, 그 상처가 내 삶에 드리웠던 그림자는 짙고 길었다.

그 시절 두 형과 관계되는 기억으로는 여름날의 것이 많았다. 큰형은 물론 겨울방학 때도 집에 왔다. 그런데 겨울날의 기억은 몇 가지 되지 않았다. 그래 여름날의 기억 중에도 바다에 관련된 것이 가장 선명했다. 그래서 고향 바다는 언제나 두 형과 연결 지어 떠올랐던 것이다.

"내가 헤엄쳐 건너간 것을 알면 네 작은형도 건너가겠다고 떼를 쓸 것 아니니. 무슨 일이 생기면 어떻게 해. 아예 그만둬야지."

그즈음 큰형이 내게 해준 말이었다. 작은형보다 세 살 밑인 나는 물론 그런 일에는 끼지 못했다. 내가 이 일들을 떠올리고 썰물 때 혼자 헤엄쳐 그 바다를 건넌 건 그로부터 오랜 뒤의 일이었다. 그리고 또 세월이 지나 그 일이 생각났을 때는 헤엄쳐 건너갈 수가 없게 되어 있었다.

대대적인 간척사업으로 그 바다가 완전히 메워졌기 때문이었다. 그처럼 바다가 손바닥만큼 작아진 것과 거의 동시에 고향에 가는 그의 발걸음도 뜸해져 갔다.

늘 그리웠던 그 시절. 그립고 그리운 그 시절. 그 시절 나에게 두 형이 있었기 때문에 그 그리움은 더했다. 또한 그때의 추억이 즐거웠던 것은 그 속에 형들이 있었기 때문이었다.

그런데 기쁘고 즐거운 일보다는 슬프고 아픈 일이 더 많았던 고향, 내가 나서 자란 곳, 이곳을 생각하면 언제나 가슴부터 먼저 막혀왔다.

그러나 다른 한 편으로는 나의 오늘, 아니 내 생의 기쁨과 행복을 갖다준 곳이기도 했다. 바로 휘황한 빛과도 같은 그녀의 존재 때문이었다.

멀고 먼 집, 큰형의 마지막 날들

　모든 것은 좁은 이 땅 반도의 허리께서 울려 퍼진 포성으로부터 시작되었다. 온 나라를 휩쓴 그 폭풍은 우리 집에도 휘몰아쳤다.
　천구백오십 년의 6·25전쟁이 터진 것은 큰형이 대학 이학년이 되어 얼마 지나지 않았을 때였다. 그때 작은형은 중학 삼학년, 나는 초등학교 육학년이 되어 있었다.
　서울이 적의 손아귀에 들어간 지도 달포가 되었고, 전황이 자꾸 급박해져 더는 남쪽으로 갈 수가 없는 끄트머리 땅 마산, 그의 고향에서조차 피난을 가야 하느니 마느니 하고 있을 때까지 큰형에게서는 아무 기별이 없었다.
　동대문 근처에서(서울에 가보지 않았던 그때 그로서는 대체 어디쯤 되는지 알 턱이 없었던 그곳에서) 하숙을 하고 있던 큰형. 피신을 하긴 했는지, 한강 다리는 건넜는지, 혹시 빨갱이들에게 잡혀가거나 유탄에라도 맞아 쓰러진 건 아닌지…. 큰형을 기다리는 것으로 날을 보내고 새날을 맞는 아버지 어머니 작은형, 그리고 내 머릿속에선 오만가지 불길한 생각들만 오갔다.
　큰형을 걱정하고 기다린 것은 우리 가족만이 아니었다. 가족

못지않게 애를 태운 사람이 또 있었다. 큰형을 좋아하고 따랐던 이웃 동네 여학생 윤여진. 그녀는 그때 중학(구제) 사학년이었다.

 큰형은 한 해쯤 전 이곳 학생들의 모임에서 그녀를 만났다. 알고 보니 집 뜰 안 꽃밭에서 그녀를 보았던 데다, 두 집이 가깝다는 것 등으로 하여 둘 사이도 금방 가까워져 자주 만났다. 큰형은 그 사실을 훨씬 지나서야 동생들, 작은형과 내게 귀띔해 주었다. 둘은 떨어져 있을 때도 편지를 주고받았다.

 우리(나와 작은형)가 그녀와 처음으로 말을 건넨 것은 그즈음, 즉 일 년 전인 지난해 여름 어느 날이었다. 저녁나절, 대문 밖에서 나는 기척에 내가 나가보니 머리를 두 가닥으로 참하게 땋아 내린 여학생이 서성거리고 있었다. 내 어설픈 눈에도 무척 예뻐 보였던 그녀. 새까만 눈, 장미처럼 불그스름한 얼굴이 인상적이었던, 바로 그녀였다.

 나를 본 그녀는 반색을 하며 말을 건넸다.
 "김영재 씨 막냇동생 아니니?"
 큰형의 이름을 스스럼없이 부르고 있는 이 여학생은 대체 누구란 말인가. 그녀는 내게로 바짝 다가왔다.
 "이름은 김영훈… 그렇지?"
 마치 좋아하는 아이를 자기편으로 삼으려는 듯 애살스레 구는 그녀가 나는 왠지 싫지 않았다. 그녀가 내 이름까지 알고 있는 걸 보니, 큰형과 꽤 친한 사이라는 짐작이 들었다.
 "그렇구나. 영훈이로구나. 안녕. 나 큰형을 잘 알아. 큰형을 영재 오빠라 불러. 저 옆 동네에 살지. 내 이름은 여진이야, 윤여진. 큰형은…"
 큰형은 아직 오지 않았다. 이번 방학엔 다른 일 때문에 열흘쯤 늦을 거라 했다. 집으로는 그렇게 알려왔다. 그녀에게는 연락하지 않은 모양이었다. 내가 그렇게 말하니 그녀는 몹시 실망하는 눈치였다.
"그렇다면 더 있어야 오겠구나."
그때 작은형이 다리를 절뚝거리며 나왔다. 그들의 말소리를 듣고 나와 본 것이다. 작은형은 내게 눈으로 누구냐고 물었다.
"큰형과 잘 아는 사이래. 큰형을 오빠라 부른다나. 옆 동네에 산대."
그녀가 끼어들었다.
"영수 학생 맞지? 얘기 많이 들었어요."
그녀는 중학 이학년인 작은형에게는 반말을 하기가 어려웠던지 애매하게 섞어 말했다. 작은형이 아무 말도 하지 않으니 그녀는,
"나 갈게요. 또 봐요."
웃음을 담뿍 머금은 얼굴로 그렇게 말하고 갔다. 큰형은 처음 예정했던 것보다 한 주일 더 지나서 왔다. 동생들로부터 여진이 집에 찾아왔었다는 말을 듣고 다음날 그녀를 만나러 갔다. 그때 나는 형을 따라가게 되었다.
큰형이 나를 달고 간 것은 전부터 내가 큰형을 어디나 졸졸 잘 따라다닌 데다, 큰형으로선 고분고분 말 잘 듣는 동생에게 앞으로 무슨 심부름이라도 시키려면 그녀의 집이 어디 있는지 알려줘야 했고, 또 그러기 위해서는 우선 둘이 친해지도록 해야 했다.
나는 그러한 형의 의도를 눈치채고 오히려 흐뭇한 기분이었다. 그로부터 내게 한결같이 친누나처럼 대해주었던 그녀가 좋았기 때문이었다.
그해 겨울방학 때였다. 꽤 추운 날이었다. 나는 형들과 함께 동네 밖 연못 얼음판 위에서 나무썰매로 미끄럼을 타고 있었다.

썰매는 아버지가 만든 것이었다. 아버지는 그런 놀이도구들을 곧잘 만들어 주었다.

그 얼음판엔 그녀도 나와 있었다. 여진은 까만 스케이트화를 신고 춤을 추듯 부드러운 곡선을 그리며 얼음 위를 잘도 미끄러져 다녔다. 그 시절 우리 고장에선 스케이트화가 흔한 물건이 아니었다. 웬만해선 갖기가 어려웠고, 물이 깊지 않은 연못 같은 데 얼음이 두껍게 얼 정도의 추위도 흔치 않았다. 그날 많은 아이들 중에서 스케이트화를 신은 건 그녀뿐이었다.

여진은 스케이트 타는 것을 가르쳐 주겠다면서 자기가 신고 있던 스케이트화를 벗어 내게 신겼다. 신 안에 남아 있던 그녀의 온기가 나의 찬 발에 기분 좋은 따스함으로 전해져 왔다. 내게는 조금 컸지만 타는 데에는 아무 지장이 없었다.

그녀는 내 손을 잡고 조심조심 나를 이끌었다.

"자아, 천천히… 겁내지 말고… 그래 됐어!"

나는 여러 번 넘어지곤 한 끝에 서투르나마 혼자 탈 수 있게 되었다. 그때 내가 하루 동안에 배웠는지, 며칠이 걸렸는지 기억이 아득하지만, 내가 천천히 연못 안을 한 바퀴 돌자 손뼉을 치며 좋아하던 그녀의 모습이 지금도 눈에 선하다. 그녀는 그 스케이트화를 내게 주었다.

"영훈이 가져. 집에 우리 언니가 타던 게 또 있거든."

큰형이 아무 말도 하지 않아 나는 거절하지 않고 받았다. 그것은 그로부터 십여 년 동안 우리 집에 있었다. 신발장 한쪽에, 또는 마루 밑에….

그런데 그 뒤 누가 치웠는지 나도 모르는 사이에 없어져 버렸다.

집에서 얼마 떨어지지 않은 철로가의 언덕에서 형들과 함께 연을 날릴 때도 그녀가 있었다. 연은 아버지가 만들어 준 것이었다. 실을 감는 큼직한 얼레도 아버지 작품이었다. 실에는 아교풀과 함께 유릿가루를 잔뜩 묻혔다. 연싸움에 대비해서였다.

그랬는데도 다른 아이들과 연싸움을 벌였을 땐 큰형과 작은형의 연이 금방 실이 끊겨 먼 하늘로 사라지고 말았다. 큰형은 포기하지 않고 내 연으로 한판 벌여 결국 이겼다. 그때도 여진은 손뼉을 치며 기뻐했다.

그 시절 큰형과 그녀에 관계되는 겨울날의 기억은 하나 더 있었다. 눈이 내리는 한밤중. 바람도 불어 꽤 찼다. 나와 큰형과 여진 셋이 걷고 있다. 나는 그들 뒤를 따르는 게 아니라 둘 사이에 끼어 있다. 어디로 갔다 오는 길인지는 기억나지 않았다. 우리는 그녀의 집 앞에서 걸음을 멈추었다. 큰형의 외투를 걸치고 있던 그녀는 그것을 벗어 큰형에게 주지 않고 내게 입혀주었다.

"막내 도련님이 감기 걸리면 안 되잖아요. 그렇죠, 오라버님?"

그녀는 환하게 웃으며 두 손을 내 볼에 갖다 댔다. 그 손의 감촉은 따스하고 더할 나위 없이 부드러웠다.

그 시절 그녀와 큰형은 서로 몹시 좋아하는 사이였던 것 같다. 큰형이 그런 말을 한 적은 없어도 그녀가 하던 말이나, 작은형과 나를 대하는 그녀의 태도로 그것을 느낄 수 있었다. 나는 큰형과 그녀가 결혼하는 날이 하루빨리 오기를 바라고 있었다.

그러나 그리되지 않았다. 결코 그리되지 않았다. 다른 이유는 없었다. 세상이 그렇게 만들었다. 그렇다. 상상도 하지 못했던 그 전쟁이 그렇게 만든 것이었다.

길고 길었던 여름. 전황은 날로 급박해지는데 소식도 없고, 소식을 들을 길도 없는 큰형의 일로 집안이 어수선했다. 가족들은 안절부절을 못했고, 그녀도 불안하고 답답한 마음을 달랠 길이 없었던지 우리 집에 자주 왔다. 그때는 아버지 어머니도 그녀를 반가이 맞고 있었다.

집에서 여진의 만만한 말상대는 나밖에 없었다. 그래서 그녀는 우리 집에 오면 언제나 나를 찾았다. 그렇긴 해도 그녀가 내게 특별히 할 말이 있을 턱이 없었다. 공부는 잘하고 있는지, 모르는 게 있으면 작은형에게 물어보고, 작은형도 모른다고 할 땐 언제든지 우리 집에 오라… 대개 그런 말을 하고 갔다.

그녀는 큰형을 기다리는 마음과 나에 대한 호감을 그렇게 표현하고 있었다. 그러한 그녀였으니 큰형이 나타났을 때의 반가움과 기쁨이 얼마나 컸을지 충분히 짐작할 수 있었다.

사실 큰형은 돌아왔다기보다 '나타났다'고 하는 편이 옳았다. 전쟁이 나고 사흘 만에 서울이 적의 손아귀에 들어간 지 한 달 하고도 두어 주일 지난 팔월 초순. 밤중에 대문을 두드리며 영훈아, 하고 내 이름을 부르는 소리가 난 거와 동시였다. 아버지가 후닥닥 방문을 열고 나갔다.

열시 조금 지났을 무렵이었다. 책을 덮고 누워 있던 나는 정신이 번쩍 들었다. 큰형의 목소리임이 틀림없었다. 나는 옆에서 자고 있는 작은형의 몸을 흔들었다.

"큰형이야! 큰형이 왔어!"

내가 내의 바람으로 총알처럼 뛰쳐나갔을 때 아버지는 큰형을 싸안듯하며 집 안으로 들어오고 있었다. 곧이어 어머니와 작은형이 나오고, 어느새 우리 다섯 식구는 뜰 한가운데에서 뒤엉켜 한동안 기뻐 어쩔 줄을 몰랐다. 우리는 눈물범벅이 된 얼굴을 훔칠 생각도 하지 않았다. 기뻐서 운다, 기쁨의 눈물… 그런 말을 듣고 읽기도 했던 나는 이때 처음으로 정말 그럴 수도 있는 것이로구나 실감했다.

그와 같은 상황을 겨우 수습한 것은 아버지도 아니고 어머니도 아닌, 큰형 자신이었다. 큰형은 그제야 큰소리로 웃으며 말했다.

"저, 저녁 아직 안 먹었어요, 어머니. 밥하고 열무김치하고 고추장만 있으면 돼요. 비벼 먹을 거니까 찬밥 그대로가 좋아요."

그러자 비로소 다른 가족들은 마루의 환한 불빛 아래에서 큰형의 모습을 살필 수 있었다. 까맣게 탄 얼굴은 제대로 먹지도 못했는지 거의 반쪽이었다. 양말도 신었고 신발(운동화)은 그리 더럽진 않았으나, 입고 있는 검정 바지는 반들반들 닳아 헤어졌고, 그 위에 걸친 흰 남방셔츠도 때가 묻고 땀에 절어 누렇게 되어 있었다. 게다가 큰형은 등에 멘 것도, 손에 든 것도 없었다. 몸에 지닌 것이라곤 오로지 학생증뿐이라고 했다. 형은 얼마 뒤에 그동안의 사정을 설명했다.

동대문 근처 하숙집을 나설 때만 해도 형은 돈도 몇 푼 지니고, 륙색 배낭을 멘 데다 가방까지 들었다. 하숙비와 용돈은 매달 초에 집에서 붙여오므로 돈이 거의 떨어진 상태였다.

륙색은 대학 친구가 주어서 가끔 등산용으로 썼고, 가방은 고향집과 서울을 오갈 때 내의와 간단한 소지품들을 넣고 다니던 것이었다. 더 큰 가방이 있었으나 그것을 들고는 백 미터도 가기 어려울 것 같아 아예 쓸 생각을 하지 않았다.

륙색과 가방 안에는 칫솔과 치약, 세숫비누와 수건과 옷가지와 양말, 그리고 하숙집 아주머니가 아침 일찍 가족과 함께 먼저 떠나면서 주었던 주먹밥 몇 덩이와 쌀 두어 되, 물을 가득 채운 물통(아이들이 소풍 갈 때 갖고 다니는 것)과 숟가락과 양은 밥그릇 두 개, 그밖에 영한사전과 한영사전, 학교에서 배우던 영어교재 몇 권이 들어 있었다. 형은 그것들을 다 먹거나 마시거나 별로 써보지 못한 채 하루도 지나지 않아 깡그리 도둑맞고 말았다.

형이 하숙집을 떠난 것은 이십칠 일 낮 열두시가 지나서였다. 그전에도 삼팔선 부근에서 간간이 충격사건이 있었기 때문에 처음엔 그리 심각하게 여기지 않았다. 그런데 곧 격퇴된다던 공산군은 기세등등 눈 깜짝할 사이에 코앞에 닥쳤다.

전날 저녁나절까지도 별다른 동요를 보이지 않던 하숙집 가족들이 이날 아침 서둘러 떠난 게 무엇보다도 불길한 징조였다. 미군정청에 다니는 주인아저씨는 거기서 나온 정보가 어쩌느니 하면서, 피난 가야 할 일은 생기지 않으리라고 큰소리쳐 오지 않았던가.

형은 피난 대열에 끼여 가다가다 잠깐씩 쉬면서 부지런히 걸었다. 그랬는데도 저녁 으스름이 깔릴 때에야 간신히 한강을 건널 수 있었다. 그날 밤은 영등포역 부근의 어느 집 처마 밑에서 보냈다. 남으로 가는 기차를 탈 수 있지 않을까 해서였다. 여름철이라 해도 밖에서 밤을 보내기는 쉬운 일이 아니었다. 게다가 비마저 와서 참으로 견디기 어려웠다.

형은 한밤중에 천지가 떠나갈 듯한 폭음을 들었다(국군이 한강다리를 폭파했다는 말을 들은 것은 나중 일이었다). 그와 함께 밤하늘이 시뻘겋게 물든 것도 보았다. 그러다 새벽녘에 잠이 든 사이, 머리에 베고 있던 륙색과 무슨 귀중한 보물인 양 가슴에 안고 있던 가방이 없어져 버렸다. 누가 가지고 달아난 게 틀림없었다. 돈은 바지 주머니에 그대로 있었다.

비는 그쳐 있었다. 형은 기차도 타지 못하고 그야말로 빈털터리 몸으로 많은 피난민들과 함께, 아니 그 물결에 휩쓸려 흘러가듯 걸었다. 돈은 별로 쓸모가 없을 듯하고, 가진 것이라고는 입은 옷과 신발 외에 길에서 주워 머리에 눌러 쓴 밀짚모자가 전부였다. 짐도 없고 달린 식구도 없으니 남들보다 빨리 갈 수 있다는 것만이 유일한 위안이라면 위안이었다. 그러나 남으로 가고 있다니까 그런 줄 알 뿐 자신이 어느 방향으로 가고 있는지에 대한 명확한 의식도 없었다.

하루 이틀 지남에 따라 피난민 대열은 두 다리에 몸을 맡기고 무작정 남으로 가고 있는 것이 아니라, 주로 국도를 이용하면서도 반드시 안양 군포 수원 오산 평택 천안 등등 크고 작은 기차역을 거쳐 갈 수 있는 길로 간다는 것을 알게 되었다. 이끄는 사람도 없었는데 잘 찾아가고들 있었다.

어디서든 기차를 타야 한다는 생각은 형의 머릿속에서 한시도 떠나지 않았다. 그러면서 여러 날 여러 밤을 지나고 또 지나도 그럴 기회를 잡지 못했고 기회가 올 것 같지도 않았다. 자주 쉬면서도 오래 지체하지 않고 금방 일어나 걷곤 했지만, 지치고 허기짐이 거듭되자 갈수록 속도가 느려졌다.

여름에 어머니가 즐겨 담그는 열무김치와 고추장으로 비빈 보리밥이 가장 먹고 싶었다. 거기에 호박과 풋고추를 송송 썰어 얹어 끓인 뚝배기 된장찌개가 있으면 최고다. 누가 지금 간장 국물에 국수를 말아 내놓는다면 한 말 정도는 후루룩 삼킬 수 있을 텐데…

형이 하숙집을 떠난 이래 그나마 정상적인 '식사'를 한 것은 그날 저녁에 먹은 주먹밥이 끝이었다. 그 뒤부터는 빈집에 들어가 보리, 마른 강냉이, 고구마, 감자, 무 할 것 없이 닥치는 대로 뒤져 먹고, 지나다가 보이는 길가 밭에 들어가 오이나 참외(온전한 건 남아 있지 않았다), 배추뿌리 따위 먹을 만한 것이면 가리지 않고 따거나 캐서 입에 넣고 씹으며 '끼니를 때웠다'기 보다 그렇게 버티었다.

 '버티었다'는 것도 사실은 맞는 표현이라고 할 수는 없었다. 무엇이라도 목으로 넘기면 잠시나마 배가 차기라도 하련만, 그렇게 먹는 것으로는 어쩐 일인지 먹고 먹어도, 아니 먹으면 먹을수록 더욱 배가 고파질 뿐이었다. 그래도 먹는 것을 찾는 일이 무엇보다도 우선이어서 몇 시간이 지나도록 남으로는 단 몇 킬로도 가지 못할 때가 있었다.

 이러다간 공산군에게 붙잡힐지도 모른다는 생각이 들고, 또 실제로 피난민들(그 어디에나 있었던 그들) 사이에서는 공산군이 바로 뒤쫓기라도 하는 것 같은 긴박감이 감돌았다. 그때부터 형은 쉬든 잠을 자든 먹을 것 때문이든, 어쩔 수 없이 지체해야 하는 시간을 줄이려고 애썼다. 고향에 돌아가 부모님과 동생들을 보기 전에는, 그들에게 붙잡혀 가거나 죽을 수는 없었다. 절대로 그럴 수는 없었다.

 천 리나 떨어져 있어도 마음만 먹으면 갈 수 있었던 집이 지금은 세상 끝, 아니 까마득한 저쪽 강 언덕— 저승보다도 더 멀고 아득한 곳에 있었다. 또 보고 싶으면 언제든지 가서 볼 수 있었던 부모님과 동생들은, 단지 고단한 꿈속에서 안개 속보다 더 흐릿한 얼굴 윤곽으로만 나타나는, 결코 잡을 수 없는 허상일 뿐이었다.

 형은 대전에 이르러서야 가까스로 기차를 탈 수 있었다. 피난민들로 가득 찬 객차와 화차들을 길게 달고 밤중에 닿은 기차는, 다음날 하루 종일 역 구내에서 앞으로 뒤로 움직였다 섰다 하는가 하면, 이제 떠나는가 싶어 마음을 놓으면 또 멈췄다가 다시 제자리로 돌아오곤 했다. 그런데 그날 밤중에 어렵게 출발한 기차는 형이 기대했던 부산이 아닌 전라도 쪽으로 가고 있었다.

 그것을 형은 다음 날 아침에야 사람들의 웅성거림으로 알았다. 그렇지 않아도 붐볐던 그쪽(대전-부산) 선로는 군용열차의 사용 급증으로 여유가 없는데다가, 공산군의 빠른 진격속도로 봐서는 곧 어떤 일이 닥칠지 모르는데 언제까지나 한군데서 미적거리고 있을 수는 없지 않느냐, 이 판국에 기차가 그들의 탱크와 발길이 미치지 않는 남쪽으로만 가면 되지 부산이면 어떻고 목포면 어떠냐-- 하는 수군거림 또한 형은 들을 수 있었다.

형의 생각도 그렇긴 했다. 전라도 땅끝 어느 항구에라도 닿아 거기서 아무 배라도 타고 부산에만 가면 집은 지척에 있다. 아니, 남쪽 어느 깊은 산골에서 내리라고 해도 문제없다. 험한 산을 넘고 내를 건너더라도 얼마든지 집에 갈 수 있으리라. 하지만 그러한 생각과 의지와는 관계없이 형의 마음은 자꾸만 아득해졌다.

기차는 강경 익산 전주 남원 순천 여천 등지를 거쳐 여수에 닿았다. 종착역이었다. 며칠 지나지 않아 거기서 형은 요행히도 배를 얻어 탈 수 있었다. 기차 안에서 우연히 같이 있게 되었던 목사의 배려로 그들 가족과 함께였다.

일본강점기 때부터 평양에서 목회활동을 해오던 목사는 김일성 정권이 들어선 직후 탄압을 피해 아내와 두 아들(중학 일학년과 사학년생)을 이끌고 삼팔선을 넘어 서울로 왔다. 용산의 한 교회를 맡고 있던 중에 전쟁이 나자 남 먼저 서울을 벗어나 형처럼 대전까지 걸어와 기차를 탔다. 들어보니 형보다 하루 먼저 서울을 떠났는데, 속도가 혼자 몸인 형 같을 수는 없어 대전에는 형보다 하루 늦게 닿은 것이었다.

그런데 그 배- 그리 크지 않는 통통배는 부산이 아닌 제주도로 갔다. 형으로서는 참으로 실망스러운 일이었다. 저녁에 여수를 떠난 배는 그 밤 내내 시커먼 파도에 흔들리고 밀리고 한 끝에 날이 희부연이 밝아올 즈음에 육지에 닿았다. 제주 바깥쪽 부두라고 했다.

밤새도록 배 위에서 시달릴 때는 세상이 끝나는 줄 알았는데, 막상 땅을 눈앞에 두고선 아무 감흥도 일지 않았다. 모든 것이 꿈속의 일인 듯 흐리멍덩하고 얼떨떨하기만 했다. 그리고 세찬 바람을 맞으며 땅을 밟았을 때도 제주도는 여전히 늘 지도에서 보아온 대로, 육지에서 떨어져 있는 조그맣고 동그란 그림으로만 머릿속에 들어 있을 뿐, 여기가 바로 거기라는 의식도 들지 않았다. 형은 한 주일쯤 뒤 서귀포로 간다는 목사 가족과 헤어지게 되었다.

바닷가에 지어져 있던 임시 피난민 수용소에서도 그들은 형을 가족처럼 대해 주었다. 목사는 공산군이 부산은 물론 이 곳 제주도까지 집어삼키려 할지 모른다고 걱정했지만, 형은 어떻게든 부산이나 그 부근으로 가는 배를 타야 했다. 공산군의 발길에 짓밟히건 어찌 되건 형은 하루빨리 고향으로 가서 부모님과 두 동생을 보고 싶었다.

매일 식구들을 먹일 걱정을 해야 함에도, 여기까지 오게 된 것은 더할 나위 없는 축복이라며, 얼굴에 늘 웃음을 머금고 있던 목사는 이런 말을 했다.

"언젠가 우리 다시 만날 날이 오지 않겠나. 어떤 일을 당하더라도 희망을 버려서는 안 되네. 나를 보게. 우리가 평양을 떠나올 때 모든 것이 다 하나님의 뜻이라면서 온갖 박해를 각오하고 눌러앉은 목회자도 보았는데, 하나님의 뜻을 미물 같은 우리들이 어찌 알겠냐만, 나는 하나님이 나를 이곳으로 보내셨다고 여기고 있네. 영재 군을 통해서도 당신께서 반드시 이루려 하심이 있으실 거야. 무엇이든 잘 해낼 줄 믿어. 우리 가족 모두 영재 군을 위해 기도할 것이네."

형은 목사와 그 가족을 다시는 만나지 못할 것 같은 느낌이

들었다. 왠지 알 수 없었으나, 아마도 그런 일이 그때 형의 처지로선 너무 까마득하여 현실성이 없는 것으로 여겨졌던 것인지도 모른다.

형은 낮과 밤을 가리지 않고 틈이 날 때마다 일반인이 출입할 수 있는 부두로 나가 주변을 어슬렁거렸다. 하나님의 일은 알 수가 없고, 자신이 당장 이루어야 할 것은 고향으로 갈 수 있는 배를 타는 일이었다. 서울을 떠날 때 지니고 왔던 돈 몇 푼이 거의 그대로 남아 있어 그것이 큰 위안이 되었다.

크고 작은 배들이 수없이 드나들었다. 해녀를 싣고 나갔다 들어오는 배도 있고, 피난민들을 풀어놓는 배들도 있었다. 피난민들을 실은 배는 대부분 부산에서 오는 것이었다. 통영 외곽에도 이미 적이 들어와 그쪽으로 갔던 배들이 모두 되돌아왔다는 말도 하고 있었다.

피난민을 싣고 오는 배가 있으면 실으러 가는 배도 있다. 이참에 한몫 보려고 나선 사람들이 없지 않을 것이다. 그리고 그런 배는 물건을 가득 싣지 않는 한 사람이 탈 자리는 충분히 있으리라. 그런데 어느 배가 부산으로 가는지 알 수가 없었다. 함부로 떠벌릴 성질의 일도 아니니 당사자들이 우선 쉬쉬하고 있을 게 아닌가.

그러던 중에 형은 부산으로 향하는 통통배를 얻어 탈 수 있었다. 해녀와 어부도 몇 사람 실었다. 형의 느낌으론 그렇게 고기잡이배로 가장했을 뿐이고, 주목적이 피난민들을 실으러 가는 게 아닐까 여겨졌다. 어떻든 그건 아랑곳할 일이 아니었다.

형은 부둣가의 한 화물창고 관리인의 귀띔으로 그 배가 곧 부산으로 떠난다는 것을 알았다. 형은 피난민 수용소 측의 주선에 따라 여러 사람들과 함께 그 창고에 가서 하루 몇 시간씩 물건을 날라주었다. 나이 듬직한 관리인은 대학에 다니다 군에 지원한 외사촌 동생이 생각난다면서 형에게 잘 대해주었다. 부산대학 사학년생인 그 동생으로부터는 몇 주일 전 대구 부근 전선으로 간다는 편지를 받은 것 말고는 아무 소식이 없다고 했다.

"배 주인을 안다는 사람이 하는 말을 우연히 들었어. 주인이 배 안에서 먹고 자고 한다니까 찾아가서 부탁해봐. 성은 김 씨고 나인 마흔이 넘었다지. 안 간다고 잡아뗄지도 몰라. 그렇다고 물러나지는 말게."

형은 일을 마치자마자 그 배가 정박해 있는 부둣가로 가서 주인이 나오기를 기다렸다. 점심때가 지났을 무렵의 한낮에 갔는데, 장장 예닐곱 시간이 지나 어둑어둑해질 때에야 형은 겨우 뜻을 이룰 수가 있었다.

형은 배에서 나와 부두로 올라오는 그 사람 앞을 막아서며 바로 말했다.

"잠깐만요, 김 선장님. 저 부산으로 데리고 가주십시오."

배 주인을 무어라고 불러야 할지 몰라 형은 그렇게 불렀다. 그는 놀란 듯 주춤하며 걸음을 멈추고 형의 아래위를 살폈다. 땅딸막한 키에 거무튀튀하고 깡마른 얼굴이 형이 예상했던 것보다 훨씬 젊어 보였다.

"배 안에서 무슨 일이든지 다 할게요, 절 부산에만 데려다주십시오."

"자넨… 대체 누구야?"

"대학생이에요. 서울에서 피난 오던 중에 대전에서 부산으로 가는 줄 알고 탄 기차가 엉뚱하게 여수로 갔어요. 거기서 탄 배가 또 부산으로 가지 않고 여기로 온 거예요. 전 하루빨리 부산으로 가야 합니다."

"집이 부산에 있나?"

"마산입니다. 거기선 걸어서라도 갈 수 있어요."

이야기가 쉽게 풀린다고 생각했는데, 그게 아니었다.

"내 배에는 아무도 태울 수가 없어. 부산에 갈지 안 갈지도 모르고…"

그는 차가운 태도로 다시 걸음을 옮기기 시작했다. 이 정도는 각오하고 있었으므로 형은 포기하지 않고 그의 뒤를 따랐다.

"선장님의 배가 부산에 간다는 것은 알 만한 사람은 다 알더군요. 저 돈도 조금 가졌어요. 다 드리겠습니다."

그는 말없이 앞만 보고 걸었다.

"제 돈은 돈이 아닌가요? 피난민들의 주머니를 노리고 부산에 가시는 것 아닙니까. 한 번쯤 좋은 일 하시면 안 돼요?"

그렇게 말할 작정은 아니었다. 자신도 모르게 그런 말이 되어 나왔다.

"뭐야? 이 녀석이…"

그는 손을 번쩍 치켜들었다. 일이 뒤틀렸다는 생각이 들자 형은 울컥 화가 치밀어 소리를 내질렀다.

"폭력까지 쓸 작정인가요? 마음대로 해봐요! 아저씨한테는 자식도 없고 동생도 없어요? 고향에 가서 부모님을 뵙고 자원입대하여 나라 위해 몸 바치려는데, 어른이 되어 가지고 그 부탁 하나 들어주지 못해요?"

그는 머쓱해져서 들었던 손을 내리고 걸음을 옮겼다. 그러나 무엇을 생각하는 듯 느린 걸음이었다. 열댓 발짝 가다 말고 그는 몸을 돌렸다.

"내일 밤에 배가 떠나니까 그리 알고 이맘때에 나와 있게."

그렇게 말한 그는 총총히 갈 길을 갔다. 형은 다음날 해거름에 부두에 나와 기다리다가 배에 탔다.

"어제 심하게 말씀드린 것 죄송합니다."

형은 돈을 내놓았다. 서울에서 가지고 온 것 가운데 남은 것과 부두 창고에서 번 것을 합했는데도 얼마 안 돼, 정상적인 뱃삯이나 될는지 의심스러운 액수였다.

"그것 얼른 집어넣게. 돈을 바라서 자넬 태우려는 게 아니야."

그가 체면치레로 하는 말 같지는 않아 형은 그의 말대로 따랐다.

"내게도 동생들이 있네. 그런데…"

그는 잠시 입을 다물고 있다가 물었다.

"자원해서 군에 가겠다고?"

"네, 그래야 할 것 같습니다."

"그래야 할 것 같다니? 학생들도 다 가야 하나?"

"난리가 나서 학교도 부서지고 사람들이 죽어가는 판국에 공부가, 학생이 무슨 의미가 있겠습니까."

형이 어제 그에게, 부모님을 뵙고 자원입대하여 나라 위해 몸 바치려 한다고 불쑥 큰소리쳤을 땐 물론이고, 이때까지만 해도 그러리라 마음을 확고히 정했던 게 아니라고 형은 나중에 동생들에게 말했다. 그런데 그에게 그렇게 말하고 나니 꼭 그래야 한다고 결심했고, 그제야 형은 마음이 홀가분해졌다고 했다.

실제로 형은 그동안, 서울을 떠나 피난행렬에 끼여 대전까지 걸어가면서, 대전에서 기차에 실려 남쪽으로 가면서, 여수에서 탄 배 위에서 밤새도록 흔들리는 괴로운 순간순간에도, 그리고 엉뚱하게 제주도에 오게 되어 집에 갈 날만을 기다리면서도 내내 그 일(군 입대) 때문에 마음이 편치 않았다고 실토했다. 형은 자신이 꼭 도망 다닌 것 같은 느낌을 떨쳐낼 수가 없었다는 것이다.

"군인이 되어 전선으로 가는 일이 어디 보통 일인가. 부모님에게도 여쭤보고 신중하게 결정하게. 아무튼 스물네 시간 안에 부산에 데려다줄 테니 그 뒤엔 알아서 해."

"그렇게 하겠어요. 태워주셔서 정말 감사합니다, 선장님."

다음날 날이 밝자 형은 배 안에서 해녀와 어부 몇 사람을 보았다. 그들은 부산으로 가는 동안에 바다에서 잡을 수 있는 것을 잡고 건질 수 있는 것을 건졌다. 그것들을 부산 어물시장에 내놓으면 전쟁통이라 꽤 높은 값을 받을 수 있으리라는 것쯤은 형도 짐작할 수 있었다.

한밤중에 떠난 배는 바다 위에서 때론 멈추고 때론 맴돌면서 그러한 목적을 이루고는 저녁 무렵에 부산에 닿았다. 선장은 그곳이 영도의 서쪽 해안이라고 말해 주었다. 그는 형을 거기서 내리게 했다.

"우린 여기서 밤을 보내야 하니까 자넨 내리는 게 좋겠네. 빨리 고향에 가야 할 사람이 이런 데서 시간을 헛되이 보내서야 되겠나. 잘 가게. 우린 배에 있는 물건을 넘기고 이삼일 뒤에 돌아가네."

돌아갈 때는 그 배에 피난민들을 실을 터이다. 아무려나 형으로선 상관없는 일이었다. 형은 감사하다는 말을 여러 번 되풀이하고, 그것만으로는 부족하다 싶었으나 달리 방도가 없어, 언제가 되던 아무쪼록 신세를 갚을 날이 왔으면 한다는 말을 덧붙이는 것으로 그와 작별인사를 끝냈다.

부산은 형에게 낯선 곳이 아니었다. 오래전에 아버지를 따라온 적도 있고, 방학 때 아버지의 심부름 등으로 혼자 몇 번 왔다 가기도 했었다. 마산과의 거리는 이백 리 조금 못 되고, 여남은 군데의 역을 거치는 완행열차로 두어 시간 걸린다는 것도 형은 알고 있었다. 기차나 지나가는 자동차를 얻어 탈 수 있으면 좋고, 그렇게 되지 않을 경우 쉬엄쉬엄 걸어가도 열대여섯 시간이면 집에 닿을 수 있으리라 여겼다.

　형은 영도에서 다리를 건너 광복동을 거쳐 부산역 쪽으로 갔다. 전에 부산에 왔을 때 언제나 거기서 내렸다. 그런데 이날 부산은 형에게 아주 낯선 모습으로 비쳤다. 밤이 되었는데도 큰길 골목길, 그리고 건물 옆 빈터와 집 담 옆 처마 밑 할 것 없이 사람들로 넘쳐 그야말로 발 디딜 틈이 없을 지경이었다.

　거의 모두(그래 모두나 다름없었다) 북쪽에서 서쪽에서, 그리고 그 밖의 여러 군데에서 몰려든 피난민들이었다. 그래서 부산에 왔다가 다른 곳을 찾아 다시 정처 없이 떠나는 사람들도 있었다. 그들 중에는 마산으로 향하는 사람들도 많음을 형은 다음날 알게 되었다.

　형은 그날 밤 운동화와 양말을 새로 사 신고 부산역 대합실 한구석에서 앉은 채 눈을 붙였다. 기차를 탄다는 것은 가능성도 없고 기약도 할 수 없는 일임을 안 형은 날이 밝아올 즈음 그곳을 떠나, 조금이라도 질러갈 수 있는 길을 묻고 물어 그리운 집으로 향한 도보여행에 나섰다.

　형은 내내 걸었다. 집에 간다는 것이, 서울의 하숙집을 떠난 뒤 한 달 반 동안—몇 해도 더 지난 듯한 그동안에, 도무지 이루어질 것 같지가 않고 까마득하게만 여겨졌던 그 일이, 갑자기 눈앞의 현실로 다가오자 마음은 자꾸 급해졌다. 그런데 오고 가는 자동차들은 대개 군용이었고, 간혹 민간 트럭도 지나가곤 했으나 짐이나 사람들을 가득 실어, 더구나 성한 몸으로 그것을 얻어 탄다는 것은 엄두도 못 낼 일이어서, 형은 속도를 늦추지 않고 자동찻길을 따라 부지런히 걷고 걸었다.

　집에 간다는 것이 눈앞의 현실로 다가오고 있기는 해도, 형으로선 그 사실이 의식 속에만 들어 있을 뿐 여전히 실감 나지 않았다. 아침에 부산을 벗어날 즈음에 국밥 한 그릇 사 먹고, 낮에 길가 어느 오막살이집에서 물 한 사발 얻어 마셨을 뿐 아무것도 먹지 않았는데도 배고픔을 잊고 있던 형은, 집의 불빛이 보이는 곳에 이르자 뜨거운 것이 목으로 울컥 치밀어 오르고 가슴이 터질 것 같은 벅찬 한순간을 겪으며, 갑자기 지치고 맥이 빠져 걸음도 제대로 걸을 수 없게 되었다.

드디어 집에 왔다! 아버지와 어머니, 그리고 동생들. 모두들 어떻게 하고 있을까. 지금 내가 바로 집 앞에 와 있는 것을 그들은 상상도 하지 못할 것이다. 형은 기운을 차리고 마지막 스무 남은 걸음을 한달음에 내달아 대문을 두드리며 영훈아, 하고 나의 이름을 부른 것이었다.

그날 밤 어머니는 큰형의 요청대로 찬밥과 열무김치와 고추장에 참기름과 몇 가지 밑반찬을 금방 차려왔다. 어머니는 기다리고 기다리던, 그리고 죽었다가 살아 돌아온 거나 다름없는 큰형에게 물론 더운밥을 해 먹이고 싶었지만, 허기져 있는 큰형을 기다리게 할 수가 없었다.

밥은 많이 남아 있었다. 어머니는 큰형이 언제 들어설지 몰라 (아니 그러기를 기대하고) 늘 밥을 더 해두고 있었다. 어머니는 큰형이 두 대접째 비빈 밥을 허겁지겁 다 먹어치우기 전에 큰형이 또한 좋아하는 된장찌개를 급히 끓여 내놓았다.

천천히 먹으라는 말이 누구의 입에서도 나오지 않았다. 식구들은 큰형이 밥을 먹는 모습을 그저 지켜보고만 있었다. 이어 쓰러지듯 누운 큰형이 깊은 잠에 빠진 뒤에도, 큰형이 돌아온 기쁨을 확인하고 또 확인하느라 모두들 새벽녘에야 잠자리에 들 수 있었다.

잠자리에 들었다고는 해도 잠깐 눈을 붙인 게 고작이었다. 늘 일찍 일어나는 아버지와 어머니뿐만 아니라, 학교에 가지 않아(방학 때이긴 하나 방학과는 관계없이 모든 학교는 폐쇄되어 언제 개학이 될지 알 수도 없었다) 아침잠이 많아진 나와 작은형도 이날은 몇 시간 만에 일어났다. 그래도 아무렇지 않았다. 우리가 맨 먼저 한 일은 큰형의 방문을 살짝 열어본 것이었다. 큰형은 세상모르게 잠들어 있었다.

이날 내가 두 번째로 한 일은 큰형이 돌아왔다는 사실을 여진에게 알린 것이었다. 나는 아침을 먹기가 바쁘게 옆 동네 그녀의 집으로 갔다. 그처럼 이른 시간에 그녀의 집에 간 적은 없었다. 나를 본 여진의 첫마디 말이 이랬다.

"영재 오빠가 왔구나, 그렇지?"

나는 고개를 끄떡거렸다. 그녀에게 어떻게 알았느냐고 묻지 않았다. 큰형이 왔음을 알리는 것 말고, 내가 아침 일찍 그녀를 찾을 일이 없다는 것을 그녀는 알고 있었다.

나는 여진이 따라나서려는 것을 제법 어른스럽게 말렸다. 큰형은 지금 깊은 잠 속에 빠져 있다. 쌓이고 쌓인 피로를 풀자면 한참 더 자야 할 것 같다. 큰형을 만나러 집에 오려거든 오후에나 오는 게 좋겠다… 그리고 나는 그녀에게 큰형이 조금 여위긴 했으나, 아무것도 달라진 게 없다는 말을 하는 것도 잊지 않았다.

그녀는 웃으며 머리를 끄떡이고는, 큰형이 온 것을 알려줘 고맙다면서 영훈이 시키는 대로 하겠다고 말했다. 이런 일은 처음이었다. 그녀를 만나거나 그녀와 함께 있을 때 나는 언제나 그녀의 말을 고분고분 따랐다. 나는 무척 기분이 좋아 콧노래를 흥얼거리며 집으로 돌아왔다.

큰형은 점심때가 되어도 일어나지 않았다. 어머니는 큰형이 계속 자더라도 밥을 먹고 다시 자게 하려고 깨우러 들어갔다가 그냥 나왔다. 숨소리조차 내지 않고 잠들어 있는 큰형을 보니, 큰형에게는 무엇보다도 잠이 보약이라는 생각이 절로 들더라는 어머니의 말이었다.

나는 큰형이 낮에는 일어나리라 생각했다. 또 그러기를 바랐다. 형이 정말 쌓이고 쌓인 피로를 풀기 위해 며칠 계속 자더라도 여진이 헛걸음을 하게 하고 싶지는 않았다. 그런데 오후가 되어도 형은 여전히 깊은 잠 속에 빠진 채였다. 식구들이 기다리다 늦은 점심을 먹을 때 어머니가 깨우자 형은 마지못해 일어나 몇 술 뜨는 둥 마는 둥 하고 또다시 자는 것이었다.

나는 조바심이 났다. 여진이 온다고 말해주려다 그만두었다. 하긴 어젯밤 큰형이 잠자리에 든 건 열두시가 지나서였다. 저녁때가 된다 해도 스무 시간 정도다. 아마도 그때에나 형이 정신을 차릴 것 같았다. 여진에게 그 사실을 알려주러 집을 나서려는데 그녀와 마주쳤다.

"지금… 집으로 가려던 참이었는데요."

그녀는 포도가 가득 담긴 광주리를 들고 있었다.

"우리 집에? 영재 오빠 일어났구나."

나는 머리를 내저었다.

"아직도 한밤중인걸요. 고생 많이 했나 봐요."

그녀는 고개를 끄떡거렸다.

"깨울까요?"

"아냐. 나중에 만나면 되지. 부모님께 인사드리고 갈게."

여진은 삼십분쯤 있다 갔다. 그녀가 저녁녘에 다시 왔을 때까지도 큰형은 일어나지 않았다. 다음 날 아침 내가 눈을 뜨니 큰형은 집에 없었다. 들에 나갔다고 어머니가 알려주었다.

"들에요? 나도 가볼까."

"그래라. 아침 다 되었으니 얼른 같이 돌아와."

'들'은 우리집 뒤쪽 산 아래 펼쳐져 있는 우리 소유의 논과 산자락의 밭을 일컫는 말이다. 큰형은 오랜만에 그 논밭을 보러 간 것이다.

논 언저리에서는 큰형이 보이지 않았다. 논의 한쪽 끄트머리 아카시아 한 그루 서 있는 길 언덕에 올라서자 큰형이 산에서 내려오는 게 보였다. 고생고생 끝에 반쪽이 다 된 얼굴을 하고 집에 돌아온 지 하루 조금 더 지났을 뿐인데, 그 사이 큰형은 본래의 모습을 거의 되찾은 듯했다. 참으로 신기한 일이었다.

나를 본 형은 얼굴 가득히 웃음을 담고 뛰다시피 하여 내려와 두 팔로 나를 들어 올리려다 그만두었다.

"영훈이 너 몸무게 많이 늘었구먼. 이젠 도저히 들어 올리지 못하겠네."

그야 당연한 일이었다. 나이 차이가 여섯 살이나 된다고는 해도, 키가 이미 큰형의 귀께만큼은 자랐고 몸집도 그리 빈약하지 않다. 큰형 등에 업혀 다니거나 손을 잡고 따라다니던 예전과는 다르다. 하지만 나는 노상 나를 어린이 대하듯 하는 큰형이 싫지 않았다. 이틀 전만 해도 나는 형이 혹시 이 세상에서 없어졌는지도 모른다는, 엄청난 생각을 하고 있지 않았던가.

나는 아무 탈 없이 건강하게 돌아온 큰형을 오히려 업어주고 싶었다. 그 생각에 절로 웃음이 나왔다.

"왜? 뭐가 그리 우스워?"

"아니, 아무것도 아니야."

나는 그렇게 얼버무리고 여진의 이야기를 꺼냈다. 나는 그녀의 이름 뒤에 '씨'를 붙이기도 그렇고 '여진 누나'라 하기는 더욱 어색해 그녀를 가리킬 때는 늘 애매하게 말하곤 했는데, 이때도 마찬가지였다.

"여진… 저 말이야. 어제 두 번이나 집에 왔다 갔어."

"엄마한테 들었어. 아침 먹고 그 집에 가볼 거야. 너도 같이 갈래?"

"싫어, 오늘은…"

지금까지 대로라면 같이 가는 것이 자연스러울 테지만, 오늘은 그러지 않는 편이 나을 것 같았다.

이날 여진을 만나러 아침에 나간 큰형은 저녁 무렵에야 돌아왔다. 오전 내내 그녀의 집에 있다가 같이 밖에 나가 시간을 보내고 오는 길이라 했다. 바닷가에도 가고 같이 영화라도 보고 온 것인지 모른다.

큰형의 얼굴이 상기되어 있었다. 오랜만에 그녀를 만나 즐거운 시간을 보낸 게 틀림없었다. 그런 형의 모습을 보니 나도 또한 기분이 좋았다. 이처럼 우리 집안에서 웃음을 되찾은 것은 전쟁이 터진 지 실로 한 달 반만의 일이었다.

그러나 그것도 그리 오래 가지 않았다.

가족이 다 모여 화기가 가득 찬 집안에도 긴장감이 감돌고 있었다. 더 물러설 수도 없는 마지막 한 조각의 땅만 남긴 상태에서 전세가 제법 안정되었다는데도, 포 소리가 산 너머 그다지 멀지 않는 곳으로부터 끊임없이 들려오고 하늘을 가르는 전투기들의 굉음으로 날이 밝고 저물었다.

언제 어떻게 될지 누구도 짐작할 수가 없었다. 거기다가 아무도 그 말을 꺼내지는 않았지만, 큰형의 입대문제가 결코 넘을 수 없는 벽인 양 앞에 가로막혀 있었다. 그 벽을 큰형은 스스로 허물 듯 자원입대를 해버렸다. 큰형이 집에 온 지 두어 주일 되어서였다.

집에 오기 전에 이미 마음을 확고히 하고 있었다는 큰형, 그럼에도 그것을 실행에 옮길 때까지는 무척 고심을 했던 것 같다. 큰형을 괴롭힌 것은 자신의 결정이 아버지 어머니의 마음을 아프게 하리라는 사실이었다. 하지만 어떤 이유로든 계속 미적거리는 것은, 무엇보다도 자기 자신을 기만하는 행위일 뿐이었다. 큰형은 그것이 견딜 수 없었다.

그렇지 않아도 피난 행렬에 끼여 남으로 내려오면서, 큰형은 많은 것을 보고 겪으며 자신이 '도망자'나 다름없다고 여겼던 터였다. 아군의 전투기인지 적군의 전투기인지 모를 비행기들의 폭격으로 널브러져 있던 무수한 시신들, 북으로 향한 군 트럭에 짐짝처럼 실려, 또는 기운이라곤 하나도 없이 터벅터벅 걸어가던 병사들의 얼굴에 드리워져 있던 죽음의 그림자를 보았을 때 큰형은 어디로 숨어버리고 싶었다고 했다.

"아저씨한테는 자식도 없고 동생도 없어요? 고향에 가서 부모님을 뵙고 자원입대하여 나라 위해 몸 바치려 하는데, 어른이 되어 가지고 그 부탁 하나 들어주지 못해요?"

제주도에서 배 주인에게 그런 말을 하고 나니, 큰형은 그제야 마음이 홀가분해졌다고 했었다. 큰형이 입대한다는 마음을 굳힌 것은 그때였고, 이제 그것을 실행에 옮기게 되었다.

큰형은 집을 떠나기 전날에야 그 사실을 가족에게 알렸다. 입영은 이곳의 한 부대에 하게 되지만, 바로 어디론가 가서 훈련을 받은 다음에 다시 어디론가 가게 된다는 것이었다. 두 번째의 그 '어디론가'가 다름 아닌 전선을 뜻한다는 것은 우리 가족 모두 잘 알고 있었다.

큰형은 다음 날 날이 밝기도 전에 떠났다. 전날 밤 아버지와 어머니는 한잠도 자지 못했다. 큰형도 마찬가지였다. 이는 어머니가 나중에 내게 말해준 것이었다.

    나도 작은형과 같이 쓰는 방에서 늦게까지 자지 않았다. 나는 큰형이 전쟁터로 간다는 것이 무엇을 뜻하는지 잘 알았다. 나는 어떤 일이 기다리고 있을지 모르는 큰형을 위해 아무것도 해줄 수 없다는 사실이 안타까웠다. 그것은 큰형과 오랫동안 헤어져 있어야 한다는 데서 오는 내 슬픔을 더욱 깊게 했다. 슬픔 속에서 나는 잠이 들었다.

    새벽에 작은형이 나를 깨웠다. 작은형을 깨운 것은 어머니였다. 어머니는 작은형에게 큰형이 먼 곳으로 가기 때문에 언제 돌아올지 알 수 없어 식구들이 배웅해야 하니, 얼른 동생을 깨우라고 하더라는 것이다.

    큰형은 아버지가 입영할 부대에까지 같이 가고 싶어 하는 것을 모른 척, 혼자 가겠다는 말만 되풀이했다. 그러는 게 형의 마음이 편하리라는 것을 나도 이해할 수 있었다.

    "아버님, 너무 걱정하지 마십시오. 전세도 곧 호전된다고 하지 않습니까. 편지 자주 하겠습니다."

    큰형은 아버지에게 꾸벅 절을 하고, 어머니에게는 우스갯말까지 했다.

    "걱정하시면 흰 머리칼이 더 생겨요. 이 나라 젊은이라면 누구나 다 가야 하는 곳입니다. 전쟁이 얼마나 오래가겠습니까. 몸 성히, 건강하게 돌아오겠습니다."

    그리고 작은형의 손을 잡아 흔든 뒤 내 머리를 쓰다듬고는,

    "너희들, 아버님 어머님 걱정 끼쳐드리지 말고 잘 있어. 학교도 곧 가게 될 테니 너무 게으름 피우지 말고…"

    그러는 큰형의 표정은, 살짝 웃음을 띠고 있긴 했으나 가벼운 어조와는 달리, 그리 밝아 보이지는 않았다. 날이 아직도 어두웠기

때문에 희미한 불빛 속에서 그렇게 보였는지 모른다. 이어 돌아서는 큰형의 눈이 반짝 빛난 듯했다. 눈물이라는 생각에 내 가슴이 철렁 내려앉았다.

우리 네 식구는 큰형의 뒷모습이 마을 앞 큰 나무 뒤로 사라질 때까지 집 앞에 말없이 서 있었다. 날이 희부여니 밝아왔다.

왜 그때 달려가서 큰형에게 매달리지 않았을까. 그리고 왜 한 번 더 형의 얼굴을 봐두지 않았을까… 나는 그 뒤 두고두고 그 일을 후회했다. 그러나 그때만 해도 나나 우리 가족들은 그게 큰형의 마지막 모습이 되게 될 줄은 상상조차 하지 못했다. 그럴 줄 알았더라면, 만에 하나 그리될 줄 짐작이라도 했더라면, 결코 집 앞에서 그런 식으로 작별하지는 않았을 것이다.

영원으로 날아가다

나는 마지막으로 본 큰형의 얼굴을 선명히 떠올릴 수가 없었다. 어두웠기 때문이었다. 얼굴을 찌푸리거나 하지 않고 웃음까지 띠고 있었는데도 울적해 보였고, 눈에 눈물이 고였던 것 같은, 다만 그런 느낌이 들었을 뿐인 큰형의 얼굴이 전부였다.

작은형은 나와는 전연 다른 느낌이었던 것 같다.

"형의 모습이 아주 당당해 보였어. 사실 언제 어떻게 될지 모르는 일이 아니냐. 만약 내가 그런 처지였다면 그럴 수가 있었을까. 아니, 어림없는 일이야. 어림없어."

작은형은 자기 몸이 온전하지 못했기 때문에 전선으로 나가는 큰형이 몹시 부러웠는지도 모른다.

큰형은 떠나기 전날 밤에 여진을 만났다. 그건 나도 알고 있는 일이었다. 그러나 그때의 세세한 일들은 그로부터 훨씬 뒤에야 나는 그녀로부터 들었다.

"별일이야 있겠어? 거기 가는 젊은이들 모두가 다 어떻게 되는 건 아니잖니. 부모님을 생각하면 마음이 무겁지만 말야. 그분들만 아니면 홀가분한 마음으로 갈 수 있을 텐데… 정말 난 아무렇지도 않으니까."

큰형은 여진을 위로했다. 그때 둘은 동네 어귀의 철로가 언덕에 있었다. 주위에 사람들이 없어 호젓했다. 둘이 자주 오는 곳이었다.

"내가 생각나면 동생들을 만나. 둘 다 여진을 좋아해. 무척…"

큰형이 아무렇지도 않게 그런 말을 하고 있었을 땐 그녀도 아무렇지 않았다. 정말 아무렇지 않았다. 그리고 그녀는 전선으로 가는 사람의 마음을 생각하고 웃는 얼굴을 보여주려고 애썼다. 그러나 그녀는 끝내 울음을 터뜨리고 말았다. 둘이 헤어질 즈음 큰형이 전혀 예기치 못했던 말을 했기 때문이었다.

"가지 않으면 안 되니 가는 거야. 피할 수 있는 일이라면 피하고 싶어. 가족과 보고 싶은 사람들을 영원히 보지 못하게 될지도 모른다고 생각하니 용기도 없어져 버리는군."

큰형은 몸의 힘이 다 빠져 달아난 듯 어깨를 축 늘어뜨리고 있었다. 표정도 너무나 진지해서 그녀는 한마디도 할 수가 없었다. 그것이 둘의 만남의 끝이 될 줄은 상상도 하지 못했다는 여진은, 큰형의 약한 모습을 그때 처음 보았다고 울먹이며 말했다.

"영재 오빠의 마음을 풀어주거나 용기를 북돋워 주는 말 한마디 하지 않고 바보처럼 울기만 했으니. 영재 오빠를 위해 아무것도 해주지 못하는, 너무나 무력한 나 자신이 안타깝기만 했어."

큰형은 전선에서 가족과 그녀에게 각각 한 차례 편지를 보냈다. 큰형이 집을 떠난 지 한 달이 훨씬 지난 시월 초였다. 겉봉의 부대 이름만으로는 어디서 붙인 건지 알 수가 없었다. 편지 내용으로 큰형이 북한 땅으로 들어가 쓴 것만은 짐작할 수 있었다.

아버님 어머님, 옥체만강 하시온지요?

동생들도 잘 있으리라 믿습니다. 동생들은 학교에 잘 다니고 있을 줄 압니다. 저는 아버님 어머님의 염려하심과 신의 가

호로 아무 탈 없이 임무를 다하고 있습니다.

　저는 그때 부모님 슬하에서 떠나 후방의 한 부대에서 두 주일 남짓 훈련을 받고 전선에 배치되었습니다. 이후 아군의 진격이 순조로워 별다른 어려움 없이 삼팔선을 넘었습니다. 하루하루 머무르는 곳이 달라지고 경황이 없어 진작 글월을 올리지 못해 죄송하기 그지없습니다. 저의 사정이 그러하오니 자주 연락을 드리지 못해도 걱정하지 마시옵소서. 저와 함께 이곳에 있는 모든 젊은이들은 어서 전쟁이 끝나 가족의 품으로 돌아가기를 고대하고 있습니다. 또한 그날이 멀지 않으리라 여기고들 있습니다.

　아버님 어머님, 저는 멀리 있습니다만, 아직 한 번도 제가 멀리 있다고 생각한 적이 없습니다. 저의 머리와 마음은 아버님과 어머니, 두 동생들로 가득 차 모두들 언제나 저의 곁에 있는 거나 다름없습니다. 또 저는 밤마다 집에 찾아가기 때문에 외롭거나 힘들지도 않습니다. 꿈속에선 동생들이 제법 철이 들고 의젓하게 굴어 안심이 되곤 합니다. 아직 어리지만 착하고 바른 아이들입니다. 장차 제 몫들을 잘 해낼 것입니다.

　그러하오니 특히 저 때문에는 걱정하지 마셨으면 합니다. 비록 전쟁터이긴 하나, 상황이 늘 급박하고 위험스럽지는 않습니다. 여기가 전쟁터인가 싶게 평화로울 때도 있으니까요. 맞서서 총을 쏘는 것보다 그러지 않고 보내는 날이 더 많습니다.

　아버님 어머님, 저는 무사히 돌아갈 것입니다. 아무쪼록 두 분께서 건강 상하시지 않도록 유념하시옵소서. 소자, 엎드려 부모님께 글월 올립니다.

　나는 큰형의 편지를 두고두고 읽어 나중엔 외울 수 있게 되었다. 편지는 형의 방 책상 서랍 속에 들어 있었기 때문에 나는 생각 날 때마다 꺼내 읽고 또 읽었다.

만년필로 또박또박 쓴 편지의 글자 하나하나에 집과 부모님과 동생들에 대한 사랑과 그리움이 배어 있었다. 그때 나와 작은형은 큰형의 말대로 학교에 잘 다녔다. 그러나 우리가 다니던 학교 건물은 군병원으로 사용돼, 우리는 그즈음 야외에서 하늘과 구름과 바람과 이름 모를 들꽃들을 벗 삼아 공부하고 있었다. 큰형은 그것까지는 아마 모르리라.

그 뒤 큰형에게서는 편지가 오지 않았다. 그래서 형의 안부가 궁금할수록, 걱정이 될수록 더욱 그 편지를 읽게 되었다. 그것이 내겐 유일한 위안이었다. 형이 어디서 어떤 모습으로 지내는지 알 수 없는 나로선 편지의 구절들이야말로 형이 숨 쉬고 살아 있음을 느낄 수 있는 유일한 것이기도 했다. 그래서 나는 읽고 또 읽었다.

교회에 나가는 것을 본 일이 없었고, 신앙에 대해 말한 적이 없는 큰형이 '신의 가호'하며 신을 들먹인 것이 무척 신기한 느낌이면서도, 언제 어떻게 될지 알 수 없는 처지에 있는 형의 절박한 심경이 그대로 우러난 듯하여 나에게 그지없는 아픔을 주었다. 나 자신이 한 번도 불러본 적이 없는 신을 불러보고 싶었다.

큰형은 매일 밤 자신이 집에 와 있는 꿈을 꾼다지만, 나는 좀처럼 꿈속에서 형을 볼 수가 없었다. 우리가 좀 더 어릴 때 어울려 놀던 흐릿한 장면만이 눈에 어른거렸다. 나는 그러한 큰형의 예전 모습이 아니라 지금의 모습을 보고 싶었다.

큰형이 여진에게 보낸 편지에서는 형의 또 다른 면모를 엿볼 수 있었다. 그녀는 우리보다 한 주일쯤 늦게 편지를 받았다. 그녀가 그렇게 말해준 것이다. 그런데 그녀가 그 편지를 내게 보여준 것은 그로부터 두 달이나 지나서였다.

십이월 중순. 일요일이었던 그날, 나는 그녀와 함께 동네 연못가 양지바른 언덕에 나와 따스한 햇볕을 즐기고 있었다.

여진에게
 떠나온 지 두 달도 채 되지 않았는데 벌써 몇 해, 아니 몇 십 년이 흐른 듯 그쪽의 일들이 까마득하기만 해. 내가 있는 이곳과 여진이 있는 그곳 사이의 공간에 마치 짙은 안개가, 또는 어둠이, 어둠이 아니라면 뚫을 수 없는 투명한 막 같은 것들로 꽉 차 있는 것 같아. 그 때문에 때때로 답답한 것을 제외하면 그래도 잘 있는 셈이야. 아무 탈이 없으니 잘 있다는 말이 가장 적절한 표현이겠군.
 여진도 잘 있겠지? 세상은 이러해도 공부할 사람은 공부를 해야 하니 이제부턴 대학 진학 준비를 병행해야 할 거야. 우리 철부지 동생들도 자주 만나겠지? 그들만 생각하면 절로 웃음이 나오고 어둡던 마음이 밝아지지만, 앞으로 그들을 위해 내가 아무것도 할 수 없는 처지가 된다면… 그런 생각이 들 땐 덜컥 겁이 나. 나에게 그런 최악의 일이 일어나지 않기만을 바랄 뿐이지.
 그럴 작정이 아니었는데, 내 뜻과는 달리 이상한 말이 나오고 말았군. 사실은 전쟁터에 있다고 늘 위험 속에 있는 것만은 아니라는 말을 하고 싶었어. 생과 사를 넘나드는 곳, 비 오듯 쏟아지는 적의 총탄을 피해 참호 속에 들어가 노상 웅크리고 있으리라 상상할지 모르나, 그렇지 않을 때가 더 많고 전선에 와 있다는 느낌조차 들지 않을 때도 있어. 그러한 한때를 나는 지금 보내고 있지.
 여기는 벌써 깊은 가을이야. 남쪽나라 내 고향과는 달리

북한 땅 이곳은 가을이 짧아 벌써 으스스 찬 기운이 경련이 오듯 찾아와. 우리가 좋아하는 그 가엾은 시인, 젊어서 피를 토하고 죽은 그 영국 시인은 가을을 Season of mists and mellow fruitfullness… 안개의 계절, 무르익는 결실의 계절… 어쩌고 했지만, 이곳은 그런 분위기가 아니야.

그는 같은 시에서 Where are the songs of Spring? Ay, where are they? Not think of them, thou hast thy music too,… 봄의 노래는 어디에 있는가? 아아, 어디에 있는가? 봄의 노래를 생각지 말라, 너는 네 노래를 또한 갖고 있으니….

그렇게 외쳤듯이, 나는 지금 '지난날의 나는 어디로 가고 혼자 여기 던져져 있는가' 하고 하늘에라도 향해 큰 소리로 물어보고 싶어. 그만큼 지금 이 순간순간이 날카로운 송곳이 되어 나 자신을 콕콕 찌르고 있다고나 할까. 그리고 내가 갖고 있는 노래는 대체 어떤 것인가. 내게도 나만의 노래가 있긴 있는가…..

하지만 여진아, 걱정하지 말아. 따스한 햇볕이 있는 한 나는 이를 한껏 즐길 테니까. 곧 몰아칠 차가운 북풍을 좀 더 잘 견디기 위해서는 인색한 햇볕이라도 듬뿍 받아둬야겠지. 모두들 차가운 북풍이 몰아치기 전에 이 전쟁이 끝난다는 기대에 차 있으나, 그 어떤 것도 이루어지기 전에는 결코 이루어졌다고 할 수가 없으니…

여진아, 무슨 그럴듯한 말이 담긴 것도 아니고 알맹이도 없는 편지가 되어버렸지만, 이것도 끝내려고 하니 갑자기 큰 아쉬움이 해일처럼 몰려오는군. 그대에게 편지를 쓰는 동안은 그대와 그쪽 일을 생각하는 것만으로도 나의 머리와 마음이 가득 차 다른 것이 들어올 틈새가 없지만, 편지를 끝내고 나면 또다시 나의 현실, 바로 지금 이 순간순간의 나를, 나를 둘러싸고 있는 가혹한 세계에 또다시 던져질 수밖에 없음을 알기 때문이겠지.

그래서 나는 이 편지를 언제까지나 계속 쓰고 싶어. 영원히, 계속 영원히. 그러나 이 편지를 끝내고 봉투에 넣고 풀을 붙이고 난 뒤에는, 그래 그때부터는 내 마음속에서 또다시 편지를 쓰고 있을 테니, 끝이 없는 편지를 쓰고 있을 테니 그것으로 위안을 삼아야지.

잘 있어. 물론 또 편지를 쓸 작정이지만, 언제 만년필을 들고 편지지와 마주하게 될지는 알 수가 없어. 큰아들 때문에 마음 태우고 있을 우리 아버지, 어머니를 보게 되면 단 한마디를 하더라도, 또 깃털만큼이라도 좋으니 그분들이 마음 가벼워지시도록 신경 써주었으면. 동생들도 친동생이나 다름없이 여겨주기를. 가능하면 나 때문에 조금 비게 된 그들의 마음을 채워주었으면.

여진아, 이제 그만 쓰겠어. 그 많은 하고 싶은 말, 내가 여진에게 다 하지 못했다는 것 잘 알지?

안녕, 안녕. 부디 잘 있어요….

이 편지는 큰형이 우리 집에 보낸 편지와 같은 날에 쓴 것으로 되어 있었다. 이 편지가 한 주일 늦게 도착된 것은 전선에서 보낸 특수한 사정 때문에, 또는 배달되는 과정에서 그리된 모양이었다. 중간에서 없어지지 않고 찾아왔으니 다행이었다.

그녀가 어떤 심경으로 이 편지를 내게 보여주었는지 나로선 알 길이 없었다. 그에 대해서 그녀는 아무 말도 하지 않았다.

여진은 큰형이 전선에 간 뒤에도 계속 우리 집에 왔다. 역시 만만한 상대라곤 실은 상대가 되지 않는 나밖에 없는 것도 여전해서, 오면 나와 몇 마디 나누다 갔고, 그녀의 집에 나를 오게 하기도 했다. 그녀로서는 그러는 것이 어디서 어떻게 지내는지 모르는 큰형과의 끈을 튼튼히 하는 길이라고 여겼는지도 모른다.

늘 그러했듯 공부하다 모르는 게 있으면 언제든 오라는 말로 그녀는 내게 핑계를 만들어주었다. 나도 그것이 싫지 않았다. 그녀와의 만남 자체가 형에게로 향한 나의 따뜻하고 두터운 마음을 더욱 따뜻하고 두터이 해주었던 것이다.

그녀도 큰형에게서 온 편지를 읽고 또 되풀이 읽고 있음이 틀림없었다. 편지를 읽고 있는 한 그녀에게도 형은 그녀 가까이에서 숨 쉬는 따뜻한 존재가 아니었을까. 비록 시간은 꽤 지났어도 내게 그 편지를 보여주기로 한 것은 그 사실을 스스로 거듭거듭 확인하기 위해서였는지도 모른다.

"영재 오빠가 내게 무어라고 써 보냈는지 알고 싶지 않아?"

그 말을 듣고 보니 편지 내용이 무척 궁금해졌다. 그녀는 그때 내 대답을 기다리지도 않고,

"읽어보고 싶으면 읽어봐. 오늘은 내가 그것을 가지고 나왔어."

그러고는 편지를 내게 건네준 것이었다. 편지는 집으로 보낸 것과 같은 만년필 글씨로 또박또박 썼다. 나는 그 글자들을 대하자 가슴이 뭉클했다. 이것으로 보고 싶은 큰형의 존재를 다시금 확인했기 때문이었고, 이 편지를 통해 형의 또 다른 모습을 보았기 때문이기도 했다.

그와 아울러 나는 큰형이 자신의 깊은 마음속을 가족 말고 보여줄 수 있는 대상이 또 있음을 새삼 깨닫게 되었다. 그 대상이 다른 사람이 아닌 여진이란 사실에 나는 안심이 되고 몹시 기뻤다. 나는 편지를 두 번 읽은 뒤 한 구절 한 구절을 음미하며 한 번 더

읽고 나서 그녀에게 돌려주었다.

그녀와 함께 연못가 양지바른 언덕에 앉아 있던 나는 자꾸 마음이 무거워지고 있는 가운데, 초겨울의 이 따스한 햇볕을 형에게 보낼 수가 있다면 하고 생각했다. 내 마음이 무거웠던 것은 그즈음 북쪽으로부터 불길한 소식이 계속 전해지고 있었기 때문이었다.

그렇다. 북한 땅 깊숙이 펼쳐진 아군의 전열이 강추위와 함께 얼어붙고 부서지고 흩어진 채 지리멸렬돼가고 있었다.

큰형은 전쟁의 초반 이후 한동안 군 당국의 기록상 '실종'으로 돼 있었지만 실질적으로는 전사나 같았다. 시신을 확인할 수가 없었을 뿐, 부대 지휘관이나 살아남은 전우들인 다수 '목격자'들도 모두 그렇게 판정했다.

큰형에게 '이상'이 생긴 것은 형이 입대한 지 일곱 달쯤 지난, 다음 해 봄이었다. 중공군의 개입으로 황망 중에 서울을 다시 내주어야 했던 아군이 전열을 정비하여 되받아친 뒤, 새로운 국면으로 접어든 삼팔선 북쪽 중동부 전선.

공산군의 대공세와 아군의 반격. 아군의 공격과 공산군의 필사적 저항이 되풀이되면서 일진일퇴, 엎치락뒤치락하는 중에 이쪽저쪽 희생자만 늘어나고 있을 즈음. 전멸상태에 빠진 아군 대대를 버려둔 채 주력부대가 퇴각할 수밖에 없었는데, 모두 전사한 것이 틀림없는 그 대대 장병들 속에 큰형도 들어 있었던 것이다.

아버지는 총소리가 멎고 여러 해가 지났어도 그와 같은 사실을 믿지 못했다. 아니 믿고 싶지 않았다는 편이 옳았다. 형이 더 이상 이 세상에 있지 않다는 사실을 현실로 받아들이기 어려웠던 것은 아버지뿐만이 아니었다. 가족이 다 그랬다.

"저 이제 돌아왔습니다, 아버님, 어머님…"

하고 큰형이 어느 날 집안으로 쓱 들어올 것 같은 기대를 갖지 않은 채 어느 하루도 보낸 적이 없었다. 밤중에 대문이 삐걱거리는 소리가 나거나 문밖으로부터 무슨 소리가 들리면, 처음 얼마 동안 그랬던 것처럼 식구들이 후닥닥 방문을 열어젖히고 뛰쳐나가는 건 삼갔으나, 모두 한참씩 온 신경을 바깥으로 집중시키곤 했다.

큰형의 나이 스물하나. 아무리 전쟁터이긴 해도 형이 그렇게 쉽게, 허무하게, 가족에게 말 한마디 남기지 않고 영원히 돌아올 수 없는 곳으로 가버렸으리라고는 도저히 믿을 수가 없었다. 있을 수 없는 일이었다.

여진이 그 사실을 알게 된 건 우리 가족이 그 소식을 듣고 한 주일 지나서였다. 나는 그녀에게 좋지 않은 소식을 금방 전할 수가 없었다. 그녀에게 말한다는 것은 믿을 수 없는, 믿고 싶지 않는 그 사실을 인정하고 기정사실화 하는 것이 된다. 그것도 나는 싫었다.

나는 그녀에게 확정적으로 전사라 하지 않고 '실종'이라고 해두었다.

"실종이라니?"

여진은 무슨 말인지 얼른 이해하지 못하는 것 같았다. 나는 그녀에게 달리 설명해줄 말이 없었다. 곧 그녀의 표정이 굳어지더니 얼굴이 하얗게 질렸다. 그때 우리는 그녀의 집 부근 큰 정자나무 옆 개울가에 있었다. 무릎에 얼굴을 묻고 흐느끼는 그녀를 보며 나는 위로의 말을 해주고 싶었으나, 무슨 말도 되어 나오지 않았다.

얼마 뒤 그녀는 얼굴을 들고 말했다.

"실종이라면 시신이 발견된 건 아니니까 희망이 있지, 그렇지? 전쟁터에서는 그런 일 자주 생길 거 아냐? 기다려 보면 좋은 소식이 올지도 몰라, 안 그래?"

그러한 바람은 나와 우리 가족이 내내, 어느 한순간도 포기하지 않고 되살리려 했던 한 점 불씨 같은 것이었다. 그러나 그 불씨는 결코 되살릴 수 없었다.

큰형의 일은 우리 집안을 온통, 지금까지 없었던 크나큰 이상 상황으로 몰아넣었다. 끈끈한 유대로 강하게 뭉쳐져 왔던 가족이라는 구성체의 가장 중요한 한 축이 무너진 것이었다.

큰형은 장남이었던 만큼 아버지 어머니의 기대를 한 몸에 받아왔고, 두 동생에게는 바로 정신적인 지주 같은 존재였다. 그렇다. 충격은 강력한 지진이 되어 집안을 뒤흔들어 놓고 말았다. 우리 가족에게 있어 행복이란 구름처럼 공중에 둥둥 떠서 날아가 버린 지난날의 일, 아니 있지도 않았던 신기루 같은 한순간의 허상에 지나지 않았다.

비록 그것이 허상에 지나지 않는다 해도, 그리고 그것을 잘 알면서도 나나 우리 가족은 여전히 거기에 매달려 놓지 못했다. 큰형이 이 세상에서 없어졌다는 현실을 역시 받아들일 수 없었기 때문이었다.

큰형의 방 안은 형이 집을 떠날 때와 달라진 게 없었다. 읽던 책과 노트와 펜, 연필 따위가 책상 위에 놓인 그대로였고 벽의 사진들, 달력은 물론 셔츠와 바지도 벽에 걸린 그대로 두었다. 어머니가 방 청소를 할 때 먼지를 털고 닦을 뿐 그것들은 모두 있던 자리로 돌아갔다.

셔츠와 바지는 때때로 깨끗이 빨고 다려 전과 똑같이 걸어두었다. 그것들을 헝클어뜨린다는 것은 큰형에 대한 무한한 사랑, 큰형을 보고 싶어 하는 가족의 간절한 마음을 헝클어뜨리는 것과 같았다. 절대로 용납할 수 없는 일이었다.

벽에 걸린 사진들은 큰형이 대학에 들어간 지 얼마 되지 않아 학교 뜰에 앉아 먼 곳을 바라보는 상반신 프로필, 그리고 고향 바다를 배경으로 동생들과 함께 활짝 웃는 모습을 담은 것, 둘 다 흑백이었다. 그것들은 크게 확대되어 빛이 들어간 부분이 더욱 뚜렷해지긴 했으나, 큰형의 얼굴과 형제들의 밝은 표정은 조금도 손상되지 않았다.

어머니는 그 사진들의 액자 유리를 매일 닦았다. 먼저 젖은 수건으로 닦고, 그 뒤 마른 수건으로 한 번 더 정성스럽게 닦았다. 거기에 먼지가 앉거나 작은 티 한 점 묻는 것도 용납할 수 없는 어머니에게는 더할 나위 없이 성스러운 작업이었다.

나는 이따금 그 방에 들어가 큰형의 책상에 앉아 가족 앨범을 들춰보고 형이 읽던 책을 뒤적이는가 하면, 형이 쓰던 펜을 만지작거리기도 했다. 그리하여 이젠 내게 슬픔만 안겨주는, 한갓 아픈 추억거리로 전락해버리고 만 큰형과의 일들을 떠올리고 또 떠올렸다.

큰형과 관련된 가장 오랜 기억은 내가 다섯 살이나 여섯 살쯤 되었을 때의 것이다. 그때 우리 가족은 이 고장에서 좀 더 내륙으로 들어간 시골 마을에 살았었다. 집 뒤 들판을 가로질러 흐르는 개울을 거슬러 한참 올라가면 그 본류인 강에 이른다. 양쪽에 들어선 울창한 나무들이 물 위로 그늘을 드리운 탓으로 물은 시커멓게 보였다. 물이 얼마나 깊은지 그저 차고 으스스한 기분이 들었다. 그 강물에 관계되는 기억은 몇 토막으로 이어진 것이어서, 같은 날에 일어나 일직선상으로 연결된 것인지는 확실치가 않았다.

나는 혼자 들판을 걸어가고 있었다. 집에서 꽤 떨어진 곳이었다. 주변에 사람이라곤 그림자도 보이지 않는다. 들판은 쏟아지는 햇볕으로 밝다 못해 노오란 색깔이었다. 장면이 바뀌어 눈앞은 나무들이 드리워진 시커먼 강물이었다. 그 물처럼 차고 서늘한 느낌이 나를 휩쌌다.

다시 장면이 바뀌었다. 큰형이 그 물 가운데로 향해 헤엄을 쳐 갔다. 목 위만 드러낸 형의 모습이 가물가물 멀어져 갔다. 그러다가 없어졌다. 나는 형이 물속으로 가라앉은 것이라고 여기고 울음을 터뜨렸다. 형이 장난을 친 것이었다. 나는 큰형이 물속으로 해서 물가 내 앞에 불쑥 나타난 뒤에도 울음을 그치지 않았다. 나를 달래던 형은 나를 번쩍 안아 올렸다가 들쳐업었다. 나는 집으로 돌아올 때까지 형의 등에 얼굴을 묻고 울고 있었다.

바다를 앞에 둔 이 고장으로 이사 온 뒤 큰형은 바다에만이 아니라 집 뒷산에도 곧잘 나를 데리고 올라갔다. 다리가 불편한 작은형은 산에 갈 땐 거의 따라나서지 않았다. 그래서 산과 관계되는 내 어릴 때의 기억 속에 작은형은 들어 있지 않았다.

어느 가을날 큰형과 나는 산허리를 타고 산의 뒤쪽으로 갔다. 거기엔 넓은 밤나무밭이 있었다. 쩍 벌어져 매달려 있는 익은 밤송이들이 몹시 탐스러웠다.

"먹음직스럽지?"

형이 말했다.

"주머니에 잔뜩 넣어 가지고 가고 싶지?"

밤송이는 나무 아래 땅바닥에도 많이 떨어져 있을 것이었다. 그러나 우리는 밤나무밭으로는 들어가 보지도 못했다. 주인이 어디에선가 지켜보고 있으리라 여겼기 때문이었다.

"영훈아, 그만 돌아가자."

큰형은 아쉬운 듯 말했다.
"저 밤나무들이 모두 우리 것이면 좋을 텐데…"
나도 같은 생각을 했다. 나는 그 뒤 그 밤나무밭을 찾아가는 꿈을 자주 꾸었다. 그 꿈은 내가 어른이 된 뒤에도, 그리고 최근에도 꾸었다. 따져보지는 않았으나, 아마도 수십 번, 아니 수백 번은 꾸었을 것이다. 산과 골짜기의 모양이나 나무들이 서 있는 모습이 달라지고, 밤송이들이 한껏 매달려 있을 때도 있고, 그것들이 잘 보이지 않을 때도 있긴 했지만, 고향의 그 밤나무밭인 것은 틀림없었다.
"아아, 내가 또 여기에 왔구나."
꿈속에서도 나는 그런 생각을 했다. 그리고 언제나 늘 그리워하던 곳에 온 것처럼 기분이 좋고 기쁘고 반가웠다. 어렸던 그 시절과는 달리 밤을 한 아름 줍거나 딸 수 있을 것 같았기 때문이었다. 그런데 수십 번, 아니 수백 번 같은 일을 거듭하면서도 나는 한 번도 밤을 줍거나 따지 못했다. 언제나 주우려다가, 또는 따려다 말기 일쑤였다. 또 가까이 가보면 밤송이가 아니라 쭉정이에 지나지 않았다. 그래서 밤나무밭에 왔다는 기쁨과 반가움이 실망과 아쉬움으로 변할 따름이었다.
내가 꿈속에서 그곳에 가 있을 때는 역시 대개 큰형과 함께였다. 나는 언제나 꿈을 꾸는 그 당시의 나였으나, 큰형은 처음 나와 거기 같이 갔던 소년시절의 모습이다가, 나중에는 전선으로 떠날 때의 모습으로 변했다.
큰형은 꿈속에서 대개 아무 말도 하지 않았다. 나도 마찬가지였다. 밤을 손에 넣지 못해 나는 언제나 실망했고, 형의 얼굴도 늘 어둡기만 했다. 그처럼 큰형은 그 시절 언제 어디에서나 나와 함께 있었다. 적어도 내가 기억하는 한 그랬다. 그래 꿈속에서까지도 그랬던 것이다.

그런데 이제 그 형은 없다. 우리 집에서 큰형은 단지 벽에 걸린 사진들과 옷가지와 책들과 노트와 그 밖의 소지품들로만 남아 있을 따름이었다.

시간이 감에 따라 나는 비어 있는 큰형의 방에 들어가 있을 때가 많아졌다. 일요일 같은 날엔 형이 가끔 그랬던 것처럼 눈을 멀뚱멀뚱 뜬 채 방바닥에 드러누워 있는가 하면, 형이 간수하고 있던 가족앨범을 들추어보기도 하고, 형의 책상 위 책꽂이에 꽂힌 책들을 뒤적거리기도 했다. 처음엔 형이 쓰던 것들을 헝클어뜨리지 말라며 신경을 쓰던 어머니도 그러는 나를 그냥 내버려두었다.

모든 것이 꿈만 같았다. 꿈만 같았다. 나는 형의 방에 드러누워 있을 땐 곧잘 엉뚱한 생각을 했다. 지금 이렇게 누워 있는 것은 나 자신이 아니라 큰형이었으면 하는 것이었다. 그러다가 앞으로 우리 집안은 어떻게 될까… 그에 생각이 미칠 땐 아득해졌다. 눈앞의 모든 것이 아득해져서 자신이 금방이라도 허물어지고 말 것 같았다. 나는 큰형이 없는 세상을 상상할 수가 없었다. 나는 그 같은 아득함 속에서 하루하루를 보냈다.

벽에 걸린 사진이나 앨범을 보고 있으면 가슴이 무너지는 듯 하면서도 기분은 한결 나아졌다. 사진에서의 큰형은 혼자든, 동생들이나 친구들과 같이 있든 대개 웃고 있었다.

전쟁이 일어나기 전까지만 해도 거의 해마다 한 번씩 찍었던 가족사진. 형이 그렇게 된 뒤부터는 들추기만 해도 가슴을 찡하게 하는 것들. 아버지 어머니 큰형 작은형과 나, 이렇게 다섯 식구가 사진관에 가서 찍은 여러 종류의 가족사진에서도 다른 식구들과는 달리 큰형은 웃음을 띠고 있었다.

그러한 큰형의 얼굴을 보면 형이 이 세상을 떠난 사람으로는 여겨지지 않아, 나는 잠시나마 어두운 기분에서 벗어날 수가 있었다. 큰형은 방 안에 있었다. 바로 그의 눈앞에 있었고 그의 옆에 있었다. 그리고 큰형의 얼굴을 한참동안 들여다보면서 나는 어느덧 큰형이 내 마음속에, 아버지의 마음속에, 어머니의 마음속에, 작은형의 마음속에, 그래 우리 가족의 마음속에 살아 있으니 되지 않느냐는 생각을 하는 것이었다.

큰형의 책들 가운데서 내 흥미를 끌었던 건 표지가 낡고 책장이 누렇게 변색이 된 영한 대역 시집이었다. 『영국 낭만파 3인 시집』이 그 제목이었고, 바이런과 셸리와 키츠의 시 몇 편씩을 골라 원문과 번역문을 실은 것이었다. 해설과 함께 그들의 간략한 생애도 들어 있었다.

백 페이지 조금 넘는 시집의 발행연도는 단기 4280년이었다. 그리 오래되지 않았는데도 책장이 누렇게 된 것은 종이의 질이 좋지 않았기 때문이었다. 군데군데 연필로 줄을 치거나 낱말의 뜻을 우리말로 적어 넣기도 했다. 큰형이 꽤나 열심히 읽은 것을 알 수 있었다.

내겐 특히 키츠의 시들이 흥미가 있었다. 세 시인 모두 박명하여 일찍 세상을 떠났지만, 그중에서도 폐결핵을 앓아 스물여섯 젊은 나이에 피를 토하고 죽은 존 키츠의 짧은 생애에 더욱 가슴이 아팠다. 서른 살에 이탈리아에서 사고로 바닷물에 빠져 죽은 셸리, 그리스 독립전쟁에 가담했다가 서른여섯에 병으로 죽은 바이런도 내게 안타까움을 주기에 충분했지만, 키츠의 경우는 그의 죽음 자체에다 똑같이 결핵으로 먼저 죽은 동생의 일, 그 위에 실연까지 겹쳐 비극성을 한층 깊게 했던 것이다.

그래서인지 키츠의 시들엔 실제 표현과는 상관없이 죽음의 색깔이라고나 할 짙은 어둠의 그림자가 깔려 있었다. 큰형이 그 거칠고 피비린내 나는 전쟁터에서 여진에게 보낸 편지에 썼던 '우리가 아는 가엾은 시인'이 바로 키츠임을 나는 알게 되었다. 그 편지에서 큰형이 인용한 몇 구절이 그의 「가을에게」라는 시에 들어 있었다.

큰형은 「나이팅게일에게 부치는 노래」라는 꽤 긴 시에도 몇 군데 밑줄을 쳐두었다.

> 내 가슴은 아프고, 멍멍한 아픔은
> 오관을 짓누른다. 독약이라도 마신 듯…
>
> 술을 들고서, 아무도 모르게 세상을 떠나
> 너와 함께 어슴푸레한 숲속으로 사라져버렸으면.
>
> 지금은 어느 때보다도 죽기에 알맞은 듯하다
> 한밤중에 아무 고통 없이 숨지는 것이…
>
> 그때도 너는 노래하고 내 귀는 들어도 못 듣고
> 너의 드높은 진혼곡 속에 나는 한 줌의 흙이 되리.
>
> 잘 있어라! 꾸밈새 좋은 환상도,
> 소문과는 달리 우리를 오래 속이지는 못하느니.
> 잘 있어라! 잘 있어! 너의 서러운 노래는 사라진다.

나는 하필 죽음을 연상시키는 이 구절들에 밑줄을 쳐둔 큰형의 마음을 알 길이 없었으나, 젊은 나이에 피를 토하고 죽은 외국의 이 옛 시인보다 더 젊은 스물한 살 나이에 이승의 삶을 마감한 형을 생각하니 더욱 가슴이 아팠다. 그래도 키츠는 낭만파 시인이라는 화려한 이름과 적지 않은 시들을 남겼다. 그런데 큰형은 세상에 나와 대체 무엇을 남겼단 말인가.

가족에게 슬픔과 고통을 안겨주고 흔적도 없이 날아 가버린 형. 그러나 큰형이 가족으로부터 떠나감으로써 가족에게 슬픔과 고통만을 안겨준 건 아니었다. 형은 가족에게 기쁨과 함께 가족의 일원으로 다른 가족 구성원에게 줄 수 있는 행복과 그 이상의 것을 주었고, 남은 가족 모두에게 그것을 마음속에 간직하게 해주었다.

어릴 때 죽은 나의 바로 아래 여동생을 두고 어머니는, 그럴 바엔 차라리 태어나지 않았던 편이 좋았다는 말을 했었다. 큰형에게는 그런 말이 해당되지 않았다. 형은 비록 이승을 떠났지만, 나머지 가족들이 살아 있는 한 형은 언제까지나 우리와 같이 있을 것이고, 우리에게는 이 세상의 그 어떤 것과도 바꿀 수 없는 귀중한 존재였다.

일요일이면 대개 우리 집으로 와서 나를 보고 갔던 여진의 생활이 한동안 더 계속되었다. 작은형은 자기 몸의 결함 때문에 누구를 만나는 것을 갈수록 싫어했으므로 그녀를 스스럼없이 만날 사람은 나뿐이었고, 나로서도 그녀를 은근히 기다린 것 또한 언제나 마찬가지였다.

여진에게 형이 어떤 존재로 남아 있는지 내겐 궁금하기 짝이 없는 일이었다. 나는 한 번도 그녀에게 그것을 물어본 적이 없었다. 선뜻 물어볼 수 있는 것도 아니었다. 물어보기는커녕 언제부터인가 나와 여진은 만나서도 큰형의 이야기는 하지 않게 되었다. 형과 관계되는 무슨 말도 형이 우리들에게서 영원히 떠나갔다는 사실을 확인할 뿐이어서, 우리는 그것이 싫었던 것이다.

그러면서도, 나와 그녀가 비록 큰형의 이야기를 입 밖에 내진 않아도, 더구나 둘이 만날 때는 둘의 마음속에 형으로 가득 차 있음을 서로가 잘 알고 있었다. 말로 나타내지 않았던 것뿐이었다. 그래서 큰형의 이야기를 꺼내지 않는 여진이 나는 조금도 서운하지 않았다.

거기에 예외가 전연 없지는 않았다. 큰형이 이 세상에 '없음'을 연상시킬만한 말이 아닌 범위에서 몇 마디 오갈 때가 있었다. 그즈음 키츠의 시 이야기를 내가 자신도 모르게 꺼내게 된 것도 이에 속했다.

"저어… 형의 편지에 있던 그 가엾은 영국 시인의 시를 나도 읽어봤어요."

나는 그녀를 어떻게 부르는 게 좋을지 알 수가 없어 이때도 저어… 하고 애매한 표현을 썼다. 그녀가 네 살이나 위이고, 큰형을 영재 씨 대신 가끔 오빠라고 불렀던 것으로는 '누나'라고 불러도 좋겠는데, 아무래도 그 말이 나오지 않았다. 그녀도 내 마음을 헤아리고 있었는지, 내게 자기를 어떻게 부르라는 말은 하지 않았고, 그럴 계제엔 그녀가 알아서 대응하곤 했다.

"아아, 존 키츠 말이지? 안개의 계절, 무르익는 결실의 계절…"

그녀는 그 구절들을 막힘없이 읊었다. 그녀도 큰형처럼 키츠의 시를 좋아하는가 보았다.

"영훈이도 그 낡은 시집을 보았구나."

혼잣말처럼 중얼거린 그녀는 그 뒤 입을 다물었다. 역시 어떤 식으로든 큰형과 관계되는 이야기는 꺼내지 말았어야 했다고 나는 생각했다.

우리 어머니는 여진이 집으로 찾아오는 것을 차츰 부담스럽게 여기게 되었다. 어머니는 내게도 이젠 그녀를 만나지 않는 게 좋겠다는 뜻의 말을 했다.
"그 아이가 틀림없이 우리 식구가 될 줄 알았는데… 꼭 그리되기를 바라고 있었는데…"
어머니로서는 믿고 싶지 않았던 고통스러운 현실을 다시금 확인한 셈이었다. 나는 어머니의 마음을 충분히 이해할 수가 있었다. 물론 나는 그녀에게 아무 내색을 하지 않았다. 그런 말을 할 수가 없었다. 하고 싶지도 않았다.
그녀 스스로 먼저 우리 집에 발길을 끊든지, 또는 나를 만나고 싶어 하지 않는 한 먼저 그녀를 피하지는 않으리라고 나는 굳게 마음을 먹고 있었다. 그렇지 않아도 앞으로 그녀와는 자주 만나지 못하게 될 사정이라, 나는 이래저래 그지없이 울적한 기분이었다.
그즈음 부산에 임시로 와 있던 대학에 진학한 여진은 대학이 여름방학 후 새 학기부터 서울로 옮겨 개강함에 따라, 서울에서 친구와 자취생활을 할 준비를 하고 있었다. 나는 중학 삼학년생이었다.
그해 팔월 서울로 떠나는 날, 여진은 아버지와 어머니에게 인사를 하기 위해 우리 집으로 왔다. 그녀는 십이 월 중순 겨울방학이 되어야 집에 온다고 했다. 그녀는 친구와 이날 밤기차로 떠나는 것이었다.
그녀들의 자취방은 여진의 아버지가 미리 가서 학교 근처에 얻어 두었다. 이불과 들고 가기 어려운 살림도구도 벌써 부친 뒤였다. 마산에서 밤 아홉시에 출발하는 기차를 타고 삼랑진에서 한 시간 남짓 기다린 뒤, 열한시에 부산에서 오는 기차로 갈아타면, 서울에는 아침 일곱시께 닿게 되어 있었다. 학교가 서울역에서 먼 편이라 밤보다 아침에 도착하는 게 여러모로 편리하리란 생각으로 밤기차를 이용한다고 했다.

나는 가방도 들어줄 겸 역까지 여진을 따라갔다. 그녀의 가족은 아무도 나오지 않았다. 그녀가 나오지 못하게 했는지 모른다. 동행이 있는데다가 혹시 거북해할지도 모를 나를 배려한 것이라는 생각이 들었다.

그녀와는 이제 자주 만날 수 없게 된다. 그렇게 되면 서로가 차츰 멀어져 영영 그녀를 만나지 못하게 될 수도 있다는 생각에 나는 마음이 무겁기만 했다.

지금까지 그녀와 나를 이어주던 것은 큰형이라는 강한 끈이었다. 그 끈이 끊어져버린 이제, 두 사람을 묶어줄 게 사실상 없어졌다. 그녀를 잃는다는 것은 그녀 몫으로 그녀가 가지고 있던 것만큼의 형을, 형의 존재를 고스란히 잃는다는 것을 뜻했다. 그리고 그것은 내 마음의 큰 부분을 차지하고 있는 그녀를 또한 잃는 것과 같았다.

그렇다. 그렇게 되면 그 빈 마음을 무엇으로 채울까. 나는 그 생각만으로도 가슴이 뻥 뚫리고 아득해지는 느낌이었다.

기차 시간은 삼십분 가량 남아 있었다. 대합실은 넓지 않았다. 기다리는 사람들이 얼마 되지도 않았는데 앉을 자리가 없어, 나는 그녀와 나란히 한쪽 귀퉁이 벽을 등지고 섰다. 그녀의 친구는 조금 떨어진 곳에서 배웅 나온 자기 어머니와 이야기를 나누고 있었다.

"공부 잘하고… 잘 있기 바라."

여진은 누나가 친동생에게 당부하듯 말했다.

"부모님 잘 위로해 드려야 해. 이젠 영훈이 집안의 기둥이 되었어."

그녀의 표정도 밝지는 않았다. 대합실 안의 침침한 불빛 아래 그녀의 얼굴 한쪽에 드리워진 음영으로 더욱 그렇게 보였는지도 모른다.

"객지에서 고생이 많겠군요."

"내가 고생은 무슨… 학비 대시느라 우리 아버지가 힘드시지. 영훈이도 사 년 뒤엔 서울에서 객지생활 하겠네."

지금으로선 그때의 사정이 어떨는지 알 수가 없었다. 대학에 가긴 가야겠으나 내가 집을 떠나 멀리 가 있는 것을 상상할 수가 없었다. 큰형이 있다면, 또는 작은형의 몸이 온전하다면 내가 걱정할 일은 없을 테지만.

"모르겠어요, 어떻게 될지."

"어떻게 될지 모르다니. 공부는 해야지. 형님이 못다 한 공부를 계속한다고 생각해도 좋고… "

두 사람이 금기시해 왔던 큰형 이야기를 그녀가 하고 있었다. 대학 공부도 마치지 못하고 이승을 떠난 큰형을 대신해서라도 내가 꼭 대학에 가야 한다는 뜻이었다. 나는 새삼 가슴이 미어질 듯한 아픔을 맛보았다.

"기운을 내. 그렇다고 세상이 끝난 건 아니잖아. 형님이, 영재 오빠가 그 불행했던 영국 시인의 시만 좋아하진 않았어. 기분이 좋을 땐 예이츠의 술 노래란 시를 곧잘 흥얼거렸지. 덕분에 나도 금방 외웠어."

여진은 담뿍 웃음을 머금고 나를 보며 나직한 목소리로 읊조렸다. 나도 충분히 알아들을 수 있는 영문이었다. 우리말로든 어느 나라 말로든 그녀가 내 앞에서 시를 읊어 보인 건 처음이었다. 그녀의 인상도 전혀 새로웠다. 이날따라 그녀는 더할 나위 없이 예뻐 보였다.

"아주 짤막해. 적어줄까?"

여진은 수첩을 꺼내 펼치고 잠시 끄적거리더니 적은 것을 찢어 내게 건네주었다.

    A   Drinking   Song
    Wine comes in at the mouth   술은 입으로
    And love comes in at the eye;   사랑은 눈으로.
    That's all we shall know for truth   우리가 늙어서 죽기 전에
    Before we grow old and die.   참이라 깨달을 건 이것 뿐.
    I lift the glass to my mouth,   나는 내 입에 잔을 대고
    I look at you, and sigh.   그대를 바라보며 한숨짓는다.

  그녀가 적어준 건 원문이었다. 나는 그녀의 새카만 눈을 들여다보며 이 시를 흥얼거리는 큰형의 모습을 상상해 보았다. 형에게도 그런 면이 있긴 있었던가. 술은 입으로/ 사랑은 눈으로…

  큰형은 술을 잘 마시지 않았다. 농사철에 어머니가 손수 담근 탁주가 집에 철철 넘쳐나도 입에 대는 일이 거의 없었다. 술은 오히려 작은형이 잘 마셨다. 그래서 어머니는 술을 거를 때, 많이 마시면 안 되는데 하면서도 곧잘 작은형에게 맛을 보게 했다.

  여진은 얼마 동안 헤어져 있어야 하게 된 때에, 울적해 있는 내 마음을 조금이라도 풀어주기 위해 모처럼 어렵게 큰형을 들먹이며 그 시를 읊조리고, 또 그것을 내게 적어주기까지 한 것이었다. 우리가 늙어서 죽기 전에/ 참이라 깨달을 건 이것뿐….

  그러나 그것으로도 내 마음은 물론 풀리지 않았다. 큰형이 세상에 없음을 또다시 실감하며, 거기에다 그녀와 나를 이어주던 끈이 끊어져버린 이상, 다시는 그녀를 볼 수 없게 될지도 모른다는 생각까지 겹쳐 마음은 더욱더 깊은 수렁으로 빠져들어갔다. 나는 내 입에 잔을 대고/ 그대를 바라보며 한숨짓는다….

"잘 있어. 편지할게."

여진은 플랫폼으로 가기 위해 개찰구를 빠져나가며 손을 흔들었다. 나도 손을 들어 보였다. 그녀는 얼굴을 돌리기 전에 내게 한 번 더 웃음을 보여주었다. 그것이 내가 본 그녀의 마지막 모습은 물론 아니었다. 그해 겨울방학 때 집에 돌아온 그녀는 나를 찾았고, 그러기 전에 서울에서 편지도 보냈었다.

서울엔 아직도 전쟁의 상흔이 곳곳에 남아 있어요. 내가 막연히 그리고 있었던 풍경과는 많이 달라요. 어수선하고 황량해 보인다고나 할까. 이 나라 수도로서 안정되고 활기찬 분위기는 아니군. 내가 막연히 그리고 있었던 풍경이라야 무어라고 꼬집어 설명할 수 있는 건 아니라고 해도, 분명히 이런 건 아니었으니까.

나의 대학생활도 별게 아니지. 학교 근처 허술한 집의 궤짝 속 같은 쬐그만 방에서 친구와 함께 지내며, 아침에 일찍 일어나 밥 해먹고 학교 가고, 돌아와선 청소하고 또 밥해서 먹고, 책을 뒤적거리다가 잠자고…. 무엇을 배우는 건지 마는 건지, 학교와 집을 오가는 것 외엔 되도록 밖으로는 나가지 않고, 그렇게 하루하루를 보내고 있을 뿐이에요.

부산에 잠시 있을 때와 달리, 이제야말로 난생처음으로 집을 떠나 사는 것 같군. 여러 가지가 몹시 불편하면서도 홀가분하고 재미있기도 해. 부모님이 계시는 집을 떠나서는 도저히 살 수 없을 것 같았는데, 참 잘도 지내고 있어요. 그렇게 해서 모두들 집을 떠나게 되는가 봐요.

영훈이도 언젠가는 그리되겠지. 영훈의 인생, 누구도 그 어떤 것도 막지 못하는 밝고 푸른 앞날은 따로 있으니까. 그게 이 세상에 태어난 사람의 길이기도 하구요.

여진은 내게 큰형의 일로 해서 매양 슬픔에만 젖어 있어서는 안 된다는 뜻의 말을 그렇게 표현하고 있었다. 그것은 내게 뿐만 아니라 그녀 스스로에게도 다짐하고 싶었던 말일 거라고 나는 생각했다.

그래야 한다고 여기면서도 나는 못내 서운한 느낌이었다. 그녀의 그 말속에는 자신도 이제 큰형과의 지난 모든 일을 떨어버리겠다는 의지가 담겨 있는 듯했기 때문이었다. 그것은 또한 그녀가 내게서도 완전히 떠나갈 수 있음을 은연중 드러낸 말이기도 했다.

그러나 그건 어쩔 수 없는 일이었다. 그녀 자신을 위해서는 하루빨리 그렇게 해야 한다. 나는 그녀가 비록 편지에서나마 처음으로 존댓말을 써 묘한 기분이었다. 거리감이 느껴지기는 해도 싫지만은 않았다.

다섯 달 만에 돌아온 여진은 과일 바구니를 사 들고 우리 집으로 왔다. 그녀를 대하는 아버지와 어머니의 표정은 착잡했다. 반가우면서도 이 세상에 없는 아들 생각에 괴로웠을 것이었다. 한때 큰아들의 배필로 여겼던 처녀. 딸을 둘 낳긴 했으나 하나도 제대로 키우지 못하고 일찍 저세상으로 보낸 아픔 때문에, 더욱 그녀에게 딸처럼 정을 쏟으려 했던 그들. 어머니는 얌전히 인사를 하고 집을 나서는 그녀의 뒷모습을 차마 보고 있을 수가 없었던지 금방 얼굴을 돌렸다.

"여진이 대학을 나오면 곧 시집을 가겠지?"

그녀를 보내고 나서 어머니가 내게 한 말이었다. 그럴 테지. 그런 생각을 하면서도 나는 아무 말도 하기 싫어 입을 다물고 있었다.

"사귀는 사람이 있을까?"

이 말에는 입이 무거웠던 나도 가만히 있을 수가 없었다. 속에서 무언가 치받쳐 오르는 것 같았다.

"그런 사람이 있으면 우리 집에 찾아오겠어요?"

그러나 그런 나의 기분도 쓸데없는 오기에 지나지 않았다. 만약 지금이 아니라면 언젠가는 그녀에게 남자가 생길 것이고, 그렇게 되면 이 집에 더는 오지 않게 된다. 그날이 그리 멀지 않았다고 생각하니 나는 또다시 울적해졌다.

"그 애가 서울로 가더니 물이 오르고 더욱 환해졌어."

어머니의 말이 무엇을 뜻하는지 나도 나름으로 짐작할 수 있었다. 내게도 오랜만에 만나는 그녀가 많이 달라 보인 게 사실이었다. 소녀 적엔 그의 집 뜰에 피는 장미꽃을 연상시킬 만큼 발갛던 얼굴이 어느새 희어졌고, 어깨로 늘어뜨리곤 했던 머리를 뒤로 올려 묶어 얼굴이 넓게 드러났다. 그래서인지 조금 여윈 듯했던 얼굴이 그지없이 풍부한 느낌을 주었다.

그와 함께 그녀의 전체적인 모습이 전보다 훨씬 성숙해 보였다. 우리 어머니는 그것을 '물이 오르고 더욱 환해졌다'고 표현한 것이다. 그녀 나이 스물이었다.

"너도 이젠 여진을 만나지 않는 게 좋겠구나. 우리 집안과는 이 정도로밖에는 인연이 안 되는 사람이야."

나는 어머니의 말에 몹시 거부감을 느꼈다. 하지만 결국 그렇게 하도록 노력해야 한다는 생각도 하고 있었다.

그런데 일부러 그렇게 노력까진 할 필요가 없게 되었다. 방학 동안에 그녀의 가족이 서울로 이사를 했기 때문이었다. 사업을 하던 그녀의 아버지가 업체를 늘여 본거지를 서울에 두게 된 것이다.

이로써 그녀와는 끝이다, 하고 나는 생각했다. 어머니의 말대로 서로 인연이 그것밖에 안 된다. 나는 그녀가 어떤 사람을 만나고 또 무엇을 하든 잘하고 잘 되기를 바랐다. 그래 정말이지 그러기를 진심으로 바랐다.

이사를 가기 전날 나를 불러내 큰형 이야기를 하던 그녀는 내게 다시 한 번 눈물을 보였다. 동네 철로가 언덕에서였다. 벌써 몇 해가 지난 일이지만, 그녀는 형의 소식을 전해 듣자 얼굴이 하얗게 변하며 무릎에 얼굴을 묻고 흐느꼈었다. 그 뒤 그녀 혼자 얼마나 울었는지는 모르나, 나를 만나면 자기 속마음을 보여주기보다는 언제나 나를 위로했던 그녀였다.

"서울로 이사를 가면 언제 여기 오게 될는지…"

그렇게 중얼거린 그녀는 잠시 뒤 또 혼잣말처럼 했다.

"아마 쉽게 오게 되진 않겠지. 오고 싶어도…"

오고 싶으면 오면 되지 않느냐는 말이 나오려는 것을 나는 삼켰다. 그 말을 태연히 하기에는 그녀의 얼굴이 너무나 어두웠다.

"형님은… 김영재 씨… 영재 오빠 참 좋은 분이었는데…"

그녀가 쉬이 말끝을 맺지 못하고 길게 늘어뜨린 건 처음이었다. 나는 무슨 말도 할 수가 없었다.

"내가 우리 가족 말고 누구를 좋아한 건 영재 오빠가 처음이었어. 오빠도 그런 말을 했지. 생각해 보면 모든 게 너무 덧없어."

그녀가 울음을 터뜨린 것은 그 말을 하고나서였다. 나는 역시 말을 잃고 있었다. 그녀도 이것이 마지막이라고 여기고 있는지 모른다는 생각이 들자 또다시 아득해 왔다. 실제로 그녀는 이날 나와 헤어지며 그런 느낌이 드는 작별인사를 하는 것이었다.

"앞으로 하고 싶은 일 어려움 없이 다 잘 할 수 있기를 바라. 내가 어디서 무슨 일을 하든 영훈이를 생각할 거야. 안녕…"

그래 안녕, 안녕… 나는 그녀를 돌아보지 않고 속으로만 이 말을 되뇌고 또 되뇄다. 안녕, 안녕, 안녕…. 그런데 그녀와의 인연은 이로써 끝난 게 아니었다. 기적적으로 다시 이어졌다. 그것은 한참 지나고 나서의 일이었다.

그건 그렇고, 집안 돌아가는 일은 큰형이 없음을 갈수록 가혹하리만치 실감나게 했다. 말이 적었던 아버지는 더욱 말이 적어져 거의 말을 하지 않았다. 아버지는 슬픔과 고통을 안으로 삭이고, 또 일로써 잊으려 했다. 감독만 해오던 농사일도 스스로 할 때가 많아졌다.

논과 밭을 갈고 가꾸고 수확하는 일이란 겨울철의 한때를 빼고는 늘 부지런한 손을 필요로 한다. 논만 해도 모를 심은 다음에는 약을 뿌리고 잡초를 뽑고 계속 물을 대고 새를 쫓는 따위, 일을 하기로 하면 끝이 없다. 산자락의 밭이라고 내버려두어 절로 되어 지는 일이 있을 리 없었다.

아버지는 다른 일이 없을 때엔 들에 나가 있었다. 언제나 강하고 꿋꿋한 면만 보여주었던 아버지. 그것들이 아버지에게서 이미 많이 빠져나간 뒤였다. 아버지는 들일을 거의 기계적으로 하고 있었다.

낮 시간의 대부분을 혼자 집에서 보내는 어머니. 아버지나 작은형이나 내 앞에서는 자신의 감정을 거의 드러내 보이지 않았다. 아무도 없을 때 혼자 그것을 얼마간 풀 수 있기 때문인지도 몰랐다. 그리고 어머니에게는 자신이 보살펴야 하고, 아울러 그들로 하여 위안을 받을 수 있는 두 아들이 있는 것이다.

그런 가운데서 복받치는 감정을 억제하지 못하는 어머니의 모습을 나는 종종 볼 수 있었다. 특히 아무것도 손대지 않고 그대로 두고 있는 큰형의 방을 청소할 때에 그랬다. 무릎을 구부리고 엎드려 방바닥에 걸레질을 하는 어머니, 그럴 때마다 언제나 눈물을 방울방울 떨어뜨렸다.

　큰형의 죽음으로 또한 큰 타격을 입은 사람은 작은형이었다. 자신을 떠받치고 있던 정신적인 지주를 잃고 만 작은형은 불편한 몸에 더하여 마음마저 휘청거렸다. 다리를 절뚝거리며 늘 큰형을 따라다녔던 작은형에게 있어 큰형은 보호자였던 동시에 놀이의 단짝이나 다름없는 존재였다.

　작은형 때문에 가슴속에 커다란 혹덩어리를 키우며 살아온 아버지와 어머니는, 큰형이 몸이 온전하지 못한 동생을 끔찍이 여기는 것으로 큰 위안을 삼았었다. 언젠가 작은형이 큰형의 방에 들어가 울고 있는 것을 보았을 때, 나는 큰형이 영영 돌아오지 않는다면 기적이라도 일어나서, 정말 기적이 일어나서 작은형의 몸이 온전해지기를 바라고 또 바랐다.

　내가 고등학교에 들어간 해에 작은형은 고등학교를 졸업한 뒤, 나 같은 병신을 받아줄 대학이 어디 있느냐고 하면서 스스로 대학 진학을 포기해버렸다. 한동안 빈둥거리던 작은형은 친척 아저씨의 권고로 그 사람이 운영하는 회사의 사무원으로 들어가 일했다.

　매일 아침 얼굴을 찡그리고 일어나 아침을 먹는 둥 마는 둥 하고, 불편한 몸을 이끌고 나가는 작은형을 어머니는 몹시 측은해 했으나, 그뿐 어쩔 수도 없었다. 저도 언젠가는 독립해서 살아야 한다는 사실 때문이었다.

　"부모가 천년만년 살아서 보살펴줄 수 있는 것도 아니고… 큰형이 없으니 누구한테 저 애를 맡기고 눈을 감나… 자기가 그것을 깨닫고 이를 악물어야 하는데…"

　이와 같은 어머니의 중얼거림을 간혹 들을 수 있었던 나는 여전히 큰형의 방을 드나들었다. 그 방에서 가족앨범을 들춰보고, 형의 책을 뒤적이고, 또 눈을 멀뚱멀뚱 뜬 채 한동안 방바닥에 드러누워 있기도 했다.

그러나 세상일이 다 그렇듯 그런 일에도 끝은 왔다. 말이 없이 슬픔과 고통을 안으로 삭이고, 때로 들에 나가서 그것들을 땅과 하늘로 토해내던 아버지가 드디어 결단을 내린 것이다.

칠 년 전 큰형이 집을 떠날 때의 그대로였던 큰형의 방을 우선 깨끗이 치우게 했다. 더 이상 나는 큰형의 방에 들어가 형의 책과 노트북을 뒤적일 수도 없었고, 펜대와 연필을 만지작거릴 수도 없게 되었다. 벽에 걸린 그림, 어머니가 매일 방 안 청소를 할 때마다 정성스럽게 닦던 사진들, 젖은 수건으로 먼저 닦은 다음 다시 마른 수건으로 닦던 그 사진들은 작은형과 나의 방 안 벽을 장식했다.

키츠의 시들이 있는 『영국 낭만파 3인 시집』 등 큰형이 즐겨 읽던 책들과 형의 손때가 묻은 물건들은, 형의 옷가지와 형의 얼굴을 담은 몇 점의 사진과 함께 무덤을 만들어 묻었다. 그날 그때까지 큰형의 유해나 유골은 물론, 유품 한 점 돌아오지 않아 그것을 대신한 것이었다. 그것들을 담은 큼직한 상자는 아버지가 직접 만들고 겉에 옻칠까지 했다.

그 상자를 묻는 행사는 내가 서울의 한 대학에 진학하여 학교 근처에서 자취를 하며 첫 학기를 보내고, 여름방학을 맞아 집으로 돌아왔을 때 치러졌다. 아버지와 어머니와 작은형과 나— 우리 네 식구만 그 자리에 있었다. 그리 멀지 않는 동네에 살던 큰댁에도 알리지 않았다. 따로 일꾼을 부를 필요도 없었다.

아버지는 모든 일— 땅을 파고 유품을 묻고, 봉분을 하고 떼를 입히는 일들을 말없이, 입 한 번 열지 않고 해나갔다. 어머니는 그것을 또한 말없이 지켜보고 있었다. 아버지는 모든 일을 끝내고 나서 깊은숨을 몰아쉬고 입을 열었다.
"그동안 네가 쉴 곳이 없어 구천을 떠돌았다면, 이제는 안심하고 와서 쉬어라."
그제야 어머니는 흐느껴 울었다. 어머니는 모두들 그곳을 떠나려고 일어설 때까지 손수건을 눈에서 떼지 못했다. 나는 작은형이 맨 뒤에서 불편한 몸을 이끌고 비탈길을 내려오며 계속 눈물을 훔치는 것을 보았다.
아버지가 어떻게 하여 그때 그런 생각을 하게 되었는지, 나로서는 정확히 알 수 없는 일이었다. 아버지는 생전에 스스로의 손으로 그 일도 끝내고 싶었던 것 같다. 아버지는 자신이 큰형이 있는 곳으로 가야 할 날이 다가오고 있음을 알았던 것일까.
건강에 별다른 이상이 없어 보였던 아버지는 그로부터 일 년 남짓 지난 뒤, 아내와 두 아들을 걱정하며 세상을 떠났다. 그해도 기울어가던 늦가을, 회갑을 여섯 달 앞두었을 무렵이었다.

아버지의 세상

우리 가족 앨범에 아버지의 사진은 몇 되지 않았다. 아이들과 함께 있는 어머니의 사진은 꽤 되었지만, 아버지가 들어간 가족사진은 두 장뿐이었고, 독사진도 언제 찍은 것인지 짐작조차 하기 어려운 젊은 모습과 중년 이후의 것인 듯한 사진 한 장씩이 전부였다. 아버지가 사진 찍기를 그리 즐겨하지 않았는지, 또는 그럴 기회가 없었는지는 알 수가 없다.

아버지의 독사진은 둘 다 양복차림의 상반신이었는데, 젊은 쪽은 언제부터인가 누렇게 색깔이 변한 채였다. 내게 남아 있는 아버지의 이미지로는 양복차림이 어울리지 않았다. 나는 아버지가 양복을 입은 것을 본 기억이 없다. 친척이나 아는 이의 경조사로 나들이할 때도 아버지는 한복을 차려입었었다. 그에 대해 어머니는 '가족과 일만 알았던 아버지도 멋을 부려보고 싶으셨을 때가 있지 않았겠니'라고 한 게 고작이었다.

두 사진 속 아버지의 얼굴은 근엄한 표정이었다. 가족사진에 들어 있는 아버지의 얼굴도 그와 같았다. 말이 적었던 여느 때의 아버지 모습 그대로였다. 그러한 표정과는 달리 아버지는 정이 많은 분이었다고 어머니는 내게 말한 적이 있다. 다만 그것을 나타내지 못했을 뿐이라고 했다. 그러고 보니 정말 그랬던 것 같았다.
 아버지는 가족이 모두 같이 있을 때 가장 흐뭇해했다. 방학이 되어 큰형이 서울에서 돌아올 무렵이면, 말은 하지 않아도 기쁨이 얼굴에 잔잔히 퍼지는 것을 볼 수가 있었다. 그런데 아버지에게는 그러한 평범하기 이를 데 없는 일들도 그리 오래 누리지 못했다.
 아버지는 삼십 대 들어 사십 대 중반까지에 이르는 인생의 황금기를 대부분 집 밖에서 바람처럼 보냈다. 돈을 벌어보겠다고 전국 곳곳의 공사장은 말할 것도 없고, 일본까지 가서 막노동 일을 여러 해 하고 오기도 했다. 일의 성격상 닥치는 대로, 걸리는 대로 이것저것 찾아 하다 보니 자주 일을 바꾸고, 또한 여기저기 옮겨 다니지 않으면 안 되었다. 아버지는 그럴 때마다 잠깐씩 틈을 내어 가족이 있는 집에 다니러 오곤 했다.
 아버지는 대대로 이어오던 농사일이 싫어, 또는 일확천금을 기대하여 고되고 험한 공사장을 전전했던 건 아니었다. 선대로부터 물려받은 농토 중 자신이 마음대로 할 수 있는, 자신에게 배당될 자기 몫만으로 따지면 정말 얼마 되지 않아, 땅을 늘릴 돈을 벌기 위해선 그 길밖에 달리 취할 방도가 없었다.
 그즈음 아버지는 형(큰아버지)이 관리하던 집안의 농토를 형과 함께 부치고 있었다. 형은 그에게 식구가 생기면 일부를 떼어 준다고 하고 있었다. 그러나 아이가 넷이나 되었던 형이 농토를 다 차지해도 그 식구들을 거느리기 빠듯할 정도여서 실상 아버지가 탐을 낼 수도 없었다.
 그때 아버지가 최소한 이만큼은 되어야 한다고 여겼던 농토는 논 스무 남은 마지기(사천여 평)와 밭 열 마지기(천여 평)였다. 정말 대단할 게 없는 넓이인데도, 자신이 고향에 주저앉아 있어서는 백 년을 죽도록 일해도 마련할 수 없을 땅이었다.

아버지가 자신의 건강한 몸과 강단만으로 공사판을 찾아 여기
저기, 바다 건너 일본까지 들락거린 건 그 때문이었다. 아버지는 저
수지를 만드는 일이건, 강을 막아 둑을 쌓는 일이건, 다리를 놓는
일이건, 산을 깎고 굴을 뚫어 철로를 까는 일이건 가리지 않고 뛰
어들었다. 그래서 아버지는 자기가 만들어낸, 자신이 책임져야 할,
자기 분신이나 다름없는 아내와 아이들로부터 떠나 살게 되었다.

아버지가 처음 집을 떠났을 때는 장남인 큰형이 방 안과 좁은
마룻바닥을 뽀르르 기어 다닐 무렵이라 식구는 셋이었지만, 나중
내 누이동생처럼 어릴 때 죽은 둘째 아이, 살았으면 작은형과 나
의 누나가 되었을 아이가 어머니의 몸속에서 자라고 있었다. 아버
지는 가족과 떨어져 사는 일이 지겨워, 특히 일본에서 지낼 때는
모두 불러들일까 하던 중에 해방이 되어, 모든 것을 훌훌 털고 가
족에게로 돌아왔다.

이미 자신이 세웠던 목표를 거의 이룬 때여서 아버지에게는
그 점에선 아쉬움이 없었다. 아버지는 크거나 작거나 공사판에서
의 수확을 꼬박꼬박 집으로 보냈고, 잠깐씩 다니러 왔을 때는 직
접 어머니에게 내놓았다. 바로 농토를 장만할 돈이었다. 일거리가
없어 형편이 좋지 않았을 때도 밭뙈기 몇십 평 늘릴 만큼은 주머
니 깊숙이 넣어 가지고 오곤 했다.

돈은 가지고 있으면 쓰기 마련이고, 있는 것을 알면 옆에서 욕
심을 내게 되는 것이므로, 그만한 액수가 모이면 논이나 밭을 지
체 없이 샀다. 그 일은 어머니 몫이었다. 대개 아버지가 미리 시킨
대로 이행하는 것이지만, 큰아버지(아버지의 형)의 도움이 컸다.
큰아버지는 농토나 농사일에 관한 한 도사였던 데다, 그런 일에는
여자인 어머니가 나설 수도 없었다. 엄밀히 말해 어머니는 그때
자신의 주머니(어머니 이름으로 되어 있는 통장)에서 돈만 내주

면 되었다.

　동생인 아버지의 일이 잘 풀리는 한, 물려받은 자기 관리 하의 농토 중에서 아버지 몫을 떼어 주지 않아도 되는 큰아버지로서는, 그 일을 자기 일처럼 알뜰히 보아주었다. 아버지는 그랬던 큰아버지에게 고마움을 충분히 표시했다고 나중에 어머니가 내게 말해 주었다.

　주로 산간이나 허허 들판에서 했던 일은 몇 달로부터 일 년 넘게 걸리는 게 보통이었다. 공사마다 옮겨 다닌 건 물론이고, 때론 대우가 더 나은 회사의 공사장을 기웃거리기도 했는데, 그러한 틈새마다 아버지는 어려움을 무릅쓰고 집에 다니러 왔다.

　집에 온 아버지는 작은형의 심상치 않은 병 때문에 단 한 번 두어 달 있다 간 것 말고는 고작 너댓새, 길어 한 주일쯤 머물다 갔다. 그 짧은 만남을 위해 아버지는 먼 길도 그처럼 빈번히 오간 것이었다.

　그러나 아버지로서는 그것으로 가족에 대한 갈증을 풀기엔 부족했다. 집을 떠나 혼자서, 더구나 누구 하나 의지할 데 없는 멀고 외로운 타국에까지 나가 있던 그 시절의 아버지에게 있어선 아내와 자식, 가족이야말로 언제나 그리움의 대상이었다. 그리고 그들은 이 세상 아무것과도 바꿀 수 없는 자신의 모든 것이었다.

　아버지가 잠시 집에 오면 아내와 아이를, 또는 아이들을 데리고 무작정 시내로 나갔다. 무엇이라도 사 먹이기 위해 음식점에 들어가는 게 언제나 우선적인 일이었다. 그다음에 동물공원(그 지방의 소규모 사설 동물원을 그렇게 불렀다)이나 영화관에 갔다. 어린아이가, 아이들이 영화 내용을 이해하거나 말거나 그런 건 상관없었다.

　아버지에게는 가족이 함께 그렇게 나들이를 하고, 무얼 사 먹고, 구경거리를 찾아다니는 그 자체가 중요했다. 같은 곳에 여러 번 되풀이해서 가도 갈 때마다 기분이 달랐고, 모든 것이 달라 보였다. 이제 또 집을 떠나면 한동안은 이러고 싶어도 못하는 것이다.

사실이었다. 아버지가 밤과 낮을 가리지 않고 험준한 산골, 가파른 비탈, 황량한 들판, 격류의 물살 한가운데서 힘든 일을 하는 동안, 그리고 하루 일을 마치고 더우나 추우나 고달픈 몸을 쉬던 합숙소의 마룻바닥에 누워서도 자신의 머릿속을 가득 채웠던 것은 아내와 아이들의 생각이었다.

아버지의 머릿속 '생각'이 깃들이는 공간이 어떤 형태로 되어 있는지, 우주처럼 하나로 탁 트였는지, 또는 수천수만 수천만 개의 벌집 모양으로 나눠져 있는지 알 수는 없으나, 어떤 형태로 돼 있건 가족 외의 다른 것들은 아예 비집고 들어갈 틈이 없었다. 그때의 아버지에게는 하루빨리 가족을 만나는 일만큼 절실한 것은 없었다.

해방이 되어 집으로 아주 돌아오게 되었을 때, 아버지는 순전히 그와 같은 개인적인 이유로 해서 크게 기뻤다. 고향에서 가족과 같이 살 수 있게 되었기 때문이었다. 가족을 거느리는 데에 그리 부족함이 없을 정도의 농토를 마련한다는 목표도 어지간히 이룬 셈이라, 그런 면에서는 정말 아무런 아쉬움이 없었다.

아버지는 집으로 돌아온 뒤, 지난날 가족과 함께 하지 못했던 길고 긴 공백의 시간과 넓디넓은 상실의 틈을 빠짐없이 다 채우기라도 하려는 듯 그들에게 사랑과 정성을 듬뿍 쏟았다. 그때 큰형은 열다섯 살, 작은형은 열 살, 나는 일곱 살이었다.

그 사이 집안이 행복으로 가득 찼던 것만은 아니었다. 불행하고 슬픈 일도 있었다. 아버지와 어머니의 둘째 아이, 그러니까 나와 작은형에게는 누나가 되었을 아이가 두 살도 되지 않아 죽은 것이 그 하나였다. 물론 내가 태어나기 전의 일이었다.

아버지가 처음 집을 떠났을 때 어머니의 몸속에서 자라고 있던 그 아이가 왜 죽었는지, 어머니의 아픔을 되살리는 일이므로 나는 일부러 물어보지는 않았다. 그랬는데 언젠가 무슨 말끝에 그 말을 꺼낸 어머니는 전염병 때문이었다면서, 제 명이 그것밖에 되지 않은 걸 어떻게 하겠느냐고 한숨을 내쉬었다.

그로부터 여러 해가 지나 내가 태어나고, 그 뒤 나의 바로 아래 여동생을 또한 비슷한 나이에 병마로 잃고 말았다. 어머니는 윗대의 양쪽 집안에서 딸이 귀하지는 않았는데… 하고 뒷날 내 앞에서 푸념한 적이 있었다. 그 두 '누이'의 모습은 우리 가족앨범에도 들어 있지 않았다. 세월이 한참 지난 일이긴 하나, 어머니가 여진을 딸인 듯 각별히 여기고 은근한 정을 주었던 것은 그녀를 맏며느릿감으로 여겨서만은 아니었다.

또 하나의 불행은 둘째 아들인 작은형 영수가 뜻하지 않게 소아마비에 걸린 일이었다. 그것은 회오리바람처럼 갑작스럽게 찾아와 작은형의 몸에 치유할 수 없는 상처를 남기고 갔다. 작은형이 세 살 때, 바로 위의 누이가 죽고 몇 해 지나서였다.

너무나 돌발적으로 닥친 일이어서 손을 쓸 수도 없었다. 어린 딸아이 때와는 달리 당황한 어머니는 큰댁에 도움을 청하는 한편, 일본에 가 있던 아버지에게 전보를 쳤다. 아버지가 허겁지겁 달려와도 근본적으로 달라진 게 아무것도 없었다.

작은형은 자랄수록 몸의 균형을 잃어갔다. 결국 오른쪽 다리를 거의 쓰지 못하게 되기에 이르렀다. 그 뒤 물과 자양분을 섭취하지 못한 나무줄기처럼 가느다랗게 된 그 다리는 힘이 없어지고 더디게 자라더니, 언제부터인가 성장을 딱 멈춰버렸다.

그것은 정상적인 왼쪽 다리에 비해 몹시 가늘고 짧았다. 자연 걸음을 옮길 때 제대로 힘을 주지 못해 절뚝거리지 않을 수가 없었다. 집에서 그리 멀지 않은 학교나 웬만한 곳에는 그냥 다녔으나, 더 멀리 가야 할 때는 지팡이에 의지해야 했다.

아버지와 어머니는 작은형의 몸이 그렇게 되지 않도록 백방으로 알아보고, 한의 양의를 가리지 않고 용하다는 데를 빠짐없이 찾아다니는 등 갖은 노력과 정성을 기울였다. 그러나 모두 아무 소용없는 일들이 되고 만 것이었다.

아버지와 어머니로서는 어린 딸을 잃었을 때보다 더 가슴이 아프고 안타까웠다. 어머니의 말대로 수명이 그것밖에 되지 않아, 일찌감치 딴 세상으로 가버린 딸아이에 대해선 체념이라도 할 수 있었지만, 불구의 몸으로 평생을 살아가야 할 아들은 달랐다. 생각하면 생각할수록 애처롭고, 또한 그럴수록 가슴속에 생긴 혹을 키워갔다.

어린 딸아이의 갑작스러운 발병과 죽음, 그리고 둘째 아들의 몸이 그리된 게 그들로선 불가항력이었다 해도, 특히 아버지는 그 아이들에 대한 죄책감을 떨어버릴 수가 없었다. 자신이 집을 떠나 있지 않았더라면, 늘 자식들 곁에 있었더라면 그러한 결과를 피할 수 있었을는지도 모르는데… 하는 회한도 컸다.

그래서 아버지는 집으로부터 떠나 있는, 가족과 떨어져서 사는 생활방식을 하루빨리 바꿔야 한다고 생각했다. 자신이 공사장에서의 돈벌이 일을 그만두고 집으로 돌아가면 절로 해결될 문제였다. 그러나 돌아가서 장삿길로 나선다든가 하는 다른 생계수단을 찾는 것은 현실적으로 가능한 일이 아니므로 결국 농사를 짓고 살아갈 수밖에 없는데, 그때는 아직 스스로 세웠던 목표의 반도 이루지 못한 상태여서, 식솔을 이끌고 전과 크게 다름없는 구차한 삶을 각오하지 않으면 안 되었다.

거기다가 일찌감치 포기해버린 자기 몫의 농토를 형(큰아버지)에게 지금 와서 나눠달라고 할 수도 없었다. 어떻게 해야 할지 쉬이 용단을 내리지 못한 채, 고된 일에 묻혀 하루하루를 보내고 있던 아버지는 막내라고 여겼던 딸아이, 내 누이동생으로 태어난 아이마저 잃자 마음만 더욱 초조해졌다.

그런데 막상 아버지가 보따리를 싸들고 가족이 있는 고향 땅으로 돌아온 건 그로부터 한참 지난 뒤의 일이었다. 작은형이 소아마비에 걸렸던 때로부터는 칠 년이나 지난 뒤였고, 어린 누이동생의 몸이 활활 타는 불꽃으로 사라진 지 사 년쯤 되어서였다.

그때 아버지가 돌아오게 된 것도 아버지 스스로의 뜻에 의해서라기보다 거센 세상 물결에 휩쓸려서다. 생활이라는 수레바퀴가 굴러온 관성에 의해서, 또는 자신도 모르게 빠져든 타성 때문에, 아버지로서는 어느덧 적응이 되어간, 앉은자리를 박차고 일어나는 일이 마음처럼 쉽지가 않았다.

십삼 년. 아버지가 집을 떠나 열심히 일하고 열심히 살아온 기간이었다. 그동안에 어떤 일들이 있었던가. 농사일로 잔뼈가 굵은 아버지가 농사일 대신에 전국 곳곳을 돌고 남의 나라에까지 가서, 살벌한 공사장의 막노동 일로 허구한 날을 맞고 보냈다.

몸으로 일한다는 점에서는 농사일이나 다름이 없었다. 그러나 일이 힘들고 위험하고, 어디서 구르다가 왔는지 알 수 없는 많은 사람들과 같이 해야 하는 일터 현장의 분위기로는, 농사일과는 하늘과 땅의 차이였다. 아버지가 그래도 그 일을 견뎌낼 수 있었던 것은, 그에 대한 보상으로 고향 땅에 가족의 생계를 보장할 수 있는 농토를 마련할 수 있다는, 먹구름 속의 밝은 빛살과도 같은 희망이 있었기 때문이었다.

그동안에 둘째와 셋째인 두 아들을 얻었고, 어린 두 딸을 잃었다. 한쪽 다리를 제대로 쓰지 못하게 되어 자기 인생 자체가 기울고, 거기에 짙은 그늘을 드리우게 된 둘째 아들의 일은 더욱더 큰 시련이었다. 그것은 갈수록 더 크게 키워갔던 마음속의 혹인 동시에, 깊고 넓게 자리 잡아간 가슴의 시커먼 멍이기도 했다.

아버지는 고향으로 돌아온 뒤 스스로 결산을 해본 결과, 우리 가족이 먹고 살고 아이들이 공부하는데 필요한 수확을 얻을 만큼의 농토를 갖는다는 목표는 달성했다고 여겼다. 아버지는 논 스무남은 마지기와 밭 열 마지기 정도면 될 것으로 잡았었다. 그만한 농토를 장만할 수 있었을 뿐만 아니라, 꽤 넓은 집도 새로 짓기에 이르렀던 것이다.

그런데 시간이 지남에 따라 아버지는 그것만으로는 충분하지 않다고 생각하게 되었다. 몸이 온전하지 못한 둘째 아들이 나중에 제 형과 동생에게 부담을 주지 않고 혼자 살아갈 수 있도록 해줘야 했기 때문이었다. 그러자면 힘이 덜 들고 기복이 심하지 않는, 건실하고 안전한 가게 같은 것이라도 갖게 해야 했다. 그러나 거기까지는 자신할 수가 없었다.

아버지는 혼자 객지에서, 또 외국에까지 나가 십몇 년 뼈 빠지게 일해 모은 재산이란 것도 별게 아님을 깨달았다. 큰형이 서울에 있는 대학에 진학하고 다니는 데에 따른 비용만 해도 수월찮았다고 뒤에 어머니는 내게 말해주었다.

아버지는 큰아들과 막내인 내가 대학 공부를 마치고, 또 둘째 아들이 혼자 힘으로 살아갈 방도만 마련해줄 수 있다면 농토와 집이 없어져도 좋다고 생각했다. 두 아들이 대학을 나오면 직장을 얻거나 무엇을 하거나 자기들 앞가림은 하리라 믿었고, 남은 두 사람(아버지와 어머니)이야 어떻게든 살아갈 수 있지 않겠는가.

사람들이 너 나 할 것 없이 악착같이 돈을 벌려 하고, 웬만큼 재산을 모은 사람들도 자꾸 더 늘리려는 이유를 아버지는 그즈음 비로소 알 것 같았다고 했다.

아버지에게는 아들들을 위한 자신의 설계가 정말 이루어질 수 있을는지 하는 걱정보다는, 그러한 설계 자체만으로 즐겁기 이를 데 없었다. 공사장에서 일할 때는 얼른 목적을 이루어 가족이 있는 집으로 돌아간다는 바람이 가장 큰 것이었다면, 이젠 세 아들의 장래에 대한 희망이 전부나 다름없었다.

그러한 아버지에게 몸이 온전치 못한 둘째 아들의 일이 가장 마음에 걸렸다. 하지만 그것은 이미 사람의 힘으로 어떻게 할 수도 없게 돼버렸다. 뒷날 제 형과 동생이 마음을 써주면 되지 않을까. 그런 바람들이 이루어지기만 한다면 아무 때고 눈을 감게 된들 무엇이 서러울 것인가.

그래도 그만하면 자신이 이끌어온 이 집안은 행복한 편에 속한다고 아버지는 생각했다. 변변히 물려받은 것 하나 없이 맨몸 맨손으로 이만큼 이룬 것은 큰 성공이다. 나머지는 아이들 뒷바라지를 해주는 일뿐. 아버지는 세 아들로 하여 앞으로 집안이 번창해 나갈 것을 상상하면 젊은이들처럼 가슴이 부풀었다. 그런데 그것이 그리 오래 가지 않았다.

전쟁이 한순간에 모든 것을 앗아가 버린 것이다. 전선이 가까운 산 너머에까지 왔다가 물러간 덕분에 '전쟁'을 직접 겪지 않았던 가족들은 집안의 대들보인 큰형을 잃은 청천벽력 같은 사실로 하여 갑자기 전쟁의 직접적인 큰 피해자가 되었다. 그와 함께 모든 것이 흐트러져버렸다.

아버지는 스스로를 달래기 위해 속으로 수없이 부르짖었다…. 내겐 남은 아들이 둘이나 있다. 더욱이 하나는 몸이 온전하지도 않다. 이것들을 보살피고 뒷바라지하는 일도 제대로 하자면 한이 없으리라. 죽은 놈은 죽은 놈이다. 기운을 차리고 힘을 내야 한다.

그런데 그리 되지가 않았다. 몸과 마음과 정신을 떠받치고 있던 기둥 같은 것이 허물어져 정신과 마음이 흔들리고 몸을 제대로 가눌 수가 없었다. 아버지는 자신의 무너진 모습을 식구들에게 보이지 않으려고 되도록 집 밖으로 돌았다.

아버지에게 있어 집 밖은 어디 딴 데일 수가 없었다. 자신이 가족으로부터 멀리 떠나 있기까지 하며 열심히 일해 장만한 논과 밭이었다. 논은 산 아래 넓고 평평한 들판 한가운데에 있었고, 밭은 남쪽으로 바다가 보이는 산자락에 비스듬히 깔려 있었다.

아버지는 논에서 밭으로, 밭에서 논으로 오르내리며, 종전에는 사람을 사서 하던 자잘한 일들을 직접 했다. 그것으로 자신의 슬픔과 괴로움과 고통에서 벗어나려 했던 것일까. 그러나 아버지는 일에만 빠져 있지는 못했던 것 같다. 아버지는 점점 더 크게 쌓여가는 슬픔과 괴로움과 고통을 땅에, 하늘에 통곡을 하듯 막 쏟아내고 있었다.

어느 여름날. 점심때가 지나도 아버지가 돌아오지 않아 어머니는 식사를 준비해 들로 나갔다. 아버지는 논두렁에 있지 않고 밭에 올라가 있었다. 산 쪽을 향해 멍하니 서 있던 아버지는 어머니가 가까이 가도 알아채지 못했다.

아버지는 그냥 멍하니 서 있는 게 아니었다. 나직하게 쉼 없이 무어라고 중얼거렸다. 무슨 말인지는 알아들을 수가 없었다. 어머니는 가슴이 꽉 막혀 아무 말도 하지 못하고 우두커니 서 있었다. 얼마 뒤 인기척을 느끼고 돌아선 아버지는 어머니를 보자 눈을 아래로 떨구었다.

아버지는 마지못해 점심을 들면서도 말 한마디 하지 않았다.

어머니도 입을 다물고 있었다. 무슨 말을 주고받지 않더라도 아버지와 어머니는 서로의 마음을 잘 알고 있었다.

"네 아버지가 밥을 뜨시다 말고 간간이 한숨을 내쉬시는데, 온 산이 다 꺼질 것 같았어."

뒤에 어머니가 내게 한 말이었다. 그때 어머니도 땅을 치고 통곡하고 싶었다고 했다.

아버지에게 있어 큰아들, 즉 큰형은 대체 무엇이었으며 어떤 존재였던가. 자기의 귀중한 분신이었을 뿐만 아니라 이 집안에서, 특히 둘째 아들과 막내아들에 대해 장차 자기 자신을 대신할 믿음직한 장남이었다. 또한 앞으로 가족의 중심이 되어 가족을 이끌어 가고, 여기저기 흩어져 살 후대들을 강한 끈으로 서로 묶는 역할도 하기를 기대했었다.

아버지에게 있어 큰형은 또한 든든한 친구였고, 자신이 이 세상에서 첫 번째로 의지하고 싶은 대상이었다. 결혼이 늦어 서른이 지나서야 얻었지만 첫아들이라 그렇게 길렀고, 중학교에 들어갔을 즈음부터는 적어도 자신과 대등한 입장에서 대하려고 애썼다.

아버지가 공사장을 떠나 잠깐씩 집에 다니러 왔을 때 그것이 더욱 두드러지게 나타났다. 아버지로서는 아마도 가족을 두고 혼자 멀리 나가 있는 데 대한 미안함도 품고 있었을 것이다.

아버지의 그러한 노력과 배려의 결과로 큰형은 같은 또래의 다른 아이들보다 철이 들고 훨씬 어른스러웠다. 두 동생_ 나와 작은형을 잘 보살펴 주었던 그만큼 우리도 형을 잘 따랐다. 그 점에서도 큰형에 대한 아버지의 양육법은 성공한 셈이었다.

큰형은 더욱이 아버지의 삶의 기쁨 그 자체였고 희망이었다. 그렇다고 그 아래 두 아들들에 대한 사랑이 덜했다고는 할 수가 없었다. 그것은 차원이 전혀 다른 일이었다.

큰형에 대한 마음가짐이 그러했던지라, 6·25전쟁 발발 이후 소식이 끊어졌던 큰형이 거지꼴을 하고 집안으로 쓱 들어올 때까지의 사십여 일 동안, 아버지는 안절부절못하는 하루하루를 보냈다. 또 큰형이 자원입대를 했을 때, 결국 큰형이 도망 다니거나 깊숙이 숨어 있지 않는 한 다른 길이 없었을 것이라고는 해도, 그처럼 중요한 결정을 자기 마음대로 해버린 큰형이 아버지로선 못내 원망스러웠던 것도 잠시, 결국 전사 소식을 듣고 난 뒤부터 아버지는 죽은 사람이나 다름없는 삶을 살았다.

어쩌면 아버지는 큰형에게 그런 일이 닥칠 것을 예감했는지도 모른다. 그래서 아버지는 큰형에게 그토록 깊고 많은 사랑과 정성을 한꺼번에 주었던가. 그것이 아버지에게는 자위가 된 동시에 자책이 되기조차 한 모양이었다.

"그 아이에겐 내 마음을 있는 대로 아낌없이 쏟아부었어. 꼭 이런 일이 있을 것을 내다본 것처럼 말이지. 그 점에선 유감이 있을 수 없네. 그 아이도 모든 것을 듬뿍 받았다는 것을 잘 알 거야. 그렇고말고!"

어느 날이었던가, 아버지가 집안의 단골 일꾼이자 이따금 말벗으로 삼았던 사람에게 한 말이었다. 그때 그들은 막걸리 술상을 사이에 두고 있었다. 아버지는 그다지 술을 즐기는 편은 아니었다. 일꾼들에게 들일을 시킬 때 그들과 어울려 간혹 마시긴 해도, 막걸리 한 사발 비우는 것도 힘들어했다.

그런데 아버지는 이날 두 사발을 마셨다. 자연 말이 많아지고 복받치는 감정을 억제하지 못하는 듯하여 술상 시중을 드는 어머니를 몹시 불안하게 했다.

"자식 사랑도 천천히 두고두고 적절히 해야지, 남이 빼앗아갈까 봐 한꺼번에 허겁지겁해서야, 원… 넌 그 아이에게 줄 것 다 주었으니 이젠 더 이상 주지 않아도 돼… 하고 염라대왕이 아이를 데리고 가버린 거네."

아버지는 자식들에게 혼인부터 먼저 시켰던 옛사람들이 참으로 현명했다는 말도 했다. 큰형이 짝도 맺지 못하고 간 안타까움의 표현이었다.

"따르는 아이가 있었는데 말이야."

여진을 두고 하는 말이었다. 큰형은 마지막 스물한 살의 생일을 전선에서 맞았었고, 그때 여진은 열일곱이었다. 큰형이 그렇게 생을 마감하고 보니 아버지로서는 온갖 게 다 마음에 걸렸던 것이다.

딸 둘을 낳았으나 둘 다 몇 해 키우지 못한 때문인지, 아버지는 여진을 대하는 게 서툴기만 했다고 어머니는 내게 말했다. 여진에게 품고 있던 마음을 그녀에게 충분히 보여주지 못한 것은 사실 어머니도 마찬가지였다.

"우리 딸들이 제대로 자랐으면 저 아이처럼 되었을까."

언젠가 큰형의 나쁜 소식이 전해지기 전에 그녀가 집에 왔다 가자 아버지는 혼잣말처럼 중얼거렸다. 모든 것이 물거품이 되고 난 뒤에는,

"저 아이가 틀림없이 우리 식구가 되어 딸 노릇까지 잘해줄 줄 알았는데…"

하며 탄식했다.

아버지는 큰형을 잃은 슬픔과 괴로움과 고통 속에서 칠 년을 살았다. 자신을 떠받치고 있던 크고 실한 버팀목을 잃고도 그만큼 버틸 수 있었던 것은, 또 다른 작은 버팀목들인 두 아들이 있었기 때문이었다. 그런데 둘째 아들_ 나의 작은형은 아버지를 차츰 실망시켰고, 그럴수록 아버지는 마음속으로 막내인 나에 대한 기대

를 더욱 키웠다.

고등학교를 졸업한 작은형은 친척 아저씨가 경영하는 회사의 사무직으로 불안한 사회생활을 시작했다. 대학 진학은 처음부터 생각지도 않았고, 생각할 수도 없었다. 중학교까지는 비교적 공부를 잘한 편이었던 작은형은, 그 이후 큰형이 세상을 떠나자 공부 같은 건 아예 손을 놓아버렸다.

큰형이 있었다면 작은형이 그렇게 되진 않았을 테고, 신체장애자를 선뜻 받아들일 대학을 찾기가 쉽진 않았겠지만, 큰형은 어떻게든 작은형을 대학에 다니게 하지 않았을까.

하지만 그게 다 무슨 소용인가. 작은형은 처음 얼마동안 위태위태하게나마 직장에 잘 나가는 듯하더니 일 년도 되지 않아 그만두었다. 도저히 못 다니겠다고 했다. 작은형 자신이 얻고 싶어 얻은 직장이 아니었다. 매일 아침 억지로 떠밀리다시피 얼굴을 찡그리며 마지못해 나가던 작은형이 아니었던가. 그만하면 꽤 오래 견딘 것도 사실이었다.

작은형 스스로는 그만둔 이유를 말하지 않았다. 형에게 자리를 마련해 주었던 친척은 형이 다른 직원들과 잘 어울리지 못한 것 같다고 했다. 이따금 회식하는 자리에서 술이 들어가면 꼭 누구와 말다툼을 한다는 것이었다.

아버지는 작은형이 그러는 이유를 알 수 있었다. 아버지는 형에게 얼마동안 사회생활을 시킨 뒤에 혼자 꾸려갈 수 있는, 힘이 덜 들고 안전한 가게를 마련해준다는 계획을 오래전부터 갖고 있었다.

형에게 사회생활을 시키는 그 얼마 동안이라는 기간을 아버지는 대략 내가 대학을 나와 직장을 얻을 때까지로 잡았다. 그때 농토가 얼마나 남게 될지 알 수 없으나, 남은 것을 다 처분하여 가게를 차려주면 된다는 생각이었다. 농토가 없어지면 아버지도 할 일이 없게 돼 빨리 자리를 잡도록 가게 뒷바라지를 해줄 수 있다는 계산도 하고 있었다.

가게는 문방구나 책방이 좋으리라고 여겨 아버지는 실제로 돌아가는 내용을 알아보기도 했다. 가게 자리를 빌리고 꾸며 책이나 문구들을 제대로 갖춰 놓으려면 상당한 돈을 들여야 할 것이므로, 내가 대학을 마치기 전에는 가게를 차리기 위해 농토를 없앨 수가 없었다. 거기서 나오는 수확만으로 나의 대학공부를 다 마치게 하기도 불안한 처지라, 그 사이 농토 일부를 처분해야 될지도 몰랐다.

그처럼 우리 가족에게 논과 밭은 실로 대단한 것이었다. 그것을 몽땅 팔아도 만질 수 있는 현금으로 따져보면, 구멍가게의 값어치보다 크게 나을 게 없는 하잘것없는 액수에 지나지 않았지만.

어떻든 작은형이 그때까지(고등학교 졸업 후 칠팔 년)만 직장생활을 해주거나, 그게 정 싫으면 집에서 조용히 지내고 있어도 된다. 그래도 형의 나이 스물대여섯. 그때 형을 이해해줄 만한 처녀를 찾아 짝을 맺어주면 형의 삶을 안정시킬 수가 있다…….

그런데 작은형에 대한 그러한 아버지의 바람은 갈수록 어긋나기만 하고 있었다. 술 마시는 것부터가 그랬다. 집안에 술 마시는 사람이 없는데, 유독 형만 술을 절제 없이 마시는 것이 아버지와 어머니는 영 마음에 들지 않았다. 나 또한 마찬가지였다.

아버지는 막걸리 한잔이면 족한 술 실력. 어머니는 아예 입에 대지도 않고, 딴 세상에 가 있는 큰형도 술과는 인연이 별로 없었다. 아버지의 형인 큰아버지도 아버지와 비슷했다. 할아버지도 마찬가지였다고 한다. 어머니의 친정인 외가 쪽에도 문제가 될 만큼 술을 마시는 사람이 없었던 것 같다. 어머니가 족보를 훑듯 하며 푸념하는 것을 나는 여러 번 들었다.

"아무리 돌아봐도 술 때문에 속을 썩이는 사람이 없는데, 저 아이가 대체 어쩌려고 저럴까."

작은형은 직장이라고 나갈 땐 물론 그랬고, 그곳이 마음에 들지 않는다고 나와서도 어디로 돌아다니는지, 매일 밖으로 나가서 밤늦게 들어오고, 그럴 때마다 술에 폭 젖어 있었다. 누구를 의지하지 않고 혼자 집으로 돌아오는 것이 이상할 지경으로 술을 이기지 못하면서도 술로부터 벗어나지 못했다.

아버지는 작은형에 대해 차츰 자신이 없어져 갔다. 형에게 문방구나 책방을 차려준다는 계획도 헛된 망상처럼 되어 갔다. 아버지는 형이 매일 누구와 어디서 술을 마시는지 궁금하기 그지없었다. 무엇보다도 술 마실 돈이 대체 어디에서 나오느냔 말이다. 그래도 직장에 다닐 때는 주머니에 몇 푼이라도 남아나니까 그렇다 쳐도, 돈 한 푼 못 벌고 빈둥거리는 처지에 매일 술이라니!

대부분의 농가가 그렇듯이, 현금을 만지는 일이 쉽지 않은 아버지나 어머니가 작은형에게 그럴만한 용돈을 줄 형편은 못 되었다. 비교적 잦은 편인, 밭작물을 시장에 넘기거나 할 때 돈을 조금 만지게 되어 작은형과 내가 얼마씩 나눠 받기는 해도, 그 액수는 아주 미미했다.

남한테 술을 얻어 마시는 데에는 한계가 있다. 그 아이(작은형)에게서 얻을 게 무엇이 있어서 누가 매일 술을 사준단 말인가. 수수께끼라면 수수께끼, 참으로 신기한 일이었다.

아버지는 그것을 알아보기 위해 작은형의 뒤를 캐거나 하지는 않았다. 막연히 여기저기서 외상술을 마시는지도 모른다는 생각이 들기는 했지만, 그렇게 얻어 마실 수 있는 술이 얼마나 되겠느냐 싶어 형을 닦달하지도 않았다. 작은형이 가여워 늘 가슴이 아팠던 아버지는, 형이 자신의 처지를 얼마나 원망하고 있을까 하는 생각에, 가끔 알아듣도록 엄격히 나무라고 타이르는 것으로 그쳤다.

　뒤에 아버지는 작은형의 외상술값이 예상보다 많이 늘어 있고, 외상술을 마시기 위해 내세웠다는 '미끼'에 어안이 벙벙할 지경이었다. 그래도 그리 놀라지는 않았다. 그러나 아버지는 작은형에 대해 품고 있던 수수께끼의 큰 부분은 알지 못한 채 세상을 떠났다.

　신통했던 것은 술을 마시고 들어오는 형의 태도였다. 술을 마시면 밖에서는 싸움꾼이 되었을는지 몰라도, 집에 와서는 그런 일과는 관계없이 얌전하기만 했고, 될수록 소리 내지 않고 조용히 자기 방에 들어가 잠을 잤다.

　아버지가 나무랄 때도 몇 마디 변명이 있을 수 있으련만, 형은 한마디도 하지 않고 머리를 푹 숙인 채,

　"잘 알겠습니다."

　또는,

　"아버님 말씀 명심하겠습니다."

　하며 착하디착한 모범학생처럼 굴었다. 작은형은 그때 아버지에게 거짓말을 하고 있었던 것이 아니라, 스스로도 그러고 싶었지만 그게 잘 안되었던 건 아니었을까…. 시간이 한참 지나 그런 생각을 할 때마다 나는 가슴이 아팠다.

　그러니까 장차 혼자 살아갈 수 있도록 형을 독립시키고, 형에게 안정된 삶의 바탕을 마련해 주려는 아버지의 계획은 시작도 해 보기 전에 뒤틀어지고 말았다. 그와 함께 형에 대한 한 가닥 희망마저 사라져버렸다. 그것이 아버지의 마음을 더욱 아프게 했다.

　말년에 거기에서 오는 마음의 빈자리를 채우려는 듯 아버지는 내게 각별한 애정을 쏟았다. 그러나 그렇다고 아버지의 마음이 채워질 수는 없는 일이었고, 오히려 형에 대한 안쓰러움만 깊어졌다.

거기에는 형의 병(소아마비)을 고쳐주지 못한 데서 온 원천적인 죄책감도 들어 있지 않았을까.

큰형만 있었더라도 작은형에 대한 아버지의 그런 마음이 조금은 가벼웠으리라. 하지만 역시 그런 가정은 아무 소용이 없다. 모든 건 그렇게 정해진 채 다 흘러가 버린 것을.

아버지는 큰형이 간 지 칠 년 뒤 큰형이 있는 곳으로 갔다. 큰아들을 잃은 아버지가 가장 두려워한 것은 단란했던 가족의 해체였다. 어떤 일이 있더라도 집안이 산산조각 나서는 안 될 일이었다. 아버지 어머니를 일찍 여의어 부모의 사랑을 모르고 자랐던 아버지는 아내와 아이들을 끔찍이 여겼다.

비록 모든 것을 걸었던 큰아들을 잃고, 거기에 둘째 아들 때문에 사는 것 같지 않은 나날을 보내긴 했으나, 아버지는 자신의 생을 누구의 것과도 바꾸고 싶지는 않았다. 그것이 바로 자기 자신의 생이었기 때문에. 그리고 지나간 생은 다만 한순간에 지나지 않는 것이지만, 이 세상에 와서 아내와 아이들을 가졌던 것을 가장 큰 축복으로 여겼다.

세상을 떠나기 일 년쯤 전 여름, 아버지는 무슨 예감 같은 것이라도 있었던지, 자신이 생전에 꼭 해야겠다고 생각해온 일을 실행에 옮겼다. 시신 없는 큰형의 무덤을 만드는 일이었다. 그 일만은 자기 말고는 아무도 대신할 수 없다고 여겼다. 빈 무덤을 채운 것은 큰형이 읽던 책들과 연필과 만년필과 펜대 등 쓰던 물건들과 형이 입던 옷가지, 그리고 형의 얼굴이 담겨 있는 몇 점 사진들이었다.

작업을 끝낸 아버지는 큰 숙제라도 푼 듯 후우 깊은숨을 몰아쉬고 혼잣말처럼 했던 것이다.

"그동안 네가 쉴 곳이 없어 구천을 떠돌았다면 이젠 안심하고 와서 쉬어라."

그리고는 하늘을 올려다보았다. 그날 하늘은 그 모든 일들에 아랑곳없이 유난히도 높고 푸르기만 했다.

아버지가 세상을 떠난 것은 내가 대학 이학년 때인 늦가을이었다. 학교 다니느라 서울에 있던 나는 전보로 그 사실을 알았다. 두어 달 전 여름방학으로 집에 와 있는 동안 아버지의 건강은 얼굴이 조금 헬쑥했을 뿐 그리 나빠 보이진 않았다. 여느 때와 달랐던 점이 있긴 했다.

개학날을 며칠 앞두고 내가 밤열차로 집을 떠날 때 아버지는 역까지 따라 나왔다. 지금까지 그런 일은 없었다. 여느 때보다 내게 말도 많이 한 편이었다.

"이제 가면 넉 달 뒤에나 오겠구나. 그렇지?"

"네 아버지. 십이월 하순이 되어야 올 수 있을 거예요."

"나그네처럼 왔다 갔다 하는구만. 하기야 사람 사는 일이 다 나그네 같은 것이지만. 잠깐 쉬었다가 또 어디로 가야 하니. 나도 한때 그랬었지. 서울에선 혼자 고생이 많을 거고…"

"저야 아무 걱정 없이 공부를 하고 있는데요. 아버진 식구들을 위해 돈 버시느라 정말 고생하셨죠. 지금도 제 학비 마련하시는 일 때문에 애를 쓰시고요."

내가 아버지에게 이런 말을 하기도 처음이었다. 말을 하고 나니 갑자기 가슴이 막히고 눈물이 핑 돌았다. 나는 아버지에게 눈물을 보이지 않으려고 눈을 계속 깜빡거렸다.

"네 큰형이 살아 있었다면 너한테 큰 의지가 되었을 텐데…"

"………."

나는 무슨 말이든 해서 아버지를 위로하고 싶었지만, 적당한 말이 생각나지 않아 결국 아무 말도 하지 못했다.

이윽고 기차가 올 시간이 되었다. 허리를 굽혀 인사를 하고 개찰구를 빠져나가려는 나를 아버지가 불렀다.

"영훈아…"

내가 걸음을 멈추고 돌아보자 아버지는 무어라고 말하려다 그만두고,

"잘 가."

하며 손을 흔들어 보였다. 왠지 몰랐다. 내 눈에서 눈물이 주르르 흘러내렸다. 나는 얼른 돌아서서 플랫폼으로 향했다. 그때 아버지가 내게 무슨 말을 하고 싶었던 것일까. 하고 싶은 말이 있었으면 해주었으면 좋았을 텐데… 기차를 타고 가며 나는 내내 그 생각을 했다.

아버지는 아무 말도 남기지 않았다고 한다. 몸이 이상하여 그때까지 그래왔던 것처럼 민간요법으로 다스려 보았다. 여러 날 지나도 낫지 않아 할 수 없이 병원으로 가서 의사의 권고로 입원했다. 그런 지 한 주일 만에 눈물을 주르르 흘리며 크게 한번 숨을 쉬고는 잠을 자듯 세상을 떠난 것이었다. 회갑을 여섯 달 앞두고서였다.

"아버지는 병을 고칠 생각은 하지 않고 오히려 키우고 계셨던 거야. 병원에 갔을 때는 손을 쓸 수가 없게 돼 있었어. 한 인생 그렇게 끝나고 말았구나."

어머니가 내게 한 말이었다.

어머니의 모습

 가족앨범에 남아 있는 어머니의 사진도 얼마 되지 않았다. 아버지의 사진보다는 많아 모두 일곱 장. 그 가운데 젊은 시절의 것이 다섯, 중년 이후의 것은 두 장뿐이었다.
 젊은 시절의 사진들은 세 아들들이 돌을 전후하여 각각 하나씩 안고 찍은 것들과 그즈음의 가족사진, 그리고 어머니가 친정 오빠(외삼촌)와 서 있는 모습을 담은 것 등이었다. 중년 이후의 것은 둘 다 식구들이 모두 들어 있는 가족사진으로, 해방 직후 아버지가 집에 돌아온 뒤 한두 해 간격으로 찍은 것들인 듯했다.
 어머니의 키는 작지 않았다. 몸이 가는 편이어서 작아 보였다. 미인이라는 말을 듣지는 못했다고 하나, 얼굴이 갸름하고 착한 인상이라 누구에게서나 호감을 샀다.
 내게 남아 있는 어머니의 모습은, 자식들이나 다른 사람들에 대해 마음이 한량없이 여렸으면서도, 스스로에 대해서는 강인하고 고집스럽기 그지없는 일면이었다. 세월이 갈수록 나는 어머니에게서 환경에 꺾이는 약한 면보다는 어떻게든 버티려고 했던 강한 면을 떠올리게 되었다.
 한때 나는 어머니의 여린 면 때문에, 특히 꽉 다잡지 못했던 작은형에 대한 일로 하여 어머니가 원망스럽기조차 했었다. 그런데 갈수록 내게는 어머니가 대단한 분으로 여겨졌다.

아버지가 세상을 떠난 뒤 여섯 해 남짓 동안 살림을 꾸려갔던 어머니는, 집안을 일으키는 것을 가장 큰 일로 삼았다. 어머니에게 있어 집안을 일으킨다는 것은 집안을 더 이상 망가지지 않도록 하는 것을 뜻했다. 집안의 장래 대들보였던 큰아들이 가고, 집안의 큰 기둥이었던 아버지마저 먼저 보내고, 설상가상으로 둘째 아들이 중심을 잡지 못한 채 비틀거리는 지금, 자칫하다간 집안이 박살 날 게 불을 보듯 뻔했다.
그것을 막기 위해서는 무엇보다도 먼저 작은형의 마음과 행동을 바로잡아야 했다. 그리고 살림을 꾸려 가는 데 모자라는 부분을 그때그때 메우는 일도 소홀히 할 수가 없었다. 그 무렵 우리 집 재산 규모는 해방 직후 아버지가 새 삶을 시작했던 절정기의 절반 정도로 줄어 있었다. 재산이란 것의 전부나 다름없던 농토가 그만큼 줄어들었다는 뜻이었다.
고등학교를 졸업한 뒤 몇몇 직장을 전전한 작은형이 더 이상 직장생활을 해나갈 수가 없다는 판정을 내린 것은 아버지였다. 그래서 아버지는 형이 혼자 할 수 있는 일을 찾아주려고 애썼다. 문구점이나 책방을 차려준다는 계획을 실행할 수가 없었던 것은, 형의 성실성과 가게를 꾸려갈 만한 능력을 인정할 수가 없게 된 데다가, 거기에 들일 밑천도 쉬이 마련할 수가 없었다. 그 돈을 만들자면 상당한 농토를 처분할 수밖에 없었는데, 형 자신의 문제로 하여 아버지로서는 모험을 감행할 수가 없었다.
그러는 동안에 아버지는 형에게 손재주가 있다는 사실에 착안하게 되었다. 무엇을 만드는 재주가 아니라 깎고 다듬고 그리는 재주였다. 큰 그림을 그리거나 조각 작품을 깎고 다듬는 재능이 아니라, 금속에 꽃모양이라든가 무늬 같은 자잘한 그림을 그려 넣고, 또한 세공일을 할 만한 솜씨였다.

그 일은 혼자서도 할 수 있으므로 누구와 티격태격 다투지 않아도 되어, 다른 사람들과 잘 어울리지 못하는 형의 성격적 결함을 덮어두기에 알맞았다. 형을 그런 일로 독립하게 하자면, 먼저 형이 그 일을 배우고 훈련을 받는 과정이 필요했다.

아버지는 여기저기 알아본 끝에 그 일을 가업으로 삼고 있는 사람을 찾을 수 있었다. 아버지는 그 사람에게 형을 맡겼다. 보석상을 직접 경영하지는 않고, 여러 군데서 의뢰받아 혼자 일만 하고 있었는데, 그렇지 않아도 일이 조금씩 늘어 조수 노릇을 할 사람을 찾고 있는 중이었다.

그 사람으로선 정식으로 기술자를 대긴 힘겨워, 손을 빌리면서 일을 가르쳐주고 용돈 정도만 줘도 좋은, 바로 형 같은 사람이 필요했다. 물론 어느 만큼의 기간이 지나고 일이 익어 한 사람 몫의 일을 할 수 있게 되면, 그때 사정을 보아 합당한 임금을 지불하겠다는 것이었다.

새로운 일이라 재미를 붙이고 제법 열성인 듯했던 작은형은 그 일도 차츰 시들해지는지, 무슨 핑계를 대며 가지 않을 때가 잦았다. 그 때문에 주인이 집으로 찾아온 일도 몇 번 있었다. 형이 술을 마시고 늦게 들어와 아침 출근이 늦는 건 그 사람도 그리 탓하지 않았지만, 하루를 완전히 빼먹거나 이틀 연달아 쉬기라도 하면 영업에 지장이 있으므로 보고 있을 수만도 없다는 것이었다. 그럴 때마다 아버지는 그 사람을 설득해 보내는 한편 형을 간곡히 타일러 다시 나가게 하기를 되풀이해 왔다.

아버지가 세상을 떠난 것은 형이 그런 식으로 속을 썩이고 있을 무렵이었다. 달리하라고 할 만한 일도 없어, 어머니는 형이 그 일을 탈 없이 해나가도록 계속 타일렀다. 또 지금 우리 집 형편에 네가 술을 마시고 다닐 때냐, 제발 그 술 좀 그만 마실 수 없겠느냐고 애걸하다시피 했다. 그래도 형은 나가는 둥 마는 둥 했을 뿐만 아니라 술도 계속 마셨다.

어머니는 아버지가 세상을 떠날 때까지 알지 못했던 그 수수께끼, 작은형의 '비밀'을 알고는 기겁을 했다. 아버지는 형이 대체 무슨 돈으로 매일 술을 마시며, 누구한테 얻어 마신다면 누가 무슨 이유로 술을 사주는지 의아해했다. 어머니는 거기에 '지저분한' 여자들이 관계돼 있는 것까지 알게 되었다.

어느 날 밤중에 형이 죽도록 얻어맞고 업혀 들어온 것도 한 여자와의 일 때문이었다. 그래서 어머니는 몸도 온전치 못한 형을 그렇게 만든 상대에게 항의 한마디 하지 못 하고 혼자 속앓이만 하고 있었다.

어머니는 작은형의 또 다른 비밀을 알고는 형에 대한 기대를 완전히 저버렸다. 노름이 그것이었다. 아버지가 살아 있을 때부터 시작된 형의 그 '손장난'은 아버지가 세상을 떠난 뒤 더욱 심해졌던 것이다.

어머니는 노름 때문에 재산을 거덜 나게 한 친정아버지의 이야기를 하면서, 무슨 일이 있더라도 노름에는 절대로 손을 대선 안 된다고 세 아들에게 당부한 일마저 있었다.

적당한 선에서는 결코 끊지 못하는 게 노름이고, 결국 깝데기까지 다 벗겨지고 쓰러져야 끝나게 되는 게 노름이 아닌가. 나는 그러한 형을 이해하려고 했고 또 그래야 한다고 여겼으나, 형이 세상을 떠난 한참 뒤까지도 형을 이해하지 못했다.

"어릴 때부터 부모 가슴 내려앉게 하고 애간장을 태우더니, 어른이 되어서도 조금도 달라지지 않아."

형이 소아마비에 걸렸을 때의 일을 떠올리며 어머니가 푸념하는 것을 나는 여러 번 들었다. 그 말대로 어머니는 아버지와 함께 평생을 작은형 때문에 마음 아파했고, 그것을 가슴속의 혹으로 키웠던 것이다. 그리고 망령과도 같은 그 모든 멍에를 마지막 눈을 감을 때까지 던져버리지 못했다.

아버지가 세상을 떠났을 무렵, 우리 집 농토가 처음의 반 정도로 줄어든 것은, 큰형과 나의 대학공부에 그만큼 돈이 들어갔기 때문이었다. 큰형과 나는 짧게는 육 년 간격으로 고향집을 떠나 서울생활을 했다. 큰형은 이 년 남짓, 그리고 나는 그때까지 삼 년 가까이 서울에서 지내느라고 농토를 조금씩 축냈다. 아버지는 그것을 미리 알고 아버지 나름으로 계획을 세웠었다. 그래도 아버지가 예상했던 것보다는 비용이 덜 든 셈이었다.

그것은 그저 간단히 산술적으로 따져도 나오는 계산이었다. 우선 큰형의 대학 공부는 이 년으로 끝났다. 그리고 내가 서울에서 대학에 다녔던 그 기간 중 절반 정도는 가정교사 아르바이트로 아버지의 부담을 얼마간 덜 수 있었다.

하긴 큰형이 대학을 졸업하고 직장생활을 했다면(아버지는 그 계산도 틀림없이 하고 있었을 텐데), 큰형이 여진을 아내로 맞았더라도 나의 대학공부에 따른 아버지의 부담은 훨씬 줄었을 것이고, 집안 살림에도 큰 도움이 되었을 것이다.

아버지는 이런저런 있을 수 있는 일들을 감안하여 내가 대학을 마칠 때쯤이면, 어림잡아 농토가 절반은 남지 않을까 예상했던 것 같다. 그것으로 작은형을 위해 문구점이나 책방을 차려준다는 것이, 시작도 하지 못했던 아버지의 처음 계획이었다.

그 모든 것들을 두루두루 따져보건대, 아직도 절반의 농토가 남아 있다면 그리 나쁜 결과는 아니었다. 어머니는 그것으로 일년 남짓 남은 나의 대학 공부 뒷바라지를 한 뒤, 나머지를 작은형이 대오각성하여 새사람이 되는 것을 전제로, 형의 금속세공일의 독립 밑천으로 삼는다는 목표를 일단 세웠다.

그러자면 거기서 나오는 수확과 일부 농토의 처분만으로는 부족할 것이므로, 일꾼의 삯도 보태고 집안의 잡비나 찬거리 잔돈푼을 위해서도 그때그때 돈을 따로 만들어야 했다. 또한 어머니는 두 아들, 작은형과 내가 장가를 가게 될 때의 일까지 걱정을 하고 있었다.

어머니가 할 수 있는 일은 몇 가지 되지 않았다. 봄부터 여름, 가을 동안 감자 고구마 무 배추 호박 깻잎 고추 고춧잎 따위 밭작물을 시장에 내다 파는 것이 그 하나였다. 아버지가 있을 때도 해온 일이긴 했지만, 나중에는 밭뙈기도 얼마 남지 않아 호박 깻잎 고추 고춧잎 정도가 밭에서 거둘 수 있는 전부였다.

또 하나는 겨울 동안 집에서 콩나물을 길러 파는 일이었다. 그것만으로 부족해서 어머니는 두부를 만들어 팔았다. 두부를 만드는 데에는 콩나물을 기르는 거와는 달리 일손이 있어야 했다. 물에 불린 콩을 적당히 물을 섞어 맷돌로 갈고, 갈려 나온 것을 팔팔 끓여 비지를 짜내고 간수(짠물)로 엉기게 하고는, 거기서 물기를 빼내는 것과 함께 두부모를 만들기 위해 틀에 넣는 과정을 거쳐야 하는데, 콩을 갈고 비지를 짜내는 데에 손이 필요했던 것이다.

일은 아침 일찍 콩을 가는 것으로부터 시작되어 점심 전에 김이 무럭무럭 나는 두부가 만들어져 나오면 그것으로 모든 작업이 끝난다. 아버지 생전에는 이 일을 아버지가 도왔고, 그 뒤에는 상체가 거의 정상적인 작은형의 팔 힘을 빌기도 했으나, 그런 일도 작은형에게서 바랄 수 없게 되자, 모든 일을 어머니 혼자 했다.

그 무렵 두부는 미처 공업화가 안 된 단계여서, 그 고장에서는 대개 그렇게 집에서 만든 것으로 수요를 충당했다. 두부를 시장에 내갈 때는 늘 우리 집 농사일을 해주는 이웃 아저씨의 도움을 받았다.

해마다 제사를 지내는 명절에는 여느 때보다 몇 갑절 팔리고 값도 뛰었다. 그러나 기본적으로 어머니 혼자의 일이므로 하루에 만들 수 있는 두부의 양이 많지 않아, 살림에 큰 보탬이 되지는 않았다. 거기다가 몸이 그리 튼튼한 편도 아닌 어머니로선 무리였다.

나는 어머니가 걱정스러워 여러 번 말렸다. 어머니는 내 말을 듣지 않았다. 자식들이나 다른 사람들에 대해 마음이 한량없이 여렸던 어머니, 그러면서도 스스로에 대해서는 강인하고 고집스러운 어머니. 시간이 지날수록 내가 어머니를 대단하게 여겼던 것도 그러한 일면으로 해서였다.

그러나 거기에도 한계가 있었다. 여러 가지 복합적인 원인으로 심신이 약해진 어머니는 두부를 만들어 파는 일을 더 계속할 수가 없게 되었다. 내가 휴학하고 군에 입대해 있었을 때였다.

아버지는 자신의 큰 계획 속에, 또는 계산 속에 막내인 나의 군복무 기간을 포함시키지 않았으리라. 내가 집에서 멀리 떠나 있었던 그 일 년 반 동안 어머니의 심신은 더욱 약해지고 건강도 나빠졌다. 작은형의 여러 나쁜 버릇들도 확대 재생산되고 가속도가 붙어, 형 스스로를 파멸의 구렁텅이로 몰아넣고 집안일들을 더욱 엉망으로 만들어가고 있었다.

큰형에 대해 어머니는 내게 될수록 밝은 추억거리를 말해주려 했다. 큰형이 말을 잘 듣고 말썽 피우는 일이 없어 참으로 수월하게 키웠다는 말은 어머니의 고정 이야깃거리였다. 학교에 들어가선 성적도 뛰어나 늘 선생님으로부터 칭찬을 받는 아이로 통했다. 동생들이 생긴 뒤에는 그들에게 맏이 노릇을 잘해, 어머니도 그 아래 아이들의 일은 거의 큰형에게 맡기고 있었다.

물론 항상 좋은 일만 있지는 않아, 딸로 태어난 둘째 아이의 죽음이 첫 번째 집안에 찾아온 먹구름이었다. 내가 태어나기 전의 일이라 나는 머릿속에 아무것도 그릴 수가 없었지만, 어머니의 머릿속엔 그 아이의 생생한 얼굴이 크게 자리 잡아 꿈도 자주 꾸었다. 그래서 어머니에게는 때때로 그 아이가 살아 집안 어디에 있는 것처럼 느껴졌다. 늘 어린 그 모습으로.

그것은 젊어 한때의 일이 아니라, 긴 긴 세월의 강을 건너 어머니 말년에 이르러서도 똑같았다. 그러니까 죽은 그 아이는 어머니의 마음속에 살아서 내내 어머니의 삶의 동반자 역할을 해온 것이나 다름없었다. 말을 미처 배우기도 전에 죽어서인지, 그 아이는 말을 하지 않고 어머니의 얼굴을 빤히 쳐다보거나, 방긋거리며 앉아 있는 모습을 보이는 게 고작. 꿈을 깨고 나면 무언가 가슴을 적시는 듯하지만, 매양 슬픔만 느끼지는 않고 흐뭇한 순간을 맛볼 때도 있었다.

어머니는 그 아이의 얼굴이 아주 예쁘고 잘 생겼었다고 했다. 엄마에게만 그렇게 여겨졌던 게 아니라, 이웃사람들도 모두 그렇게 보았다. 어머니가 그 아이를 안거나 업고 밖으로 나가면 이웃 아낙들이 모여들어 서로 안아보려고 법석을 떨었을 정도였다고 한다.

그 아이를 가질 때 어머니는 복숭아가 탐스럽게 열려 있는 꿈을 꾸었다. 그래서 좋은 규수로 자랄 줄 알았다면서 어머니는,

"벌레가 먹어 썩어가는 복숭아였던가 봐."

하고 깊이 탄식해 마지않았다. 그런데 큰형이 집으로 데리고 온 여진을 처음 보았을 때 어머니는 그 아이의 모습이 절로 떠오르더라고 했다. 얼굴 생김이 서로 닮았다고는 할 수 없으나, 그지없이 밝고 깨끗한 여진의 인상에서 그 아이의 모습을 본 것 같았다는 어머니의 말이었다.

어머니는 그 때문에 여진에게 더욱 친근감을 느꼈으면서도, 한편으로는 왠지 불안감을 떨쳐버릴 수가 없었다. 예전에 어린 큰형은 포대기에 싸여 누워 있는 그 아이를 들여다보며 유별나게 좋아했다. 두 살 아래였던 그 아이가 기어 다닐 때는 앞에 부딪치는 물건이 없도록 치우기에 바빴다.

그 아이의 모습을 더 볼 수 없게 되자, 큰형은 그때 그것이 무엇을 뜻하는지 정확히 알지 못했을 텐데, 마치 다 안다는 듯이 눈물을 글썽거렸다. 어머니가 여진을 보며 일말의 불안감을 떨쳐버릴 수 없었던 것은, 여진이 오래전 그 아이처럼 큰형을 슬프게 하지는 않을까 하는 생각이 들어서였는지도 몰랐다.

그 아이가 죽은 뒤 어머니는 아들에게 빨리 동생을 보게 해주고 싶었다. 어머니 뜻대로 될 일은 아니나, 아들을 위해 그리되기를 간절히 바랐다. 그로부터 일 년쯤 뒤 작은형이 태어났다. 큰형과는 다섯 살 차이였다.

이 동생에게로 향한 큰형의 애정이 각별했던 것은, 죽은 누이에 대한 애틋한 마음이 보태져서가 아닌가 여겨졌다. 거기다가 동생이 소아마비로 인해 몸이 온전하지 못하게 된 뒤부터는 동생을 위하는 마음이 더욱 극진했다. 그러한 큰형에 대한 마음 든든함으로, 어머니는 작은형에 대한 가슴 아픔을 얼마만큼 해소할 수 있었다.

나의 아래 누이로 태어났던 두 번째 딸아이가 또한 두 해도 살지 못하고 죽자, 어머니의 슬픔과 실망스러움은 이루 말할 수가 없었다. 어머니는 심지어 여자가 귀한 집안 내림이라도 있는가, 또는 여자가 견디지 못하는 어떤 문제, 다시 말해 유전적이나 환경적 요인 같은 것(나중에 그 나름으로 풀이한 것)이 있지는 않았을까 따위 별별 생각이 다 들었다.

그런데 어머니가 아는 한 '집안 내림' 어쩌고 할 것까진 없을 듯했다. 어머니 쪽에서 볼 때 시가나 친가 양쪽에 다 자매들이 있었다. 즉 우리 형제들에게 사촌 외사촌 고종사촌 이종사촌 누이들이 모두 있음은 물론이었다. 그 두 딸아이가 다만 약하게 태어났거나, 발병 초기에 제대로 손을 쓰지 못한 탓이라고 어머니는 결론지었다.

어머니에게 있어서 제때에 손을 쓰지 못했다는 데서 오는 자책감은 숫제 고통이었다. 세월이 감에 따라 그 고통이 줄어갔다고는 해도, 그 앙금은 언제까지나 어머니의 마음 밑바닥에 고여 있었다.

두 번째 누이로 태어난 아이마저 저세상으로 가버렸을 때도 큰형은 몹시 상심했다고 한다. 큰형이 열두 살 때였다. 나는 네 살밖에 되지 않아 어머니가 슬퍼하던 모습과 그 아이의 몸이 관에 들어간 채 불에 태워진 것 등 몇 토막 기억 외에는 떠오르는 게 없었으나, 그때 집안 분위기가 어땠었는지는 충분히 짐작할 수 있었다.

여진에 대해서 어머니는 용모부터 마음에 들었던 모양이다.
"얼굴이 환해. 때 같은 건 아예 앉지도 않을 듯 깨끗하고…."
그녀가 예쁘다는 말을 어머니는 그렇게 표현했다. 여진의 그런 생김새와 함께 어머니는 그녀의 밝고 트인 성격을 좋아했다. 그녀의 깍듯하면서도 스스럼없는 태도도 어머니를 편하게 했다.

어머니는 여진을 보고 있는 것만으로도 기쁘고 흡족한 모양이었다. 그러나 아버지와 마찬가지로 내성적이고 말을 아꼈던 어머니는 자신의 마음을 밖으로 잘 나타내지는 않았다. 그런 일들을 떠올리고 어머니가 내게 말한 적이 있다.

"남의 품 안에 있는 남의 자식인데 함부로 표 나게 좋아할 수가 있어야지. 그 집 식구들이 어떻게 생각하고 있는지도 모르고…. 다 신령이 시킨 일인지, 원…."

어머니가 여진을 좋아한 건 무엇보다도 그녀가 큰아들을 좋아하고, 마치 착한 누이처럼 따르고 위했기 때문임은 두말할 것도 없는 일이었다. 그런데다 그녀는 둘째 아들과 막내아들, 나와 작은형을 친동생처럼 대하고 있었다. 작은형과는 겨우 한 살 차이였으나, 마음 씀씀이가 네댓 살 위의 큰누나 같았다. 작은형의 처지를 생각하면 한시도 마음이 편할 수가 없던 어머니로서는, 뒷일을 위해서도 참으로 다행스럽게 여겼었다.

"딸만 여럿 있는 집 막내치고는 너무 어른스러워."

그러면서 어머니는 못된 도깨비가 엿듣기라도 할까 봐 목소리를 죽이고는 내게 속삭이는 것이었다.

"그것이 모두 네 큰형의 복이고, 너희들의 복이고, 우리 집안의 복이 아니냐."

어머니가 여진을 몹시 좋아하니 나도 기뻤다. 그리고 어느 사이 나는 그녀가 없는 세상을 상상할 수조차 없게 되었다. 그러나 우리 가족에게 있어 그처럼 기쁘고 행복했던 시절도 짧디짧은 한순간의 지난 일에 지나지 않았다.

어머니는 결국 큰아들과 함께 하루빨리 며느리가 되기를 간절히 바랐던 여진 또한 잃었다. 어머니에게 있어 여진은 여자로서, 죽은 두 딸아이 다음으로 가장 가까워질 수 있었던 존재였던 것이다.

　내가 다시 여진을 만난 것은 대학 진학으로 내가 서울에 간 지 얼마 되지 않아서였다. 아버지가 세상 떠나기 일 년도 훨씬 더 전의 일이었다. 일요일 오후에 명동에 나갔다가 우연히 그녀와 만났다. 내가 고등학교 진학을 앞두고 있었을 때 곧 대학 이학년이 되는 그녀가 방학으로 집에 왔다가, 그녀 가족이 이사하는 바람에 서울로 아주 간 뒤 사 년만이었다.
　부산에 피난 와 있던 대학이 환도함에 따라 처음 서울에 갔던 여진은, 명동에 나와 보고 부서진 전후의 삭막하고 을씨년스러운 풍경에 대해 내게 편지로 몇 자 적어 보냈었다. 바로 그곳에서 그녀를 만난 것이었다.
　그때는 주변이 거의 복구가 되어 있었으나, 오가는 사람들이 꽤 많았음에도 불구하고 그러한 느낌은 싹 가시지 않았다. 온통 회색이기만 한 우중충한 풍경 때문인지, 아니 그것보다 내 마음에 삭막하고 을씨년스러움이 들어 있었던 것일까.
　사실 나는 그날 울적함을 넘어 심한 비감에 빠져 있었다. 그날따라 특별히 그러해야 할 이유는 없었다. 아니 특별한 이유고 뭐고 기울고 있음이 분명한 집안일, 스스로의 슬픔과 무거운 굴레를 벗어 던져버리지 못한 채_ 벗어 던지려고도 하지 않은 채 술과 마약과도 같은 여체의 늪에서 허우적거리고 있는 작은형의 일, 집안일을 돕기는커녕 공부를 한답시고 집안 살림에 큰 부담만 주고 있는 나 자신을 생각하면, 흐린 마음이 갤 때가 없을 게 당연했다.
　지원을 해서 군복무부터 끝낼까 하는 생각도 하고 있었다. 복학을 전제로 재학 중에 입대하면 일 년 반으로 복무를 끝낼 수 있는 혜택이 주어져 그쪽으로 마음이 기울고 있긴 한데, 제대한 뒤 과연 복학할 수 있을는지 의문이라 결정하는 일이 그리 쉽지 않았다. 오전 내내 퀴퀴한 자취방에 드러누워 있던 나는 오후가 되자, 일요일이면 때때로 그랬던 것처럼 명동으로 나온 것이었다.

커피 한 잔 값에다 조금만 더 보태면 몇 시간 앉아 있을 수 있는 음악실(찻집)이 그곳에 있었다. 거기 들어갔다 나오면, 음악이 약이라도 되듯이 답답한 마음이 조금 뚫렸다. 거기선 실상 음악을 듣기보다는 풀 길이 없는 나 자신의 일들로 깊이 가라앉아 있기 일쑤였지만.

나는 을지로 입구에서 버스를 내려 미도파백화점 쪽으로 갔다가, 명동으로 들어가기 위해 그 앞에서 길을 건넜다. 학교나 자취하는 집 방향에서 이곳에 올 때는 언제나 정해진 코스였다. 내가 막 길을 건넜을 때 명동 쪽에서 나오는 그녀와 마주친 것이다.

여진은 혼자가 아니었다. 친구인 듯한 비슷한 나이의 여자와 함께였다. 초여름의 산뜻한 옷차림이 먼저 눈에 들어와 고개를 드니 그녀였다. 그녀도 금방 나를 알아차렸다. 내게는 전혀 예기치 못한 만남이긴 했으나, 그녀를 늘 염두에 두고 있었고, 또 언젠가는 이런 일이 있으리라 기대하고 있었으므로, 반갑기 이를 데 없었던 반면에 그다지 놀라지는 않았다.

그런데 여진은 나를 보고 놀란 듯한 얼굴이더니, 내 손을 덥석 잡았다.

"어머, 영훈이로구나, 김영훈. 이것이 얼마만이지?"

여진은 어리둥절해 있던 친구를 보낸 뒤, 내 팔을 끌다시피 하며 도로 명동으로 갔다. 우리는 오른쪽 작은 길로 꺾어 돌아 제일 먼저 눈에 띈 찻집으로 들어갔다.

그녀의 모습은 고향에서 그렇게 헤어졌을 때와 별로 달라지지 않은 그대로였다. 하긴 삼 년이 조금 더 지났을 뿐이 아닌가. 그녀도 내가 조금도 달라지지 않았다는 말을 되풀이했다. 그녀와 마주 앉아 있으니 지난 시간의 빈틈이 일시에 메워진 듯했다. 그녀는 내가 어느 대학에 다니는가 묻고, 하숙을 하는지 자취를 하는지도 물었다.

"영훈이 서울에 와 있으리라는 생각은 하고 있었어. 어디서 찾아야 할지 엄두를 내지 못하고 있었지만…"

내 경우는 달랐다. 나는 내내 그녀를 생각하고 있었으면서도, 그리고 어떻게 지내는지 한번 만났으면 하고 바랐으면서도 그러지 못하고 있었다. 그녀를 찾아 나섰으면 찾을 수 있었을 것이었다. 그녀가 다니던 대학에 가면, 비록 졸업한 지 일 년이나 지났지만, 졸업할 당시의 집 주소나 연락처를 알아내기는 어렵지 않았으리라.

내가 그러지 못했던 것은 그럴 엄두가 나지 않아서가 아니었다. 그녀는 이미 예전에 큰형이 좋아했고, 큰형을 좋아했던, 그래서 나도 좋아했던 그 여진이 아니기 때문이었다.

큰형이 이 세상에서 사라진 지도 육 년이 지났다. 바로 말하면 그녀한테 좋아하는 사람이 생겼을 수도 있다. 더구나 그녀는 벌써 사회에 발을 내디뎌 직장생활을 하고 있지 않은가.

대학을 나오자마자 학습교재를 만드는 출판사에 들어가 일하고 있다는 그녀는, 어쩌면 한두 해 뒤 직장을 옮길지도 모른다고 했다.

"그땐 그때고…"

그녀는 카운터에서 쪽지를 얻어 전화번호를 적어주었다.

"그때까지는 그대로 일하고 있을 테니 틈나는 대로 연락해. 식사도 같이하고 우리 집에도 한번 가야지."

그녀와는 한 시간가량 같이 있으면서 주로 지난 이야기를 했으나, 큰형에 대해서는 한마디도 하지 않았다. 나는 언제 다시 만난다는 기약도 없이 그녀와 아쉽게 헤어졌다. 나는 이날 음악실에 가지 않아도 되었다. 뜻밖에도 그녀로 하여 마음을 듬뿍 채웠기 때문이었다.

그녀의 전화번호를 적어 받을 때만 해도 나는 그녀에게 꼭 전화하리라고 마음먹었었다. 그런데 하루 이틀이 지나고 며칠이 가자 그렇게 되지가 않았다. 길가 공중전화를 볼 때마다 머뭇거리기만 했다. 처음 서울에 와서 그녀를 찾아 나서지 못했던 것과 똑같은 이유에서였다. 나는 그녀에게 어떤 부담감도 주고 싶지 않았다.

이젠 나도 그녀를 마음으로부터 싹 몰아내야 한다. 그러나 그 또한 마음먹는 대로 되어가지 않았다. 마치 그녀가 주변 여건이 무르익지 않아 가슴 아프게 헤어지지 않으면 안 되었던 첫사랑의 대상이기나 한 것처럼, 그녀는 여전히 내 마음의 큰 부분을 차지하고 있었다.

그렇게 여진을 보지 못한 채 지나다가 그녀의 소식을 들은 것은 그로부터 일 년 남짓 지난 뒤였다. 어머니가 그녀를 마지막으로 본, 바로 아버지가 세상을 떠난 직후의 일이었다.

어머니가 그녀의 가족이 서울로 이사 가기 전에 그녀를 본 뒤 사 년이 지났다. 그때는 그녀를 영영 보지 못할 줄 알았는데, 뜻밖에도 어머니는 다시 그녀를 만나게 되었다. 그녀는 고향 친척집에 잠깐 다니러 왔다가 우리 아버지가 세상을 떠났다는 말을 듣고 집에 들른 것이었다.

"누군지 얼른 알아보지 못할 정도로 달라 보이더구나. 학생티를 완전히 벗었어."

어머니가 뒤에 내게 한 말이었다. 어머니는 내가 서울에서 여진을 만난 사실을 모르고 있었다. 나는 어머니가 마음 상할까 보아 그 말을 하지 않았던 것이다.

그때 여진은 스물네 살이었다. 어머니는 멀리 가 있던 딸이 돌아오기라도 한 것처럼 반가웠다. 그러나 그 반가움은 얼마 안 가 어색함으로 변하고 말았다. 그녀는 아버지의 사진과 위패를 모신 방에 들어가 향을 피우고 절을 하고 나왔다.

여진은 큰형에 대해서는 역시 아무 말도 하지 않았다. 어머니에 대한 배려이기도 했고, 그녀 스스로도 아픈 일을 상기하고 싶지 않았을 것이다. 그리고 그것은 한갓 흘러가 버린 지난 일일 뿐이었다.

그녀 또한 내 안부를 물은 것 말고는, 서울에서 나를 만났다는 말을 어머니에게 하지 않았다. 그래야 할 이유가 있었을 리는 없고, 일 년이나 지난 일이라 잊었거나 미처 말을 꺼내지 못했을 것이다.

여진은 어머니에게 건강에 유의하시라는 말을 되풀이했다. 그즈음 어머니는 아버지의 죽음이 준 충격과 집안일에 대한 걱정으로 얼굴이 몹시 상해 있었다.

그녀가 가버리자 어머니는, 이제 정말 저 아이와는 마지막이라는 생각이 들었다. 그녀는 빈말이라도, 또 뵙겠습니다… 라고 하지 않고,

"어머님, 안녕히 계십시오. 몸조심 하시구요."

그렇게 말했다. 그녀가 '어머님'이라고 한 표현도 별 의미가 있을 수 없는 의례적인 것인 줄 알면서도, 예전 같았으면 그 말이 반갑기 그지없었으련만, 그때는 단지 어머니의 마음만 아프게 했을 뿐이었다고 한다.

큰형이 가버린 마당에 어머니는 차라리 나와 작은형이 위아래가 바뀌었으면 좋았을 것이라는 말까지 했다. 나 쪽이 형이고 작

은형이 동생이었다면 마음이 한결 가벼우리라는 뜻이었다. 내가 착하고 알뜰한 색시를 얻어 몸 불편한 '동생' 하나 거두긴 어렵지 않으리라는, 어머니의 안타깝고 헛된 꿈이었다.

하긴 동생이라고 형 노릇을 못 하란 법이 있는가. 내가 나중에라도 작은형을 보살펴 준다면 그나마도 마음 편하게 눈을 감을 수 있다… 그건 헛된 꿈이 아니었다. 그래서 내가 하루빨리 장가를 가는 것이 어머니의 마지막 남은 큰바람이 되었다.

아버지가 세상을 떠났을 때 나는 스무 살, 대학 이학년이었다. 내가 방학으로 집에 오면, 어머니는 사귀는 여자 친구가 있느냐고 곧잘 떠보았다. 아버지도 없는 집안, 적적해지는 마음이 커질수록 어머니의 그 바람은 더욱 커지는 듯했다. 어머니는 그때 나의 색싯감으로 여진 같은 여자를 염두에 두고 있었음이 틀림없다.

학교에서 서로 아는 체를 하고 몇 마디 말을 나누는 여학생들 외에, 내가 특별히 마음에 두고 사귀는 여자친구는 없었다. 그런 일이 절실하지도 않았다.

재학 중에 군에 입대, 일 년 반 복무를 마치고 복학하여 졸업했을 때까지도 내게는 아무도 없었다. 전과 다름없이 내겐 여자친구가 절실하지 않았다. 나에게 더욱 가까이 달라붙어 있었던 것은 집안일을 어떻게든 도울 방도를 찾는 현실적인 문제와 불확실한 장래에 대한 불안, 젊음이 갖는 허무감 같은 것들이었다.

그런 가운데 나도 불현듯 어떤 대상이 그리워질 때가 있었다. 자신의 고민을 하소연하고, 또 의지하고 싶은 존재에 대한 갈망이기도 했다. 그 '어떤 대상'은 실체가 뚜렷하진 않아도, 내가 그런 기분에 휩싸일 때마다 여진의 모습이 떠올랐던 것은 그때까지 내가 아는, 그리고 어떤 방식으로든 가까이 지낸 여성은 그녀밖에 없었기 때문이었으리라.

　내가 또다시 여진을 만난 것은 나의 대학 졸업식장에서였다. 전혀 예기치 않았던 일이었다. 그녀가 오리라고는 상상도 하지 못했었다. 그러나 그녀 쪽에서는 오래전부터 나의 졸업식장에 와볼 생각을 하고 있었음을 나는 곧 알게 되었다.

　나는 자연스러운 단계를 거쳐 입학한 지 사 년 뒤의 정해진 날에 졸업을 한 것이 아니었다. 군복무로 일 년 반이 늦어진 가을에 학업을 마쳤고, 졸업식도 하는 듯 마는 듯 조용히 치러졌다. 학교에 직접 문의하지 않고는 이날 졸업식을 하는지, 그리고 내가 졸업생 명단에 들어 있는지 알아낼 수 없었을 터이다.

　나는 삼학년 한 학기를 마치고 방학 동안에 입대했다. 복무기간이 일 년 반으로 단축되는 혜택을 얻는 쪽을 택한 것이었다. 앞날의 일이 어떻게 될지 알 수 없는데, 어렵게 들어온 대학을 졸업하고 보라는 친구도 있었다.

　나로서는 무슨 큰 짐덩어리처럼 어깨를 누르고 있는 군복무라는 '부담'을 하루라도 빨리 덜고 싶었다. 큰형의 일 때문에 처음엔 과민반응을 보였던 어머니도, 나중에 삼 년씩이나 가 있느니 차라리 빨리 마치고 오라고 했던 것이다.

　군에서 나오니 세월을 많이 보낸 것 같고 철도 좀 든 듯했다. 그런데 짐덩어리가 내 어깨를 누르고 있는 것 같던 느낌은 그대로였다. 졸업한 뒤 직장을 얻는 문제, 거기에다 가장 큰 무게로 나를 누르는 집안일, 그밖에도 생각하고 고민해야 할 일들은 여전했다. 하긴 그런 일들은 살아가는 한 결코 벗을 수는 없는 것들이었다.

　그날 학교 강당에서 졸업식이 끝나 나가려 할 때였다. 내빈석에서 손짓을 하는 것 같아 쳐다보았더니 바로 여진이었다. 세월이 꽤 흘렀는데도 단박 그녀임을 알았다. 나의 어설픈 눈에도 그녀의 모습은 여자로서의 성숙함을 듬뿍 지니고 있었다.
 나는 몹시 놀랐다. 스스로 가슴의 세찬 고동마저 느낄 수 있을 정도였다. 졸업식에 아무도 올 사람이 없어 내빈석으로는 처음부터 아예 시선도 주지 않았었다.
 여진은 얼굴 가득히 웃음을 담고 내게로 다가와 들고 있던 한 다발의 꽃을 내밀었다. 나는 얼결에 그것을 덥석 받았다.
 "졸업을 축하해요."
 "이 꽃을 가지고… 저를 축하하러 오신 거예요?"
 내 입에서는 겨우 이 말이 나왔다.
 "누구 딴 사람이 또 있어요? 지금 여기 내가 아는 이는 단 한 사람뿐이에요."
 "어떻게…."
 그녀가 어떻게 알고 왔으며, 어떻게 올 마음이 생겼느냐는 뜻이었다. 그녀를 무어라고 불러야 할는지는 나로선 여전히 풀지 못한 채였다. 오래전에 그녀가 큰형과 만났던 시절에도, 또한 그 뒤에도 달라지지 않았던 것이다. 그럴 계제에는 되도록 호칭을 피하고 그저 애매하게 표현했었다.
 여러 조건으로 볼 때 '누나' 또는 '여진 누나'라고 부르는 게 가장 자연스러웠으나, 그 말이 나오지 않았었다. 단지 쑥스러웠던 것만도 아니었다. 지금도 꼭 같았다. 아니, 철들만큼 철든 지금은 예전보다 더욱 더했다. 어느덧 나는 스물넷, 그녀는 스물여덟이었다.
 "재작년 초 이 대학 졸업식이 가까워졌을 때, 혹시나 해서 학교에 알아보았어요. 군복무로 휴학했다더군요."
 그 뒤 그녀는 다시 학교에 연락하여 내가 복학한 사실과 이날 후기 졸업식이 있음을 알았다고 한다. 그녀와는 일학년 때 명동에서 우연히 만난 뒤 처음이었다. 오 년도 더 지난 일이었다.

여진이 결혼했는지 모른다는 생각이 들자, 조금 전에 스스로도 느낄 수 있었던 가슴의 세찬 고동이, 뜻밖에 그녀를 만난 큰 반가움으로 내 몸이 그렇게 반응했을 텐데, 그것이 금방 꺼져버린 느낌이었다. 그리고 바로 그 자리엔 슬픔의 강물 같은 것이 차올랐다.

"제 졸업식에 오실 줄은 몰랐어요."

어떻게 올 마음이 생겼느냐고 묻는 대신에 그렇게 말했다.

"그러고 싶었어요. 졸업식엔 꼭 오려고 했었죠. 그동안 보고 싶었지만 기회가 있었어야죠."

여진은 둘이 오랜만에 만났고, 또한 나의 졸업을 축하하는 뜻에서 점심을 사겠다고 했다. 나는 점심을 같이하기로 한 몇몇 졸업생 친구들에게 양해를 구하고 그녀와 명동에 있는 한 양식집으로 갔다. 오 년 전에 둘이 우연히 만났던 곳이라, 그 기억을 되살려서 명동에 다시 간 건 아니었다. 어디로 갈까 생각하던 그녀가 몇 번 가본 데가 있으니 가자고 했던 것이다. 그녀도 그때의 일은 잊지 않고 있었다.

"전에 여기서 만났을 때 이따금 식사도 같이하고, 우리 집에도 가자고 했는데…."

그녀는 여자중학교 교사로 있었다. 그녀가 대학을 나오자마자 학습교재출판사에서 일한다는 말은 지난번 그녀에게서 직접 들었고, 그 뒤 중등교사 자격증을 얻어 학교로 옮겼다는 것은 어머니를 통해 알았다. 그녀가 마산에 갔다가 아버지가 세상을 떠났다는 소식을 듣고 우리 집으로 갔을 때, 그녀는 그 말을 어머니에게 했던 것이다.

토요일엔 맡은 수업이 없어, 이날 그녀는 아침에 학교에 갔다가 시간 맞춰 졸업식장에 왔다. 그녀와 같이 있는 동안, 성숙한 모습 외에도 전과 같지 않은 그녀의 변화에 대해 나는 곰곰 생각해 보았다. 나를 줄곧 동생처럼 대해왔던 그녀의 말투가 완전히 바뀐 것 말이다. 그녀는 내게 존댓말을 쓰고 있었다.

오 년 전 만났을 때도 그러지 않았다. 그녀가 나를 스스럼없는 '동생'으로서가 아니라 한 사람의 '어른'으로 대해준다는 사실은, 나를 가슴 뿌듯하게 해주기보다는, 오히려 거리감을 느끼게 했다.

시간이 감에 따라 '거리감'은 내게 서운함을 몰아왔다. 그녀로서는 지극히 자연스럽고 당연한 변화일지는 모르나, 나로서는 그렇지가 않았다.

나는 불쑥 물었다.

"혹시 결혼하셨어요?"

예전 같았으면 입 밖에 내지 못할 말이었다. 더구나 자신의 말투가 너무 퉁명스러웠음을 스스로 의식하면서도, 왠지 나는 그녀에게 미안한 느낌이 조금도 들지 않았다.

"아니…. 아직."

여진은 멋쩍은 듯 잠시 시선을 나로부터 딴 데로 옮겼다.

"언제 결혼하세요?"

꼭 알고 싶었던 것도 아닌데, 나의 입에서는 또 그런 말이 튀어나왔다. 하고 나니 조금 심했던 것 같아 나는 적당히 얼버무렸다.

"결혼식 땐 저도 가려고요."

여진은 말없이 빙그레 웃기만 했다. 우리가 들어와 있는 양식집은 꽤 고급으로 보였다. 연노란색의 보가 깔린 둥글고 네모난 식탁들 위엔 붉은 장미 꽃병이 하나씩 놓여 있었다.

나는 옛 우리 집 뜰 안 꽃밭을 떠올렸다. 여름에는 장미꽃 송이들이 특히 탐스러웠다. 가끔 와서 보곤 했던 그 장미꽃처럼 얼굴이 불그스름했던 여학생… 내가 처음 본 여진의 모습이었다.

언제나 즐거움과 기쁨을 주었던 그 시절의 기억… 고급 양식집에서 더욱 아름답게 피어난 성숙한 그녀를 앞에 두고, 나는 처음으로 나 자신도 실체를 알 수 없는 비애를 맛보고 있었다.

내가 서울에서 대학생활을 시작하여, 군복무로 오 년 반 걸려 졸업한 지금까지 이런 식당에, 여자와 들어와 보기도 처음이었다. 그런데 그게 대체 무슨 의미가 있단 말인가.

여진은 식사를 시키며 웨이터에게 포도주를 잔으로 마실 수 있느냐고 물었다. 웨이터는 그렇다고 하면서 외국산 와인을 드릴까요, 국산 포도주를 드릴까요, 하고 물었다.

"국산 포도주를 주세요. 두 잔요."

그녀가 말했다. 곧 플라스코 모양의 유리잔이 두 사람 앞에 놓여지고, 장미를 연상시키는 빨간 포도주가 잔의 삼분의 이 정도로 따라졌다. 그녀가 먼저 잔을 들었다.

"자아, 졸업을 축하해요."

나도 잔을 들어 그녀의 잔에 살짝 부딪쳤다. 우리는 그것을 각기 입으로 가져갔다. 그녀는 입술을 축이는 듯 마는 듯하고는 잔을 내려놓았다. 나는 한 모금 마셨다. 큰형이 그녀와 함께 곧잘 뇌였다는 그 '술 노래'가 생각났다.

그녀는 환도와 함께 서울로 돌아간 대학으로 떠나며 역 대합실에서 내게 그 시의 전문을 영어로 적어 주었었다.

술은 입으로/ 사랑은 눈으로/ 우리가 늙어 죽기 전에/ 참이라 깨달을 건 이것뿐/ 나는 잔을 들면서/ 그대를 바라보고 한숨짓는다.

여진이 혹시 그때의 일을 떠올리고, 그 구절들을 입속에서 흥얼거리고 있을까. 그것이 궁금했다. 하지만 나는 그 말을 꺼내지 않았다. 직장을 구했느냐는 그녀의 물음에, 나는 일단 고향에 돌아가 집안일을 돌보며 앞으로의 일을 생각해볼 작정이라고 했다.

그 말 그대로였다. 지금은 직장을 얻는 일 같은 건 생각할 수도 없었다. 직장을 얻는다면 본격적으로 서울 생활을 해야 하는데, 집안일을 어머니와 몸과 함께 마음마저 온전치 못하게 된 작은형에게만 맡기고 모른 척할 수는 없었다. 대학 공부와 입대로 집에서 떠나 있었던 지금까지는 어쩔 수 없었다 해도 이젠 달랐다. 나 자신의 일은 둘째 문제였다.

양식집에서 나온 우리는 미도파 건너편 명동 입구에서 헤어졌다. 여진은 을지로 쪽으로 갔고, 나는 그 반대인 한국은행 쪽으로 향했다. 그녀와 같이 을지로로 가서 버스를 타도 되지만, 빨리 헤어지는 게 서로의 마음을 가벼이 해주리라 여겼다.

"잘 가요."

그녀가 손을 들며 말했다.

"안녕히 가세요."

나는 허리를 굽히며 말했다. '또 봐요'라는 말은 그녀나 나의 입에서 나오지 않았다. 나는 그녀의 뒷모습을 쳐다보지 않았다. 이젠 정말 마지막이라고 생각했다.

사실은 팔 년 전에 그녀가 서울로 이사했을 때, 이제 그녀와는 마지막이라고 생각했었다. 그러다가 삼 년 뒤 명동에서 우연히 그녀를 만나고 헤어지면서도 마지막이라는 생각을 했다. 그랬는데 그녀는 일 년 뒤, 비록 나와는 만나지 못했어도 우리 집으로 찾아와 세상을 떠난 아버지의 위패에 절을 하고 갔다. 그리고 그로부터 사 년이 흐른 뒤인 이날 그녀는 나의 졸업식장에 온 것이었다.

그러나 이젠 정말로, 그녀와는 정말로 마지막이라고 여긴 것이었다.

"이로써 윤여진이라는, 누나 같은 저 여자와의 인연은 마지막 한 가닥 실마저 완전히 끊어지고 말았다!"

나는 자신도 모르게 이 말을 탄식처럼 토해냈다. 그녀가 머지않아 결혼을 하리라는 느낌을 받았기 때문만은 아니었다. 그녀는 이미 내 인생행로에서 비켜난 사람. 그러니 이것이 자연스러운 결과가 아닌가 하고 나는 자신을 달래고 체념하려 애썼다.

그런데 이 무슨 기적인가. 역시 이로써 그녀와의 인연이 '완전히' 끝난 것이 아님을 나는 알게 되었다.

나는 여진이 꽃다발을 들고 졸업식장에 왔었다는 말을 어머니에게 하지 않았다. 그 일 년 뒤 그녀가 서울에서 결혼했다는 소식을 들었을 때도 마찬가지였다.

나는 그녀의 결혼식에 간다고 그녀에게 말했었다. 나는 그 말을 지킬 수가 없었다. 나는 그녀가 결혼한 사실을 나중에야 알았다. 나는 그 뒤 내내 고향에 있었기 때문에 설사 미리 알았다 해도 가지는 못했을 것이다.

내가 그녀에 대한 말을 어머니에게 할 수 없었던 것은 어머니의 상심을 더욱 깊게 하고 싶지 않아서였다. 그렇지 않아도 그즈음 어머니의 건강이 나빠져 몸이 눈에 띄게 쇠약해져 있었다.

어머니는 대학을 졸업하고 집으로 온 내게, 서울에서 직장을 구하지 않고 왜 왔느냐는 말부터 했다.

"넌 시골에서 농사나 지으며 살 사람이 아니다."

그 뒤 어머니는 줄곧 나의 일에 신경을 썼다. 서울에서 대학을 다녔으니, 서울 색시를 얻어 서울에서 뜻을 펴고 살아야 한다는 말도 여러 번 했다. 나도 서울에서 지낼 생각을 했었다. 그것은 어머니의 뜻에는 상관없이, 어머니와 작은형을 서울로 모시고 가서 같이 사는 것이 전제되어야 한다. 도저히 될성부른 일 같지 않았다.

첫째로 우리 소유의 농토를 모두 처분해야 가능한 일이었다. 그것을 어머니가 허락할 리가 없었다. 여기서 농사를 계속 지으면 먹고 사는 문제는 해결할 수 있다. 그렇지 않고 농토를 처분하여 서울로 간다면, 조그만 집 한 채 장만하는 것으로 끝날 게 십상인데, 그다음에는 어떻게 하느냐는 실질적인 문제도 있었다.

둘째로 서울에 나의 확실한 일자리가 정해지거나 보장돼 있지 않았다. 또 어머니도 어머니이지만, 정상적인 생활을 거의 포기한 상태에 있는 작은형이 서울로 따라오려 할 것인가. 그렇다고 집안일을 어머니에게 맡긴 채 나 혼자 서울에 가서 형체도 모호한 '뜻'을 펴 보자 할 수는 없었다.

그러한 이유들로 해서 나는, 어떤 친구의 표현을 빌면 완전 '허송세월'하고 있으며, '방황의 세월'이라 할 만큼 어영부영, 또는 좋게 봐줘서 '유유자적' 하루하루를 보내고 있었다. 나로서도 어떻게 할 수가 없었다. 나는 장장 이 년 가까이나 그렇게 보냈다. 어머니가 세상을 떠나 더 이상 그런 생활을 계속할 수가 없게 될 때까지.

나는 그 두어 해 동안을 자신이 단지 허송세월하며 어영부영 지냈다고는 생각하지 않았다. 나는 집 농사일을 열심히 했다. 거름을 만들고 관리한다든가 논밭을 가는, 그와 같이 오랜 경험이 필요한 일 외에 내가 할 수 있는 일은 다 하고 도왔다.

모를 심을 때 못줄을 잡고, 논두렁에 콩을 심고, 논에 들어가는 물을 지키기 위해 논두렁에서 밤을 새기도 하고, 벼가 팰 때는 논에 나가 새들을 쫓고, 추수한 뒤 햅쌀을 내다 팔고, 밭에 나가

김을 매고, 가을걷이를 한 땅에 보리를 심기 위해 소 쟁기로 땅을 갈면 곰방메로 흙덩어리를 일일이 부수고, 한겨울엔 그 보리밭 땅을 얼지 않게 밟아주고, 또 여러 가지 밭작물을 어머니가 시장에 나가 팔 수 있게 따서 다듬는 일 따위였다.

나는 사람을 쓰는 것을 될수록 줄이고 내가 대신했다. 아버지가 맡아 하던 일들이었다. 이따금 어머니도 같이했다. 몸이 쇠약해져 가면서도 누워 있으면 몸이 자꾸 가라앉아 영영 일어나지 못할 것 같다는 어머니를 나로선 말릴 수가 없었다.

나는 나 자신과 집안의 일, 거기다가 작은형의 일 등으로 언제나 짐을 진 듯 마음이 무거웠지만, 그리고 그 '무거운' 마음이란 것이 어쩌면 허공에 떠있는 것처럼 모호한 것이긴 했지만, 들에 나가 무슨 일이든 하고 있노라면 어느덧 그것들에 익숙해지고 적응이 되어간 때문인지, 머릿속이 맑아지고 마음이 풀려 태평스러워졌다. 이따금 자신이 유유자적, 더할 나위 없이 편한 느낌을 갖는 건 그 때문이었다.

농사일이란 일 년 내내 날마다, 그리고 하루 종일 해야 하는 건 아니다. 밤은 또 내가 마음대로 할 수 있는 귀중한 시간이었다. 나는 남는 시간을 이용하여 무엇이든지 내가 할 수 있는 일을 하고 싶었다. 내가 할 수 있는 일이란 앞으로 언젠가는 하게 될 취직에 대비한 공부, 가족의 생계에 보탬이 되는 일, 그와 같은 실질적인 것들과는 관계없이 내가 오래전부터 하고 싶었던 나만의 일 따위였다.

오래전부터 하고 싶었던 나만의 일이란 막연한 꿈이나 동경의 대상 같은 것으로, 사실은 아직도 나는 그것이 정확히 무엇인지 잡지 못했다. 거기다가 나는 내가 늘 무엇인가 귀중한 것을 잃고 있는 듯한 허전함을 어쩌지 못하고 있었다.

그런데 막상 내가 시작한 일은 한 주일에 세 번씩 저녁에 사람들을 모아 놓고 영어회화를 가르친 것이 고작이었다. 나와 비슷한 나이의 젊은 직장인이 대부분이었다. 처음에 열두 명이었는데, 한 둘이 빠지기도 하고 늘어나기도 했다. 여자가 더 많고 열심이었다.

말하자면 나는 그룹 과외지도로 용돈을 벌고 있었던 셈이다. 오랜만에 만난 고등학교 때 영어선생의 권고로 그 일을 하게 되었다. 해 오던 사람이 갑자기 그만두게 되어 내가 대신 하게 된 것이었다.

그 일은 물론 나를 만족시키지 못했다. 그리고 내가 진정 하고 싶은 일의 실체를 잡지 못하고 있을수록 빈 마음은 더욱 더 커져갔다. 뒷날 나는 이 때를 돌이켜 '방황의 시작'이라고 규정지었다.

나에게 허송세월만 하고 있지 말라고 했던 친구가 그즈음 휴가를 얻어 잠깐 다니러 온 일이 있었다.

"네 어려운 처지를 이해하지 못하는 바는 아니지만…"

친구의 눈에는 내가 참으로 한심하게 비쳤을 것이었다.

"모두 눈이 뻘게 가지고 설쳐대는 판에, 시골구석에서 이렇게 태평하게 지내고 있으면 어떻게 하나. 보따리 싸 짊어지고 빨리 서울로 오게나."

나도 같은 생각이었다. 거기에 이의를 달 아무런 건더기가 없었다. 친구를 보자 마음이 들떴던 것도 사실이었다. 그러나 들뜬 그 마음은 예전과는 달랐다. 그것이 다 무슨 의미가 있느냐는 생각이 뒤를 따랐다.

고등학교를 졸업하고 대학 진학을 위해 서울로 향했을 때의 마음은 분명 이렇지 않았었다. 어떻게 다른지는 스스로도 설명할 수가 없었다. 다만 이런 표현이 가능하다면, 자신의 마음을 떠받치고 있는 중심 기둥이랄까, 그것을 잃어버리기라도 한 것처럼 힘이 빠져 있었다. 다른 것 다 제쳐두고, 그때는 서울에 가면 여진을 만날 수 있다는 강한 기대와 욕망이 나를 떠받치고 있었던 것이다.

그리고 무엇보다도 나는 힘든 농사일과 집안일을 어머니에게 맡겨두고 달아나듯 서울로 훌쩍 떠날 수는 없었다. 또한 서울에 가서 자신이 무슨 일을 하고 있어야 '허송세월'을 안 하는 것이 되는지조차도 막연할 따름이었다.

어머니의 몸은 점점 더 쇠약해져 갔다. 그러면서도 어머니는 자리에 눕거나 병원에 가지도 않고 해오던 일을 계속했다. 어머니는 늘 '아는 병'이니 걱정하지 말라는 말만 했다. 특별히 잘못된 데가 있어서가 아니고 마음의 병이기 때문에 일을 하지 않고 가만히 있으면 오히려 더 나빠진다는 것이었다.

어머니의 '마음의 병'을 나도 이해하고 짐작할 수 있었다. 큰형으로 해서 얻은 슬픔과 아픔이 세월의 수레바퀴가 돌수록 여려지기는커녕 더욱 두터이 쌓여만 가고, 예상외로 빨리 닥친 아버지의 죽음, 작은형의 일 등, 그것들이 어머니의 가슴속에 더욱 깊이 박혀 큰 응어리가 진 것이었다.

그러던 중에 어머니의 건강이 결정적으로 나빠진 것은, 어느 날 밤 작은형이 누구에겐가 흠씬 두들겨 맞아, 얼굴이 시퍼렇게 멍들고 통통 부은 채 반 주검이 되어 업혀 들어오고서였다. 충격이 어찌나 컸던지, 어머니는 마치 기운 없이 휘청거리던 나무가 사정없이 불어온 세찬 바람에 꺾이듯 넘어졌다.

그날 이후 자리에 누운 어머니는 다시는 바깥출입을 하지 못했다. 오랫동안 지치고 지친 몸과 마음이 더 이상 버틸 힘을 잃고 만 것이었다. 어쩌다 겨우 자리에서 일어나도 뜰 안을 왔다 갔다 할 수 있을 뿐이었다. 아버지를 먼저 보내고 홀로 된 뒤 피와 땀과 정성을 그토록 쏟았던 논과 밭이 있는 들도 보지 못했다.

어머니는 자신의 몸을 제대로 가누지 못하는 상태에서도, 불쌍한 아들이 밖에서 끔찍한 일을 당한 슬픔과 함께 몸이 온전치 못해 힘도 못 쓰는 사람(작은형)을 그 지경으로까지 만든 자에 대한 분노를 삼키기가 어려웠다.

처음 한 주일 동안 작은형은 집안에 들어박혀 꼼짝도 하지 않았다. 금속세공일도 하는 둥 마는 둥 해온 터라 아무것도 아쉬울 게 없을 것이기 때문에, 나는 작은형이 이참에 차라리 바깥일과 완전히 인연을 끊기를 바랐다. 그러나 나는 그러한 바람이 얼마나 헛된 것인가를 곧 알았다.

조금 정신을 차리고 몸과 마음을 가다듬는 것처럼 보였던 작은형은, 열흘쯤 지나 얼굴의 부기가 가라앉자마자 또다시 바깥출입을 하기 시작했다. 그러고는 술기운을 풀풀 날리며 밤늦게 들어오는가 하면, 숫제 집에 안 들어오는 날도 있었다. 완전히 그 전의 상태로 돌아간 것이었다.

작은형은 집에 있는 동안 대개 어머니가 누워 있는 방에서 시간을 보냈다. 자기 때문에 몸져누운 어머니에게 몹시 미안했던 모양이지만, 형이 어머니를 위해 할 수 있는 건 어머니 곁을 지키는 일이 고작이었다. 내가 집에 없을 때는 나를 대신해서 밥을 짓고, 어머니가 마실 물을 떠 온다든지 하는 일로 어머니를 보살핀다고 하고는 있었으나, 한 번도 해보지 않았던 일들이라 어설프기 그지없고, 그 자체가 또 어머니의 마음을 아프게 했다. 나나 작은형이 할 수 없는 일들은 늘 와서 도와주는 이웃 아주머니가 변함없이 잘해주고 있었다.

작은형은 자신이 그토록 얻어맞은 데 대해서 나나 어머니에게 한마디도 하지 않았다. 아무리 물어도 소용없었다. 나도 어머니와 다름없이 몸이 온전치 못한 형에게 모진 폭력을 휘두른 사람에 대해 끓어오르는 분노를 삼키기 어려웠다. 고소나 보복은 하지 못해도 최소한 무슨 이유로 그랬는지는 따져보아야 한다. 그런데 형은 입을 굳게 다물고 있었다.

그날 밤 형을 들쳐업고 온, 형과 함께 금속세공일을 하던 젊은이와 세공소 주인을 찾아가 물어도 속 시원한 대답을 들을 수가 없었다. 이들이 자초지종을 알고 있다는 의심은 들었으나, 매일 빠짐없이 일하러 나오지도 않는 사람(작은형)의 일을 시시콜콜 어떻게 아느냐고 오히려 역정을 내는 바람에 나는 다그쳐 물어볼 수도 없었다.

내가 작은형이 당한 폭행과 그것을 둘러싼 형 주변의 칙칙한 일에 대한 윤곽을 대충 듣게 된 것은 그로부터 얼마 지나지 않아서였다. 우선 형에게는 노름빚이 꽤 되었다. 어느 날 한 빚쟁이가 나타나서, 돈을 안 갚으면 집에 불을 질러버리겠다고 한바탕 소동을 벌였다.

나는 작은형이 노름에 손대고 있는지도 모른다는 생각을 벌써 오래전에 했다. 아버지가 세상을 떠나기 전이었다. 술 마시는 일로 매일 밤늦게 들어오고, 게다가 세공일로 돈을 조금은 만질 텐데도 집에 가져오는 것을 본 적이 없어 그런 의심이 들었다.

아버지는 물론 그 사실을 알지 못한 채 눈을 감았다. 어머니는 기겁을 했다. 친정아버지의 일 때문에 노름은 곧 집안 망치는 일이라 믿어왔던 어머니의 낙담 또한 이루 말할 수 없었다. 어머니는 같은 말을 수없이 되풀이하고 있었다.

"이제…. 다 끝났어. 우리 집안도 끝이야."

작은형이 노름에 손댄다는 것을 짐작했던 나도 그 상태가 그렇게 심각한 줄 몰랐고, 그로 인한 빚이 예상외로 많았던 데에 더욱 놀랐다. 실제로 형의 그 빚 때문에 나는 그 뒤 우리 집 소유 농토의 상당 부분을 처분하지 않으면 안 되었다. 그나마 다행하게도 사태가 거기에까지 이르렀던 것은, 어머니가 세상을 떠나고 나서였다.

그런데 어머니는 작은형이 두들겨 맞은 진짜 이유는 알지 못했다. 나도 나중에야 그것을 알게 되었다. 그것은 어떤 여자와 관계된 일이었다.

어머니는 그렇게 몸져누운 지 두 달도 되지 않아 큰 고통 없이 잠자듯 갔다. 무더운 한여름 날 오후였다. 내가 대학을 졸업하고 집에 돌아와 그때까지 어머니와 같이 지낸 기간은 일 년하고 아홉 달이었다.

늘 아버지를 못 잊어하던 어머니. 아버지와 헤어진 뒤 여섯 해 남짓 지나 아버지 곁으로, 그리고 큰아들을 먼저 보낸 지 십일 년 만에 큰아들이 있는 곳으로 갔다.

어머니는 내게 늘 미안해했다. 내가 서울에 가서 '뜻'을 펴지 못하는 것이 모두 어머니 자신 때문이라고 생각했다. 물론 나 스스로가 택한 일이지만, 어머니는 당신이 단호하고 강경하게 떠나라고 하지 못한 것을 후회했다. 더구나 형 노릇을 하지 못하는 작은형을 도리어 보살펴야 하는 부담을 내게 안겨주고 있는 데 대해서는 죄스러워하기까지 했다.

어머니는 저세상으로 간 어린 두 딸아이의 일을 평생 잊지 못했다. 그 두 아이가 살아 장성했다면 집안이 얼마나 밝고 따뜻했을까. 큰아들이 살아있고, 또 여진을 데려왔더라면 나머지 두 아들을 위해서도 좋았을 텐데. 그리고 어머니는 작은형을 원망하기보다는, 훨씬 더한 아픔을 풀지 못하고 마음에 고스란히 묻은 채 갔다.

어머니는 아버지가 미리 마련해둔 가족묘지 안 아버지의 무덤 옆에 묻힘으로써 영원의 세계로 들어간 것이었다.

아버지 때처럼 나는 어머니의 경우에도 임종을 하지 못 했다. 작은형도 마찬가지였다. 그날 작은형은 점심때까지 어머니 곁에 있다가 나가서 한밤중에 돌아왔고, 오전에 밖으로 나갔던 나도 저녁나절에야 돌아온 것이다.

오전 내내(적어도 작은형이 곁에 있을 때까지) 의식이 꽤 또렷하던 어머니는 오후 들어 상태가 나빠졌다. 그러다가 네 시쯤 한 차례 깊은숨을 몰아쉬고는 스르르 눈을 감았다.

그 직전에 어머니는 두 아들을 찾았다고 한다. 집안일을 돕기 위해 와 있던 이웃 아주머니에게 어머니는 마지막 한마디를 남겼다.

"저어기… 아이들 아버지가… 더 이상 마음 쓰지 말고 그만 오라고, 어서 오라고 손짓을 하고 있소."

향년 예순 하나. 남편과 큰아들을 먼저 보내고, 회갑을 쓸쓸히 맞은 뒤 겨우 열 달을 보냈다.

방황, 뜬구름, 그리고……

　어머니가 날로 쇠약해져 가는 것을 옆에서 보고, 또 이따금 왕진 오는 의사가 약을 지어주며 말없이 고개만 갸웃거리다 가는 것을 보면서도, 나는 어머니가 그렇게 빨리 눈을 감을 줄은 몰랐다. 몸과 마음이 강한 편이 아니었고, 해마다 한두 차례 몹시 앓기도 해서 이번에도 그러다 자리를 박차고 일어나리라 여겼었다.
　나는 그 충격으로 한동안 밖으로 나가지 않았다. 그 때문에 한 주일 세 번의 영어회화 지도도 흐지부지 그만두게 되었다. 그래도 영어회화 선생 노릇을 일 년 하고도 여러 달 했다. 그것으로 돈을 조금 번 것 말고 남은 게 하나 더 있었다. 여자 친구가 생긴 것이었다.
　이효선이 그녀였다. 마산에서 조금 떨어진 작은 시골 도시에서 나서 자란 그녀는, 부산에 있는 대학을 나와 마산에서 취직하여 일 년 남짓 보냈다. 그녀는 비슷한 시기에 직장생활과 영어회화 공부를 시작했다.
　대학 때의 전공이 어문계열이 아니어서 영어공부를 소홀히 한 점이 늘 마음에 걸렸다는 그녀. 혼자서는 공부를 할 엄두가 나지 않고, 회사에서도 영어를 쓸 일이 자주 생겨, 학원에라도 갈까 하던 차에 부담이 덜한 나의 영어회화 그룹에 참가하게 되었다.

"막상 시작하려니 따라 할 수 있을는지 걱정이 되어 망설였는데… 잘 왔다 싶어요. 그렇지 않았으면 좋은 분 영영 만나지 못할 뻔했죠."

효선은 서울에 본사를 둔 한 제품회사에 다니고 있었다. 그녀는 그 뒤 서울 본사로 옮길 기회도 물리쳤다. 내게서 멀리 떠나고 싶지 않았기 때문이었다. 그 사실을 안 나는 반가우면서도 당혹스러운, 아주 복잡한 감정에 사로잡혔다.

반가웠던 것은 차라리 손위 누이 같았고, 언제나 내 손이 닿지 않는 곳에 있던(또는 그곳에 있는) 여진 외에는, 어떤 여자도 가까이 두지 못해 이성을 몰랐던 내게, 사실상 처음으로 이성을 알게 해준 게 효선이기 때문이었다. 반면에 당혹스러웠던 것은 나 자신이 그녀에게 완전히 빠질 수가 없었고, 그녀를 옆에 두고서도 언제나 무엇인가 귀중한 것을 잃고 있는 듯 심한 상실감과 함께, 둥둥 떠 있기만 한 내 마음이 그녀에게 안주하지 못하고 그녀를 넘어 어디론가 향하고 있었기 때문이었다.

나는 자신이 해바라기처럼 향하고 있는 대상의 실체가 무엇인지는 그때 미처 의식하지 못했다. 그것을 비로소 깨달았던 것은 좀 더 시간이 지나서였다.

마음이 그러한지라, 나는 그녀와의 만남으로 흡족한 기쁨을 얻지 못했다. 그녀 또한 그녀대로 나로 하여 만족감을 갖지 못해 늘 미진하고 아쉬운 기분을 떨쳐버리지 못하고 있었다.

효선은 그늘이 없는 집안에서 별로 어려움 없이 자랐고 얼굴도 언제나 밝았으나, 성격은 내성적인 편이어서 자신의 속마음을 다 드러내지 않았다. 그래도 나는 그녀의 마음이 늘 내게 쏠리고 있음을 충분히 느낄 수 있었다.

그녀는 처음 만난 그날부터 내게 호감을 보였다. 영어회화 공부는 월, 수, 금요일 저녁 일곱시부터 아홉시까지였다. 장소는 한 수강생의 배려로 그 사람이 운영하는 회사의 회의실을 이용했다. 칠판도 걸려 있어 예닐곱 명이 둘러앉아 도란도란 공부하기에 알맞았다.

그들은 회화뿐 아니라 삼십 분쯤은 독해 공부도 했다. 학습용으로 다이제스트한 영문 세계 명작소설을 두세 페이지씩 읽고 번역하는 방식이었다. 그 안에 대화가 나오고 문법을 곁들이기 때문에 수강자들도 좋아했다. 그들은 모두 대학 출신자들이어서, 이해가 빨라 지도에 별 어려움은 없었다.

나는 영문학을 전공했던 큰형의 영향을 받아 중학시절부터 영어책을 많이 접한 편이나, 회화는 익숙한 분야가 아니었다. 그래서 나는 여러 종류의 회화책과 미국인 녹음테이프들도 구해놓고 미리 공부를 해서 갔다. 교재 격인 등사한 인쇄물 중에는 미국 영화의 대본에서 따온 것도 적지 않았다. 원문이 수록된 대본은 우리 고장의 영화관에서 쉽게 구할 수 있었다. 선전 팜프렛과 별도로 팔기도 했던 것이다.

영어공부를 시작한 첫 주일의 마지막 날인 금요일이었다. 공부를 마치고 교육 장소로 쓰고 있는 회사 건물에서 나는 그녀와 같이 나오게 되었다. 아홉시 조금 지난 시각이었다. 나는 하루가 끝나고 밤이 오면 마음이 비어 허전하기만 했고, 급히 집으로 돌아가야 할 일도 없었다. 그녀 역시 얼른 가지 않고 머뭇거렸다.
　우리는 자연스럽게 가까운 찻집에 들어가게 되었다. 손님들이 몇 되지 않고 일부러 그래 놓은 듯 침침한 불빛에, 음악도 꺼놓아 분위기가 호젓했다.
　"이곳에는 당분간 와 계신다는 말씀을 들었습니다."
　그녀가 말했다. 서울에서 직장생활을 하지 않고 고향에서 어영부영 세월을 보내고 있는 내 처지를 그녀도 들은 모양이다. 그것을 그렇게 표현한 것인데, 거기에는 곧 이곳을 떠날 계획은 없느냐는 물음도 들어 있었다.
　"미리 기간을 잡아두고 있는 건 아닙니다. 여기 일이 재미있으면 아주 눌러앉을 겁니다."
　깊은 뜻 없이 한 말이긴 하나 그렇게 될지도 몰랐다. 혼자 애쓰는 어머니와 제 몸 하나 추스르지 못하는 작은형을 두고는 아무 데도 갈 수가 없었다. 그리고 지금의 이 생활도 할 만 했다. 아버지가 그랬고, 어머니도 그런 것처럼 땅을 갈고 가꾸어 거기서 무엇을 거두는 일에 애착도 생겼다.
　그녀는 나이보다 어려 보였다. 화장을 한 듯 만 듯한 예쁘장한 얼굴과 크지 않은 몸집이 그런 인상을 갖게 하는지 모른다. 대학을 나와 직장에 다니는 여성으론 여겨지지 않고 아직 학생 같았다. 그녀는 회사 가까운 곳에 방을 얻어 자취를 하며 휴일이면 팔십여 리 떨어진 집에 꼭 다녀오곤 했는데, 나를 만나고부터는 휴일에도 집에 가지 않을 때가 많아졌다.
　형제자매가 많은 집안이라 자기 하나쯤은 그냥 자유롭게 내버려 둬도 좋으련만, 효선의 부모는 그녀가 직장생활을 하는 것이 마땅찮아 하루빨리 시집가기를 바란다는 것이다.

"부모님은 좋은 사람 생기면 집에 데리고 오라고 하시죠. 당신들이 먼저 선부터 보고 싶으신가 봐요."

"딸이 귀여우니까 딸의 상대에 대해 관심이 크신 건 당연해요."

큰형의 배필이 되리라 여긴 여진에게 큰 관심을 보이며 좋아했던 아버지와 어머니. 갑자기 나는 여진의 남편이 어떤 사람인지 궁금해졌다. 아울러 지난 일들이 떠오르자 마음이 몹시 언짢아졌다.

우리는 찻집에서 나와 어깨를 대고 걸었다. 우리 집과 그녀의 거처는 꽤 떨어져 있었으나, 영어공부를 하는 건물과 찻집으로부터는 비슷한 방향이었다. 그녀가 방을 얻어 든 집이 먼저고, 우리 집까지는 거기서도 한참 더 가야 했다.

그날 이후 우리는 거의 언제나 그런 코스로 같이 가다 헤어졌다. 어떤 때는 찻집에 가는 대신 가까운 바닷가로 나갔다. 이곳은 마을들이 바다에 면해 길게 들어서 자연 이 도시에 속한 바다(해안선)가 길었다.

그 긴 바다는 바닷가의 특성에 따라 바다를 찾는 사람들에 의해 대체로 네 부분으로 나눌 수 있다. 바다로 향해 섰을 때, 맨 왼쪽은 바다가 육지 깊숙이 들어와 썰물 때 드넓은 개펄이 드러나던 곳. 바로 어릴 때 내가 형들과 자주 갔던 바다다. 그 뒤 제일 먼저 간척사업으로 없어져 버린 바다, 그래서 그 바다와 바닷가는 두고두고 한갓 그리움의 장소로 변하고 말았다.

다음 부분은 고깃배들과 그리 멀지 않은 섬들 사이로 사람이

나 짐을 실어 나르는 통통배들이 들어와 있는 부두. 낮에는 사람들로 왁자지껄하고, 밤에는 주변의 간이음식점과 선술집들로 하여 꽤나 붐볐다. 서울에서 간혹 친구가 찾아오면 같이 생선회를 사먹곤 하는 곳. 물은 너무 더러워져서 도저히 들어갈 수 없는 바다였다.

그다음은 부두 시설이 잘돼 있음에도 불구하고 배가 와서 닿는 것을 내가 한 번도 보지 못한, 마치 버려진 듯한 한산한 바닷가였다. 배가 닿지 않는 것은 부두의 수심이 너무 얕기 때문이었다. 그런데도 시멘트 구조물 따위 시설을 잘해놓은 이유를 나는 알 수가 없었다.

그 부둣가엔 크고 긴 창고 건물들만 여럿 서 있을 뿐 사람들의 발길도 뜸해, 영화 속 범죄사건의 로케 현장이 되기에 알맞을 정도로 늘 한산했다. 낮에는 피라미 새끼를 낚는 애들이 낚싯대를 드리우는 게 고작. 밤에는 불빛이 희미하여 더욱 인적이 드물고, 이따금 한두 쌍의 젊은 남녀들 모습이 마치 그림자처럼 왔다가 사라지곤 했다.

나는 밤에 혼자 이곳에 와서 시커먼 바닷물이 크게 일렁이는 것을 한참씩 보고 간 일이 여러 번 있었다. 기울어지는 집안, 그와 같은 일로 하여 절망적인 기분에서 벗어나지 못하고 있을 무렵이었다. 어느 시인을 흉내 낸 울부짖음 같은 게 절로 터져 나왔다. 파도야 어쩌란 말이냐! 어쩌란 말이냐! 파도야! 파도야! 파도야!

마지막 부분은 긴 한쪽 끝의 산자락에 면해 미처 사람의 손길이 닿지 않은, 아직 '미개발'인 채로 남아있는 바다, 바닷가였다. 한쪽 산속엔 결핵요양소가, 그리고 물가의 다른 한쪽엔 주변 풍경에 전혀 어울리지 않는, 노상 연기를 내뿜는 화력발전소가 서 있었다.

뒤에 이곳은 해수욕장으로 개발되었다가, 다시 술집과 음식점들만이 즐비하게 들어선 이상하고 보기 흉한 바닷가로 변했다. 그런 모습으로 변하기 전에, 나는 뜨겁게 내리쬐는 햇볕 아래 걸어 걸어 몇 구비 하얀 고갯길을 넘고 넘어, 이곳에 와서 수영을 한 적이 있었다.

그래도 바닷가로 그대로 남은 것은 '이상하고 보기 흉한' 이 바닷가뿐이었다. 앞의 나머지 세 바다, 바닷가는 얼마 안 가 차례로 흙과 돌과 시멘트로 메워져 없어지고 만 것이다.

내가 효선과 같이 가곤 했던 곳은 세 번째, 부두시설이 잘돼 있으나 한산하기만 한 바닷가였다. 눈앞에 보이는 것은 말없이 출렁이는 검은 물결, 그리고 먼 바다 한가운데 떠 있는 고깃배들의 불빛들뿐. 어두컴컴한 곳에 그녀와 단둘이 와 있으면 억제할 수 없는 충동에 휩쓸리기 알맞았다.

실제로 그랬다. 그 충동 때문에 나는 이 바닷가에서 어느 날 밤 그녀의 손을 잡게 되고, 또 그녀의 무르익은 몸을 얼싸안게 되고, 또 그러다가 그녀의 입술을 탐하고, 두둑한 가슴을 옷 위에서 만지고 쓸다가 옷 안 깊숙이 손을 넣기에 이르렀다.

그녀의 손은 매끄럽고 부드러웠다. 그녀의 몸은 팽팽한 긴장으로 부풀어있었다. 그녀의 물기 젖은 입술은 감미로웠다. 그녀의 가슴은 나의 손을 통해 내게 기분 좋은 감촉과 함께 그녀 자신의 세찬 가슴의 고동을 전해주었다. 그렇게 한번 솟구쳐 오른 충동의 물길을 나 스스로 막기는 거의 불가능했다.

내가 그 충동에 몸을 맡기게 된 것은, 그러한 밤 바닷가에서의 산책뿐만 아니라, 다른 장소에서도 둘만의 시간을 갖는 일이 거듭되고, 또 얼마만큼의 시간이 지나서였다. 그러나 그녀와의 거듭된 만남과 그녀와 함께한 시간의 흐름이 그렇게 만든 것은 아니었다. 그것은 자연스레 나타난 행동이라기보다 나 스스로의 심리적인 반작용에 의해서라는 편이 옳았다.

효선이 처음부터 내게 호감을 가진 사실과 그 호감이 얼마 안 가 나에 대한 애정으로 변한 것도 나는 충분히 느낄 수 있었다. 그것이 나로서도 싫지는 않았다. 자기에게 이성의 친구가 생겼다는 사실은, 그때까지 '이성'을 모르고 지내왔던 나에게는 특별한 '기쁨'이 아닐 수 없었다.

그러고 보면 나 역시 그녀에게 끌린 건 사실이었다. 나는 그녀가 나와 둘만의 시간을 갖기를 원했을 때 특별한 사정이 없는 한 한 번도 거절하지 않았다. 특별한 사정이란 집안일 때문에, 또는 어머니의 건강문제로 밖에 나올 수 없거나, 나왔어도 빨리 들어가야 하는 경우였다.

그런데 그러면서도 내가 그녀로 하여 흡족감을 느낄 수가 없기는 언제나 같았다. 따라서 나도 그녀에게 늘 미진하고 아쉬움만 주었다. 이 사실을 나는 잘 알았다. 그래서 나는 그녀에게 늘 미안했고 자책감마저 들었다. 그리고 다시는 그녀를 만나지 말자, 그러는 편이 서로를 위한 길이라는 생각도 했다.

그러나 그 생각대로 되지 않았다. 그녀와의 관계청산을 칼로 베듯 할 수도 없었고, 그녀를 만나는 기쁨이 어느덧 내 일상의 한 부분이 돼버려, 그것을 스스로 포기할 수가 없었기 때문이었다. 사탕 맛을 알게 된 어린애가 손만 뻗으면 집어먹을 수 있는 사탕을 외면하기가 어려운 것과 같았다. 그러고 보면 그녀와의 불안정한 만남이 계속된 데에는 '사탕'을 계속 먹고 싶은 욕망이 무엇보다도 강하게 작용했다고 봄이 옳았다.

말이 적은 효선도 은연중 불만을 나타낼 때가 있었다.

"무슨 생각을 그렇게 골똘히 하고 있어요?"

또는,

"옆에 있으면서도 아주 먼 데 가 있는 것 같아요."

그리고 이런 말도 했다.

"혹시 다른 사람을 생각하고 있는 건 아녜요?"

그것은 투정이라기보다, 나로 인해 그녀 자신이 만들어내는 슬픔이랄까, 외로움을 그렇게 토로한 것이었다. 나도 노상 부정하거나 입을 다물고 있을 수만은 없었다. 다 접어두고라도, 다른 사람을 생각하고 있는 건 아니냐는 물음에 대해서는 확실한 대답을 해 줘야 했다.

그래 그런 사람이 없다는 말을 나는 그녀에게 분명히 했다. 그러나 무엇 때문인지 나 자신에게조차 그 말이 공허하게 느껴졌다. 내 마음을, 완전한 사랑을 줄 수 있는 대상이 어딘가에 있지 않을까, 또는 언젠가 그런 대상이 내 앞에 나타날지 모른다는 막연한 기대 같은 게 있어서도 아니었다.

그런데 그로부터 얼마 지나지 않아 나는 실제로 내 마음속에 지녀온, 지니고 있는 구체적인 대상, 그것의 '실체'를 발견하고 스스로도 놀랐다.

어느 날 저녁 나는 마산에 있는 고등학교 동창들의 모임에 간 일이 있었다. 이십여 명이 모였다. 공식적인 이야기가 끝나 술잔이 오가고 식사가 나올 때쯤, 가까이 앉은 사람들을 중심으로 끼리끼리 이야기꽃을 피우게 되었다.

화제는 종횡무진 아무것도 가릴 게 없어 신변의 일로부터 돈 버는 일, 학교 다닐 때의 에피소드, 무슨 일에나 앞장섰던 잘난 선배들의 근황, 심지어 누구누구는 누구누구 꽁무니를 따라다녔다면서, 같은 구역 안에 있던 여자고등학교 학생들 이야기도 하고 있었다.

그 이야기들을 무심히 흘려듣고 있던 나는, 누구의 입에선가 여진의 이름이 나오자 한순간 숨마저 멎을 듯 긴장했다. 그들의 입에 그녀가 오르내리다니. 나는 바짝 신경을 곤두세웠다. 그들은 못 할 말을 하고 있었던 게 아니라, 지극히 평범한 이야깃거리를 입에 올리고 있었다.

"우리 외사촌 형수도 그 여고 출신이야. 외사촌 형과 얼마 전에 서울에서 결혼식을 올렸어. 그 여잔 우리보다 여러 해 위인데 말이지, 도도하고 재색을 겸비하여 여고 때부터 인기가 있었다고 해."

"우리 학교 출신과 그 여고 출신 커플도 꽤 되지, 아마. 우리 동창들 중에도 더러 있을걸. 집안끼리 다리를 놓고 서로 찾다 보면 그렇게 되지 않겠어."

"재색을 겸비했다는 네 사촌 형수 이름이 뭐지?"

"여진, 윤여진…."

"많이 들어본 듯한 이름이네."

그들은 곧 화제를 바꾸었다. 나는 긴장이 풀리면서 머리가 띵했고 멍멍한 느낌이었다. 잠시 동안이긴 해도 너무 신경을 곤두세웠던 탓이었다. 나는 여진을 외사촌 형수라고 부른 친구와 이야기할 기회를 엿보았다. 이름은 강욱이었다. 이강욱. 부산에 있는 대학을 나와 이곳의 한 회사에서 일하고 있는 녀석. 고교 때 가까이 지낸 사이는 아니었어도, 내게는 꽤 좋은 인상으로 남아 있었다.

조금 뒤 나는 그 친구에게 그저 지나가는 말처럼, 재색을 겸비한 여자를 아내로 삼았다는 네 외사촌 형은 어떤 사람이냐고 물었다.

"솔직히 말해 간판만 번드르르한 망나니지 뭐. 여유 있는 집안에서 자라 돈 쓸 줄은 알아도 제힘으론 한 푼도 못 버는 바보들 있지? 그런 사람이라고 생각하면 돼."

"서울에서 살아?"

"서울 토박이는 아니야."

"무엇을 하는데?"

"아버지가 하는 사업을 물려받는다는데, 지금 한창 일을 배우고 있는 중이라나."

"나인 얼마나 되었나? 네 외사촌 형 말이야."

"우리보다 대여섯 위야. 중매쟁이의 소개로 맺어졌나 봐. 똑똑한 여편네한테 오히려 휘둘리지 않을는지…"

"우리 학교 선배야?"

"아니, 상고 출신이지. 아버지가 사업가로 키우려고 작정했던 모양이야. 상과대학도 나왔어."

친구는 그 외사촌 형이 못마땅했는지 시종 빈정대는 투로 말했다. 그때만 해도 나는 그래도 마음의 평정을 되찾은 상태였다. 여진의 이름이 술 몇 잔 들어간 녀석들의 입에 오르내린 것이 찜찜하긴 했지만. 그리고 그녀가 그들에게 '도도한' 여자로 비친 건 뜻밖이라 신기하게 여겨졌다. 여진이 남편으로 맞은 사람이 '간판만 번드르르한 망나니'란 게 걸렸다. 그래도 내가 크게 신경 쓸 일은 아니잖은가.

그녀가 결혼한 사실도 그랬다. 이미 예정되었던 일이고, 나도 예상하고 있었고, 또 그녀로선 당연한 일이었다. 일 년 전 나의 쓸쓸한 대학 졸업식장에 꽃다발을 들고 왔던 그녀. 결혼 언제 하게 되느냐고 물었을 때 아무 대답을 하지 않아 곧 결혼을 할 줄 짐작했었다. 그러고 보면 그녀의 결혼이 오히려 늦어진 느낌이었다. 그때 나는 그녀의 결혼식에 가겠다는 말까지 하지 않았던가.

그런데 모임이 파하고 일행과 헤어져 혼자 터덜터덜 집으로 걸어가는 동안, 내 마음은 갑자기 땅속에서 용암이 끓듯 부글거리기 시작했다. 그것은 분명 '부글거림'이긴 하나, 분노라든가 질투나 반발심리나 거부반응 따위 격한 감정의 소용돌이는 아니었다. 여진이 결혼했다고 해서 사실 내가 분노하거나 질투할 이유는 없었고, 반발심리나 거부반응을 일으킬 이유도 없었다.

거기에는 그것들과는 다른 여러 마음의 요소들이 뒤섞여 있었다. 쓰라림 같은 것, 슬픔 같은 것, 절망 같은 것, 스스로도 어떻게 할 수 없는 무력감 같은 것, 그리고 깊디깊은 곳으로부터 솟아나는 자신의 욕구를 그 어디에서도 충족시킬 수 없다는 데서 오는 허탈 같은 것이기도 했다.

얼마나 마음을 썼는지, 내가 집으로 돌아왔을 때는 몸의 힘이 다 빠져 버렸다. 나는 그즈음 자주 앓아누웠던 어머니의 방에 얼굴을 들이미는 둥 마는 둥 하고 내 방에 들어가 옷 입은 그대로 방바닥에 번듯이 드러누워, 오랫동안 마치 죽은 사람처럼 꼼짝도 하지 않았다.

그러나 나는 산 사람이었다. 살아 있는 젊은이였다. 몸도 꿈틀거리고, 마음도 꿈틀거리고, 몸 세포의 가장 작은 조직과 세세한 감각의 모든 촉수도 살아 있었다. 그것들이 한꺼번에 반작용을 일으켜, 그것들이 뻗고 뻗어 움켜쥐어야 할 표적을 찾기에 이르렀다. 거기 가장 가까이 효선이 있었다.

나는 그녀의 부드럽고 매끄러운 손을 잡고, 팽팽한 긴장감으로 부푼 그녀의 몸을 얼싸안고, 물기 젖은 그녀의 입술을 탐하고, 기분 좋은 감촉과 함께 심한 고동을 전해주는 그녀의 두둑한 가슴을 매만지고, 그 손을 그녀의 가슴 깊숙이 넣었다. 마지막으로 나는 거의 자포자기의 심정으로 그녀의 몸을 찾았다.

나는 여진이 드디어 결혼이란 것을 하여 내게서 완전히, 완전무결하게 떠났다는 사실을 잊고 싶었다. 아니 그 사실을 믿고 싶지 않았다. 내가 어머니에게 여진이 결혼했다는 말을 하지 않은 것도, 어머니의 마음을 다치게 하지 말아야 한다는 배려 이전에, 그 말을 함으로써 그녀가 결혼했음을 상기하고 싶지 않았을 뿐만 아니라, 아예 인정하고 싶지 않았기 때문이었다.

그러나 나는 그 말을 듣기 전의 나와는 이미 완전히 달라져버렸음을 깨닫지 않을 수가 없었다. 내 마음이 만약 초원 같은 것이라면, 그 초원에서 풀이 완전히 뽑혀져 황폐한 땅으로 변한 것과 같았다. 내 마음이 바로 그랬다.

여진이 큰형의 가장 가까운 여자 친구였으며 애인이었고, 일찍이 세상이 평온했더라면 큰형수가 되어 있었을 네 살 위인 그 여인의 존재가, 나의 내면에 그토록 큰 자리를 차지하고 있을 줄 나는 미처 알지 못했다. 그것은 여진이 다른 남자에게 시집 가 다른 가족의 일원이 되었다는 사실을 안 뒤에도 달라지지 않았다. 그리고 효선에 대한 내 행동이 스스로의 욕망에 휘둘리고 충동적이 되어 가긴 했지만, 그것이 나의 그러한 마음에 아무 영향을 주지 못했다.

나는 그제야 깨달았다. 내가 처음으로 효선에게 이성을 느끼고, 또 그녀로 하여 기쁨을 느꼈으면서도 당혹스럽고, 그녀를 찾았으면서도 그녀에게 깊이 빠지거나 안주하지 못한 채, 마음이 구름처럼 둥둥 떠 있는 것 같기만 한 이유를. 내 마음이 효선을 넘어 언제 어디서나 해바라기처럼 향하고 있었던 곳, 그 대상의 실체, 내게 늘 상실감을 주었던 귀중한 그 무엇, 그리고 둥둥 떠돈 마음의 끝, 거기에 있었던 것은 바로 여진의 존재였음을 나는 그제야 깨달았다.

그때부터 효선에 대한 미안한 마음과 죄책감은 더욱 커졌다. 그렇다고 이제 와서 효선을 멀리하기도 어려웠다. 그 자체가 또한 그녀에게 죄스러운 일인 줄 알면서도, 그녀로 하여 얻은 육체의 은밀한 기쁨 같은 것을 나는 미련 없이 떨쳐버릴 수가 없었다.

그러나 그런 일은 상대적이다. 상대가 있기 때문에 내 마음이 시키는 대로, 내 감정과 몸이 요구하는 대로, 그렇게 모든 일이 언제까지나 순조롭게 되어 가지는 않는다. 상대에게도 감정이 있고, 욕구와 바람이 있다.

효선은 주말에 그녀의 집이 있는 시골에 가지 않겠느냐는 말을 가끔 했다.

"공업화, 근대화, 도시화만이 살길인 양 떠들고들 있지만요, 아직도 거긴 아름다운 시골풍경이 많이 남아 있어요. 나무들이 많은 동산이 있고, 들판이 있고, 강바닥에 찰랑거리는 맑은 물이 있어요."

그곳에 가면 자연 그녀의 집에도 가야하고, 그녀의 부모와 다른 가족들과도 인사를 해야 한다. 그녀는 그러기를 바라고 있는 것 같았다. 그것이 무엇을 뜻하는지는 뻔하다. 나로서는 썩 내키지 않는 일이었다.

비록 내가 여진을 예전의 큰형 애인으로서가 아니라 한 여자로서 흠모하고 있다고 하더라도, 그녀는 이미 다른 사람의 아내가 되었다. 나도 다른 여자를 찾아야 했고, 가장 가까이 바로 효선이 있음을 인정하고는 있었지만, 그녀에게 쏠리지가 않아 그녀의 청을 선뜻 받아들이지 못했다. 피할 수 있다면 피하고 싶을 따름이었다.

"나도 시골 풍경은 보고 싶어. 그런 분위기에서 자랐고. 이곳은 지금 너무나 이상한 도시로 변해가고 있어서 사실은 싫어. 그런데…"

나는 어머니를 핑계 댔다. 몇 시간이든 한나절이든, 꼭 그래야 할 일이 아니라면, 집에서 멀리 떠나기 어려운 사정을 말했다. 실제로 건강이 좋지 않은 어머니를 집에 혼자 있게 하고, 여자와 어디로 놀러 가는 건 안 될 일이었다.

"시골엔 나중에… 기회를 봐서…"

그녀는 우리 집에도 가보고 싶어 했다.

"제가 집안 일 도와드리면 안 되나요? 일요일엔 별 하는 일 없이 시간을 보낼 때가 많잖아요."

나는 효선의 이 제의 또한 받아들이기 어려웠다. 그녀의 집이 있는 시골에 가는 일이 내키지 않은 것과 같은 심리적 동기에서였다. 그녀를 어머니에게 소개하면 어머니가 좋아할 건 틀림없다. 그녀는 누구에게나 호감을 살 여자였다. 그렇지 않아도 어머니는 내가 하루빨리 결혼하기를 바라고 있었다.

나는 결혼이란 것을 생각해보지 않았다. 효선을 만나고 있긴 해도 그녀를 결혼상대로 여겨본 적도 없었다. 그러기 때문에 그녀를 집에 데리고 갈 수가 없었다.

"지금은 집안이 너무 어수선해. 어머니 건강이 나아지시고 조금 정리가 되면 내가 먼저 가자고 할 거야."

그 대신 나는 효선이 혼자 지내는 자취방에는 곧잘 갔다. 그녀가 가자고 할 땐 말할 것도 없고, 그녀가 예상하지 못하고 있을 때도 불쑥불쑥 찾아갔다.

나는 그녀가 그곳(자취방)으로 가자고 할 때 대개 그녀가 무슨 생각을 하는지 알았다. 마찬가지로 그녀도 내가 불쑥 나타날 때 내가 무슨 생각을 하는지 알았다.

거기 그녀의 좁은 방에서 둘은 그녀가 짓는 점심을 같이 먹고, 또는 저녁을 같이 먹고, 또는 그녀가 끓이는 커피를 같이 마시거나 밖에서 사 갖고 가는 붉은 포도주를 같이 마셨다(둘은 독한 술을 마시지 않았으므로 술을 마시게 되면 그건 언제나 포도주였다).

그녀와 서로 유리잔을 부딪치고 그것을 입으로 가져가도 나는 그 시를 입에 올리지 않았다. 그녀는 내가 영어회화를 지도하는 학생이기도 하지만, 그런 일은 없었다. Wine comes in at the mouth/ And love comes in at the eyes…

그녀는 여진이 아니었다. 그녀 앞에서 그 시를 읊을 필요도 없었고, 그러고 싶지도 않았다. 시의 내용은 아무 상관이 없었다.

그리고 둘이 그녀가 깎는 과일을 같이 먹는 건, 그것들은 다만 우리의 그다음 성찬을 위한, 마지막 둘만의 잔치라기보다는 오히려 제사에 가까운 행사를 위한, 최소한의 절차에 지나지 않았다. 그것도 그녀와 나는 잘 알고 있었다.

그 마지막 본 행사는 갑작스러운 침묵으로부터 시작되었다. 허황한 말들을 주고받으며, 아니 공중으로 흩뿌리며 천천히 조심스럽게 그 절차들이 끝나면, 약속이나 한 듯 두 사람은 침묵 속으로 빠져들었다. 그것은 그 성찬, 잔치라기보다는 제사에 가까운 그 행사를 위한 준비, 숨고름이었다.

그 중간 절차들이 끝날 때까지 나는 기다렸다. 서두르지 않았다. 그녀가 그것들이 남긴 찌꺼기들을 치우고 손을 닦고 나에게로 다가와 앉으면, 시작되는 침묵과 함께(침묵은 그리 오래 계속되지 않았다) 나는 그녀의 손을 잡았다.

나는 그녀의 부드럽고 매끄러운 손의 부드러움과 매끄러움을 먼저 내 손으로 만져 느끼고, 그것을 입으로 가져갔다. 나는 수줍은 듯 살짝 오므리는 자그마한 그녀의 손바닥에 입술을 대고 혀를 대기도 하다가, 손등에 입을 대고 손가락을 깨물기도 하다가, 그녀의 옷소매를 걷어 올려 드러난 그녀의 하얀 팔에 입을 갖다 댔다가, 그녀를 얼싸안으면 탄탄하게 솟아오른 그녀의 젖가슴이 내 가슴팍에 와 닿았다. 거기서 오는 형용할 수 없는 감촉과 그녀 가슴의 고동을 두 번 세 번 네 번…. 확인하고 또 확인하기 위해 그녀를 그러안은 팔에 힘을 주면, 그녀의 입에서는 들릴 듯 말 듯 신음 소리가 새어 나왔다. 그녀가 숨이 막힐 듯해서인지, 그 때문에 괴로워서인지, 그것으로 하여 내가 더할 나위 없는 기쁨을 느끼는 것처럼 그녀도 기뻐서인지 나로선 알 수 없었고, 그에 대해 또한 나는 그녀에게 한 번도 물어보지 않았다. 나는 그녀의 입에서 신음소리가 나오지 못하게 내 입으로 그녀의 입을 막았다. 그러다가 나는 온몸으로 나를 받고 있는 그녀를, 그녀의 몸을, 한 손으로 그녀의 머리칼을 쓸며 조심스러이 누이고, 내 몸을 그녀의 몸에 포개고, 내 입을 그녀의 입에 다시 포갰다. 우리는 가만히 입을 포개고 있지만은 않았다. 시간이 감에 따라 그녀의 입이 자꾸자꾸 크게 벌어지고, 또 나의 혀를 받아들이고, 삼킬 듯 깊고 세게 받아들이고, 그러다가 자기의 혀도 내주었다. 그러나 그것은 나의, 또는 내가 벌이는 유희의, 성찬의, 제사와도 같은 행사의 시작에 지나지 않았다. 어느덧 우리는 알몸이 되어 있었다. 그사이 우리는 자신들도 모르게 옷을 벗기고 옷을 벗고, 벗은 몸으로 서로의 살에 닿는 감촉을 느끼고 즐기고 확인하고, 또 거기서 오는 더할 나위 없는 기분을 맛보고… 마치 다시는 이러지 못할 것처럼 듬뿍 느끼고 즐기고 확인하고, 또 듬뿍 맛보기 위해 그 시간을 되도록 오래오래 지속하려고 했다. 사랑한다. 내가 이처럼 너를 사랑한다… 그녀는 이 말이 내 입에서 나오기를 기다리고 기다렸는지는 몰라도, 내 입에서는 끝내 그 말이 나오지 않았다. 나는 다만 그 행사, 제사 자체에만 열중해 있었다…..

  그 제사의 끝도 침묵과 함께 왔다. 침묵은 한동안 계속되었다. 그것은 이제 두 사람 사이엔 할 말이 없어졌다는 것을 뜻했으며, 또 황홀한 제사도 끝났으니 이제 두 사람 사이엔 할 일이 없어졌다는 것을 뜻하기도 했다.

그것은 둘만의 사랑놀음이라기보다는, 사랑의 표현이라기보다는, 무슨 응어리진 감정을 터뜨리는 포효와도 같고, 통곡과도 같고, 긴장되었던 몸의 풀림에 뒤따라오는 허탈감과도 같은 '끝'으로 이르는, 다만 용트림이라는 편이 옳았다. 적어도 내게는 그랬다. 그래서 그것을 잔치라기보다 제사에 가깝다고 하는 것이었다. 그녀와의 그 일을 주도하는 건 언제나 나였고, 그녀는 또한 언제나 나의 충실한 동반자요 협조자였다.

그래 그게 끝나면 끝이고 파장이었다. 그래 두 사람에겐 헤어질 일만 남는다. 언제 또 만날지, 곧 만나게 되겠지만, 다시 만나는 일이 아득하게 여겨졌지만, 헤어질 때는 헤어져야 했다.

효선은 그것이 싫었던 모양이고, 나도 그것으로 흡족감과 기쁨을 가지지 못했던 건 언제나 똑같았다. 여진을 떠나보낸 지금, 여진을 잊기로 했으니, 잊지 않으면 안 되게 되었으니 효선으로 하여, 또 그녀와 함께 이루어지는 모든 것에 만족하고 기뻐해야 하는데, 나는 그렇게 되지가 않았다.

여진이 남의 아내가 되건 말건, 여진을 생각하는 내 마음은 그 전이나 그 뒤나 조금도 다름이 없었다. 그것을 깨닫게 된 이상 나는 효선과 헤어져야 했다. 그녀를 놓아주어야 했다. 훌훌, 어디로든지 훌훌 날아가도록 해야 했다.

아니 내가 효선을 놓아주는 게 아니라, 그녀 스스로 내게서 떠나가야 했다. 나를 위해서도, 그녀 때문에 갖게 되는 죄책감에서 벗어나기 위해서도, 더욱이 그녀를 위해서는, 그녀가 슬픔에 빠지지 않기 위해서는, 그녀에게 아픔을 주지 않기 위해서는, 그녀의 행복을 위해서는 그 길밖에 없었다.

그럴 기회가, 참으로 좋은 기회가 그동안 없지 않았다. 그 기회를 그녀 스스로 박차버린 것이다. 그녀가 이곳 지사에서 서울 본사로 자리를 옮길 수 있었던 기회 말이다.

효선이 내게 그 일을 의논해 왔을 때 나는 내 생각을 딱 부러지게 밝히지 못했다. 밝힐 수가 없었다. 머뭇거리지 말고 가라는 말을 해주고 싶었으나, 자기와의 관계를 끊으려고 그러기를 권한다는 인상을 그녀에게 주기는 싫었으므로, 나는 차마 그럴 수가 없었던 것이다.

"잘 생각해봐. 효선을 위한 길이 어느 쪽인지. 효선의 앞날을 위해 택해야 할 길이 어느 쪽인지 잘 생각해봐. 그렇게 하여 마음이 정해지면 실천에 옮기는 거야."

"내 앞날을 위해 택해야 할 길이라구요?"

그녀가 되물었다. 그녀는 나의 진정한 마음을 헤아리기 어렵다는 표정이었다. 내가 입을 다물고 있자 그녀는 자못 실망한 듯이 말했다.

"내 앞날이 영훈 씨와는 전혀 관계가 없다는 건가요?"

"무슨 뜻이지?"

"그 말 그대로예요. 그렇게 들리네요."

"꼭 그런 뜻으로 한 말은 아니야."

내가 무슨 뜻으로 한 말인지는 나 자신도 잘 알 수 없었다. 나는 그녀의 마음을 다치게 하고 싶지는 않아 이렇게 덧붙였다.

"효선에게는 효선의 일이 있고 인생이 있으니까… 그런 점에서 잘 생각해보라고 한 거야."

"나는 그대를 사랑하고, 그대와 헤어지고 싶지 않고, 그럴 수도 없기 때문에, 서울 같은 덴 절대로 보낼 수 없다고 말해 줄 순 없나요?"

그녀와의 앞날이 어떻게 되던, 그것과는 관계없이 그녀의 마음을 다치게 하고 싶지 않았던 나는, 어떻게 해서든 그녀를 달래야 한다고 생각했다.

"가족 말고 이 세상에서 내게 가장 가까운 사람은 다른 누구도 아닌 효선이란 걸 잘 알지? 또 내가 효선이 외에 다른 누구도 사귀지 않는다는 것도 잘 알잖아. 내 앞날 자체가 불투명해서 무어라고 말할 수가 없을 뿐이야."

그녀는 이 말을 어떻게 알아들었는지 말없이 고개만 두어 번 끄떡거렸다. 그것이 며칠 뒤에는 이런 결과로 나타났다.

"나 말이에요, 서울 본사로 옮기지 않기로 했어요. 여기 지사 책임자 되시는 분도 알아서 정하라고 하시더군요."

그녀의 말에 나는 얼마간 실망스러웠던 한편으론 마음이 놓이는, 몹시 착잡한 심경이었다. 실망스러움은 그녀에게서 놓여날 수 있는 기회를 잃은 데서 오는 것이었고, 그러면서도 마음이 놓인 것은 그녀를 잃지 않게 되어서였다.

그녀를 잃지 않게 되었다는 것은 그녀로 하여 얻을 수 있는 관능적인 기쁨을 계속 얻을 수 있다는 것을 뜻하며, 나 자신도 모르게 빠져들어 가게 된 성의 탐닉 대상으로 그녀를 계속 붙잡아둘 수 있다는 것을 뜻하는, 자신이 생각해도 지극히 이기적인 타산이었다. 한편 그 때문에 나는 그녀에 대한 죄책감을 더욱 키우고 있었다.

내가 그 모든 것에서 벗어날 수 있는 또 한 번의 기회가 그로부터 몇 달 뒤에 왔다. 어머니의 죽음이었다. 큰 충격에서 좀처럼 벗어날 수 없었던 나는, 장례와 그 뒷일들을 끝낸 뒤에도 오랫동안 마음의 중심을 잡을 수 없는 정신적 공황상태에서 헤어나지 못했다.

아버지 없는 집안에서 어머니는 나를 지탱했던 단 하나의 정신적 지주였다. 이제 마음 놓고 의지할 사람도, 의지할 데도 없게 된 작은형은 더욱 큰일이었다. 작은형은 어머니의 마음을 한 시도 놓지 못하게 했던 자신의 방종이 어머니의 수명을 단축시켰다는 자책감에 사로잡히고, 그것을 이기지 못해 더욱 방종에 빠져들었다.

그와 같은 생활도 기댈 언덕이 있어야 가능한 것이다. 내가 보기에 작은형에겐 그런 게 없었다. 있을 턱이 없었다. 그런 형에게 대체 누가 술을 사주는가. 끊지 못하고 있음이 분명한 도박, 거기에 드는 자금_ 노름밑천은 누가 대는가. 때때로 며칠씩이나 집에 들어오지 않는 형을 누가 재워주는가. 집을 나가면 집을 나가는 그 시간부터 돈이 드는데, 집안 살림살이가 날로 기울어 집에서는 조달하기 어려운 용돈은 어떻게 해결하는가. 나로서는 도저히 알 수 없는 비밀투성이였다.

내가 영어회화 지도로 버는 돈은 액수가 많지 않고, 일부는 농사일을 위한 일꾼들의 삯으로 보태지기 때문에, 형에게 줄 수 있는 용돈은 그야말로 담뱃값 정도에 지나지 않았다. 작은형의 그 '비밀'이 밝혀지기까지는 그리 오랜 시간이 걸리진 않았으나, 비밀이 밝혀졌다 해도 엉망이 돼버린 집안일을 수습하는 데에는 아무 도움이 되지 않았다.

어머니를 잃은 충격과 함께 여러 가지 복잡한 일들에 눌리고 지친 나는 영어회화 공부를 더는 이끌어갈 수가 없었다. 얼마 동안은 자기들끼리 모여 계속하는 듯하더니 그 뒤 흐지부지되고 말았다고, 뒤에 효선이 내게 전해주었다.

내가 영어회화 지도를 중단한 것을 효선과의 관계를 끊는 계기로 삼았다는 뜻이 아니다. 나는 어머니가 없는 집에, 고향에, 마산에 더 머물러 있을 이유가 없어 서울로 가기로 결심한 것이다. 미루어 두고 있었던 취직을 위해서도 나는 서울로 가야 했다.

효선은 전에 나와 헤어지기 싫어 서울에 갈 수 있는 기회(본사 근무)를 던져버렸었다. 그런데 나는 자신의 서울행을 그녀와의 모든 것을 청산하는 기회로 삼으려 하고 있다. 비열한 일이긴 했으나, 그것이 효선을 위한 길이기도 하다고 나는 믿었다.

어머니가 세상을 떠난 건 유월이었고, 내가 서울행을 행동으로 옮긴 건 구월 초였다. 물론 그 일이 쉽게 이루어진 것은 아니었다. 그러기까지 정리하고 해결해야 할 일이 적지 않았다. 그것들은 단순히 '정리하고 해결'할 수 있는 일만도 아니었다.

무엇보다도 그것은 아버지에게서 물려받은 이곳에서의 삶의 터전이 송두리째 사라지는 것을 뜻했다. 또한 내가 태어나서부터 한 번도 떨어지지 않고 지낸 작은형과 헤어지는 것을 뜻했다. 일시적인 헤어짐이 아닌, 거의 완전한 헤어짐이었다. 둘이 대등한 입장에서 단순히 헤어지는 것이 아닌, 몸이 온전치 않고 생활능력이 없는(그것을 방기해버린) 형으로부터 내가 일방적으로 떠나는 것이었다.

그리고 그 모든 것은 우리 가족이 완전히 해체되는 것을 뜻하는 것이기도 했다. 그에 비하면 효선과의 일은 그리 큰 문제도, 또한 중요한 문제도 아니었다.

　내가 먼저 해야 했던 일은 이리 찢기고 저리 뜯겨 얼마 안 남은 농토를 처분하는 것이었다. 아버지가 세상을 떠났을 때 농토는 이미 많이 줄어들었다. 내가 대학에 들어갈 때 목돈을 마련하기 위해 일부 남에게 넘긴 것도 그에 한몫을 했다.

　그것만으로 끝나지 않고 거기서도 또 줄어 어머니가 바깥출입을 할 수 없을 만큼 몸이 쇠약해졌을 무렵엔 처음의 삼분의 일 정도밖에 되지 않았다. 어머니가 세상을 떠나고 석 달도 지나지 않은 사이에 그게 또 반으로 줄고 말았다. 그동안 작은형이 자기 몫이라고 야금야금 재빨리도 없애버렸기 때문이었다.

　그러니까 결국 막내인 내 몫의 한 줌 조각 땅만 남게 되었다. 그나마도 밭은 다 없어지고 논뿐이었다. 밭의 한쪽 끝에 자리 잡고 있던 가족 묘지를 건진 것만으로도 다행으로 여겨야 할 판이었다. 마지막 남은 내 몫의 조각땅조차도 곧 내 손으로 없애지 않으면 안 되었지만.

　아버지가 집을 떠나 피땀 흘려 일해 장만하고 가꾸고 키우고 넓혔던 땅, 온 가족의 생명줄이었고 삶의 터전이었던 그 농토는, 기껏 서울에서 방 한 칸 얻을 수 있을까 말까 한 형편없이 작은 액수의 돈으로 변해 영영 사라지고 만 것이다.

　만약 작은형이 제대로 관리할 수 있었다면, 나는 내 손으로 마지막 남은 그 땅마저 처분하지는 않았으리라. 설사 작은형에게 그러한 의지가 있다 하더라도 형의 빚쟁이들이 그러도록 내버려 두지 않을 게 뻔했다. 그렇게 되면 형은 동전 한 닢 구경하지 못하고 그 아까운 것을 날려버리고 만다.

그리고 나도 빈손으로 서울로 갈 수는 없었다. 직장을 얻을 때까지는 어떻게든 버티어 나가야 했다. 나는 논 판 돈을 형과 반반씩 나누었다. 그것으로 형의 문제가 풀린다면 아무 걱정이 없으련만, 생활능력도 절제력도 없는 형을 '방종'한 상태로 그냥 두고 떠나는 일이 가슴 아팠다. 내가 서울행을 쉬이 결정할 수가 없었던 건 그 때문이었으나, 나로서는 달리 택할 길이 없었다. 이 세상에 던져지듯 외톨이로 남은 것은 오늘도 없고 내일도 없는 작은형뿐만이 아니었다. 험하고 험한 세상을 향해 이제 첫걸음을 내디디려는 나도 그 점에서는 다를 게 없었다.

내가 서울로 가는 날짜를 구월 초로 잡은 것은 직장을 얻는 일 때문이었다. 중순에 시험을 치르기로 되어 있었다. 서울에서는 별수 없이 하숙을 해야 해서 친구에게 적당한 곳에 하나 얻어두도록 부탁했다. 신문광고로 나온 인원모집 요강을 그 친구가 보내주어 나는 일단 지원서를 내놓은 것이다.

모집 대상은 정부 부서, 기관에서 일할 '대한민국의 건전한 젊은이'였다. 대학 졸업 자격은 있어야 하나, 전공은 불문. 시험과목은 국어, 국사, 영어(또는 다른 외국어), 상식, 논문. 그리고 면접을 통과한 합격자는 일정한 교육을 거친 뒤 적성과 능력, 희망에 따라 근무처(지)를 배정받게 되어 있었다. 그러니까 정부의 특정한 일에 필요한 인원을 공개 경쟁시험을 통해 모집하는 것인데, 시험은 정부산하 '통합 인력관리위원회'라는 데서 주관하고 있었다.

정부에 그런 기구가 있었는지 아랑곳할 일은 아니고, 이런 방식으로 필요한 인원을 모집하기는 이례적이라는 말을 들었다는 친구는, 5·16으로 정권을 잡아 출범한 새 정부가 아마도 무슨 의욕적인 일을 계획하고 있는 게 아니겠느냐고, 제법 그럴듯한 주석을 달았다.

나로선 엉터리직장만 아니라면 어디든 상관없었다. 시험에 합격하여 자신이 일할 만한 자리를 얻게 되면 다행이고, 떨어지더라도 크게 실망하지는 않을 작정이었다. 이왕 늦어진 일이니 조급히 굴 것 없이 또 다른 일자리를 알아보면 된다는 생각이었다.

나의 서울행에 대해 나는 효선에게 열흘쯤 전에야 알렸다. 좀 더 일찍 말해줄 계제도 아니었다. 갑자기 시험을 쳐볼 결심을 하게 되었다는 말로 얼버무렸다. 그런데 그녀는 내가 예상하지 못했던 반응을 보였다.

내가 이곳을 떠나게 되니 그녀로선 실망스럽겠지만, 직장을 얻는 일 때문이라 담담하게 받아주고, 그렇게 되면 자연스럽게 그녀와 헤어지게 되리라는 게 나의 막연한 기대였다. 그런 기대와는 달리 그녀는 반색을 하며 몹시 기뻐하는 것이었다. 나는 그 이유를 금방 알게 되었다.

"잘 됐어요. 영훈 씨가 가시면 저도 갈 거예요. 서울 본사에선 늘 사람이 필요하고, 제가 희망하면 옮길 수 있는 길은 계속 열려 있거든요."

나는 전에 그녀가 서울로 갈 수 있는 기회를 그녀 스스로 박찼다고 했을 때처럼 실망스러웠던 한편으론, 적이 마음이 놓이는 묘한 기분을 또다시 맛보았다. 실망스러움은 이번에도 그녀에게서 벗어나지 못하게 될 것 같다는 데서 왔고, 마음 놓임은 관능적인 기쁨을 듬뿍 맛볼 수 있는 그녀를 계속 옆에 둘 수 있다는 데서 온 것이었다.

그러나 효선이 서울로 따라온다는 것은 찜찜하기 그지없는 일이었다. 그녀가 나를 속박하고 앞길을 막는 존재가 되기라도 하는 것처럼 부담스러웠다. 물론 나는 그것을 내색할 수는 없었다.

"잘 됐군. 언제라도 갈 수 있는 거야?"

"시간이 조금 필요하겠죠. 하지만 오래 걸리진 않을 거예요. 한 달이면 되지 않을까 여겨요. 사실은요, 그렇게 될 날이 오기만을 기다렸어요."

그로부터 그녀는 딴 사람처럼 변해 갔다. 거의 흥분상태라고 할지, 완전히 활기를 되찾은 것이었다. 같이 있어도 늘 다른 사람을 생각하는 것 같은 나로 하여 그동안 그녀는 몹시 풀이 죽어 있었다. 그녀는 서울에 가면, 멀리 집을 두고 단둘이 객지에 와 있다는 느낌과 함께, 지금까지와는 전혀 다른 분위기 속에서 나와의 사이가 새로워질 수 있다고 기대하는 모양이었다.

내가 있을 곳을 이미 마련해 둔 사실을 몰랐던 그녀는, 은근히 나와 동거하기를 바라는 눈치였다.

"서울에선 생활비가 많이 들 텐데요. 같이 지내면… 많이 줄일 수가 있지 않을까요?"

"어제 친구한테서 연락이 왔는데… 하숙을 얻어놓았대. 그 친구한테 미리 부탁해 놓았거든. 하숙비가 예상보다 비싸지는 않군."

"어제요?"

어제가 아니라 한 주일 되었다. 그녀에게 거짓말을 하고 있는 나 자신이 어처구니가 없었고, 은연중 그녀로부터 떠나고 싶은 마음을 드러낸 듯하여 무안하기도 했다.

"하숙은 한 달만 하고 옮기셔도 되잖아요."

내가 아무 말도 하지 않으니 무슨 생각을 했는지, 그녀는 자신의 속셈을 바로 말했다.

"내 저금통장 제법 두둑해요. 회사로부터 이주비 지원도 있어요. 교통 편리한 곳에 깨끗한 전세방을 고를 수 있을 거예요. 그리고 제 봉급만으로도 그리 궁색하지 않게 살 수 있어요."

속마음을 잘 나타내지 않는 그녀로선 큰마음 먹고 한 말일 터였다.

"이번엔 제 청을 들어주셨으면 해요. 그러실 거죠?"

그동안 나는 한 번도 그녀의 청을 들어주지 못했다. 결과적으로 그렇게 되었다. 그녀의 집이 있는 시골에 같이 가지 않겠느냐고 한 것을 몸져누운 어머니를 핑계 대고 거절했던 나는, 어머니가 세상 떠난 뒤 지금까지도 그녀의 그 청을 들어주지 않고 있었고, 또 우리 집에 가서 어머니를 보살피고 집안일을 돕겠다는 그녀의 말도 무시해버렸었다.

그녀가 그런 일들을 두고 하는 말임을 나는 잘 알았다. 그런데 그녀의 이번 요청, 또는 제의는 그것들을 훨씬 앞지르는 것이었다. 그녀가 나를 그녀의 결혼상대로 생각하고 있음은 이미 알고 있던 나도(그래서 가능하면 빨리 그녀로부터 벗어나고 싶었던 것인데), 그녀가 자신과 동거까지 생각하고 있을 줄은 몰랐다. 그러나 따지고 보면 그녀로선 얼마든지 생각할 수 있는 일이었다. 그래서 나도 놀라지는 않았다. 다만 나로선 역시 내키지 않았을 따름이었다. 그렇다고 대놓고 못 하겠다고 하기도 어려웠다.

"효선의 부모님이 아시면 어쩌려고?"

"그건 내게 맡겨두면 돼요. 내게도 생각이 있어요."

"어떻든 그 일은 서울에 가서 생각해 보기로 해."

그날 나는 그녀의 자취방에서 밤을 보냈다. 이날은 그녀 쪽에서 더 적극적이었다. 그녀 스스로 나를 먼저 자기에게로 이끌었을 뿐만 아니라, 늘 내가 원하는, 자신이 지닌, 자기의 몸 곳곳 비밀의 문들을 스스로 하나씩 활짝 열고 내게 자신을, 자기의 몸을 듬뿍 맛보고 깊이 탐하게 했다.

그리고 또한 그녀는 여느 때보다 밝은 목소리로 말도 많이 했다.

"영훈 씨가 나를 원하는 한 무슨 생각을 하든 상관하지 않겠어요. 영훈 씨가 원하는 게 내 몸만이래두요. 그것도 저를 좋아하는 한 방식임에 틀림없으니까요."

나는 할 말이 없었다.

"언젠가부터 나도 영훈 씨의 손길을 기다리게 되었어요. 영훈 씨의 모든 것에 중독돼버렸나 봐요. 영훈 씨가 없으면…. 이젠 안 될 것 같아요. 우습죠?"

나는 조금도 우습지 않았다.

"서울에 가서…. 따로따로 지낼 생각 하지 않으셨으면 해요."

그녀는 자꾸 내 몸을 파고들었다. 그리고 나를 자신의 몸 깊숙이로 한없이 한없이 끌고 갔다. 나는 자신이 하루빨리 헤어나려던 수렁 같은 곳에 도리어 더욱 깊이 빠져드는 느낌이었다.

그럴 때 어찌하여 윤여진, 그녀의 모습이 떠오르는가. 그녀의 그림자라도 좋다, 아무 형체가 없는 그녀의 환영이라도 좋다, 나는 무슨 구원이듯 여진에게 매달리고 싶은, 아주 절망적인 기분이었다.

나는 서울로 가기 전날 고등학교 동창 한 사람을 만났다. 이강욱. 여진이 자기 외사촌 형수라는, 그러니까 여진에게는 고종사촌 시동생이 되는 셈인, 바로 그 친구였다. 당분간 고향에는 오기 어렵기 때문이라는 이유를 내세워 내 쪽에서 그가 일하는 회사로 전화한 것이었다.

서로 별로 연락이 없었더라도 만나면 벽이 없어지는 게 동창 사이라, 부자연스러울 건 없었다. 실상 내 전화를 받은 친구는 무척 반가워하며 자기가 한잔 사겠다고 했다.

"만나자고 한 건 나야. 내가 사지."

"그런 소리 말아. 취직하러 서울에 가는 실업자가 무슨 돈이 있나."

"그래. 누가 사든 얼굴 한번 보자."

그를 만나자고 한 것은 여진이 어떻게 지내는지 알 수 있지 않을까 해서였다. 그동안 그녀의 소식은 바람 편으로도 듣지 못하고 있었다. 내가 아는 것은 그녀가 결혼한 지 일 년쯤 되었다는 사실뿐이었다.

얼마 전까지만 해도 나는 여진의 안부를 알아볼 생각을 하지 못했다. 그런데 며칠 전 한밤중에 잠이 깨면서 또다시 여진의 모습이 떠오르며, 그녀가 몹시 보고 싶어졌다.

시간이 지날수록 그 열망이 더욱 더해갔다. 거의 견디지 못할 지경까지 이르렀다. 만약 내가 달려갈 수 있는 곳에 그녀가 있었다면, 밤과 낮을 가리지 않고 달려갔을 것이었다.

하지만 될 일이 아니었다. 설사 그녀가 가까이 있다 한들 달려가서 어찌할 것인가. 나는 궁여지책으로 고작 그녀에게 '사돈의 팔촌'이나 다름없는 강욱을 생각해냈을 뿐이었다. 그런데 나는 그 친구로부터 그녀에 대해 기대한 만큼 듣지는 못했다.

강욱을 만나는 목적이 그랬다 해도 그에게 나와 여진과의 '특별한 관계'를 털어놓을 수는 없었다. 나는 기회를 엿보다가 다른 이야기 끝에 슬쩍 말을 꺼냈다.

"너 서울에 있는 회사로 옮기고 싶은 생각 없어?"

"연줄이 있어야지. 새삼스레 공개 경쟁시험을 칠 수도 없고…"

"서울에 연줄이 없다고? 이곳 여고 출신 누군가와 결혼했다는 외사촌 형이 서울에서 사업을 한다며? 네가 작년인가 동창회에 나왔을 때 말하지 않았나."

"기억력도 좋군. 외사촌 형이 있긴 해. 하지만 서로 남처럼 지내고 있는 처지야. 거기 빌붙고 싶은 마음 하나도 없네."

"빌붙긴. 기브 앤 테이크 아닌가. 일한 만큼 대우를 받으며 너대로 뜻을 펴나가면 되잖아. 외사촌 형이 괜찮은 사업가라면… "

"괜찮은 사업가라고? 물려받은 회사 들어먹지 않으면 다행이지."

"사업체를 제대로 이끌어갈 사람이 아닌 모양이네. 마누라가 신경을 많이 써야겠군. 사업 팽개치고 바람이나 피우고 다니는 것 아냐?"

"그 형 어떻게 사는지, 부부관계는 원만한지, 그런 것 난 몰라. 알고 싶지도 않아. 소원한 친척 간에도 나쁜 일은 금방 알려지는 법인데, 아무 말이 안 도는 걸 보니 탈 없이 사는 모양이지 뭐."

친구는 정말 관심 없다는 듯이 말머리를 돌렸다. 나도 더 이상 여진에 대해 묻지 않았다.

다 소용없는 일이었다. 그러나 여진에 대한 나의 궁금증은 그 뒤에도 수그러들지 않고 더욱 커져갔다.

작은형의 비밀

앨범에 남아 있는 작은형의 사진들은 모두 상반신만 담겼다. 다리 부분도 나오기 마련인 큰 가족사진에서도 작은형만은 아버지나 어머니의 뒤로 그것을 살짝 감추고 있었다. 그래서 그러한 사진들로 보면 형은 그 어떤 밝고 건강한 소년 못지않은 밝고 건강한 소년이었고, 그 어떤 잘 생긴 젊은이 못지않은 잘생긴 젊은이었다. 어릴 때의 고약한 병 때문에 한쪽 다리를 거의 못 쓰게 된 장애인이라고는 상상도 못 할 일이었다.

작은형은 사진 속에서 언제나(어느 사진에서나) 웃을 듯 말 듯 밝은 표정으로, 그늘 같은 건 얼굴 어디에서도 찾을 수가 없었다. 큰형이 저세상으로 가고, 짙은 어둠이 온 집안에 깔린 뒤에는 가족사진을 찍지 않았다. 더구나 그 이후 천천히 파멸의 수렁으로 빠져들어가 더욱 카메라 앞에 설 일이 없었던 작은형은, 자신의 병들고 일그러진 모습을 어디에도 남기지 않았다.

사진에서만 그렇게 보인 게 아니었다. 형은 실제로 남자로서 거의 나무랄 데 없는 용모를 타고났다. 외탁을 했다는 형은 세 형제 중에서도 가장 준수하다는 말을 들었다. 친척들이나 이웃 사람들이 그렇게 말하는 것을 나도 여러 차례 들은 적이 있었다. 언젠가 머리에 함지를 이고 우리 집에 들른 어떤 행상 아낙네는 학생복 차림의 형의 모습을 유심히 보더니, 혀를 끌끌 차며 참으로 아깝다는 듯이 혼자 중얼거리는 것이었다.

"세상에, 저를 어째. 처녀들 눈물깨나 쏟게 할 얼굴인데…. 삼신할아버지가 해도 너무 하셨네."

특히 아주머니들이 그 비슷한 말을 많이 하며 형을 몹시 측은해했다. 그들의 말을 들었을 게 틀림없는 어머니 자신은 식구들 듣는 데서 작은형의 몸에 관해 어떤 말도 하지 않았다. 어머니는 그런 말을 함으로써 아들의 몸이 온전치 못하다는, 가슴 아픈 사실을 새삼스레 확인하고 또 확인해야 하는 더한 아픔을 될수록 피하고 싶었을 것이었다.

큰형에게서도 나는 그와 같은 직접적인 말은 듣지 못했다. 큰형의 마음도 아마 어머니의 마음과 같았으리라. 다만 큰형은 내게 단 한 번 이런 말을 했던 기억이 났다.

"네 작은형, 앞으로 멋있는 사나이가 될 거야. 사람의 신체기관이 얼마나 되는지 아니? 눈에 보이는 것들, 안 보이는 것들… 몸 안, 몸 밖… 엄밀히 따져 셀 수도 없이 많아. 다리 하나쯤 못 쓰는 건 큰 문제가 아니지."

나는 큰형의 말이 옳다고 여겼다. 작은형의 정신이 온전하고 몸도 한쪽 다리 외에 다른 데에 이상이 없다면 얼마든지 잘살 수 있다. 그렇고말고. 잘살 수 있고말고. 다리 하나쯤 못 쓰는 게 무슨 대수야. 나도 작은형이 정말 멋있는 사나이가 될 것이며, 또 그렇게 되어야 한다고 생각했다.

내 눈에도 작은형의 몸은 다리를 절뚝거리는 그 한 가지 결함 외에는 거의 모자람이 없었다. 키만 하더라도 큰형이나 나만큼은 크지 않아도 다른 사람에 비해 작지도 않았다. 어느 단계에서 성장이 중단된 한쪽 다리의 영향이 없지는 않았을 텐데, 몸 전체의 발육상태는 그만하면 좋았던 편이었다.

형이 옷을 벗었을 때의 상체는, 어릴 때는 비교될 수 없었겠으나, 나중엔 그 덩치가 다섯 살 위였던 큰형과 별 차이가 없게 되었다. 팔뚝이나 손의 크기도 마찬가지였다. 다리로 써야 할 힘이 위로 모였을 테니 그렇게 되는 건 당연한 일이 아니었을까.

나는 작은형과 관계되는 색다른 기억을 하나 갖고 있었다. 아마도 작은형이 열 네댓 살쯤 된 중학생 때의 일이었을 것이다. 큰형과 함께 셋이 잘 가던 그 바다, 밀물로 드러난 개펄에서였다. 그날 작은형은 반 친구들 여럿과 함께 왔다. 그들은 물에 들어가지 않고 웃통을 벗은 채 반바지(혹은 팬츠) 차림으로 장난을 치고 있었다.

내 기억 속의 이 장면에 큰형의 모습은 들어 있지 않았다. 큰형은 바다에 아예 오지 않았던지, 아니면 그때 다른 쪽에서 혼자 헤엄을 치고 있었는지도 모른다. 작은형의 무리로부터 갑자기 웃음소리가 났다. 기뻐 터뜨리는 큰 웃음이 아닌, 낮게 낄낄거리는 묘한 웃음소리였다.

그들은 하나씩 차례로 바지를 까 내리고 의기양양하게 누구 자지가 더 큰가, 한창 견주고 있는 중이었다. 작은형도 그들과 똑같이 아랫도리를 드러내고 어색한 듯 어정쩡한 자세로 서 있었다. 작은형과는 어릴 때부터 노상 목욕탕에 같이 갔었고, 수영하러 물에 들어갈 때도 같이 홀랑 벗을 때가 많았기 때문에 나에겐 생소하지 않았으나, 여럿이 같이 그러고 있는 꼬락서니를 보자 절로 웃음이 나왔다.

"쟤 것이 제일 커 보인다. 안 그래?"

한 아이의 말에 모두들 낄낄거리며 그 아이 앞에 서서 살피는 모습을 보였다. 그러다 곧 다른 아이가 반박하는 말이 들렸다.
"아니야. 영수 것이 더 크다."
"뭐? 영수 것이 더 크다고?"
아이들이 이번에는 좀 더 큰 소리로 낄낄거리며 작은형 앞으로 몰렸다.
"그렇구나. 영수 것이 더 크구나."
"우와아아, 영수 것이 제일 크다!"
"한쪽 다리가 작으니 가운데 다리라도 커야지. 우와아아…"
"우와아아, 우와아아…"
그들이 더욱더 큰 소리로 웃는 것을 보며 나는 급히 그쪽으로 갔다. 아이들이 혹시 작은형을 집적거릴지도 몰랐기 때문이었다. 그러나 그들은 아무 일도 없었다는 듯이 곧 다른 데로 정신을 팔기 시작했고, 바지를 끌어 올리던 작은형은 나를 보며 씨익 웃었다….

작은형과 관계되는 이 한 토막 기억 자체는 언제나 웃음을 자아내게 하는 것이지만, 형의 슬픈 종말 때문에 내게 큰 쓰라림과 아픔을 주기도 했다.

나는 작은형의 얼굴이 특별히 잘 생겼다거나 어떻다거나 하는 생각은 해보지 않았다. 늘 보아왔던 형이어서 친근감을 주는 이상은 아니었다. 물론 다른 사람들이 형의 용모를 두고 칭찬하는 말을 할 때는 나도 기분이 좋았다.

그런데 그 모든 것은 형이 정상적인 생활을 했을 때에 해당되는 것들이었다. 형이 자신의 정신적인 지주와 마음의 중심, 그리고 희망, 삶의 의욕, 할 것 없이 모든 것을 깡그리 잃게 되자 얼굴도, 몸도 함께 허물어지고 망가져버려 다시는 예전의 형 자신의 모습을 찾을 수 없었다. 결코 그러지 못했다.

작은형의 정신적 지주는 큰형이었다. 그 지주가 아버지 어머니로부터 큰형에게로 옮겨간 것이 언제부터인지는 나도 모른다. 큰형은 자신이 무척 귀여워하던 바로 아래 누이동생을 잃고 어린 나이에도 몹시 마음 아파했었다. 그러는 동안 작은형이 태어나자 그 마음이 다섯 살 아래인 이 동생에게로 향하게 되었다. 더구나 큰형은 작은형이 소아마비로 온전치 못하게 되자 가엾은 마음과 함께 각별한 정을 쏟았다.

큰형은 막냇동생인 내게도 형으로서의 정을 주는 데에 인색하진 않았으나(그래서 섭섭하게 여긴 적은 한 번도 없었으나), 작은형에 대한 질투로 큰형에게 심통을 부리기도 했다. 그러다가 나도 작은형을 안타깝게 여기게 되었을 때부터는 그런 일이 없었다.

"나중에, 부모님도 안 계시고 만약 내게 무슨 일이 생기면, 그땐 영훈이 네가 작은형 보살펴줘야 한다, 알겠니?"

큰형이 내게 한 말이었다. 물론 전쟁이 일어나기 전이어서, 큰형에게 무슨 일이 생긴다는 건 꿈에도 생각하지 못했을 때였다. 나도 당연히 그래야 한다고 여겼고, 그러리라 다짐했었다. 큰형에게, 또 나 스스로에게.

작은형은 그러한 큰형을 그저 잘 따른 정도가 아니었다. 그것을 넘어 모든 것을 의지했고, 심지어 자기 자신마저 전적으로 큰형에게 내맡기기에 이르렀다. 작은형에게 있어 큰형은 집을 떠나 있었던 아버지 대신이었고, 또한 자신의 모든 것이었다. 즉 정신적인 지주였던 동시에 마음의 중심, 희망이며 삶의 의욕이었다.

작은형이 그처럼 전적으로 큰형을 의지한 데 대해 아버지나 어머니는 말할 것도 없고, 나도 그것을 당연하게 받아들였다. 작은형에게 어떻게든 독립심을 길러줘야 하지 않았을까 하는 생각이 들지 않았던 건 아니었으나, 그것은 결과론일 뿐, 그때로선 달리 선택의 여지가 없는 최선의 길이었고, 오히려 그 사실(작은형이 큰형을 전적으로 의지한다는 사실)을 참으로 다행으로 여겼다.
　그리고 보면 어머니가 맏아들인 큰형의 배필, 맏며느릿감에 일찍부터 관심을 기울이고 신경을 쓴 건 지극히 자연스러운 일이었다. 어머니는 여진을 맏며느릿감으로서만이 아니라, 그 아래 두 아들(특히 몸이 온전치 못한 작은아들)의 형수감으로도 이미 합격점을 매겨두었었다. 오래지 않아 모두 헛된 꿈으로 돌아가고 말았지만.
　인생의 전반을 두고 볼 때 큰형을 잃어 가장 큰 타격을 입은 가족은 아버지나 어머니, 그리고 나도 아닌 바로 작은형이었다. 아버지와 어머니도 그 사실을 잘 알고 있었다. 그러한 작은형의 앞날에 대한 걱정 때문에 아버지와 어머니는, 특히 말년 들어 자신들을 지탱했던 기력을 더욱더 빨리 스스로 소진시켰다. 어머니의 경우는 결정적이었다.
　자신이 전적으로 의지하던, 큰 산보다도 더 큰 존재였던 형을 졸지에 잃은 작은형, 충격과 슬픔과 괴로움으로 단 한시도 버티기 어려웠던 작은형은, 그로부터 벗어나기 위해, 또는 잊기 위해 자신이 빠져버리거나 매달릴 그 무엇인가를 찾지 않으면 안 되었다. 부모도 아니고, 동생도 아니고, 하나님도 아니고, 다른 무엇도 아니었다. 불행하게도 그것은 술이고, 노름이고, 또한 거기에다 형의 끈적끈적한 촉수는 여자들에게까지 미쳤다.
　여자에 관계된 작은형에 대한 내 기억은 나중에 알려진 일들 말고는 전혀 없었던 거나 같았다. 단 한 가지 있었던 것도 그때는 '소문' 수준에 지나지 않았다.
　작은형이 고등학교를 졸업한 뒤, 친척 아저씨의 회사에 들어가기까지 얼마 동안 어영부영 지내고 있을 즈음이었다. 그때 큰형은 이미 이 세상 사람이 아니었고, 아버지는 가슴에 큰 구멍이 뚫려 산 사람 같지 않게 살았으면서도, 나머지 아들(특히 작은아들)이 장차 독립해서 살아갈 방도를 마련하려고 골몰하고 있었다.

아버지 귀에 먼저 들어온 그 '소문'은 어머니를 통해 내게로 전해졌다. 아버지는 큰댁에 갔다가 나의 사촌형(큰아버지의 아들)한테서 들었다. 큰형과 나이가 같았던 그 사촌형은 아마도 자기 또래 젊은이들 입에 오르내리던 말을 귀동냥한 모양으로, 작은형이 어떤 여관집 과부와 놀아난다는 것이었다.

그것은 내용의 절반이고, 나머지 절반이 따로 있었다. 사실은 작은형이 좋아한 건 그 집 딸인데, 둘 사이를 막던 과부 어미가 작은형을 가로채 데리고 논다는 것까지가 포함돼 있었다.

"그런 망측한 일이 … 설마 네 형이 그럴 리가 있겠어?"
"헛소문일 수도 있잖아요. 형은 뭐라고 그래요?"
"아버지한테 사실이 아니라고 했다는구나."
"그럼 사실이 아닌 모양이죠 뭐."
"글쎄다."

어머니는 아무래도 믿어지지 않는다는 표정이었다. 그 '소문'이 믿어지지 않는지, 사실이 아니라는 형의 말을 믿을 수 없는지, 나로선 판단이 되지 않았다. 뒤에 알려진 것들로 미루어보면 소문이 거의 정확했다 할 수도 있지만, 아무려나 모두 의미 없는 일들이 되어버렸다.

그것뿐이었다. 형은 중학생 시절이나 고등학교 시절을 통틀어, 내가 아는 한 특정 여학생에게 관심을 보인 적이 없었고, 형에게 특별히 관심을 보인 여학생도 없었다. 친척 여자애들 외에 작은형이 가장 가깝게 지낸 비슷한 나이의 여자는 역시 큰형의 애인, 자상하고 듬직한 형수가 되리라 기대했던 윤여진 단 한 사람뿐이라 여기고 있었다.

하긴 몸이 온전하지 못한 형으로선 보통 남자애들처럼 여자애들에게 관심을 둘 수가 없었을 것이었다. 그리고 뒷날 작은형이 어떤 '계기'로 '방종'으로 흐른 것도 그러했던 지난날의 욕구불만이 크게 작용했는지도 모른다.

생각이 그에 미치자 나는 한때나마 형을 미워하고, 그러한 형을 제대로 다루지 못한 어머니마저 원망했던 일이 후회되었다. 나아가 형이 동생인 나를 가장 필요로 했을 때, 형을 보살피지 못하고 거의 방기하다시피 했던 사실에 나는 깊은 죄책감을 느꼈다.

이 세상의 많은 젊은이들 가운데 하필 왜 형이 그 병에 걸렸던 것일까. 한국 땅에 태어난 많은 아이들 가운데 하필 왜 형이 절름발이라는 소리를 들으며 살지 않으면 안 되게 되었던가. 우리 집안의 적지 않은 친척들 가운데도 그런 사람이 아무도 없는데, 그리고 큰형도 아니고 나도 아니고, 하필 왜 작은형이 그러한 형벌을 받게 된 것일까….

아버지는 작은형이 술을 가까이하고, 거기서 벗어나지 못하는 데에 실망이 컸지만, 그래서 책방이나 문구점을 차려주어 독립하게 한다는 계획을 이행할 수가 없게 되었지만, 작은형에 대해 희망을 잃지는 않았다. 한껏 그러다가 어느 단계에 가면 스스로 대오각성, 바른길로 들어설 것이라 여겼다.

아버지는 또한 수시로 형을 불러 앉혀 나무라고 어르고 타이르긴 했어도, 내심 그런 일은 자기 자신이 깨달아야 될 성격의 것이므로 그럴 때가 오기만을 기다린 편이었다. 형이 대체 무슨 돈으로 매일 술을 마시는지, 그것을 알아내려고 형의 뒤를 캐보거나 하지 않고 그냥 내버려 둔 것도 아버지의 그러한 낙관 때문이었다.

술꾼에게는 술을 사는 사람이 항상 있기 마련이다. 형에게도 사주는 사람이 있거나, 아니면 기껏 외상으로 마실 테니, 여차하면 나중에 술값을 갚아주면 되지 않느냐는 게 아버지의 생각이었다.

아버지의 예상은 두 경우 다 크게 어긋나지는 않았다. 그러나 그것이 실로 너무 엉뚱하고, 도가 지나쳐도 너무 지나쳤다는 사실은 짐작조차 하지 못했다. 아버지는 실상을 모른 채 세상을 떠난 것이었다.

그 실상은 그 뒤 작은형이 밤중에 흠씬 두들겨 맞고 업혀 들어오고, 또 얼마 지나지 않아 '빚쟁이'가 우리 집에 찾아와서 한바탕 소동을 벌이고서야 알게 되었다. 그 소동으로 어머니는 불쌍한 아들이 술독과 여자들 주변에서 맴돌기만 할 뿐 아니라, 지난날 친정아버지의 일 때문에 진저리를 쳤던 그 망할 노름에 빠진 것을 알게 되었다. '빚쟁이'는 다름 아닌 노름빚쟁이였던 것이다.

작은형이 누구한테 두들겨 맞아 반 주검이 되어 업혀 들어왔을 때 어머니는 까무러치고 또 까무러칠 만큼 큰 충격을 받았다. 어머니는 말 한마디 하지 못하고 오랫동안 숨을 고르지 않으면 안 되었다. 겨우 정신을 가다듬은 뒤에도 거의 알아볼 수 없게 된 아들의 얼굴을 한 번 더 확인하고는 한동안 멍해 있었다. 그 충격으로 몸져누운 어머니는 다시는 일어나지 못했다.

그리고 그 일들을 계기로 작은형의 '비밀'이 풀렸다. 다시 말해 대체 누가 작은형의 술값을 대는가. 하루도 아니고 매일 밤 작은형에게 누가 술을 사 주는가. 뿐만 아니라 작은형은 매일 어디서 그 많은 시간을 보내는가. 아버지 생전에 직장이라고 얻어준 금속 세공일은 하는 둥 마는 둥, 매일 나가지도 않고 길어야 한나절이고 때때로 집에 안 들어오기도 하는데, 밥은 어디서 먹고 어디서 밤을 보내는가…. 형을 둘러싼 그러한 칙칙한 비밀들이 비로소 밝혀진 것이다.

우리 집에 쳐들어와서 소동을 피웠던 빚쟁이는 여러 빚쟁이들 가운데 하나였다. 그 사람이 형에게 빌려준 돈은, 당사자의 설명에 따르면 같이 노름을 하다가 바로 그 자리에서 빌려준 '더러운' 돈이 아니라, 그럴 사정이 있어 남의 것을 잠시 맡았던 돈으로, 당신 아들(작은형)이 하도 조르기에 청을 들어준 것뿐이며, 자기는 노름의 '노'자도 모르는 사람이라고 했다. 그런데 형은 갚겠다던 약속날짜를 번번이 어겨 자신이 크게 낭패를 당했다고 길길이 뛰었다.

그 사람은 다음날 어머니에게서 돈을 받아갔다. '원금'만 받겠다고 해서 준 돈의 액수가 꽤 컸다. 그는 할 말이 있다며 나를 따로 불러내었다.

"자네, 영수 동생이니 말 놓겠네. 대학 졸업하고 집에 와 있다지? 어디 나가고 있나?"

나는 머리를 내저었다.

"대학을 나왔으니 곧 좋은 직장 얻겠지. 헌데 말이야. 자네, 형에 대해 얼마나 알고 있나?"

"네에?"

"돈벌이도 시원치 않으면서 맨날 술 마시고, 몸을 함부로 굴리고, 거기다가 몹쓸 손장난까지 하고…. 내게 빌린 돈은 약과네. 여기저기…. 헌데 말이야. 사람들이 자네 형 무엇을 보고 돈을 빌려주겠나. 자네 형 몫의 땅이 얼마나 되는지는 모르나 그걸 담보로 빌려주는 건데… 자네 모친께 땅 잘 지키시라고 말씀드렸네만, 자네가 신경을 써야 할 거야."

형이 우리 집 소유의 농토를 내세우고 돈을 빌릴지 모른다는 의심을 하지 않았던 건 아니었다. 그런데 막상 다른 사람의 입을 통해 그 사실을 알게 되자 나는 가슴이 철렁 내려앉았다. 남은 재산이라고는 얼마 안 되는 땅덩이뿐인데, 그예 갈 데까지 가는구나. 나는 치밀어 오르는 울화를 삭이느라 여러 차례 깊은숨을 내쉬지 않으면 안 되었다.

그 사람은 마지막으로 뱉듯이 말하고 갔다.

"자네 형 김영수…. 아까 한 말대로 몸을 함부로 굴리고….그러다가 혼이 났는데도 여전히 정신 못 차리고 말이야…. 정말 몸조심해야 할 거야."

몸을 함부로 굴린다. 그것이 무슨 뜻인지 나도 알고 있었다. 형의 '무질서한' 여자관계를 비아냥거리는 말임을. 형이 죽도록 두들겨 맞고 업혀 들어온 것도 형이 '몸을 함부로 굴린' 결과였으니까.

그 빚쟁이가 어머니에게 준 상심과 실망은 이만저만 큰 게 아니었다. 급히 마련하여 그 사람에게 준 돈 때문이 아니었다. 몸이 온전하지 못한 아들을 위해 그만한 돈은 쓸 수도 있었다. 그보다 자기 죄도 아니련만, 이 세상에 잘 못 태어난 듯 불행의 구렁텅이로 자꾸 빠지는 아들이 생각할수록 가여웠던 한편 야속하기도 했던 것이다.

나는 어머니에게 그 사람의 말을 전하지 않았다. 형의 빚이 아직도 상당하리라는 것 말이다. 그쯤은 짐작하고 있을 어머니의 마음만 아프게 할 뿐일 것이기 때문이었다. 나는 형한테도 물론 입을 다물고 있었다. 그런 말을 꺼내보았자 해결에 아무 도움을 주지는 못하면서 서로 감정만 상하게 되기 알맞았다. 그러고 싶지는 않았다.

그날 형이 흠씬 두들겨 맞고 들어왔을 때, 나는 올 것이 온 듯 그다지 놀라진 않았다. 그러나 분노를 참기가 어려웠다. 몸이 그러해서 스스로 방어할 힘이 없는 형에게 어쩌면 그럴 수가 있는가. 나는 마치 흐늘흐늘 걸레처럼 되어 방 안에 팽개쳐진 듯 누워 있는 형의 모습을 보며 몸을 부르르 떨었다.

형을 들쳐업고 온 것은 형과 함께 세공소에서 일하는 젊은이였다. 스물 서넛 되었을까, 고등학교를 졸업하고 일찌감치 군복무를 마치고 하는 일 없이 지내다가, 두어 해 전 누구의 소개로 들어가 열심히 일을 배우고 있다는, 말하자면 형과 같은 공원이었다.

머리를 빡빡 깎아서인지 나이보다 어려 보였다. 그런데 철호라고 스스로 이름을 밝힌 이 친구, 자기는 아무것도 모른다고 손을 내저으며 내게 말도 못 붙이게 했다. 단지 주인이 불러서 나가 주인이 시킨 대로 영수 형(작은형을 그렇게 불렀다)을 업고 온 것이라고 했다. 내가 집안에 데려다 앉혀 놓고 구슬려도 소용이 없었다.

"크게 상한 데는 없는 것 같아요. 얼굴은 며칠 찬물 찜질만 하면 괜찮아질 거라고 하시데요."

"사람을 저 지경으로 만들어놓고 대체 누가 그 따윗 소릴 해요?"

"그냥 그렇다나 봐요. 난 아무것도 모릅니다."

이미 자정이 가까운 시각이었다. 나는 날이 밝는 대로 세공소 주인을 찾아가보리라 마음먹었다. 철호의 말로 보아 그 사람은 알고 있으리라 짐작이 갔다.

다음 날 아침 나는 일단 작은형에게 왜 그랬는지 물어보았다. 형은 정신이 말짱했고, 어제 그 녀석의 말대로 몸이 크게 상한 것 같지 않았으나, 어젯밤 너무 큰 충격을 받은 어머니가 아직도 다리를 후들거리며 간신히 죽을 끓여 와도 본 척 만 척, 부은 얼굴 때문에 조그만해진 눈을 천장에 고정한 채 아무 대답도 하지 않았다.

이불 위로 윤곽을 드러낸 형의 몸이 너무 작아 보인 데에 나는 새삼 놀랐다. 그러고 보니 형을 이처럼 가까이에서 대하기도 참으로 오랜만이었다. 무언가 뜨거운 것이 자꾸 목으로 치밀어 올랐다. 나는 그것을 삼키고 한마디 더 했다.

"누가 무엇 때문에 형을 이렇게 만들었는지 알아야 고발을 하던, 고소를 하던, 치료비와 보상을 청구하던 할 게 아냐."

형은 여전히 입을 다문 채 슬며시 돌아눕기까지 했다. 만사 귀찮다는 듯, 이것저것 다 지겹다는 듯, 지쳤다는 듯, 아니 아예 살고 싶지도 않다는 듯한 모습이었다. 뒤따라 들어왔던 어머니가 역정을 냈다.

"네 동생한테 부끄럽지도 않냐? 네가 대체 무슨 못 할 짓을 했기에 이 지경이 되어 들어온 거냐? 제발 속 시원하게 말 좀 해봐."

그제야 형은 들릴락 말락 한목소리로 느릿느릿 말했다.

"날, 좀, 가만히, 내버려 둬, 줘요… 가만히, 내버려 둬, 주는 게, 날, 위해주는, 거예요."

더 이상 무슨 말도 소용없을 것 같았다. 나는 어머니에게 눈짓으로 그냥 나가자고 했다. 형의 방에서 나온 나는 어머니에게 내가 직접 알아보겠다고 말하고 집을 나섰다. 여덟시도 안 된 이른 시각이었다. 어머니의 말대로 형이 대체 무슨 못 할 짓을 했기에, 마땅히 당한 일인 것처럼 저러고 있단 말인가.

형이 일하는(처음 얼마 동안만 빼놓고는 가다 말다 한다고 하니 일하는 둥 마는 둥 한다는 표현이 옳은) 세공소는 나도 여러 번 가보았다. 일찍 나가는 형에게 학교 가는 길에 아침을 갖다주기도 하고, 밤일을 하면 저녁을 가져갈 때도 있었다. 형이 열심히 다녔던 처음 얼마 동안에 지나지 않았던 일이지만.

그곳 일대는 이 도시에서도 상가들이 밀집해 있는 가장 번화

한 지역에 속했다. 집으로부터는 걸어 삼십 분이면 닿을 수 있는 거리. 세공소는 이 지방에서 가장 큰 영화관 뒷골목 안에 있었다. 내가 중학생 때부터 살짝살짝 곧잘 드나들던 영화관. 형이 차라리 영화에라도 미쳤더라면 좋았을 것이라는 생각이 들었다. 그랬더라면 첫째로 그처럼 술독에만 빠져 있지는 않을 게 아닌가.

오래된 주택을 개조하여 안쪽은 살림집으로 하고, 작은 마당을 사이에 둔 바깥쪽이 세공소였다. 벌써 두 사람이 나와 일하고 있었다. 지난밤에 형을 들쳐업고 왔던 까까머리 젊은이 철호와 나도 얼굴을 아는 주인이었다.

철호는 나를 보자 아는 체를 할 듯하다가 얼굴을 돌려버렸고, 주인은 한순간 당황하는 빛이 역력하더니 표정이 굳어졌다. 이어 일손을 멈추고 나를 살림집으로 데리고 들어갔다.

그와 나는 마루에 걸터앉았다. 집 안에는 아무도 없는 모양이었다. 성이 박이라는 것 말고는 내가 이 사람에 대해 아는 건 없었다. 아는 게 있을 리 없었다. 몸이 작고 늙수그레한 모습으로 기억되던 박 씨는, 가까이에서 대하니 무척 깐깐한 인상이었다. 안경을 낀 가무잡잡한 얼굴이라 그런 느낌이 드는지도 몰랐다. 한동안 뻐끔뻐끔 담배연기만 내뿜고 있던 박 씨는 담배를 비벼 끄고 입을 열었다.

"자네 왜 왔는지 말하지 않아도 알아…. 그래 형은 어때? 괜찮아?"

나는 박 씨가 형을 그 지경으로 만든 자를 아는 게 틀림없다고 여겼다. 나를 대하는 그의 모호한 태도가 석연치 않았다. 나는 내 감정을 억제하지 못하고 목소리를 높였다.

"괜찮긴요. 어떻게 괜찮겠어요. 형도 형이지만 연로한 어머니께서 졸도를 하시고 몸져누우셨어요. 도대체 그럴 수가 있는 건가요? 형은 몸이 온전한 사람이 아니잖아요. 무슨 이유인지는 모르지만요, 힘도 못 쓰는 사람에게 그렇게 마구 폭력을 휘둘러도 되는 것입니까?"

박 씨도 이에 맞받아치듯 소리쳤다.

"몸이 온전하지 않다? 그 자식의 몸이 온전하지 않단 말이야? 힘을 못 쓴다고? 나, 원!"

그러다가 박 씨는 자신이 지나쳤다고 생각했는지, 감정을 누르고 목소리를 낮추었다.

"동생으로서… 자네 심정은 알겠네만… 누가 할 일이 없어서, 자네 말대로 몸이 온전하지 않은, 한쪽 다리를 못 쓰는 자네 형을 재미로 때렸겠나? 동네 개구쟁이들끼리 싸운 것도 아니고… 맞았으면 그럴만한 이유가 있지 않았겠나."

"대체 그 이유가 뭐냐 말예요?"

"…….. "

박 씨는 선뜻 무슨 말을 못 하고 다시 담배를 꺼내 물고 불을 붙였다. 그는 연기를 한번 깊이 들이마셨다가 뿜어낸 다음에 차가운 어조로,

"자네 형에게 물어보면 알 일이 아니겠어."

하고 내뱉었다.

"아저씨가 그러신 거예요?"

"내가… 왜, 왜?"

"그럼 누가 그랬습니까?"

"그것도 자네 형한테 물어보게나."

"아저씨가 아실 것 같아서 물어본 거예요."

박 씨는 아무 반응이 없었다. 나는 숨을 깊이 들여 마시고 말을 이었다.

"전 어떻게든 찾아낼 거예요. 사람을 그렇게 만들어 놓고 무사하리라고 여기면 오산이지요. 고소를 해서 치료비는 물론 보상금도 타낼 거예요. 꼭 그럴 겁니다."

내가 벌떡 일어나자 박 씨도 자리를 박차고 일어나더니, 휑하니 세공소로 들어갔다. 밖으로 나가자면 그 안을 지나야 하므로 나도 뒤따르지 않을 수 없었다. 그래도 인사는 해야지, 하면서도 그냥 나와 버렸다. 박 씨도 아무 말을 하지 않았다.

나는 박 씨 소행이 아니라면, 적어도 누가 한 짓인지 박 씨가 알고 있으리라는 확신을 굳혔다. 그리고 어쩌면 형에 관한 여러 사정도 그 사람이 알고 있을 것이라는 생각이 들었다. 나는 형에게 한 번 더 물어보고 형이 말하지 않으면 다시 박 씨를 만나볼 작정이었다.

나는 집으로 가는 동안 박 씨가 하던 말을 되씹어보았다. 형을 '그 자식'이라고까지 한 그의 말대로 개구쟁이들의 싸움도 아닌데, 형이 그토록 맞았으면 그럴만한 이유가 있을 것이다. 그런데 당사자인 형도 그렇고, 왜 모두 속 시원하게 말해주지 않는 것일까.

형은 역시 아무 말도 하지 않았다. 자기가 두들겨 맞은 일에 관한 한 입을 꼭 다물고 있었다. 단 한마디, 자기 개인 일이니 상관하지 말아주었으면 좋겠다… 그 때문에 어머니의 아픔만 더욱 깊어갔다.

"네 형이 정말 큰일을 저지른 모양이구나. 어쩌면 좋으냐?"

나는 박 씨를 다시 만나야 한다는 생각을 하면서도 가는 일이 망설여졌다. 그렇다고 그냥 덮어두고 넘어갈 일은 아니었다. 그럴 수는 없었다. 나는 세공소에서 일하는 철호라는 그 까까머리를 살짝 불러낼 궁리도 했다. 그러고 있는데 뜻밖에도 박 씨가 집으로 찾아왔다. 사과 광주리까지 들었다. 내가 세공소에 가서 그를 만나고 온 이틀 뒤 저녁녘이었다.

박 씨는 형이 드러누워 있는 방엔 문도 열어보려 하지 않고, 나와 함께 바로 어머니 방으로 들어가선 깍듯한 태도로 인사를 했다.

"모친께서 몸져누워 계신다기에 찾아왔습니다. 영수 일 때문에 속상하셨지요?"

박 씨는 어머니의 상태가 예상외로 심하다고 여겼는지, 자리에서 일어나려는 어머니를 그대로 누워 있게 하고, 자기 나름으로는 성의를 다해 설명하려고 애쓰는 눈치였다.

"그런데요, 누구라도 손찌검을 한 건 절대로 잘했다고 할 수 없는 일이지만요, 영수가…. 영훈이라고 했던가요, 이 아드님 이름이? 그래요. 이 아드님의 형이 참으로 잘 못했습니다. 그래서…."

"저 애 형이 대체 어쨌기에…. 남의 재산이라도 들어먹었소? 설사…"

박 씨는 어머니의 말을 막았다.

"영수가 아무 말도 하지 않던가요? 그럴 테죠. 무슨 낯으로 말하겠습니까. 그래서요, 그럴 일이 있었다는 것만 아시고요, 이번 일은 그냥 잊어버리셨으면 합니다. 더 불상사가 없도록 제가 수습해 보겠습니다."

그러면서 일어나려는 박 씨를 내가 붙들어 앉혔다.

"아저씨, 그러시지 말고 아시는 것 있으면 말씀해주십시오. 내용을 모르면 어머니가 일어나시지 못합니다. 마땅히 아셔야 하구요."

"모친께 제 입으로 직접 말씀드리기는 어려운데요…"

"그럼 저한테 말씀해주시겠습니까? 나가실까요?"

내 말에 어머니는 손을 내저었다. 어미가 알아서 안 될 일이 뭐가 있겠느냐고 했다. 박 씨는 마지못한 듯 입을 열었다.

"돌아가신 영수 아버님이 특별히 당부를 하시기도 했고요, 저도 또 친동생처럼 여기고 어떻게든 영수가 장차 혼자 힘으로 살아갈 수 있도록 도우며 열심히 가르치려고 해왔습니다만…."

나직이, 그리고 천천히 시작하던 박 씨의 목소리가 갈수록 높아지고, 말도 빨라져 갔다. 수그러졌던 감정이 말을 하는 동안 차츰 고조되는 듯했다.

"돈만 받아 갈 줄 알았지 일은 제대로 안 해요. 그러면서 자꾸 돈만 달래지요. 영수가 제게 미리 받아 간 돈이 얼만지 아세요? 하루 열두 시간 꼬박 일해도 여섯 달은 가야 해요. 그리고 내 돈만 빌린 게 아닐 걸요, 아마."

"그 많은 돈을 왜 미리 주었소? 술이나 마시고 마는 것을…"

"저도 돈이 넘쳐 나서 달랠 때마다 준 건 아닙니다. 재주가 아까워요. 영수 재주를 살리고 싶었고, 아까 말씀대로 친동생처럼 잘 보살펴줄 생각에서였지요. 그런데 은혜도 모르고…."

"그 돈 때문에 형에게 그토록 폭행을 가한 겁니까? 죽이기라도 할 작정이었어요? 누구 소행인지는 모르지만…"

"돈 때문이라면…. 자네 형이 돈은 잔뜩 받아 갔으면서도 일에는 게으름만 피워 속을 썩이긴 해왔지만, 그런 일엔 이골이 났고…. 그리고 돈은 어떻게든 받으면 되지 왜 사람을 때리겠나? 그런 문제가 아닐세."

어머니도 나도 한순간 긴장했다. 돈 문제가 아니라면 무슨 일이 있을 수 있는가. 박 씨는 잠깐 뜸을 들이다가 말을 계속했다.

"입에 올리기가 거북한 애깁니다. 여자들이 얽힌 문제가 되어서요."

"여자들이?"

어머니의 입에서 툭 나오듯 나온 말이었다. 나도 놀랐다. 예상하지 못한 일이었기 때문이었다.

"이왕 말이 나오게 되었고, 또 이젠 아셔야 할 것 같으니까 말씀드리겠는데요, 영수가 무슨 돈으로 매일 밤 술을 사 마셨는지 혹시 아시는가요?"

나나 어머니가 알 턱이 없는 일이었고, 형이 여기저기서 돈을 꾸어 쓴다고 하니 그 돈으로 술을 마시겠거니 짐작할 뿐, 나도 사실 그동안 그것이 무척 궁금했었다.

"술을 사 마신 게 아니라 주로 공짜로 얻어 마셨습니다. 여자들한테서요…"

"여자들한테서? 어떤 여자들이오?"

어머니의 호기심 어린, 그러면서도 자못 불안스러운 물음이었다.

"식당을 하고 술집을 하는 여자들입니다."

"무어요? 작부들이란 말이오?"

나도 다시 한 번 놀랐다.

"작부들이라기보다는… 말하자면 주모들이지요, 뭐. 거기다가 모두 젊지도 늙지도 않은 과부들입니다."

어머니는 어리벙벙한 얼굴이었다. 나도 그 점에서는 마찬가지였다. 박 씨의 말이 뜻하는 바를 금방 알아차리지 못한 것이었다.

"… 그 과부들이 무엇 때문에 우리 아이에게 공짜 술을 준단 말이오?"

"눈이 시뻘게 가지고 돈을 벌고 있는 여자들이 왜 영수에게 공짜로 술을 주겠습니까. 술뿐만 아니라 밥도 먹여주고, 또…"

"또 뭐지요?"

이번에는 내가 박 씨의 말을 재촉했다. 퍼뜩 짐작이 가는 일을 믿고 싶지 않았다. 박 씨는 나의 기대와는 달리 지체 없이, 시큰둥하게 말했다.

"여자들이 가끔씩 잠도 재워주나 봅디다."

"잠도 재워준다고?"

"여자들의 노리개가 된 거죠, 뭐."

뱉아내는 박 씨의 말에 이어 어머니의 탄식이 터져 나왔다.

"세상에…. 망측해라!"

"그래 그 여자들의 애인이란 자들이 나타나서…."

나는 버럭 소리를 내지르다 말고 목소리를 죽였다.

"작당을 하고는 형을 실컷 두들겨 팼단 말예요?"

나는 형의 '망측한' 짓거리 때문에 화가 난 것이 아니라, 어머니 앞에서 빈정거리는 투로 아무렇게나 말하는 박 씨의 태도가 못마땅했다.

"작당을 하긴…. 아니 작당을 했는지 어쩐지 모르지만…. 어떻든 입에 올리기도 뭣한 일로 발단된 일이니…."

박 씨가 떠듬떠듬하는 말을 내가 막았다.

"그러니까 없었던 일로 하잔 말예요? 혹시 아저씨도 관련된 일인가요?"

"이 사람이… 이 사람이 말을… 말을 너무 막 하는군."

박 씨는 당혹스럽고, 화도 나고, 그래서 어쩔 줄 몰라 하는, 그러한 모습이었다. 벌떡 일어나는가 하더니 금방 자리에 앉았다. 그리고 담배를 꺼내려 하다가 그만두고는 조금 가라앉은 목소리로 말했다.

"모친께서도 상심하셔서 누워 계시고, 학교에서 갓 나와 세상 물정 아무것도 모르는 자넬 나무라진 않겠어. 그래서 하는 말인데, 이번 일은 이쯤에서 잊어버리는 게 좋겠네. 일이 시끄러워지고 복잡해지면 첫째로 자네 형에게 좋지 않고, 상대가 이판사판으로 나오면 자네 집안 창피당할 일이 생길 수도 있단 말이네."

"아저씨는 거꾸로 협박하시려 저희 집에 오신 거예요? 그 상대가 대체 누군데요?"

그러자 어머니는 내게 더 아무 말도 하지 말라는 듯이 손을 내젓고, 박 씨에게도 그만 돌아가라는 손짓을 하고 돌아누웠다. 나도 그의 태도에 의심이 갔지만, 박 씨를 더는 붙잡아둘 수가 없었다. 박 씨의 입에서 더 무슨 말이 나올 것 같지도 않았다.

박 씨는 형의 방을 들여다보지도 않고, 또 내 인사를 받는 둥 마는 둥 휭 나가버렸다. 내가 형의 방문을 열어보니, 형은 자기에 대해 무슨 말이 오고 갔는지 관심도 없는 듯, 아니 세상을 다 산 듯한 처량한 모습으로 누워 있었었다. 그런 형에게 무엇을 어떻게 할 것인가.

어머니는 완전히 체념한 모습이었다. 그 뒤에도 형에게는 아무 말 하지 않았다. 그러나 나로서는 체념할 수가 없었다. 알 수 없는 일들 때문이었다. 시끄러워지고 복잡해지면 형에게 좋지 않다는 건 무슨 말이고, 상대가 이판사판으로 나오면 집안 창피당할 일이 생긴다는 건 또 무슨 말인가. 술집 여자들, '과부'라는 그들에게 임자가 있단 말인가. 형은 미혼이니까 설사 그 여자들과 놀아난다고 크게 흠 잡힐 건 없다….

그리고 아무래도 석연치 않았던 건 바로 박 씨 그 사람이었다. 자신이 마치 그 모든 일(형을 폭행한 일)을 관장한 것처럼 굴면서도 책임은 전연 없다는 태도를 보이고 있다. 그 작자도 형과 관계를 맺었다는 그 여자들 중 한 여자를 좋아하고 있는 건 아닐까. 형을 폭행하고서는 그것을 잊어버리라고 하는 것도 그 때문이 아닌가.

그렇다면 참으로 웃기는 일이라고 나는 생각했다. 박 씨에게는 엄연히 아내와 자식이 있다. 지금의 아내가 재취라는 것과 그녀가 사십 대 중반인 박 씨보다 열 살이나 아래라는 말을 언젠가 형에게서 들은 기억이 났다. 형은 특별한 뜻이 있어서라기보다, 세공소에서 일하는 동안 주변에서 얻어들은 이야기를 그저 내게 전해준 것이었다. 그렇다면 일이 시끄러워지고 복잡해져서 낭패를 보고 창피당할 사람은 오히려 박 씨 자신이 아니냔 말이다.

그러한 의문은 얼마 안 가 풀렸다. 형을 그토록 두들겨 팬 사람이 누군지, 또 그 이유가 무엇인지를 나는 알게 되었다. 형을 폭행한 장본인은 다름 아닌 박 씨였고, 나로선 믿기 어려운 놀랄만한 이유에서였다.

박 씨가 집에 다녀간 이틀 뒤 나는 아침 일찍 나가 세공소 문 밖에서 기다렸다. 까까머리 철호를 만나보기 위해서였다. 박 씨에게는 알리고 싶지 않았기 때문에 안으로는 들어갈 수가 없었다. 철호와는 하루 중 그때가 아니면 마주치기 어려울 것 같았다. 나는 어떻게든 철호한테서 따로 만날 약속을 받아내고 싶었다. 그날 밤 형을 들쳐업고 왔을 때의 태도로 보아, 그 친구라면 무언가 알고 있으리라 여겼던 것이다.

나의 예상은 틀림이 없었다. 철호는 그 일의 전후 사정을 비교적 자세히 알고 있었다. 처음에는 모른다고 잡아뗐다. 그러다 형이 맞은 것 때문에 아직도 고생하고 있는데다, 어머니가 그 일로 몸져누워 심각한 상태라는 내 말에 마음이 움직였던지 나중에는 묻지 않는 말도 했다. 나는 철호가 형에 관해 뜻밖에도 많은 것을 알고 있는 데에 놀랐다.

혹시 박 씨의 눈에 띌지도 모르는 일이므로, 세공소에서 멀리 떨어진 찻집에서 만난 우리는 부둣가의 식당에서 맥주 몇 잔 곁들인 저녁을 먹고, 다시 다른 찻집으로 들어가 한참 동안 같이 있었다. 이날 철호의 일이 조금 늦게 끝나, 여덟시에 만난 우리는 열한시께에 헤어졌다.

철호는 처음부터 형을 좋아했다고 한다. 세공소에서 일한 게 이 년 남짓이라, 형이 일하러 오지 않는 일이 잦아 실제로 같이 지낸 날을 따지면 그리 오래라고 할 수 없으나, 단둘이 있을 때 형이 가끔 누구한테나 쉽게 할 수 없는 이야기를 자기에게 털어놓곤 해서, 형과는 아주 오래전부터 아는 사이처럼 느껴졌다는 것이다.

형은 마음이 트였고 재물 욕심 같은 것이 없어 보였는데, 얼굴도 잘생기고 특히 살짝 웃을 때가 매력적이라면서, 몸만 온전했다면 참으로 멋있는 남자가 되었으리라는 생각이 들자, 몹시 안타까운 마음과 함께 더욱 친근감이 들더라는 철호의 말이었다.

주변에서 형이 능력도 없으면서 언제나 술독에 빠져 있다고 이러쿵저러쿵하지만, 자기는 형이 술을 마시는 것을 충분히 이해한다고 했다. 철호도 형한테서 더러 술을 얻어 마셨는데, 여유만 있다면 형에게 얼마든지 술을 사주고 싶을 정도라는 말도 했다.

그런데도 그날 형을 들쳐업고 왔을 때, 누구 짓인지 모른다고 잡아뗀 건 주인과의 관계상 그럴 수밖에 없었기 때문이었다고, 나에게 새삼 양해를 구했다. 그렇지만 만약 자신이 현장에 있었더라면 절대로 형을 그 지경으로 얻어맞게 내버려 두지는 않았을 것이라고 힘주어 말했다. 형이 가끔 철호에게 털어놓곤 했다는 '누구한테나 쉽게 할 수 없는 이야기'가 바로 형의 '비밀'에 속하는 것이었고, 그 일들은 또한 이날 내가 철호를 불러내 들으려고 했던 이야기와도 관계가 있었다.

무슨 말을 하든 끝에 나이 든 여자들, 특히 술집 여자들이 형을 좋아하는 이유가 뭐냐고 철호가 묻자 형은 껄껄 웃으면서 말했다.

"그 여자들이 남자가 몹시, 정말 몹시 필요할 때 내가 바로 옆에 있었고, 또 내가 그들에게 아무런 부담을 주지 않고 그 뒤에도 열심히, 나도 아쉬우니까 아주 열심히 계속 좋아해 주기 때문이지 딴 이유가 있겠어? 여자가 나이 들었건 안 들었건, 술집 여자건 아니건 내겐 상관없는 일이지. 우연히도 그들이 마침 주로 그런 여자들이었을 뿐이야."

형은 자신이 처음으로 여자와 관계를 가졌던 이야기를 꺼냈다. 고등학교 이학년, 열일곱 살 때의 일이었다니 열두어 해 전이 된다. 상대가 혹시 몸을 파는 여자가 아니었느냐는 철호의 지레짐작에, 형은 넘겨짚지 말라면서 눈에 보이듯 소상히 말해 주었다.

"외사촌 누나와 이웃 친구 사이인 어떤 시골 아줌마야."

나이는 얼마나 되었으며 혼자 사는 여자였느냐고 철호가 물었다.

"그 누나가 나보다 열댓 살 위고 누나와 같은 또래니까, 그때 서른 두엇은 되었겠지. 그 여자가 결혼을 하지 않은 독신인지, 남편이나 자식이 있는지, 남편을 전쟁터나 어디에서 잃은 미망인이었는지 난 몰라. 알아볼 기회도 없었고 그런 데에 관심도 없었어."

그해 여름방학 때 형은 혼자 외삼촌을 따라 외갓집이 있는 시골로 가서 며칠 지냈다. 마을에서 떨어진 들판을 가로질러 흐르는 제법 큰 개울을 사이에 두고, 양쪽에 외갓집 논과 밭이 있었다. 지대가 조금 낮은 쪽이 논, 높은 쪽은 밭이었는데, 그맘때면 알맹이들이 한창 영글어 가는 푸른 옥수숫대의 시원스런 행렬이 볼만했다.

키 큰 옥수숫대들은 불어오는 바람에 따라 쉼 없이 물결을 치며 한쪽으로 드러누웠다 일어섰다. 이곳에는 나도 전에 두 형과 몇 번 같이 가서 개울에서 멱도 감으며 시간을 보내다 오기도 했다. 작은형은 특히 무성한 옥수수밭에 들어가선 말라 떨어진 옥수수잎을 깔고 누워 있기를 좋아했다. 그러고 있으면 아주 편한 모양이었다. 그러다 잠이 들면 큰형은 작은형이 깨지 않도록 소리를 죽였다. 걸어오느라 힘들었을 테니 푹 쉬게 내버려 둬야 한다는 것이었다. 바로 그런 곳이었다.

그날 작은형은 외숙모가 차려주는 점심을 먹고 지팡이를 달가닥거리며 들로 나왔다. 몸이 많이 약해진 지금과는 달리, 그즈음만 해도 형은 평평한 길에서는 다리를 절뚝거리며 그냥 걸어 다닐 수 있었다. 땅이 울퉁불퉁한 들길 같은 데서만 지팡이에 의지했다. 큰형이 이미 전장의 이슬로 사라진 뒤여서, 그때 형이 무슨 생각을 하며 옥수수밭으로 가고 있었는지는 알 수가 없다. 형은 그때의 자신의 심경을 철호에게 말하지 않았다.

외갓집 옥수수밭까지는 형의 걸음으로 삼십 분쯤 걸렸다. 바람도 인색한 무더운 날이어서 푸른 옥수숫대들은 물결치지 않았다. 형은 줄줄 흘러내리는 땀을 손으로 연신 훔쳐야 했다. 개울을 앞에 둔 옥수수밭 언덕에 얼마 동안 앉아 있으니 땀은 더 이상 흘러내리지 않았다. 그러나 더위는 가시지 않았고 올 때 흘린 땀으로 몹시 찝찝한 기분이었다. 형은 주위에 아무도 없음을 확인하고는 개울로 내려와 옷을 홀랑 벗고, 돌이 많은 바닥이라 조심조심 물로 들어갔다.

물이 얕아 그리 차지 않았다. 깊은 데엔 물이 허리까지 왔으나, 헤엄을 칠만한 넓이는 되지 못했다. 형은 돌아갈 때 또 땀깨나 쏟을 것을 생각하고 몸이 충분히 식을 때까지 물속에 들어가 앉아 있을 작정이었다. 일은 그 뒤에 일어났다.

몸이 어지간히 식었다고 여긴 형은 홀랑 벗은 터라, 누가 가까이 오기 전에 물에서 나와 옷을 입으려고 기는 자세로 개울가로 향해 나오기 시작했다. 그런데 가까이에서 인기척이 난 듯하여, 얼른 일어나 옷을 벗어둔 데로 나가려고 서둔 게 '화근'이었다. 형은 돌에 미끄러져 평형을 잃고 첨버덩 주저앉으며 자신도 모르게 비명을 내질렀다.

꽤 세게 부딪친 것도 사실이었다. 분명 엉덩방아를 찧었다고 여겼는데, 몹시 아팠던 건 왼쪽 넓적다리, 허리 바로 아래께였다. 형은 몸을 구부리고 반쯤 물에 잠긴 채 한동안 그대로 있었다. 크게 다친 것 같진 않았으나 금방 몸을 일으킬 수가 없었다.

그때 뜻밖에도 여자의 목소리가 들려왔다.

"괜찮아, 학생?"

가늘고 높은 목소리였다. 얼굴을 드니 몸집이 호리호리한 한 여인이 큼직한 부채로 해를 가리고 개울 언덕에 서 있는 게 보였다. 폭이 좁고 긴 하늘색 계통의 원피스 차림이 얼핏 보기에도 일하러 나온 아낙네 같지는 않았다.

"아니, 영희 고종 동생… 잘생긴 그 총각 아냐?"

시집가서도 외갓집 근처에 사는 외사촌 누나의 이름이 영희였다. 그러고 보니 그녀의 낯이 익은 듯도 했다.

"괜찮으냐구?."

"네에."

형은 그렇게 대답하고는 일어나려다 도로 몸을 구부렸다. 자신이 벌거벗었다는 데에 생각이 미쳐서였다. 그녀는 형이 있는 쪽으로 내려오며 걱정스럽게 말했다.

"몹시 다친 모양이로구나. 내가 일으켜줄게."

그녀가 형을 알아보았을 정도라면 형의 한쪽 다리가 정상이 아니라는 것도 알 터였다. 거긴 물이 발목을 넘길 정도였는데, 그녀는 샌들을 신은 채 첨벙거리고 들어와 형을 일으키려고 팔을 잡았다.

"어쩌다 넘어진 거야? 자, 일어나 봐."

그러다 그녀는 주춤하더니 형의 팔을 놓았다. 형이 아무것도 걸치고 있지 않음을 그제야 알아차린 것이었다.

"벌거벗고 있는 거야?"

형은 창피했지만 어쩔 수도 없는 일이라, 몸을 구부린 자세로 가만히 있었다. 넓적다리 통증도 거의 느껴지지 않아 그녀가 가기만을 기다렸다. 그러나 그녀는 그 자리에서 한 발짝도 물러서지 않았다.

"나, 영희 이웃에 사는 아줌마 영희 친구야. 영희 동생이면 내 동생이나 같잖아. 동생이라도 한참 아래 막냇동생이지. 나도 내 사내 동생 놈 중학생 때까지도 우물가에 끌고 가 몸을 씻기고 사타구니 때까지도 벗겨주곤 했어. 누나라고 여기면 되지 부끄러울 게 뭐 있니. 일어나."

그러면서 그녀는 다시 형의 팔을 잡았다. 형은 이왕 이렇게 된 것 어쩔 수도 없는 일이라고 생각하면서도, 선뜻 일어나지지가 않아 엉거주춤하고 있었다.

"그러고 있다고 이미 아줌마가 학생의 벗은 몸 봐버린 걸 물릴 수 있니. 자, 어서 일어나렴. 다쳐서 못 일어나겠으면 내가 일으켜 주지."

그녀가 형을 일으키려고 등 쪽에서 두 팔로 형을 안았을 때에야 형은 할 수 없이 몸을 일으켰다. 그리고 앞을 가리려고도 하지 않고(그럴 수도 없는 상태였지만), 그녀가 이끄는 대로 개울가로 나왔다. 자기한테도 만약 그녀 같은 친누나가 있었다면, 이럴 경우 그 누나에게 자기 맨몸을 온통 내맡길 수 있을 것 같은 생각이 들었다. 그리 싫지 않은 기분이었다.

형이 벗어둔 옷이 있는 데에 이르렀다. 그녀는 형이 얼른 옷을 입으려는 것을 막았다.
"옷 젖겠어. 몸부터 말려야지. 수건이 없으니 닦아줄 수도 없고… 그렇지만 금방 마를 거야. 잠깐 있어. 아니, 그러고 보니 내 옷이 젖었네."
그녀는 형을 새삼 빤히 쳐다보고 있었다. 그러는 그녀의 얼굴은 처음 보았을 때보다 나이가 덜 먹어 보였고, 웃을 땐 보조개가 패여 귀염성이 있었다. 그녀는 형의 옷을 집더니 형의 팔을 잡아끌었다.
"안 되겠네. 여기서 이러고 있다간 동네 사람들이 보겠네. 저기 저 안으로 들어가서 몸을 말려. 내 옷도 말려야겠거든."
그들이 간 곳은 옥수수밭이었다. 촘촘히 서 있는, 그들의 키보다 훨씬 큰 옥수숫대들 때문에 그들이 서 있어도 밖에서는 볼 수 없을 것이었다. 마른 잎들이 떨어져 있는 널찍한 이랑에 그들은 앉았다. 이미 몸은 말랐지만, 형은 옷을 입을 생각을 하지 않고(또는 못 하고) 있었다. 그녀가 그러도록 내버려 두지 않으리라는 생각이 들어서였다. 형은 자기 옷가지들로 다만 자신의 앞을 가린 채 그녀의 처분만 기다리는 양 가만히 앉아 있었고, 그녀는 형은 아랑곳하지 않고 아무렇지도 않는 듯 서두름도 없이, 지극히 천연스런 태도로 자기의 젖은 원피스 겉옷을 벗어 옥수숫대에 걸쳤다.
아까 물속에서 얼핏 보았을 때 그녀가 호리호리하다고 여겼었다. 그런데 눈앞의 벗은 그녀의 몸은 그렇지가 않았다. 손바닥만한 천으로 꼭지 부분만 살짝 가려진 그녀의 하얀 젖가슴은 형이 막연히 상상했던 것보다 컸고, 엷은 속옷에 비친 그녀의 아랫도리는 통통했다.
형은 무슨 일이 벌어질지 전혀 알지 못한 채 혼란스럽기만 한 상태에서 터져나갈 듯한 심한 가슴의 고동을 느꼈다. 그런 가운데서도 딱히 무언지는 정확히 알 수 없으나, 그녀가 어떻게 좀 해주었으면 하는 기대로 숨이 차오르고, 동시에 몸이 자꾸만 팽창하는 것 같은 긴장감을 맛보고 있었다.

"가엾어라, 떨고 있구나."

그녀는 형의 옆에 바싹 붙어 앉으며 속삭이듯 나직이 말했다.

"걱정 마. 내가 잘해줄게. 누나처럼 엄마처럼 말이야. 내가 하는 대로 가만히 있기만 하면 되는 거야, 알겠지?"

그녀의 말은 부드럽기 이를 데 없었으면서도 거역할 수 없는 그 무엇, 힘 같은 게 있었다. 그로부터 형은 그녀가 하는 대로 내버려 두었다. 아니 내버려 둔 채 가만히 있지만은 않았다. 그녀가 시키는 대로, 엄한 명령이나 다름없는 그녀의 말에 순순히 따랐던 것이다.

그녀는 형의 앞을 가린 옷들을 뺏듯이 하여 멀찍이 치우고는, 형의 사타구니에서 뻣뻣해져 고개를 치켜들고 있는 것을 만지고, 또 그 주위를 쓸면서, 보기보단 어른이 된 것 같구먼, 했다. 그녀는 자신의 젖가리개를 벗어 던진 뒤 거뭇한 젖꼭지를 가리키고, 이걸 빨아볼래, 하며 형을 끌어당겼다.

형은 그것을 빨다가 입안에 넣고 혀로 굴렸다. 꽉 깨물어버리고 싶었으나, 그랬다간 머리를 쥐어박힐 것 같아 부드럽게 빨고 혀로 굴리기를 여러 번 되풀이했다. 그녀는 가느다란 신음을 한숨인 듯 토해내며, 좀 더 세게 빨아도 돼, 시큼한 젖은 나오지 않을 테니 걱정은 말고… 그러고는 형을 더욱 세게 안았다.

형은 그녀가 원하는 대로 젖꼭지를 세게 빨다가 자신도 모르게 깨문 것 같았다. 그녀는 낮은 비명 소리를 내더니 형을 밀쳤다. 그렇게 하면 어떻게 해, 내가 아프잖아. 그녀를 쳐다보니 화난 얼굴은 아니어서 마음을 놓고 있는데, 그녀는 앉은 채 아래 속옷마저 벗어버리고는 형의 한 손을 끌어 자기 다리 사이로 가져갔다. 만지고 싶으면 만져봐, 보고 싶으면 들여다봐도 아무 말 안 할게.

살이 조금 찐 듯한 배는 보기보다 탄탄했다. 그 아래 기름진 검은 털이 길고 유난히 무성해 보였다. 다 자란, 또는 어른이 된 여자의 그 부분을 보는 건 처음인데도 '유난히 무성하다'라고 여겨지는 이유를 형 자신도 알 수가 없었다. 형의 손은 그 속을 헤집고 들어갔다. 거긴 질퍽거릴 정도로 물기가 그득했다. 놀랍기는 했으나 이상하게 여겨지지는 않았다.

형의 손이 온통 젖을 때까지 만지게 내버려 두고 있던 그녀는, 난 학생을 받아들일 준비가 다 된 것 같으니까… 그러면서 형을 살짝 밀고는, 위를 향해 치솟은 형의 것을 만지고 쓰다듬었다. 학생도 제법이네, 하지만 너무 오래 그러고 있다간 안 되지, 때를 놓쳐… 그녀는 형의 것을 만지고 쓰다듬던 손으로 자신의 그곳을 가리키며, 그걸 여기에 넣어보겠니, 했다. 그런 다음에, 마음대로 해, 하고 싶은 대로 해, 내가 어떻게 될까 봐 걱정하진 않아도 되니까 힘껏 해 봐, 알았지, 하고는 형을 쓰러 안고 벌렁 넘어지듯 누웠다.

그로부터 한동안의 일은 형도 정확히 기억해낼 수가 없었다. 기억나는 건 난데없이 나타나 거기에 이르도록 끌고 온 이 아줌마의 말대로 힘을 다해, 그리고 열성껏 자기 몸을 굴렸던 것과, 그녀가 몸을 한껏 뒤로 제치는가 하다 다시 형을 힘껏 끌어안는 등 쉴 새 없이 요동치며, 내내 숨 막힌 듯 무슨 소리를 내지르고 있었다는 것 정도였다.

그러나 그 뒤에 일어난 일들은 또렷이 기억할 수 있었다. 너무 빨리, 그리고 무언가 미진하게 끝나 몹시 아쉽기만 한 기분으로 일어나 앉은 형을, 그대로 누운 채 쳐다보고 있던 그녀는 피식 웃으며 말했다.

"너무 조급하게 굴었어, 학생. 겨우 불합격은 면했지만 말야. 앞으로 잘해야겠어. 그래야 이다음에 장가가더라도 색시 실망 안 시키지."

그녀도 흡족하지 않았던 것 같다. 형은 그녀가 하는 말을 다 이해하지는 못했다. 다만 자신을 조롱하는 것 같아 기분이 상하고 약이 올랐다. 그래서 옷을 주섬주섬 입고 일어나자, 그제야 그녀도 몸을 일으켜 옷을 입었다. 그녀는 시무룩해 있는 형을 끌어안고 입을 맞추었다.

"잘 못했다고 나무란 건 아니야. 화가 났다면 풀어."

형은 아무 말 하지 않고 먼저 옥수수밭에서 나왔다. 바로 뒤따라 나온 그녀는 형이 놓고 온 지팡이를 집어주었다.

"외삼촌, 외숙모가 기다리실 테니 빨리 가긴 가야겠지. 나 학생 안 잡아먹어. 천천히 가. 그러다 넘어지면 어떻게 해?"

형은 그녀가 '학생'이라고 부르는 것도 마음에 들지 않았고, 자신을 자꾸 조롱하는 것 같아 더욱 약이 올랐다. 그래도 그녀의 말대로 천천히 걸음을 옮겼던 건 길바닥이 울퉁불퉁해서 더 빨리 걸을 수가 없었기 때문이었다. 둘이 나란히 걷기에는 길이 좁았다. 그녀는 형의 바로 뒤에서 보조를 맞추느라 걸음을 천천히 옮기고 있었다.

"팔을 잡아줄래도 어디…. 그렇게 서슬이 퍼래서야 말도 못 붙이겠네. 여긴 언제까지 있어?"

그녀의 말투가 진짜 누나라도 되는 것처럼 사뭇 부드러워서 형은 마음이 조금 가라앉았지만, 들은 척 만 척 계속 앞만 보고 걸었다. 어느덧 좁은 들길이 끝나고 마을 어귀가 가까워지자 그녀는 은근한 어조로 말했다.

"외갓집 앞까지 같이 가고는 싶은데, 그럴 수 없으니 어쩌지?"

그때의 마음 같아서는 왜 그럴 수 없느냐고 쏘아붙이고 싶었다. 그러나 형은 입을 다물고 있었다.

"아까 옥수수밭에서 둘이 그러지 않았다면 같이 갈 수도 있겠지만 말야… 그 일 아무에게도 알리고 싶지 않아… 둘이 같이 가는 걸 누가 보면 이러쿵저러쿵할지도 모르잖니. 그건 정말 싫거든."

형이 아무 말도 하지 않으니 그녀는 얼마간 답답했던 모양이다. 목소리가 조금 올라갔다.

"이러고 헤어지면 이 아줌마 마음이 어떨지 몰라? 앞으로 다시 안 만날 사람이래도 이러면 안 되지. 내가 어떻게 해주면 마음이 풀리지?"

" …… "

"우리 내일 만날까?"

눈이 번쩍 뜨였다. 형은 자신도 모르게 걸음을 멈추었다. 그녀는 형의 뒤에서 나직이, 그러나 단호하게 말했다.

"점심 먹고 오늘 그 시간쯤에 만나. 오늘 거기 말고 개울 따라 조금만 더 올라가면 큰 바위 사이로 물이 흘러내리는 곳이 나와. 옆에 옥수수밭이 있어. 부근에 다른 옥수수밭 같은 건 없어. 알겠지?"

쉽게 찾을 수가 있다는 뜻이었다. 형은 말없이 걸음을 옮기기 시작했다. 그녀도 말없이 뒤를 따라오다가 마을 어귀로 들어서자,

"내일 봐."

한마디 던지고 다른 방향으로 향해 총총히 걸어갔다. 잠시 뒤 돌아보니 그녀도 돌아보고는 손을 흔들었다.

형은 다음 날 집으로 돌아가려던 예정을 바꾸고, 외삼촌에게는 이삼일 더 있다 가는 것으로 해두었다. 이날도 무척 더웠다. 들

로 나가니 바람이 있어 어제보다는 한결 나았다. 형은 대충 시간을 맞춰 외갓집에서 나와 그녀가 말한 곳으로 향했다.

어제 그 옥수수밭이 있는 데서 더 올라가니, 개울 한가운데에 뾰쪽뾰쪽 산처럼 생긴 커다란 바위가 들앉아 있고, 그 아래 여기저기 갈라진 틈으로 물이 흘러내리고 있었다. 그 오른쪽이 옥수수밭이었다. 산자락 한쪽을 차지한 옥수수밭은 외갓집 것보다 훨씬 넓었다.

형이 바위에 등을 기대고 땀을 닦고 있으니,

"왔어?"

하고 금방 그녀가 나타났다. 어제 보았을 때보다 더욱 예쁘고 산뜻한 모습이었다. 몸에 달라붙은 카키색 바지에 보랏빛이 도는 엷은 반소매 스웨터의 가벼운 차림 때문인 듯했다. 머리끝에서 손과 발끝까지, 형의 몸 곳곳으로 전류 같은 것이 지나가고 가슴이 두근거렸다.

그녀가 형이 온 쪽에서가 아니라 옥수수밭에서 걸어 나온 걸 보면 먼저 와 있었음이 틀림없다. 바로 개울로 내려간 그녀는 손에 든 수건을 흔들어 보이며 말했다.

"땀 뻘뻘 흘리며 거기 서 있지 말고 이리 와. 어제처럼 옷을 다 벗고 말이야. 오늘은 이 아줌마가 목욕 시켜 줄게."

어제와 다름없이 부드럽고 은근한 어조였다. 그녀는 바짓가랑이를 무릎께까지 걷어 올리고 물에 들어가 또다시 형에게 어서 오라는 손짓을 했다. 형은 못 이기는 척하고 그녀가 있는 곳으로 갔다. 형이 바지를 걷어 올리려 하자 그녀가 그러도록 내버려 두지 않았다.

"아서! 옷 입은 채로 어떻게 목욕을 하지? 거기서 벗고 들어와."

형이 주춤거리고 있으니,

"내 말을 듣지 않으려면 여긴 왜 왔어?"

하고 큰 소리로 말했다가 다시 목소리를 낮추었다.

"여긴 이 시간에 아무도 안 와. 우리 아버지가 오시면 오시겠지만, 그 노인네는 오늘 딴 데 가셨어. 이 옥수수밭은 우리 거야. 어서 옷 벗고 들어와, 알겠니?"

형은 그녀가 자기를 꼭 어린애 다루듯 하는 것이 못마땅했지만, 이날도 역시 그녀의 말을 거역할 수가 없었다. 그때는 이미 가슴의 고동이 멎고 배포랄까, 스스로도 잘 설명할 수 없는 '욕심' 같은 것도 생긴 터라, 그녀가 시키는 대로 알몸이 되어 그녀 앞으로 갔다.

"조심조심. 아이고, 벌써 그러면 어떡허지."

그녀는 웃으며 발딱 서 있는 형의 것을 쳐다보았다. 형은 옷을 벗자마자 자기의 뜻과 관계없이 일어난 현상에 당황했다. 그래 어떻게든, 목욕을 할 동안만이라도 진정시키려고 애를 썼다. 그런데 그게 마음대로 되지 않았다. 한편으론 그녀 앞에서 그것이 한껏 더 치솟았으면 하는 묘한 바람도 생기는 것이었다.

"애, 급해도 좀 참아."

그녀는 형의 것을 가볍게 툭 쳤다. 그녀는 거의 매일 밤 오줌을 싸는 어린 사내 동생을 데리고 자면서, 이불에 싸지 않도록 조심시키며 잠이 깰 때마다 동생의 고추를 만져보곤 했다고 한다. 그것이 빳빳해져 있으면 얼른 동생을 일으켜 세워 억지로라도 오줌을 누였다. 그녀가 독방을 쓰거나 동생을 딴 방에서 재울 수 없는 사정이라, 그와 같은 엄마 아닌 엄마 노릇을 자신의 중학시절부터 고등학생이 되었을 때까지 여러 해 되풀이했다는 그녀는, 형에게 지금 오줌 누고 싶은 건 아니지, 하고 또 웃었다.

그녀는 형을 앉혀 놓고 수건으로 먼저 목과 등에 물을 끼얹으며 가볍게 문질러 주었다. 개울물은 어제 형이 멱을 감았던 데보다는 얕아 형의 넓적다리 부분도 다 잠기지 않았다. 형의 등을 문지른 그녀는 형의 앞으로 돌아와선, 아이 힘들어, 하며 돌을 깔고 앉아 형의 가슴과 배에 물을 끼얹고 문질렀다.

"요게 아직도 이러고 있네. 조금 참아. 혼자만 벌써 이러면 안 되지."

그녀는 그렇게 중얼거리며 여전히 서 있는 형의 것을 가볍게 쥐었다 놓고는, 그 주위를 수건으로 문지른 뒤 형을 일으켜 세우고 엉덩이와 다리에 물을 끼얹었다. 형은 자신의 온전하지 못한 몸을 벌거벗은 채로 잘 모르는 여자에게 온통 내보이고 내맡기고 있는, 참으로 어처구니없는 사실에도 그리 부끄럽지 않았다. 아마도 그녀가 형에게 궁극적으로 요구하는 것이 무엇인지, 그때는 알고 있었기 때문이 아니었을까, 하고 형은 후에 이 일을 돌이키며 자기 나름으로 풀이했다.

그녀는 마지막으로 수건을 헹구고 짜서 형의 몸을 닦아준 뒤, 이제 다 됐으니 나가지, 하며 형의 팔을 잡아끌었다. 형은 물장구를 쳐서 그녀의 옷을 적셔버릴까 하다가, 별 뜻 없이 한마디 했다.

"아줌마는 몸 안 씻어요?"

그 말에 그녀는 무슨 생각을 했는지 실실 웃었다.

"왜? 그게 마음에 걸려?"

"내가 씻어주려구요."

그런 말을 할 작정이 아니었는데 그렇게 되어 나왔다.

"아서! 그러다가 개울에서 뒹굴면 안 되지. 어서 나가기나 해."

그녀는 형을 옥수수밭으로 이끌고 갔다. 형의 옷은 그녀가 집어 들고 있었다. 형이 손을 내밀어도 주지 않았다. 그녀는 그의 귀에 입을 대고, 곧 벗을 걸 성가시게 왜 입어, 했다.
　옥수수밭 이랑의 그늘에는 이미 돗자리와 요가 깔려 있었다.
　"가끔 혼자 와서 쉬었다 가곤 하지. 여긴 지나가는 사람이 없어 조용하고 시원하니까. 물도 있고…. 앉아."
　거짓말인지 참말인지 알 수 없으나 형에겐 아무래도 좋았다. 그녀는 어제 그랬던 것처럼 형의 옆에 바짝 붙어 앉아, 자 어디 보자, 하고 형의 것에 손을 가져갔다. 그사이 수그러져 있던 것이 그녀의 손이 닿자 금방 고개를 치켜들었다. 그녀는 그것을 쓰다듬고 만지다가 마치 애기를 달래듯, 그래에 그러고 있어, 하고 일어나더니 자기 웃옷을 벗어 던지고 다시 형의 옆에 붙어 앉았다.
　그녀는 이날 젖가리개를 하지 않아, 크고 흰 젖가슴이 바로 형의 앞에 드러났다. 그녀는 그것을 형에게 빨렸다. 형은 젖꼭지를 입안에 넣어 혀로 굴리다가, 어제 세게 빨아도 된다고 했던 그녀의 말과 자신도 모르게 젖꼭지를 깨물었던 일이 생각나, 조심을 하면서 조금씩 힘을 주며 빨았다. 그녀는 어제보다 더 큰 신음소리를 한동안 내다 말고 그를 밀친 뒤 바지를 벗었다.
　그녀는 바지 속에도 아무것도 입지 않았다. 길고 기름진 검은 털이 무성히 덮혀 있는 곳에 형의 눈이 절로 갔다. 그녀는 그곳을 가리키며 어제와 똑같은 말을 했다. 만지고 싶으면 만져 봐, 보고 싶으면 들여다보고. 그리고… 그녀는 어제 하지 않았던 말을 했다. 거기에 입을 대보고 싶지 않아?
　형은 무슨 말인지 선뜻 알아듣지 못해 그녀를 쳐다보았다. 그녀는 빙긋 웃고 벌렁 누우며, 괜찮아, 입을 대보고 싶으면 대도 좋아, 아침에 집에서 몸을 씻었으니까 걱정은 말고…. 형은 그녀의 말을 그대로 따를 작정은 아니었는데, 어쩌다 보니 그렇게 하고 있었다.

형은 어제처럼 질퍽거린다 할 만큼 물기로 흠뻑 젖어 있는 그녀의 그곳을 만지고, 손을 넣어 휘젓고, 그리고 자신도 모르게 거기에 입을 가져다가 빨았다. 거긴 물기로 범벅이 되어 있는데도 이상하게도 불결하다는 느낌이 들지 않았다. 갈수록 커져가는 그녀의 신음소리를 들으며 정신없이 그러는 형을 일으켜 앉힌 그녀는, 그만, 하면서 젖은 수건으로 형의 입을 닦아주었다. 이어 그녀는 형의 몸 한가운데서 고개를 치켜들고 있는 것을 보고, 애가 끝까지 잘 참고 있었네, 하면서 쓰다듬고 만져 한껏 키워놓은 뒤 형에게 자신의 그곳을 가리키며, 이젠 그걸 여기에 넣어야겠어, 했다.

형은 둘이 마주보고 앉은 자세에서 그녀가 말한 대로 한 다음부터는 자기 마음대로 했다. 그녀를 껴안은 채 그녀를 쓰러뜨리고 그녀의 몸 위에서 자기 몸과 마음이 시키는 대로 했다. 그녀가 안타까운 몸부림을 치거나 말거나, 그녀의 점점 커진 신음소리가 울부짖음으로 변하거나 말거나, 그녀가 손과 팔과 다리로 형의 몸을 쥐어뜯고 휘감거나 말거나, 형은 힘껏 마음껏 자기 몸을 굴리며 그녀를 휘두르다가, 더 어떻게도 할 수 없는 단계에 이르러 그녀의 그 깊은 곳에 자기의 것을 쏟아 넣었다.

그렇게 하여 형은 어제보다는 한결 흡족하고 후련한 기분으로 몸을 일으켰다. 뒤따라 일어난 그녀는 발갛게 달아오른 얼굴로 계속 숨을 할딱거리며 수건으로 그의 것을 닦아주면서, 이 담에 장가가면 색시가 나처럼 이렇게 해줄까나, 중얼거렸다. 그런 뒤 자기 것도 닦았다.

형은 그녀를 두 번 더 만났다. 다음날과 그다음 날 같은 장소, 비슷한 시간이었다. 그리고 비슷한 행위가 되풀이되었다. 그녀가 그러기를 원했다. 형은 그녀가 개울에서 몸 씻는 절차만은 생략하기를 바랐다. 그녀는, 그럴 바엔 힘들게 여기까지 왜 와, 이 아줌마가 하자는 대로 해서 손해 간 게 있었어, 그리고 내 몸도 준비가 되어야 하잖니, 했다.

그녀는 형을 발가벗겨(형 스스로 그러도록 하여) 물에 들어가게 하고는, 그때쯤이면 이미 고개를 잔뜩 치켜들고 있는 형의 것을 만지고 쥐어보기도 하면서, 정말로 막냇동생에게나 하듯 형의 몸 구석구석을 씻겨주었다. 이어 형을 옥수수밭으로 이끌고 가서는, 윗도리를 벗고 어김없이 형에게 자기 젖부터 빨게 했다.

조금 뒤 그녀는 바지마저 벗어 던져버리고, 알몸으로 벌렁 드러누워 그사이 흠뻑 젖은 자기의 것을 또한 만져보게 하고 빨게 하다가, 드디어 때가 되었다는 듯 몸을 일으켜 형의 것이 빳빳하게 치솟은 채 기다리고 있음을 손과 눈으로 확인하고 나서, 형의 것을 자기 몸에 깊이 넣게 하여 형이 마음대로 자기를 휘두르게 했다.

마지막 날 그녀는 끝나고 나서 언제나처럼 젖은 수건으로 형의 몸을 닦아 주면서, 처음엔 강아지처럼 떨더니 며칠 새 대담해졌어, 그러고는, 내일 여길 떠난다니 섭섭해. 오늘 밤에 한 번 더 만나고 싶은데… 읍내에 가서 내가 아주 맛있는 저녁 사주면 안 될까, 하는 것이었다.

형은 머리를 내젓지 않을 수 없었다. 외갓집 일을 핑계 댔다. '외갓집 일'은 핑계만은 아니었다. 형이 집으로 돌아가지 않고 여러 날 미적거리며 점심만 먹으면 혼자 나가서 몇 시간씩 어디서 무얼 하는지, 특히 외숙모가 이상히 여기는 눈치였다. 거기다 나흘이나 연달아 그녀에게 진을 빼앗겨, 그렇지 않아도 튼튼치 못한 형 자신이 어지간히 지친 상태였다. 얼굴이 핼쑥해진 형은 집으로 돌아와 사흘을 계속 잠만 잤다.

철호가 그 아줌마를 그 뒤 다시 만난 적이 있느냐고 물으니 형은 빙긋이 웃기만 했다. 다시 만났다는 건지 그렇지 않았다는 건지 알 수 없으나, 둘 중 하나라도 만날 뜻이 강했다면 어느 쪽이 가고 어느 쪽이 오든, 쉬이 만날 수 있지 않았을까 하고 철호는 내게 말했다.

형은 철호에게 다른 몇몇 여자들과의 관계에 대해서도 이야기해주었다. 술집을 하는 여자들이었다. 형이 잘 가던, 또는 잘 가는 술집의 그 여자들은 하나같이 남편을 잃었거나, 무슨 사정이 있어선지 아예 남편 같은 것을 갖고 있지 않았다. 그래서들 그런 일을 하고 있는지 모를 일이나, 우연히도 그랬다.

형은 어느 한 술집에만 드나들지 않았다. 특별히 까다로운 취향이 있어서도 아니고, 그런 걸 가릴 처지도 아니었다. 형이 즐겨 마시는 막걸리나 소주는 같다 해도 안주나 분위기 같은 것도 달랐고, 무슨 일로 어디에 가게 될 때는 거기서 가까운 곳을 제쳐두고, 아는 데라고 하여 멀리 있는 술집에 가게 되지는 않았다. 주머니가 늘 비어 있는 형에게는 돈 없이도 마실 수 있는 곳이 많을수록 좋았다.

형의 술버릇은 좋지 않았다. 적당히 마시고 일어날 줄 몰랐다. 처음엔 그러지 않았는데, 술의 양이 많지도 않으면서 마셨다 하면 몸이 이기지 못할 지경에까지 가야 했다. 공연히 남들과 다투던 이상한 병이 없어진 건 좋으나, 그보다 더 심각하다 할 수밖에 없는 병이 생긴 셈이었다. 같이 마시던 사람도 먼저 일어나게 되었고, 그러다가 차츰 술친구가 없어져 버렸다.

형이 외톨이로 남을 땐 대개 술집 문을 닫을 시간이 되고, 그땐 또한 대개 형이 몸을 가누기 어렵게 되어 있었다. 그럴 때마다 형은 주모나 일하는 여자의 부축을 받아 문밖으로 나가게 되며,

어쩌다 형이 탁자에 얼굴을 박고 잘 경우, 여자들은 정신이 들 때까지 형을 그대로 내버려 두거나 방으로 끌고 가서 눕혔다.

그런 일이 몇 번 되풀이되는 동안 여자들은 형으로부터 그러한 성가심을 충분히 상쇄할만한 것을 얻게 되었다. 다시 말해 그녀들은 자신들의 성적욕구를 형한테서 채웠다. 형도 자신의 욕구를 그녀들한테서 채웠다. 그 시골 아줌마와의 기묘한 만남 이후 '여자'에 익숙해진 형의 몸은, 그녀들을 기쁘게 해주는 데에도 갈수록 익숙해졌다.

형은 스스로 여자의 뒤를 따른 일이 태어나서 꼭 한 번 있었다고 한다. 물론 철호에게 한 말이었다. 단발머리 소녀였다. 길에서 우연히 스치게 된 한 떼거리 여자 중학생 가운데, 그야말로 군계일학 격으로 모습이 단연 돋보였다. 그만큼 그녀는 얼굴이 예뻤고 키도 껑충 컸다.

"그 애의 생김새를 말로 표현하기는 어려워. 그저 보는 순간 눈앞이 환해지는 것 같았어. 이어 내 가슴속에 물살이 지나가는데, 가슴이 아픈 건지 뜨거운 건지는 분간할 수가 없고, 그 뒤엔 단지 갈증만 남더구먼."

소녀들을 부지런히 뒤따르던 형은 일행과 헤어져 혼자 골목으로 꺾어 돈 그녀를 거리를 조금 두고 따라갔다. 몹시 힘이 들었다. 그날따라 갖고 나온 지팡이 덕분에 그나마도 그녀를 놓치지 않았다. 꽤 넓은 골목인데다 잇달아 사람들도 지나다녀 형은 별다른 주목을 받지 않고 그녀가 들어간 집 앞까지 올 수 있었다.

한식 대문에 '여관' 간판이 붙어 있었다. 살림집도 같이 있는가 보았다. 형은 며칠 동안 비슷한 시간에 그 앞에서 서성거렸다. 뾰쪽한 방안이 떠오르지 않았다.

무슨 뚜렷한 목적이 있었던 건 아니었다. 그녀를 그냥 마주보고 앉아 있거나 가능하다면 몇 마디 건네 보았으면 하는, 막연한 기대만 하고 있었을 뿐이었다.

그러던 어느 날 형은 용기를 내어 소녀를 뒤따라 들어갔다. 대문으로 들어서니 예상했던 대로 입구가 둘이었다. 접수대가 있는 한쪽은 여관으로, 그리고 다른 한쪽은 살림집으로 통했다.

뜰로 들어서던 그녀는 따라오는 형을 돌아보며 말했다.

"여관은 저쪽이에요."

말을 마치고 그녀는 안으로 들어가 버렸다. 소녀가 가리킨 쪽에 마루를 사이에 두고 기역 자 모양으로 방들이 붙어 있는 게 보였다. 뜰은 통해져 있었다. 형은 별수 없이 뜰로 해서 거꾸로 접수대가 있는 입구로 나가, 어떻든 몇 시간 있다 갈 작정으로 요금을 치렀다.

형은 뜰이 훤히 내다보이는 방으로 안내되었다. 열 예닐곱 살 남짓 돼 보인 종업원 녀석은 형의 행색을 유심히 살피며 문도 닫지 않고 머뭇거렸다. 그러다가 낮에 온 손님 뻔하다 싶었는지 컹, 헛기침을 하고는 한마디 던졌다.

"누구 올 사람 있어요?"

"올 사람이라니?"

형은 녀석이 묻는 뜻을 짐작했으면서도 모른 척 되물었다.

"기다리는 사람이 있느냔 말예요?."

"아무도 없다면?"

녀석은 자기 예상이 맞았다는 듯이 씨익 웃으며 한술 더 떴다.

"손님, 좋은 애 불러줄까요?"

"좋은 애라니 어떤 애가 좋다는 거야?"

"나이 어리고 예쁘고, 뭐 그런 여자들… 잘 알면서 왜 그래요?"

그때 스웨터와 긴 스커트로 갈아입은 아까 그 소녀가 뜰에 나와 펌프질을 하는 게 형의 눈에 들어왔다. 형은 그녀를 가리키며 말했다.

"저 애 잠깐 불러주면 안 돼? 용돈 두둑이 줄 테니…"

형은 잔돈 몇 푼밖에 남지 않은 주머니에 손을 넣는 시늉을 했다. 그녀 쪽으로 눈을 돌리던 녀석은 정색을 하고 고개를 내저었다.

"억척마님이 애지중지하는 외동딸을… 될 법이나 한 일인가요."

"억척마님?"

"그리고요, 울퉁불퉁 나올 데 나오고 들어갈 데 들어가 몸은 다 자랐어도 이제 중학 삼학년 피라미인걸요."

"누가 어쩐대? 내 외사촌 누이동생과 같은 학교에 다니는 것 같아 무얼 좀 물어보고 싶은 것뿐이야."

"목이 빠져라 전화 기다리는 여자들 많아요."

"그런데 억척마님이 누구지?"

"여관 주인이지 누구겠어요."

"어떻게 억척인데?"

"여자 혼자 여관을 하니 보통 힘든 일이겠어요. 그래도 온갖 잡놈들 구슬리며 잘 꾸려나가요. 여러 해 전에 시골서 땅 팔아 이 여관을 샀대요. 나 같으면 여관 팔아 시골 땅 사겠어요. 여자 필요하면 연락하세요."

녀석은 문을 쾅 닫고 갔다. 뜰에 소녀의 모습은 보이지 않았다. 공연히 울적해진 형은 맨 방바닥에 번듯이 드러누웠다. 그로부터 얼마나 지났는지 스르르 잠이 들려 했을 때였다. 마루 장을 울리는 급한 발소리에 이어 누군가 방문을 휙 열어젖혔다. 형은 후닥닥 몸을 일으켰다.

"뭐가 어쩌고 어째? 외사촌 누이동생이 어쨌다고?"

'억척마님'이라는 여관주인임이 분명한 여자의 크고 날카로운 목소리에 형은 얼굴을 들었다. 그와 동시에 방 안으로 들어서려던 그녀가 형을 보더니 움찔했다. 놀란 건 형도 마찬가지였다. 아는 여자였던 것이다.

한동안 형을 노려보던 그녀는 방바닥에 털썩 주저앉았다. 힘이 빠진 목소리로 한 첫마디 말이 이랬다.

"그 아이는 안 돼!"

그녀는 잠시 뒤 들릴락 말락, 그러나 단호하게 말했다.

"천사 같은 내 딸이야. 흑심 품지 마. 절대로 안 돼. 대신… 내가 풀어 줄게. 언제든지, 얼마든지…"

형은 그 여자와 몇 달 동안 계속 만났다. 자주, 주로 멀리 떨어진 다른 여관에서, 낮이 되기도 하고 밤이 되기도 했다. 그러다 절로 만나지 않게 되었다. 형으로선 감당하기 어려웠다. 그리고 그땐 형 주위에 다른 여자들도 있었다고 했다.

철호는 그 여자가 바로 그 '시골 아줌마'였을 거라 짐작했다. 물론 형에겐 물어보지는 않았다. 그녀가 아직도 여관을 하는지, 그것으로 두 사람의 관계가 완전히 끝났는지에 대해서도 묻지 않았다고 한다.

나도 철호와 똑같이 그녀가 틀림없으리라 여겼다. 그러고 보니 아버지 귀에도 들어갔던 그때의 소문이 사실이었던 셈이다. 형이 여관집 딸을 좋아했는데, 둘 사이를 막던 과부 어미가 형을 가로채 데리고 논다더라… 벌써 오륙 년 지난 일이었다.

이날 밤 철호는 내가 알고 싶었던 이야기를 맨 나중에 했다. 형을 그토록 무지막지하게 두들겨 팬 자가 누구며, 그렇게 당하고도 형은 왜 아무 말도 하지 않고(또는 못 하고), 오히려 마땅히 당해야 할 일을 당한 것처럼 세상 다 산 사람 같은 모습을 하고 있는가.

철호는 먼저 형을 폭행한 장본인은 바로 세공소 주인 박 씨라고 밝혔다. 그럴 거라 여기고 있긴 했어도 막상 그 말을 듣자 새삼 박 씨에 대한 분노의 감정이 솟아올랐다. 놀라웠던 것은 그 '사건'에 다른 누구도 아닌 박 씨 부인이 관련돼 있다는 사실이었다.

"제가 눈으로 본 건 아니지만요, 의심할 여지가 없어요."

철호의 말이었다. 눈으로 본 건 아니란 말은 박 씨가 형을 때리는 것, 그리고 형과 박 씨 부인이 관계된 '현장'을 자신이 직접 보지는 않았다는 뜻이었다.

박 씨 부인이 재취이며 사십 대 중반인 남편보다 열 살 정도 아래고, 그들 사이엔 초등학교에 다니는 딸만 둘이라는 말은 나도 형에게서 들은 적이 있다. 그런데 부부 사이가 원만하지 않은 듯 철호는 두 사람이 티격태격하는 것을 여러 번 보았다고 했다.

박 씨 가족의 살림집은 자그만 마당을 사이에 두었을 뿐 세공소 작업장과 거의 붙어 있다시피 했다. 화장실도 안에 있고, 가령 작업장에 물이 떨어졌을 때 철호나 형은 물을 마시러 수시로 살림집 부엌에 드나들었다. 거기다 늦게까지 일하거나 무슨 날 같은 때는 안으로 들어가 박 씨 부인이 차려주는 저녁을 모두 같이 먹기도 했다.

박 씨 부부의 티격태격은 대개 부인의 불평으로 시작되는데, 철호가 듣기에 민망한 경우가 대부분이었다.

"내가 무슨 재미로 살우? 남편이란 사람은 마누라가 무엇을 원하는지 아예 모른 척하고 있지. 가뭄에 콩 나듯 어쩌다 기껏 같이 잠자리에 들어도 돌아누워 금방 코를 드릉드릉 골지 않나…"

어느 날 밤늦게 일을 끝내고 화장실에 가려고 안에 들어갔을 때는 방 안에서 두 사람이 다투는 소리가 들렸다.
"… 우리 언제까지 이런 식으로 지낼 작정이우? 아들 하나는 낳아야 될 거 아녜요. 네에?"
"아들 아들 핑계 대지 마. 무슨 여자가… 유별나게도… 허구한 날 그 생각만 하는 거야? 식구들 먹여 살리느라 하루 종일 녹초가 되도록 일하는 사람을 갖고선… "
그러나 기세당당한 건 언제나 부인 쪽이었다.
"무엇 때문에 그렇게 일해요? 돈만 벌면 다예요? 마누라 하나 행복하게 해주지 못하는 사람이 무슨 남자야? 난 돈만 갖곤 못 살아요, 못 살아!"
한번은 마당에서 마주친 철호를 그녀는 안쪽으로 끌고 가 뜻밖에도 형 이야기를 하는 것이었다.
"그 소문이 사실이야? 영수 총각이 이상한 여자들과 놀아난다는 소문 말이야, 응?"
"이상한 여자들이라뇨?"
"술집 여자들이라던가 뭐라던가…"
"그들이 이상한 여자들이에요?"
"이상하지 않으면, 그럼 더러운 여자들인가?"
"난 그런 소문 잘 몰라요."
철호는 정색을 하며 묻는 그녀가 우습기도 했으나, 남의 말을 그런 식으로 하는 게 마땅치 않아 퉁명스럽게 말했다.
"소문을 들었든 말든, 그게 사실이냐고?"
"난 몰라요. 하지만 뭐가 어때서요? 매인 데 없는 혈기왕성한 젊은 남자가 매인 데 없는 여자와 사귀는 게 나빠요?"
"그런 것들 아니라도 좋은 여자 얼마든지 있어. 어디 사귈 여자가 없어서… 젊은 혈기를 아무 데나… 얼마나 왕성한지 몰라도…

참!"

 철호가 쓸데없이 웬 참견이냐는 심사로 작업장에 들어온 지 오 분도 되지 않아서였다. 박 씨 부인이 잔뜩 돋은 얼굴로 나타나 형을 불러냈다. 박 씨는 마침 밖에 나가고 없었다. 얼마 뒤 돌아온 형의 얼굴이 붉으락푸르락했다. 형이 그녀한테서 무슨 말을 들었을지 알만했다.

 그 일이 있고 한 주일쯤 지나서였다. 밖이 어두워 올 무렵이었다. 박 씨가 초상집에 가야 한다고 나간 뒤 그들도 일을 대충 끝냈다. 형은 술 생각이 나는 듯 머뭇거리고 있었다. 철호는 그러는 형을 두고 먼저 나왔다. 늘 있는 일이라 예사롭게 여겼다. 그러던 철호는 골목길을 채 빠져나오기 전에 되돌아갔다. 이럴 때 자기가 한잔 사겠다고 하면 형이 얼마나 좋아할까 하는 생에서였다.

 그런데 세공소에 다다른 철호는 문을 열려다 말고 주춤했다. 박 씨 부인의 말소리가 들렸기 때문이었다. 문틈으로 형 앞쪽에 앉아 있는 그녀의 모습이 보였다.

 "어떻든 저녁은 먹어야 할 거 아냐. 외갓집에 간 아이들도 밤늦게나 올 거고… 나 혼자 밥을 먹으려니 도무지 넘어갈 것 같지 않고 말야요. 철호 총각도 있었으면 좋았을 텐데, 난 간 줄도 몰랐구먼. 아, 그러고 있지 말고 어서 들어가자구요. 마침 사다 놓은 정종도 있으니까 반주도 하면서…"

 여태까지 한 번도 들은 적이 없는 은근한 목소리, 그녀의 노림수가 뻔하다 싶었다. 철호는 되어 가는 일이 궁금하기 그지없었던 한편 약도 올랐다. 깽판을 놓아버릴까 하는 생각도 들었으나, 형이 다리를 절뚝거리며 그녀를 따라가는 것을 보고는 돌아서 얼른 골목을 빠져나왔다. 철호에게는 언제든지 여관에 같이 갈 수 있는 여자 친구도 있었던 것이다.

그 뒤부터, 그렇게 생각해서 그런지는 몰라도, 박 씨 부인의 모습이 확연히 달라졌다. 형을 보는 눈이 반짝거리고 그녀의 온몸에 무엇인가가 철철 넘쳐흘렀다. 뿐만 아니라 그녀는 낮이건 밤이건 가리지 않고 형을 불러냈다. 둘이 몰래 만나는 눈치가 역력했다. 철호는 박 씨에게 일러바칠 수도 없고, 그저 조마조마한 마음으로 하루하루를 보내고 있었다.

하지만 그런 일이 언제까지나 탈 없이 계속될 수는 없었다. 그날 밤 박 씨는 볼일이 있는 것처럼 하고 나가 문밖에 숨어 있다가, 향수 냄새를 풀풀 풍기며 집을 나서는 그녀의 뒤를 밟은 끝에, 으슥한 골목 안 여관방에 들어간 두 사람을 덮쳤다. 중간에서 마누라를 놓친 박 씨는 이래저래 솟구친 분을 세공소로 끌다시피 데리고 온 형에게 풀어버린 것이었다.

박 씨의 전갈을 받은 철호가 급히 와보니 형의 몸이 흐늘흐늘 걸레처럼, 표현이 좋지 않으나, 정말 걸레처럼 되어 작업장 한구석에 처박혀 쓰러져 있었고, 박 씨는 옆에서 분을 삭이지 못하고 씩씩거렸다. 철호는 그예 일이 벌어졌구나 직감하면서도 아무것도 모르는 척 놀란 듯해 보이며, 어떻게 된 거냐고 물었다.

"어떻게 되긴 뭐가 어떻게 돼? 궁금하면 저 자식한테 물어봐."

"그렇지만… 힘도 못 쓰는 사람을 저렇게…"

"뭐야? 힘도 못 써? 쓸데없는 소리 작작하고 저 자식, 안 보이는 데로 갖다 치워!"

자기가 만약 폭행현장에 있었다면 형이 그렇게 맞도록 내버려 두지 않았을 거라면서, 철호는 내게 미안하고 언짢은 표정을 지었다. 형을 들쳐업고 나오며 철호는 형의 몸이 너무나 가벼운 데 놀랐다. 그리고 세상사는 일도 가지가지구나… 허무한 느낌밖엔 아무 생각도 들지 않더라고 했다.

친정에 가 있던 박 씨 부인은 이튿날 박 씨에게 끌려왔다. 얼마나 맞았는지 붓고 멍이 들어 도저히 문밖에 나올 수 없는 몰골이라, 계속 방 안에 누워 눈물을 찔끔거리고 있는 모양이더라고 했다.

철호와 헤어져 터덜터덜 집으로 돌아오는 동안 나는 다만 혼란스럽고 멍한 기분이었다. 박 씨에 대해 화를 내야 하는지, 또 여기까지 이르게 된 형의 일을 어떻게 생각해야 할는지 알 수가 없었다.

그런 가운데서 분명한 인식으로 다가온 것은, 철호라는 이 젊은이가 외로이 지내고 있는 형의 친구로 이야기 상대가 되어 주고, 어느새 멀어지고 서먹서먹해진 나 대신 동생 노릇까지 하고 있다는 사실이었다. 그 생각에 나는 형이 서운하기도 하고 형에게 미안하기도 했다.

그러면서도 막상 집으로 돌아온 나는 형의 방문을 슬며시 열어본 게 고작이었다. 형은 그때까지 잠을 자지 않고 있는 듯 벽 쪽을 향해 누운 채 몸을 한번 뒤척였다. 그때 형에게 따뜻한 말 한마디 해주지 않고 왜 그랬을까 하고 나중에 나는 두고두고 후회했다.

철호로부터 들어 안 사실을 나는 어머니에게 전하지 않았다. 그렇지 않아도 어머니는 연속적으로 받은 충격으로 몸져누워 일어나지 못하고 있었다. 어머니도 묻지 않았다. 알려고도 하지 않았다. 형에 의해 저질러진 끔찍한 일들이 뒤바뀔 게 아무것도 없음을 내 표정으로 이미 다 읽었기 때문이었다.

그해 가을 서울로 떠나기 전날 나는 철호를 찾아가 만났다.

'형을 부탁한다'는 말이 입에서 나오지 않았으나, 그러한 마음으로 만난 것이었다. 살아가는 능력을 깡그리 잃어버린, 술이나 얻어 마시고 어떤 부류의 여자들한테 아직도 쓸모가 있었던 부분 말고는, 아무 능력도 없는 형을 버려두고 달아나듯 가는 터에, 형에 대해 남에게 무슨 부탁을 할 수 있단 말인가.

다만 나는 이와 같은 말로 내 마음을 표현했다.

"우리 형이 그동안 동생인 내게도 하지 못한 말을 철호 씨에게 해온 걸 알게 되니 마음이 놓이고 위안이 돼요. 앞으로도 그럴 거라는 생각이 들어서지요."

"걱정 마세요. 형 때문에 앞길이 창창한 동생이 시골구석에 박혀 있으면 안 되지요. 형도 동생이 빨리 떠나기를 바라고 있을 거예요. 아무도 남을 대신할 수는 없지 않습니까. 누구나 제 살길, 제 할 일이 따로 있어요. 걱정 말고 가세요"

나보다 두어 살 아래인 철호가 오히려 더 어른스러웠다. 나는 서울에 도착하는 대로 철호에게 연락하기로 했다.

나는 이 친구, 철호와 한 번 더 만났다. 그로부터 사 년 뒤, 형이 죽었다는 소식을 듣고 고향에 왔을 때였다.

나는 아버지 어머니 때와 마찬가지로 작은형의 임종을 지키지 못했다. 외국에 나가 있었기 때문에 형의 장례 날짜에도 맞춰 올 수가 없었다. 참으로 매정한 동생이었다.

서른하고 세 해를 살다 간 형은 사촌들에 의해 아버지 어머니가 누운 곳, 시신 없는 큰형의 무덤 옆에 묻혔다.

첫 번째 서울 시절, 그리움

내가 첫 번째 서울에서 지낸 삼 년 남짓 동안의 사진으로 앨범에 남아 있는 것은 단 한 장뿐이었다. 그사이 찍은 사진들은 그것 말고도 물론 있었다. 나는 얼마 지나지 않아 그것들을 찢어 없애 버렸던 것이다.

내가 그 기간을 '첫 번째'라 하는 데에 별 뜻이 있는 건 아니다. 나는 그 뒤 외국에 나갔다 오기를 여러 번 거듭해서 그저 그렇게 붙였다. 대학에 다닐 때는 순전히 공부 때문이었으므로 '서울 시절' 어쩌고 할 수가 없었다.

그 사진은 처음에 몇 달 같은 집에서 하숙을 했던 대학원생을 따라 도봉산에 올라갔다가 중턱에서 찍은 것이었다. 스스로 등산광이라던 그 대학원생의 카메라에 담겨 현상 인화된 사진 속의 나는, 세상의 온갖 고민을 다 짊어진 모습이었다.

헐렁한 점퍼차림이라 더욱 그렇게 보이는지, 축 처진 어깨 하며 서 있는 게 부자연스럽기 그지없었다. 거기다가 어둡기만 한 얼굴은 웃는 듯 찡그린 듯 기묘한 표정이었다. 내가 찍지 않으려고 하는데도 억지로 나를 세우고 셔터를 눌렀음에 틀림없다.

그런데 어둡기만 한 얼굴, 웃는 듯 찡그린 듯 '기묘한 표정'은 그 시절 내 마음이랄까 기분이랄까, 그러한 나의 내면이 그대로 드러난 것이라 해도 좋았다. 처음 얼마 동안 나는 하루라도 빨리 끝내야 하는 효선과의 관계가 오히려 헤어날 수 없는 상태로 더욱 더 빠져 들어가, 불안정하고 곤혹스러운 날들을 보내고 있었다.

한편 그즈음 내 얼굴에 웃음 같은 밝음이 실낱만큼이라도 비쳤다면, 그것은 다름 아닌 여진에 대한, 이승의 인연이라곤 한 가닥도 남지 않고 끊어져버린 그녀에 대한, 끊임없이 솟구치는 그리움 때문이 아니었을까. 언제나 어디 가나 내 마음 가장 깊은 곳으로부터 샘물처럼 솟는 그 그리움은 내 가슴속을 듬뿍 적시고, 내 머릿속을 가득 채웠다.

정부 산하 '통합 인력관리위원회'의 요원 채용시험에 합격한 나는 그해 시월 하순부터 두 달 기간의 교육을 받았다. 장소는 위원회에서 관장하는 연수원. 나무들로 둘러싸여 있는 수유리의 산자락에 위치해 있어 이곳을 그냥 '산장'이라고들 부르고 있었다.

'세계는 넓다, 도약하자 세계로', '우리는 조국의 첨병이다, 조국의 장래가 두 어깨에' 따위의 구호가 붙여진 나의 해외반 클래스에서는, 세계정세로부터 특정한 나라의 경제 과학 군사동향에 이르는 포괄적인 강의를 듣고, 또 자료수집과 보고서 작성요령 등의 실무를 익혔다.

아울러 호신술과 사격술의 기본도 배웠는데, 아침 여덟시부터 다섯시까지의 일정이 너무 빡빡하여 나는 새삼 군대에 들어온 것 같은 긴장을 느꼈다. 그 때문에 사십 분의 점심시간 외에는 이십여 명의 교육생 동료들과 이야기를 나눌 틈도 없었다.

모두들 앞으로 자신들에게도 해외에 나갈 수 있는 기회가 주어질까, 주어지면 어느 나라가 될까, 그리고 그게 언제쯤일까에 주로 관심을 갖고 있었다. 나는 어느 편인가 하면 국내에서 일하든 다른 나라에 가게 되던, 특별히 그것에 대한 열망은 없었다.

'산장'은 나의 하숙집으로부터 서울의 한 끝에서 다른 끝이라 할 만큼 멀었다. 하숙을 계속하기로 했다면 조금 더 가까운 곳으로 옮겼을는지도 모른다. 나로선 그럴 필요가 없었다기보다 그럴 수가 없었다. 효선이 때문이었다. 그래도 근처까지 오는 통근차를 이용할 수 있어 큰 불편을 겪지는 않았다. 또한 그녀가 왔을 즈음에는 교육도 끝나 훨씬 가까이 있는 본부 사무실로 출근하게 되었다.

새해 일월 일일 자로 서울본사 발령을 받은 효선은 연말을 며칠 앞두고 서울로 왔다. 나는 곤혹스러운 기분을 떨어내지 못한 채 그녀를 역으로 마중 나갔다. 그러면서도 그녀를 또다시 가까이 두게 된 반가운 마음이 없지도 않았다.

그녀는 서울에 있는 친구를 통해 미리 얻어둔 전세방이 마음에 들지 않는다는 이유로 한 달도 지나지 않아 좀 더 넓고 구조가 독채처럼 꾸며져 있는 방을 새로 얻었다. 그녀가 고향에서 이미 예고했던 대로 나와의 동거를 염두에 두고서였다. 며칠 뒤 내가 하숙집에서 나와 그녀의 거처로 옮겼을 때, 그와 같은 곤혹스러움과 반가움이 내게 더욱더 절실히 다가왔다.

곤혹스러움은 나의 서울행을 그녀와의 결별 기회로 삼으려 했던 기대가 무너진 데다, '결별'은커녕 더 깊게 들어가 그녀와 결혼도 하지 않았으면서 사실상 '신혼살림'을 차린 거나 같아진 데서 온 것이었다. 반면에 반가움은 그녀로 하여 얻을 수 있는 관능적인 기쁨을 거추장스러운 절차 없이, 내가 원할 때 언제나 지금보다 더욱 쉽게 얻을 수 있다는, 스스로의 생각에도 어처구니없는 이기에서 비롯된 것이었다.

"부모님이 아시면 우릴 용서 안 하실 텐데…"

나는 정말 걱정이 되었다.

"내게 생각이 있다고 하지 않았던가요. 영훈 씨는 걱정 안 하셔도 돼요."

효선은 태연스레 말했다. 그녀는 나와의 '결혼'을 기정사실로 하여 그것을 시위하고 싶은지도 모른다. 나에게, 그리고 그녀 스스로를 포함한 모든 사람들에게.

나와의 '동거' 이후 그녀는 모든 면에서 달라졌다. 그래 모든 면에서였다. 얼굴색도 달라지고, 눈빛도 달라지고, 온몸에 생기가 돌고, 소극적이었던 태도가 적극적으로 변하고 당당해졌다.

그녀는 내게 무슨 생각을 그렇게 하느냐, 혹시 다른 사람을 생각하고 있는 건 아니냐는 따위의 전에 했던 말을 더는 하지 않았다. 그런 일은 이제 중요하지 않다는 듯이. 그리고 더 이상 내가 자기에게 다가와서 자기 몸을 열어 주기를 기다리고 있지도 않았다. 스스로 몸을 활짝 열고 세찬 힘으로 나를 끌었다.

"우리 결혼식 언제 올릴까요? 지금은 우리 부모님이 너무 갑작스러워하실 테니 조금 지나야겠죠. 하지만 아무리 늦어도 가을은 넘기지 않을 거예요. 그때쯤이면 우리의 서울 생활도 익숙해질 거구요."

우리는 출근 시간이 달라 아침에는 얼굴을 마주보고 말을 건네는 일이 거의 없었다. 여덟시까지 사무실에 도착해야 하는 나는 언제나 일어나야 할 시간을 지나쳐 밤에 미리 차려둔 밥상 앞에 앉는 일도 드물고, 깊이 잠들어 있는 효선의 얼굴조차 들여다보지 못한 채 허겁지겁 나가기 일쑤였다. 그녀의 회사는 그리 멀지가 않아 나보다는 한 시간 반의 여유가 더 있었다.

저녁에는 대개 그녀가 먼저 돌아와 있었다. 나의 퇴근 시간은 여섯시로 돼 있었지만, 그 시간에 퇴근한다는 건 엄두도 낼 수 없었다. 할 일이 자꾸 생겼다. 통상적으로 하는 일 외에 수시로 일거리가 내려오는데, 대부분 그날 저녁이 아니면 다음 날 아침까지 끝내야 하는 것들이었다. 그래서 그녀와 집에서 저녁을 같이 먹는 것도 쉽지 않았다.

제시간에 돌아와 그녀와 마주앉아 저녁을 하건, 내가 돌아올 때까지 기다린 그녀와 늦은 저녁을 같이하건, 내가 밖에서 저녁을 먹고 늦게 돌아오건, 둘만의 밤 시간은 어김없는 둘만의 것이었다. 그때가 되어 방 안에 널린 것들을 치우고 자리를 깐 다음 각기 옷을 벗고, 조금 뒤에 서로가 더 벗을 필요가 없도록 다 벗고 누우면, 그제야 비로소 둘이 되었다.

둘만의 그 일은, 마지막을 향한 절차가 언제나 같지는 않았다. 그녀가 이미 적극적이고 당당하게 변해 있었기 때문이었다. 그러나 내가 거치는, 그리고 싶었던 단계는 전과 비슷했다. 먼저 그녀의 손을 잡고 만지고 입으로 가져갔다. 손바닥과 손등에 입을 대고 혀를 대고 손가락을 빨고 깨물고, 그녀의 긴 팔 여기저기에 입을 갖다 댔다가, 그녀를 얼싸안으면 내 가슴팍에 와 닿는 그녀의 탄탄한 젖가슴, 그것이 주는 형용할 수 없는 감촉을 즐기다가, 그녀의 몸을 떼고 그녀의 두둑한 젖가슴을 보고 만지고 입을 대고 거뭇한 젖꼭지를 입에 넣어 굴리고 빨다가, 그 입으로 쉼 없이 신음소리를 내고 있는 그녀의 입을 막았다. 그러면 그녀의 입은 절로 한껏 벌어져 내 혀를 받아들였다가, 그것을 금방이라도 삼킬 듯 깊고 세게 받아들였다가 자기 혀를 내주었다. 내가 그녀의 혀를 입안 가득히 넣는 것도 잠시였다. 더 이상 내가 하는 대로 내버려 두고만 있지 않고 갑자기 능동적이 되는 그녀는 아래에서 나를 얼싸안고 쓰러뜨린 뒤, 내 몸을 타고 앉아 그 위에서 춤을 추다가 힘이 다하여 나를 끌어안고 넘어지면, 나는 드디어 삶을 끝내기라도 하려는 듯 온 힘을 다해 절정을 위한 마지막 단계로 향했다. 마치 이 일을 위해, 단지 그녀와의 이 한 가지 일을 위해 정신없는 하루를 보내며, 어지러운 한 세상을 살고 있는 것 같았다.

그런데… 그런데 바로 그 뒤에 언제나 어김없이 나를 찾아오는 '손님'이 있었다. 바로 그 곤혹스러움을 넘어 그보다 더한, 가슴이 무너지는 듯한 심한 낭패감이었다.

이윽고 그녀가 절정의 순간을 이기지 못해, 또는 내게로 향한 넘치는 사랑의 감정을 억제하지 못해, 또는 다른 이유로 나로선 알아듣기 힘든 말을 쏟아내거나 울음을 터뜨려도 나는 말 한마디 하지 않았다. 그녀가 듣고 싶어 해오던 '사랑한다'는 그 말은 머릿속에 떠오르지도 않았다.

나의 낭패감이 갈수록 더했던 것은 나와 효선이 그 일을 거의 매일 밤, 처음 얼마 동안은 하루도 빠짐없이 되풀이했기 때문이었다. 그 낭패감은 물론 내가 하루라도 빨리 그녀로부터 벗어나야 한다는 생각을 하면서도 그러지 못하고, 그녀 자신의 말이 아니라도, 어느새 '중독'돼버린 관능의 기쁨에 탐닉하여 오히려 하루하루 더 깊이 빠져들고 있는 데서 오는 것이었다.

나는 이 년 남짓 만나온 효선을 결혼상대로 여겨본 적은 한 번도 없었다. 그리고 내가 누구와 '결혼'한다는 것 자체도 생각해보지 않고 있었다. 이 세상에 결혼하고 싶은 상대가 있다면, 그 선상에 있는 유일한 여자가, 만약 그것이 허용되는 일이라면, 누구도 아닌 바로 여진일 것이나, 그녀는 이미 다른 사람의 아내가 돼 있지 않은가.

그런데 나는 현실적으로 털끝만큼의 가능성도 없는, 지금 어디에 있는지도 모르는 그녀의 환영을 떨어버리지 못해, 바로 옆에서 자신을 간절히 기다리는 여자로부터 벗어나려 하고 있다. 그리고 나는 그것을 너무나 당연하고 자연스럽게 여겼다.

그랬다. 나는 언제 어디서나 여진의 모습을 보기 때문에, 그녀가 늘 나와 함께 있는 것처럼 느껴졌다. 집에서 나와 걷는 좁은 길에서, 버스를 기다리는 큰길에서, 버스를 타고 가며 유리창을 통해 내다보는 풍경 속에서 나는 여진을 보았다.

사무실 책상에 앉아 들춰보는 자료의 낱장 낱장, 내가 읽어가는 깨알 같은 글자들 속에도, 어쩌다 고개를 들었을 때 문득 눈이 닿는 창밖 나뭇잎들에도 그녀가 있었다. 점심시간이면 하루도 빠짐없이 뒤뜰 벤치에 나와 앉아 내게 살짝 옆모습을 보여주는 건 타자실 여직원이 아니라, 윤여진 그녀였다.

그녀를 마지막으로 본 지 벌써 삼 년이 돼오고 있다. 쓸쓸하기만 했던 가을, 나의 대학 졸업식장에 뜻밖에도 그녀가 나타나 한 다발의 꽃과 함께 그 꽃들보다 더 향기롭고 아름다운 웃음을 내게 선사했다. 이어 우리는 명동에 가서 붉은 포도주를 곁들여 점심을 먹었다. 그때 그녀와 가진 시간은, 앞으로 그녀와 만나지 못하리라는 예감으로 나에게는 기쁨만을 안겨주진 않았지만, 그녀가 그리울 땐 언제나 떠올랐다.

내가 '보는' 그녀의 모습은 노상 같지는 않았다. 나의 졸업식장에서의 그녀, 또한 그날 마주앉아 점심을 같이할 때의 그녀와 아울러, 고향에서 보았던 소녀시절의 앳된 모습이다가, 서울로 이사가는 그녀를 배웅하기 위해 역에 나가 대합실에서 이야기를 나누었을 때, 그리고 대학 일학년 때 명동에서 우연히 마주쳐 몹시 반가워하던 그녀의 모습이기도 했다.

그처럼 지난날 내게 보여주었던 것들뿐만이 아니라, 나 스스로 머릿속에서 만들어낸 그녀의 모습도 나는 때때로 '보고' 있었다.

내가 어디로 가나 내 머리 위에서, 눈앞에서, 바로 곁에서 나를 지켜보는 웃음 띤 얼굴. 특히 내가 슬픔에 잠기거나 몹시 외로움을 느낄 때, 혼자 있는 내게로 다가와 사랑과 정이 가득한 눈으로 나를 바라보는 그녀의 모습은 나를 그지없이 흐뭇하게 했다.

내가 '보는' 여진의 모습이 내게 기쁨과 즐거움과 흐뭇함만 주지는 않았다. 그녀가 너무 먼 곳, 내 손이 닿을 수 없는 세계에 있기 때문이겠으나, 그것은 또 다른 슬픔이며 아픔이고, 가슴 저림과 쓰라림이며 안타까움이고, 좌절감과 절망을 내게 안겨주기도 했다.

그것들을 나는 달게, 고스란히 받아들이고 있었다. 나는 그것들을 이 세상의 그 어떤 값진 것과도 바꾸고 싶지 않았다. 그것들은 바로 나 자신의 것이며, 궁극적으로 그녀에게로 향한 그리움으로 귀결되는 것이기 때문이었다.

이른 저녁이건 늦은 밤이건, 여진의 모습을 안고 집으로 돌아오는 길은 언제나 가까우면서도 멀었다. 지금 효선이 기다리고 있을 집이 너무 가깝다고 여겨질 땐 집 앞 버스정류장에 내려서도 근처 공원이나 찻집에 들어가 얼마 동안 앉아 있기도 하고, 들어가기 싫어 터덜터덜 걷는 발걸음이 무거울 땐 집까지가 그저 아득하기만 했다.

나도 그러한 자신을 어떻게 할 수가 없었다. 언제나 곁에 있어 손을 뻗으면 닿는, 그리고 내가 원하면 금방 다가와 감기는 효선은 팽개쳐두고, 대체 어쩌자고 나는 어디서 무엇을 하고 있는지 알 수도 없는 신기루 허깨비 같은 여진만 생각하는가.

언젠가 연휴 주말을 이용하여 효선이 혼자 시골집에 다니러 간 날 밤이었다. 동료들과 어울려 술 몇 잔 마신 탓인지도 몰랐다. 나는 효선이 없는 방에서 배를 깔고 엎드려 여진에게, 실은 그녀의 그림자도 아닌 신기루 허깨비를 상대로, '보고 싶은 분에게'로 시작한, 보내지도 못 하고 보낼 수도 없는 편지를 쓰고 찢고 쓰고 찢기를 거듭하며 감정이 더욱 고조되자, 상상 속 그녀의 벗은 몸을 얼싸안고 뒹구느라 밤을 거의 새다시피 하기도 했다.

그런 줄도 모르고, 멀리 갈수록 내가 더욱 보고 싶어져 하루 일찍 돌아왔다는 효선은, 여태까지 한 번도 보여주지 않았던 열정과 공격적인 자세로 밤 내내 나를, 나의 몸을 세차고 깊게 자신의 몸속으로 끌어들였다.

그런데 그런 일이 아무렇지도 않게 언제까지나 계속될 수는 없었다. 언제부터인지는 모른다. 그 때문에 나에게는 갑작스럽게 여겨졌지만, 어느 날 나는 효선이 달라진 것을 느꼈다. 그와 같은 느낌이 들자 그 사실이 갈수록 확연히 드러났다.

우선 그녀의 말이 적어져, 일요일 하루 종일 같이 있을 때에도 몇 마디 하지 않았다. 전에 둘만의 제사와 같은 행사가 침묵으로부터 시작된 것은, 그 일에 대한 기대와 설렘이 컸던 탓이기도 했다. 그녀가 갑작스러이 말을 잃은 것은 그것과는 거리가 멀었다.

열정이 가득 차고 공격적이 돼갔던 나와의 밤의 행사에서도 그녀는 점점 소극적이 돼갔다. 예전에 그녀가 그와 비슷한 태도를 보였던 것은 수줍음의 다른 표현이며, 나의 손길을 기다리고 있었던 것에 지나지 않았다. 그런데 지금은 마지못해, 이제 와서 나를 거부하기가 어려우니 할 수 없이 응하는 것일 뿐이었다.

그렇다. 그녀의 침묵과 소극성에는 기대가 허물어진 슬픔과 실망, 목표를 잃고 어찌할 바를 모르는 심리적 방황 같은 게 깊이 배어 있었다. 내가 그녀를 그렇게 만든 것이다. 효선이 전에 내게 그랬던 것처럼, 옆에 있으면서도 아주 멀리 가 있는 것 같다거나, 혹시 다른 사람을 생각하고 있는 건 아니냐고 투정이라도 한다면 나는 오히려 마음이 편했으리라.
　어느 날 밤이었다. 잠결에 그녀가 훌쩍이는 소리에 눈을 떴다. 열두시가 지난 시각. 두어 시간 전에 자리에 들면서 처음부터 등을 돌리고 누웠던 그녀가 그때까지 깨어 있었던 모양이다. 어떻게 해야 할지 몰라 망설이던 나는 그녀의 등에 손을 갖다 댔다. 그녀는 움찔하고 몸을 움츠리며 말했다.
　"가만 내버려 둬요."
　싸늘하기 그지없는 말투였다.
　"울고 있는 거야?"
　"아무 말도 말아요."
　일어나 불을 켜고 왜 그러느냐고 묻고 싶은 것을 참았다. 그녀의 말이 아주 진지하게 들렸기 때문이었다.
　나는 일어나 방 밖으로 나왔다. 초여름의 밤바람이 시원했다. 나와 관계된 일임을 직감한 나는 놀랍기보다, 올 것이 왔다는 체념과 함께 모든 게 잘못된 방향으로 가고 있는 듯한 불안감이 앞섰다. 다음날 그녀도 나도 지난밤의 일에 대해 아무 말도 꺼내지 않았다. 당장 어떤 식으로 '해결'할 수 있는 일도 아니었다.
　나로선 그녀와의 결혼은 생각하지 않고 있으므로 스스로 하루라도 빨리 그녀에게서 벗어나기를 바라고 있는 건 사실이지만, 그녀에게 상처를 주고 싶지는 않았다. 지금까지 미적거려 온 게 그녀로 하여 얻을 수 있는 관능적인 기쁨을 쉬이 포기할 수 없었기 때문만도 아니었던 것이다.
　그로부터 열흘쯤 지난 금요일이었다. 저녁에 회식이 있다고 내 사무실로 전화를 했던 그녀는 열두 시가 다 되어 돌아왔다. 지금까지 그처럼 늦은 적은 없었다. 사원들끼리 저녁 먹고 이차까지 갔다고 했을 때도 열 시를 넘기지 않았었다. 또한 모임이 있을 땐 며칠 전에 알려주곤 했다.

"많이 늦었군. 재미있게 보냈어?"

나는 따지거나 빈정대는 투로 말하지 않았다. 그런데 그녀의 대답은 퉁명스러웠다.

"늦게 돌아오든, 어디서 어떻게 시간을 보냈든, 영훈 씨가 내게 관심이 있긴 한가요?"

너무 늦은 시각이고 자칫 말다툼이 될 것 같아, 나는 고단할 테니 어서 자라고 했다. 그리고 죄책감을 느끼고 있는 건 내 쪽이어서 어떻게든 그녀를 달래고 싶은 마음이었다. 그러나 그녀 쪽에서 틈을 주지 않았다.

하루를 별일 없이 보낸 다음 날, 일요일 아침이었다. 느지막하게 일어나 아침 겸 점심을 먹고, 같이 밖에 나가 시간을 보내다 오는 게 보통이었다. 그런데 나는 이날 여덟시도 되지 않아 일어났다. 그녀도 벌써 일어나 있었다.

"나 목욕하고 올 거예요. 더 자든지, 먼저 아침을 들든지 하세요. 달걀 프라이 해놓았어요. 토스트 빵도요."

그녀의 기분이 그리 나빠 보이지 않아 나는 적이 안심을 했다.

"효선인 아침 어떻게 했어?"

"이따… 목욕 갔다 와서요."

나는 혼자 먹지 않고 그녀를 기다렸다. 같이 나가서 영화를 보거나 무얼 하거나 그녀의 마음을 풀어주고 싶었다. 그러나 어떻게 해야 그녀의 마음을 풀 수 있을지는 나도 알 수가 없었다. 내겐 이 세상에 효선이 말고 아무도 없어… 그건 나 자신이나 그녀를 속이는 말이다. 그런 말은 해줄 수가 없다. 솔직히 터놓고 말해보면 좋지 않을까… 그런데 '실체'도 없는 여진에 대해 어떻게 '솔직히' 터놓는단 말인가.

그녀는 한 시간쯤 지나 돌아왔다. 젖어 흘러내린 머리칼에 두 볼이 살짝 감추어진 그녀의 말끔한 얼굴을 보자, 나는 그녀가 가을을 넘기지 않겠다고 했던 둘의 '결혼 시한'까지는 아직 서너 달이 있으므로, 시간을 갖고 다시 시작해보면 어떨까 하는 생각이 퍼뜩 들었다.

우리는 토스트와 커피를 앞에 놓고 마주 앉았다. 오늘 영화 보러 가지 않겠어, 하는 말이 내 입에서 나오려 했을 때였다. 입을 다물고 있던 그녀가 불쑥 말했다.

"그저께 저녁에… 직원들 회식 같은 건 없었어요."

"회식이 아니었다고?"

그럼 무슨 일로 밤늦게, 열두 시가 다 되어 돌아왔느냐고 물으려는데, 그녀가 먼저 말했다.

"어떤 분을 만나 시간을 보내다 온 거예요. 오늘도 그분을 만나러 나갈지 몰라요."

그녀는 별다른 표정의 변화를 보이지 않았다.

"어떤 분? 남자겠지?"

그녀는 머리를 끄떡였다. 나로선 상상도 하지 못한 일이라 얼떨떨했다.

그런 가운데에도 내 입에서 말이 절로 나왔다.

"마음에 들어? 마음이 끌리느냐고?"

그녀는 또 머리를 끄떡였다.

"그 사람이… 결혼하기를 원하는 거야?"

"그런 것 같아요."

그녀는 담담한 어조로 남의 말 하듯 했다.

"그렇다면… 만난 지 꽤 되었다는 이야기 아냐?"

"두 달 됐어요."

놀라운 일이 아닐 수 없었다.

"난… 아무것도 모르고 있었구먼."

그러자 그녀는 처음으로 감정이 섞인 목소리로 말했다.

"모르고 있었다구요? 그럴 수밖에요. 우리가 대체 하루에 몇 시간 같이 있는 거죠? 일요일과 잠자는 시간을 빼면 많아야 서너 시간이잖아요. 나머지 매일 그 많은 시간 동안 서로가 어디서 무얼 하는지 어떻게 알겠어요. 그리고 영훈 씬 나의 하루에 대해 관심이 있기라도 해요?"

"왜 그렇게만 생각해?"

"사실이 그러니까요. 나도 영훈 씨가 어디서 어떤 여자를 만나는지 모르잖아요."

"내게 따로 만나는 사람이 없다는 건 효선이 잘 알잖아. 그 사람… 무얼 하는 사람이야?"

"같은 회사, 다른 부서에서 일하는 분이에요."

"그래… 그처럼 늦게까지… 같이 잘 보냈나 보군."

"네, 잘 보냈어요. 근사한 데서 저녁을 먹고, 근사한 데 가서 시간 보내다가, 여기저기 돌아다니고, 또다시 근사한 데로 찾아가 칵테일을 마시기도 했어요. 하지만 이상한 상상은 하지 마세요. 내 쪽에서 그러자고 했으니까요."

"이상한 상상 같은 건 안 해. 잘 생겼어?"

"네, 체격도 좋아요."

서로 유치한 말을 주고받고 있었지만, 나는 유치하다는 생각이 조금도 들지 않았다.

"어떻게 생겼는지는 몰라도… 매너가 형편없는 작자네. 다음날 출근해야 할 사람을 밤늦게까지 붙잡아두고…"

"그분 신사예요. 경우 없는 분이 아니죠."

"그런가? 잘 됐군. 오늘도 만나러 나갈지 모른다고? 잘 해봐. 난 효선을 붙잡아둘 힘이 없으니…"

"힘이 없는 게 아니라 마음이 없는 거겠죠."

그녀의 말을 등 뒤로 들으며 나는 밖으로 나왔다. 열시 조금 지난 시각이었다. 갈 데도, 가고 싶은 데도 없었다. 별수 없이 나는 영화관으로 갔다. 시간을 보내기 위해서일 뿐이었으므로 내용에는 관심이 없었다. 영화관에서 나와 짜장면으로 점심을 먹고 나서도 겨우 두시였다.

나는 종로에서 용산 방향의 버스를 타고 가다가 남대문에서 내렸다. 거기서 천천히 남산 쪽으로 올라갔다. 혼자 시간 보내기엔 안성맞춤인 코스였다. 팔각정 있는 데까지 올라갔다가 바로 내려와도 몇 시간 좋이 걸린다. 대학 시절에도 올라가 시간을 보낸 적이 있었다.

그렇게 시간을 보내고 있어도 보내는 그 시간이 지루하지 않았다. 학생 때도 그랬고, 지금도 또한 같았다. 내 눈앞에, 머리 위에, 그리고 바로 옆에 있는 여진의 모습을 보고 있었기 때문이었다.

효선이 두어 달 전부터 누구를 만나왔다는 사실이 찜찜하고 어처구니없기는 하나, 크게 마음이 쓰이지는 않았다. 따지고 보면 올 것이 온 데에 지나지 않고, 내가 유발한 거나 다름없는 일인데다, 그녀에게서 벗어나는 계기로 삼을 수 있어 오히려 잘 되었다는 생각마저 들었다.

그런데 그러한 나의 머릿속 타산이 지금 나 자신의 감정과 완전히 부합되지는 않았다. 효선과의 관계를 '정리'하고 '해결'할 준비가 미처 돼 있지 않았는지도 모른다. 만약 여진이 옆에 있다면 무어라고 충고해줄는지…

나는 팔각정에서 삼십분도 보내지 않고 내려왔다. 오늘 당장 해야 할 일이 그때에야 떠올랐다. 그녀가 있는 집에서 나오는 일이었다.

나는 그녀와 같이 거처하는 집 앞을 지나 몇 정류장 더 가서 내렸다. 꽤 조용해 보이는 동네였다. 그녀가 있는 데서 달아나듯 멀리 가는 건 자연스럽지 못하고, 그렇다고 너무 가까이 있는 것도 적절치 않아, 나는 거기쯤에 하숙을 정할 작정이었다.

복덕방을 통해 하숙은 쉽게 구할 수 있었다. 주인여자도 무던해 보였다. 다만 하숙집 사정으로 한 주일 뒤에 옮길 수밖에 없었다. 나는 가능하면 이날 밤 안으로 옮겼으면 했던 것이다.

일곱시 지나 집에 오니 효선이 있었다. 뜻밖이었다. 그 남자를 만난다고 했으므로 늦게 들어올 줄 알았다.

"어어, 벌써 들어와 있네. 설마 그 사람한테 바람맞은 건 아닐 테지?"

그럴 마음이 아니었는데, 하고 보니 농이 섞인 말이 돼버렸다. 그녀는 내 말이 끝나기가 바쁘게 말을 받았다.

"바람맞긴요. 열두시 정각에 근사한 데서 만나 근사한 점심을 먹고, 근사한 데 가서 시간 보내다가, 여기저기 돌아다니고… 그리고 다시 근사한 데로 찾아가 시간 보내다가 조금 전에 온 걸요."

정말 모든 게 잘못 돼가고 있다는 생각을 하면서도, 나는 자신을 제어하지 못하고 안 해도 될 말을 하고 있었다.

"무엇이 그렇게 근사한지는 모르지만, 일요일에 쉬지도 못하고 여기저기 끌려다니느라 힘들었겠어."

"천만의 말씀이에요. 근사한 차로 여왕 모시듯 하는데 왜 힘이 들겠어요."

"좋은 사람 만났으니 축하할 일이네."

"영훈 씬? 아침에 나가 지금까지 잘 보내신 건가요?"

"잘 보내고말고… 나 하숙 구했어. 지금 구하고 오는 길이야."

그녀가 움찔했다. 금방 얼굴색이 변하고 표정이 굳었다.

"그쪽 사정 때문에 다음 일요일에 들어가기로 돼 있어. 그때까지 내 짐보따리 여기 두었으면 하는데, 괜찮겠지?"

"영훈 씨에게도… 그럴 권리가… 있지 않아요?"

그녀는 들릴 듯 말 듯한 목소리로 띄엄띄엄 말했다. 연초에 이 집으로 옮길 때 나도 전세금의 일부를 부담한 것을 두고 하는 말이었다.

"그동안 여기서 잘 지낸 것으로 따지면 턱없이 모자라는 액수야. 그런 건 신경 쓰지 않았으면 해."

그녀는 나와 비스듬히 앉은 자세로 앞쪽을 향해 시선을 고정한 채 입을 다물고 있었다. 나는 스스로가 생각해도 지나치다 할 만큼 가라앉은 목소리로 진지하게 말했다.

"당분간… 떨어져 지내보는 것이 좋지 않을까 생각했어. 지금 두 사람한테 틈이랄까 구두점 같은, 그런 공간이 필요하지 않을까 여겨. 효선이 너무 신경이 날카로워져 있는 것 같기도 하니까… 다음 일요일에 올게."

말을 마치고 나는 당장 필요한 일상용품들과 옷가지, 그리고 몇 권의 책과 사무실 자료들을 가방에 챙겨 넣었다. 얼마 뒤 내가 나올 때까지 그녀는 같은 자세로 앉은자리에서 꼼짝도 하지 않고 있었다.

집을 나오긴 했어도 내게 갈 데가 있을 턱이 없었다. 나는 택시를 타고 사무실에서 얼마 떨어지지 않은 곳에 있는 여관으로 갔다. 여관치고는 덩치가 큰 편이고, 지방에 있는 직원들이 출장을 오거나 할 때 더러 이용하기도 하는 곳이었다.

나는 그날 밤을 여관에서 보내고 다음 날 밤부터 친구 신세를 졌다. 내 입이 무거운 것을 잘 아는 친구는 자세한 사정을 묻지 않았다. 나는 토요일 아침 효선의 회사로 전화를 했다. 나임을 안 그녀는 아무 말도 하지 않았다. 그녀가 대답하지 않을 줄 알면서도 나는 잘 있었느냐고 물은 뒤, 간단히 용건을 말하고 끊었다.

"내일 오전에 들러 짐을 옮길게. 볼 일이 있으면 나가. 하숙집 주소는 적어두겠어. 잘 지내."

나는 다음 날 열시가 되기 전에 갔다. 효선은 나가고 없었다. 일이 있어서가 아니라 일부러 피한 게 아닌가 여겨졌다.

내가 쓰던 것들은 한 주일 전 그대로 있던 자리에 있었다. 손 끝 하나 닿은 것 같지 않았다. 내가 여기서 나가는 데 대해 그녀 자신은 그 어떤 의사 표시도 하지 않는다는 뜻인 듯했다.

금방 끝낼 수 있으리라 여겼는데, 몇 묶음의 짐들을 택시에 싣기 위해 밖에 내놓으니 열두시였다. 나는 하숙집 주소와 전화번호를 적은 종이에 한 줄 덧붙였다. '가까운 시일 안에 연락하겠다.'

이제 또 다른 생활이 시작된다. 서운하기도 하고 아쉽기도 했다. 그런 중에도 앙금처럼 남은 것은 더할 나위 없이 자유로운 느낌과 마음 가벼움이었다. 문득 여진이 자기의 이 일을 잘했다고 할까, 잘 못 했다고 할까 하는 엉뚱한 생각이 들었다.

내가 효선에게 가까운 시일 안에 연락한다고 한 말은 지켜지지 않았다. 그녀에게 연락한다는 것은 만나는 것을 전제하는 것이고, 만나면 자연 우리의 '처지'에 대해서도 말하지 않으면 안 된다. 즉 다시 시작하자든가, 당분간 더 이대로 지내자, 또는 다시는 만나지 말자는 따위 말을 해야 한다.

내 입에서 '다시 시작하자'는 말이 나올 가능성은 없었다. 그러나 그런 일을 말로 간단히 해결하고 끝낼 수 있는가. 그리고 두 달

동안이나 '감쪽같이' 다른 사람을 만나온 그녀를 대한다는 일이 꺼림칙하고, 내키지 않고, 용납도 되지 않았다.

나는 효선이 줄곧 '의심'을 품고 물어보기까지 했던 대로 '다른 사람'을 '생각'할 뿐 만나온 건 아니었다. 그 '생각'은 그녀에 의해 이미 '공개'되었다. 그와 달리 그녀는 내게 아무 '낌새'도 나타내지 않고 '몰래' 다른 사람을 만나온 데다가, 그 사람으로부터 '결혼 신청'을 받았을 만큼 모호한 태도를 보이지 않았는가… 그런 기분으로는 그녀와 만나기도 싫었다.

효선이 내게 전화한 것은 내가 하숙으로 옮긴 지 한 달하고 며칠이 지난 일요일 아침이었다. 나의 연락을 기다리다가 할 수 없이 먼저 전화한 게 틀림없다. 주인아주머니로부터 송수화기를 받아들고 두어 차례 '여보세요' 해도 말이 없어 그녀인 줄 알았다.

얼마쯤 지나 그녀는 '나예요' 하고서도 말을 하지 않았다. 만나자고 전화한 것일 테니, 이쪽에서 말하면 될 일이었다.

"오랜만이군. 잘 있어? 오늘 시간 어때? 열두시에 광화문에서 만날까? 괜찮겠어?"

네에, 하는 그녀의 대답이 들린 듯해서,

"그래 이따 만나."

하고 나는 전화를 끊었다. 그녀를 만나 무슨 말을 해야 좋을지 여전히 가닥이 잡히지 않았다. 커피를 마시며 무슨 이야기든 하다가, 같이 점심을 먹고 좋게 헤어지면 되지 않느냐는 막연한 생각만 들었다.

광화문의 찻집에는 효선이 먼저 와 있었다. 그녀는 처음에 그에게 눈길을 한번 주었을 뿐 줄곧 시선을 딴 데로 향하고 있었다. 조금 해쓱해진 듯한 얼굴은 굳어 있었으나, 연보라색의 소매 없는 블라우스와 짧은 스커트 차림이 시원해 보였다. 내가 보지 못한 옷이었다.

"잘 지내고 있지? 물론 회사에도 잘 나가고… "

그녀는 내게 눈을 돌리지 않은 채 보일 듯 말 듯 살짝 웃음을 짓는 것으로 대답을 대신했다. 그러나 금방 굳은 얼굴로 돌아갔다. 나는 마음이 언짢아졌다. 그리고 무슨 말로든 그녀의 기분을 풀어주고 싶었다. 한데 그것이 그만 잘못된 방향으로 뒤틀리고 말았다.

"그 사람… 같은 회사의 다른 부서에서 일한다는 그 신사 양반도 물론 잘 있겠지? 계속 만나고 있어? 효선이에게 흠뻑 빠진 사람 같아. 아직 구혼신청을 받고 있는 상태야? 좋은 사람이라 여겨지면…"

나는 입을 다물었다. 그녀가 벌떡 자리에서 일어났기 때문이었다. 하얗게 질린 얼굴로 나를 노려보던 그녀는,

"그런 말밖에… 영훈 씬 그런 말밖에 할 말이 없어요?"

그러고는 씽하니 찻집에서 나가버렸다. 그녀를 빈정댈 의도가 전혀 없었던 나는 몹시 당황했다. 나는 찜찜한 기분으로 한참 더 앉아 있다가 나왔다. 바로 하숙집으로 들어가고 싶지도 않았다. 근처 제과점에서 빵으로 점심을 때운 나는 명동 음악실에 가서 두어 시간 보낸 것으로도 그 찜찜한 기분을 떨어버리지 못했다. 그래 나는 영화관에 가서 요란한 영화 한 편을 본 뒤 하숙집으로 발길을 돌렸다. 그제야 여름 긴 날도 저녁 으스름이 깔리기 시작했다.

주위가 어두워 돌아온 나는 효선이 하숙집에 와 있으리라고는 상상도 하지 못했다. 대문을 들어서자 부엌에서 나오던 주인아주머니가 다가와 목소리를 죽이고, 어떤 아가씨가 찾아와 기다린다고 했다.

"김 선생 안 계신다고 했더니 방에서 기다리겠다고 무작정 들어가는 거예요. 세 시간도 더 됐는데, 세상에, 똑같은 자세로 꼼짝

도 하지 않고 앉아 있어요. 잘 아는 사이니 괜찮다고 해서 막을 수도 없었어요. 아예 집에 들이지도 말 걸 내가 잘 못 했는지 모르겠네요."

"아니에요. 잘하셨어요. 그 아가씨 말대로 잘 아는 사이예요. 걱정 마세요."

오랜만에 기껏 만나 그렇게 헤어져 조만간 만나게 되지 않을까 예상은 했다. 그러나 효선이 이렇게 찾아와 기다릴 줄은 몰랐다. 그녀는 방 한구석 켠에서 다리를 모은 자세로 앉아 있었다. 내가 들어가자 허리를 조금 펴고 얼굴을 든 것 말고는 몸을 움직이지 않았다. 옷차림이 아까와 다름없는 것으로 보아 집에 들어가지 않은 것 같았다.

"와 있었어? 더 일찍 올 걸 그랬네."

나는 그녀가 딱하고 안쓰러워 부드러운 어조로 말했다.

"일요일에, 혼자 밖에서 할 일이 그렇게도 많았나요?"

그녀가 입을 쉬이 여리라 기대하지 않았는데, 금방 말을 하니 내 마음이 한결 편해졌다.

"나가지. 우리 나가서 이야기해."

그때 방문을 두드리는 소리가 났다. 아주머니가 '두 분 저녁상 들일까요' 한다.

"아닙니다. 곧 나갈 거예요."

그리고 효선에게 한 번 더 나가자고 했다.

"나가긴 어디로 나가요? 내가 여기 있는 게 싫어요?"

그녀는 어느새 발갛게 상기된 얼굴로 나를 똑바로 쳐다보며 말했다.

"그래서 나가자는 게 아니잖아. 배고플 텐데 저녁 먹으며 이야기하지. 혹시 점심도 굶은 건 아냐?"

"그런 걱정 말구요… 여기서 이야기해요."

"아까는 내가 그 사람을 들먹여서 화났던 거야? 나도 기분이 좋아서 모르는 남자 이야기 꺼냈던 건 아냐."

"우리와는 상관없는 사람이에요. 난 그날 일요일에 그 사람을 만나러 가지 않았어요. 종일 집에 있었어요. 그리고 그 사람과는… 만나지 않기로 했어요."

그녀는 입고 있는 블라우스의 앞단추를 만지작거리는 등 몹시 불안정한 모습이었다. 그래도 목소리는 가라앉아 있었다.

"만나지 않기로 했든 어쨌든, 중요한 건 그게 아니고 효선이 두 달이나, 나한텐 아무 말도 하지 않고 어떤 사람과 계속 만나왔다는 사실이잖아. 이제 와서 그것이 어떻다고 따지자는 건 아니야. 그러고 싶지도 않고, 그럴 면목도 없어. 그런데… "

나는 자꾸 커지는 목소리를 스스로 죽여가며 말했다.

"돌이켜 보니, 내가 그동안 효선에게 잘못한 게 많아. 다른 건 다 제쳐두고 진작 놓아주었어야 했는데, 내 욕심만 차리느라고 자격도 없는 사람이 너무 오래 붙잡고 있었어."

그렇게 말하고 있으니, 그녀에게 사죄라도 하고 싶은 마음이었다.

"효선은 예쁘고 착하고… 얼마든지 훌륭하고 좋은 사람 만날 수 있어. 그런 사람한테 듬뿍 사랑을 받아야 해. 부모님이 바라는 것도 그걸 거고…"

그녀가 질린 얼굴로 무어라고 말하려는 듯하다가 입술을 깨물었다.

"그동안 정말 즐거웠어. 특히 우리 집안일로 내가 몹시 어려울 때 큰 힘이 돼 주어 얼마나 고마웠는지 몰라. 효선이 없었더라면 어떻게 지냈을까, 상상도 못 할 일이야. 그런데 내가 효선에게 준 것이, 그리고 줄 게 아무것도 없으니…"

나는 분명히 해야 할 말을 어물어물 넘겨서는 안 된다고 생각하며 목소리를 가다듬었다.

"우리 다시 시작하기는 틀린 것 같아. 지난 일 좋은 추억으로 간직했으면 해. 앞으로 만나게 되면 만나고… 그러면 되지 않겠어?"

그러는데 뚝 소리가 났다. 효선이 만지작거리던 블라우스 단추를 떼버린 것이었다. 나를 쏘아보는 그녀의 두 눈에서 눈물이 주르르 흘러내렸다.

얼마 뒤(정확히 얼마가 지났는지 알 수가 없다), 그녀는 후닥닥 일어나 밖으로 뛰쳐나갔다. 무어라고 한 것 같은데, 무슨 말인지는 분간이 되지 않았다. 그냥 비명을 내질렀는지도 모를 일이었다.

아주머니가 방문을 열고, 그녀가 울면서 나가는 걸 보았다면서, 별일 없느냐고 물었다.

"별일 아니에요. 그럴 일이 있어 조금 다투었습니다."

"식사 드세요. 곧 들일게요."

그녀가 방문을 닫은 뒤에야 나는 효선이 핸드백을 두고 간 걸 알았다. 그 옆에 그녀의 손목시계도 있었다. 그녀가 언제 시계를 풀어놓았는지 나는 보지 못했다. 고향에서부터 차고 있었던 디자인이 독특한 시계, 내가 선물한 건 아니었다. 그러고 보니 무엇을 의도한 짓이 아닌가.

나는 얼른 밖으로 나가 보았다. 어두컴컴한 집 앞 골목뿐만이 아니라 큰길까지 나가 살폈다. 그녀가 나간 지 십분은 지났을 테니, 어디로든 부지런히 갔다면 이미 꽤 멀리 갔을 것이다.

나는 스스로의 상상에 흠칫하며 큰길의 반대쪽으로 향했다. 보통 걸음으로 삼십분이면 한강 줄기에 이른다. 빨리 가면 따라잡을 수 있다. 강으로 가는 동안 그녀의 모습은 보이지 않았고, 강가 언덕에도 없었다. 주변 여기저기 내 눈이 닿는 한 바람 쐬러 나온 두어 쌍의 젊은이와 노인 몇 명이 전부였다.

그리 더운 날씨가 아니었음에도 급히 가고 오느라 땀에 흠뻑 젖어 돌아온 나는 그녀의 핸드백을 보자기에 싸 들고나왔다. 핸드백을 열기가 싫어 시계는 핸드백 바깥쪽 주머니에 찔러 넣었다.

한 달쯤 전까지 그녀와 같이 있던 그 집으로 가는 동안, 다급하던 마음이 많이 풀렸다. 내가 이처럼 호들갑을 떨 일이 아니지 않는가. 그녀가 블라우스 단추를 만지작거리다가 떼어 버렸듯이 시계는 무의식적으로 풀었고, 경황이 없는 가운데 핸드백 드는 것을 잊었을 뿐. 그리고 알아차린 뒤에도 찾으러 오긴 쑥스러웠을 게 아닌가.

효선은 집에 없었다. 안집 여주인에게 알아보니, 어제 토요일 아침에 나가면서 정릉인가에 있는 친척 집에서 며칠 지내다 온다고 했다는 것이다.

"휴가는 아닌가 봐요. 거기서 출퇴근한다고 했거든요."

서울에 효선의 친척이 있다는 말은 듣지 못했다. 친구가 정릉에 있다고는 한 적이 있었다. 그 말이 사실이라면 오늘 아침 내게는 거기서 전화한 것 같았다. 나는 핸드백을 도로 들고 왔다. 찾으러 온다면 내게로 오리라 여겼다.

만약 그녀가 다시 와서 울고불고한다면⋯ 몹시 난감하면서도 한편으로는, 그만한 여자도 흔치 않을 테니, 그래 결혼하자고 할까, 하는 체념 섞인 기분이 되기도 했다. 그런데 그 마음은 하루도 가지 않았다.

나는 다음 날 아침 출근을 하면서 핸드백을 내 방문 바로 앞마루에 내놓고, 아주머니에게 혹시 찾으러 오면 주도록 부탁해 두었다. 저녁에 돌아오니 과연 아침에 일찌감치 찾아가긴 했는데, 어제 그 아가씨가 아니라 친구라는 여자가 왔었다고 한다.

"젊은 여자가 서슬이 퍼래가지고선… 핸드백이 마루에 있는 걸 보고는 안을 열심히 살피더니 그냥 가져갔어요."

"안을 살피다니요?"

"비싼 시계 어쩌고 중얼거리면서 기분 나쁘게 사람을 흘끗거리다가, 금방 찾긴 찾았나 봐요. 가타부타 아무 소리 않고 들고 가는 거예요. 안에 든 걸 누가 가져갔나 싶었는지… "

다음 날 아홉시 조금 못 돼 돌아오니, 이삼십 분 전에 나를 찾는 전화가 왔었다고 아주머니가 전해 주었다.

"젊은 여자 목소리였어요. 어제 핸드백을 찾으러 왔던 아가씨지 싶어요."

십분 쯤 지나 전화벨 소리가 나고 이어 아주머니가 나를 부르더니, 아까 그 여자라고 했다. 효선의 친구라고 자기소개를 한 여자는 또박또박, 건방진 어조로 말했다.

"김영훈 씨, 전화로도 초면이니까 다른 말 하지 않겠어요. 잘 들으세요. 효선이 지금 병원에 누워 있어요. 걔가 바보같이 왜 병원에 누워 있는지 아시죠? 정릉 입구 회생병원이에요. 회,생,병,원… 부근에 병원은 하나뿐이에요. 쉽게 찾을 수 있어요. 연락하지 말라는 걸 걔가 딱해서 하는 거니까요, 효선이 시킨 걸로 오해하진 마세요. 어떻게 하시는지 지켜볼 거예요."

그러고는 끊었다. 그러니까 얼른 달려와서 무릎 꿇고 사죄라도 하지 않으면 가만있지 않겠다는 말이었다. 효선이 연락하지 말라고 했다는 것이나, 전화 말투로 보아 심각한 상태는 아닌 모양이었다. 다음 날 아침에 효선의 회사로 전화를 하니, '주말까지 휴가'

라는 가벼운 대답이었다. 그래서가 아니라, 효선에게 늘 가져왔던 죄책감이나 미안함과는 상관없이, 병원에 가는 일은 내 감정이 용납하지 않았다. 이미 마음도 그녀로부터 어지간히 떠 있는 상태였다.

효선의 친구는 다음 날 저녁 비슷한 시간에 하숙집으로 또 전화를 했다. 나는 그녀가 무슨 말을 하기 전에 먼저 몇 마디 해주고 끊어버렸다.

"이봐요, 오늘은 내가 말할 차례니까 똑똑히 들어요. 쓸데없는 전화 자꾸 하지 말고 친구 간병이나 잘해요. 간병이 필요한 상태라면 말이에요. 그리고 다시는 나서서 이러쿵저러쿵하지 말아요. 혐오감이 생겨요. 알았어요?"

다음 날 아침 효선의 친구는 아무 상관도 없는 다른 사람에게 전화를 했다. 나는 그 사실을 이날 점심시간에 알았다. 팀장 역할을 하고 있는 사무실 최 선배가 점심을 먹고 들어온 내게 차 한잔 하자면서 나를 휴게실로 데리고 갔다. 출신학교와 관계없이 선임 직원이고 나이도 많은데다 성품도 무던해서 모두 선배라고 불렀는데, 표정으로 보아 내게 할 말이 있는 모양이었다.

직원들의 해외파견 건으로 한창 말이 떠돌고 있는 때라, 그 일이 아닌가 했던 내 짐작은 여지없이 어긋났다. 자리에 앉자마자 최 선배는 효선의 이름을 대며 어떤 사이냐고 물었다.

나는 금방 '사태'를 짐작했다. 하지만 너무 뜻밖이라 얼른 무슨 말이 돼 나오지 않았다.

"남의 사생활에, 더구나 여자와 관계된 미묘한 일에 관여할 뜻은 전혀 없어. 그럴 수도 없는 일이지. 그런데 다른 사람도 아닌 과장한테 따질 듯이 전화를 했으니 어떻게 해. 뭔지는 알고 있어야 또 전화하면 적절히 대답할 게 아니냐는 거야. 과장도 그런 일을 직접 물어보기가 뭐 했던지 날더러 알아보라고 하데."

"뭐라고 전화했다는 겁니까?"

"당사자가 전화한 게 아니고 친구가 했대. 거기 직원 김영훈이란 사람 때문에 한 여자가 죽어가는데, 정작 본인은 파렴치하게 볼장 다 봤다는 듯이 병원에 와보지도 않고 외면하고 있다, 그런 부도덕한 사람이 국가기관 직원이라니 용납이 될 일인가… 뭐 그런 내용이라나."

"분명 죽어간다고 했다던가요?"

"그런 뜻이었던가 봐. 약이라도 먹었다면 심각한 상태일 수도 있잖아."

"과장님은 뭐라 하셨대요?"

"모르는 일이니 본인에게 물어보고 병원에 가보도록 하겠다고 했다는군. 병원 이름과 위치를 물었더니, 김영훈 그 사람이 안다고 하더래."

"죽어간다는 것도 괜한 말이고, 약을 먹지도 않았어요. 저한테 전화했다가 뜻대로 안 되니까 깽판을 놓겠다는 수작이지요. 제가 알아서 하겠습니다. 과장님에겐 누를 끼쳐 죄송하다고 잘 말씀해 주십시오. 선배님께서도 걱정 마시구요."

"어쨌든 서로 좋아지냈던 건 사실이지? 그렇다면 병원엔 한번 가봐. 굳이 못 한다 할 일도 아니잖아."

"알겠습니다."

그러긴 했어도 내키지 않아, 그날은 일부러 사무실에서 늦게까지 일했다. 효선이 누워 있는 병원에 가면 단순한 병문안으로 끝나지 않을 가능성이 많다. 그나마도 '해결'되어 가는 듯한 효선과의 모든 일이 엉망이 되고, 서로에게 상처만 안긴 채 전으로 되돌아가기 쉬운 것이다.

그럼에도 불구하고 내가 다음 날 저녁 퇴근하면서 병원으로 간 것은, 최 선배의 말대로 서로 '좋아지냈던' 건 사실이며, 굳이 못 한다 할 일이 아니었기 때문이다. 그런데 효선은 병원에 없었다. 창구직원이 '상태가 양호하여' 낮에 퇴원했다고 알려주었다. 나는 그녀의 입원사유에 대해 알아보지 않았다. 어떤 말을 듣든지 달라질 게 없었다.

내가 효선을 본 것은 그로부터 열달 쯤 지난 봄이었다. 소공동에서 나와 덕수궁 정문 앞으로 건너 광화문 쪽으로 걸어가다가, 마침 돌담을 오른편에 끼고 걸어오는 그녀와 마주친 것이었다.
그 무렵 나는 낮이나 저녁이나 밤이나, 어슬렁어슬렁(그런 기분으로) 곧잘 걸어 다녔다. 낮엔 일요일에, 또는 평일엔 자료를 찾는 따위의 일로 밖으로 나온 때이고, 저녁이나 밤엔 퇴근해서였다.
늘 다른 사람과 같이 지내다가 혼자가 되면 그 사람에게 주었던 만큼, 또는 빼앗겼던 만큼의 몫이 날아가 버린다. 그것은 또 그만큼의 할 일이 없어져 버린 것을 뜻한다. 효선이 들어 있던 그 빈자리를 가득 채운 것은 여진, 그녀의 환영이었다.
효선이 내 옆에 있을 때도 내 마음 곳곳에 들어와 있던 것은 여진이었다. 만약 내 마음이 크고 흰 종이라면, 여진은 그 종이를 가득 채운 짙고 선명한 갖가지 고운 그림이었고, 효선은 어느 한 부분에 흩뿌려져 있던 희미한 단색의 점들에 지나지 않았다. 그래 이제는 그 점 자리마저 여진이 모두 차지한 것이었다.
그 그림들이 곱긴 해도 내게 반드시, 그리고 매양 기쁨과 즐거움만 주지는 않았다. 또한 여진에 대한 그리움은 처음부터 그 언저리에 슬픔의 싹을 아울러 키워왔다. 그리움이 커짐에 따라 슬픔도 커져가고 있었다. 그것을 풀기 위해 나는 걸었다. 자동차를 타고 가야 할 데도 걸었다. 그럴 수만 있었다면 어디로 향하든 나는 영원히 걸었을 것이었다.

그날 나는 중앙청으로 가는 길이었다. 그때 덕수궁 돌담을 끼고 맞은편에서 걸어오던 효선은 혼자가 아니었다. 키가 그녀 머리만큼은 더 큰 남자와 팔짱을 끼고 있었다. 얼핏 나이가 들어 보인 것밖에는 얼굴을 자세히 보게 되진 않았다.

효선은 나 쪽에 눈길을 한번 주고는 꼿꼿이 고개를 들고 앞만 보고 걸었다. 그러는 그녀를 보며 얼굴을 돌린 나도 모른 척 그녀를 스쳐 지나갔다. 그런 뒤 나는 그녀의 얼굴이 달라진 것을 느꼈다. 화장 때문이었는지 모르나, 특히 눈 주위가 성형수술을 한 것처럼 부자연스러웠다.

내 책갈피에 끼워져 있던 사진들, 그녀와 같이 찍은 사진들을 모두 없애 버린 것은 그 며칠이 지나서였다. 그러려고 했던 건 아니고, 참고자료로 쓰려고 들춰본 책장에 들어 있는 게 눈에 띄었다. 아무런 감정의 흔들림도 느끼지 않았다. 그렇게 우연히 스침으로 해서 차츰 여려져 가던 효선에 대한 죄책감과 미안함이 거의 가시게 된 건, 그 일의 소득이라면 소득이라 할 것이었다.

여진에 대한 그리움이 커질수록 슬픔도 커진 것은, 그녀를 가까이할 수 있는 그 어떤 가능성도 남아 있지 않다는, 어김없는 사실의 새삼스러운 깨달음이 불쑥불쑥 찾아오곤 했기 때문이었다. 그것을 더욱 확고히 한 '사건'이 생긴 것도 그 무렵이었다.

초여름의 화창한 일요일이었다. 바깥이 밝을수록 하숙방은 침침함이 더해 오후에 밖으로 나온 나는, 덕수궁 앞을 지나다 미술전 포스터를 보고 안으로 들어갔다. '구미 초현실주의 작가전'이었다. 특별히 흥미를 가져온 분야는 아니라 해도, 학생 때 책에서 작품을 더러 대했던 화가들의 이름에 끌렸다. 그런데 나는 미술관 입구에도 가지 못했다.

주 통행로가 아닌 잔디밭과 화원 사잇길로 해서 들어가던 나는 근정전으로 이르는 계단에 오르려다 말고 우뚝 섰다. 그 앞쪽 넓은 돌바닥 위에서 가벼운 차림의 사나이와 함께 아래를 내려다보며, 천천히 한 걸음 한 걸음을 떼고 있는 여인은 틀림없는 여진이었다.

가슴이 세차게 고동쳤다. 나는 어디에든 몸을 감추고 싶었다. 그런데 발걸음이 떼어지지 않았다. 삼십여 미터 떨어져 있고 사람들이 그 사이를 끊임없이 오고 가, 여진이 거기 내가 있음을 쉬이 알아볼 수는 없을 것이다. 그래도 몸을 감추고 싶었던 것은, 바로 지금은 그녀가 나를 보지 않기를 바랐기 때문이었다.

보고 싶고 보고 싶고, 또 그리움이 지나쳐 오히려 슬픔을 키우고 있는 나. 한달음에 가서 그녀를 얼싸안거나, 그녀 앞에 몸을 던져야 마땅한 일이 아닌가. 하지만 지금은 그럴 때가 아니다. 그녀 옆에 그녀의 남편일 것이 분명한 사나이가 있었다. 또한 그녀가 나를 어떻게 생각하고 있을지 알 수 없는 일이었다.

푸른색 계통의 바지 위에 흰 반소매 점퍼를 걸친 사나이, 마치 테니스라도 치러 나온 모습이었다. 얼굴은 희고 키는 크지 않아, 하이힐을 신은 그녀와 비슷해 보였다. 그들은 정일품, 종이품… 신하가 앉는 자리를 새긴 글자들을 보고 있음에 틀림없다. 사나이가 띄엄띄엄 무어라고 말하고 있었고, 그녀는 별다른 반응을 보이지 않은 채 듣고만 있었다.

그녀의 표정을 읽기에는 거리가 멀었다. 그러나 연한 회색 수츠_ 윗도리와 스커트의 단정한 차림새와 함께, 사나이를 대하는 품이 더할 나위 없이 싸늘하게 여겨졌다. 그래서인지는 몰라도 사나이의 태도는 어색하고 부자연스러워 보였다. 그들은 거기서 주통행로로 나가 미술관 쪽으로 천천히 걸음을 옮겼다.

그뿐이었다. 내가 그렇게 그녀의 모습을 본 것은 삼, 사분 남짓한 짧은 시간에 지나지 않았다. 가슴의 고동은 거의 멈췄으나, 나는 그 자리에 풀썩 주저앉고 싶을 정도로 스스로를 가누기가 힘들었다. 나는 내가 여진을, 그녀에게 거의 모든 것을 걸고 있을 만큼 열렬히, 여진을 좋아하고 있음을 새삼 깨달았다.

나는 곧 밖으로 나왔다. 그들의 뒤를 따르기도 싫었고, 한가하게 외국의 초현실주의 화가들의 그림을 보러 들어갈 기분도 아니었다. 나는 슬픔이라기보다는, 고통스럽고 절망에 가까운 허탈감 속에서 며칠을 보냈다.

대학 졸업식 때 만난 뒤 처음 보는 그녀. 거의 사 년만이었다. 그런데 그녀는, 비록 꽤 떨어진 거리이긴 했으나, 전과 조금도 달라지지 않은 모습이었다. 그녀를 늘 보아온 것처럼 친근하게 느껴지기까지 했다. 그것이 그나마도 내게는 큰 위안이 되었다.

그러나 그게 무슨 의미가 있는가. 그녀를 가까이할 수 없다는 사실에는 달라진 것이 없었다. 나는 차라리 하루라도 빨리 외국으로라도 갈 수 있었으면 싶었다. 모든 것을 잊고, 다 떨어버리고 훌훌…

그런데 내가 정작 서울을 떠난 것은 그로부터 일 년이나 지나서였다.

만남, 그녀가 오고 있다

덕수궁에서 여진을 본 뒤 해외파견 근무를 위해 서울을 떠나기까지의 일 년 조금 더 지나는 동안을, 나는 정말 사는 것 같지 않게 보냈다. 그것 자체가 슬픔이기도 했던 그녀에 대한 그리움은 조금도 덜하지 않아, 또한 그녀의 환영과 함께 한 나날이기도 했다.

내가 무엇 때문에 직장이라는 델 다니는지, 언제나 늦지 않으려고 애쓰며 시간 맞춰 일어나 출근을 하는지, 사무실에서는 윗사람이 시키거나 말거나 지금까지 그랬던 것처럼 스스로 할 일을 찾아 열심히 하고, 퇴근해서도 동료들이 곧잘 어울리는 술자리에는 잘 가지 않고, 차라리 술독에 빠져 인사불성이라도 되는 게 나으련만, 그러려고도 하지 않고 어찌하여 아무도 기다리지 않는 하숙집으로 곧장 향하는지 나 자신도 알 수가 없었다.

희망이 없었다. 내일이 없었다. 여진이 없는, 그녀를 가까이할 수 없는 내일은 내게 아무 의미가 없었다. 아니 내일 같은 건 없는 거나 같았다. 그런데도 비틀거리거나 쓰러지지 않고, 더구나 딴 길로 가지 않고 두 다리를 땅에 딛고 똑바로 걷고 있으니 내가 생각해도 신기한 노릇이었다.

그나마도 내게 '일'이란 것이 있어 하루하루를 보낼 수 있었는지도 모른다. 그리고 그녀의 환영을 그 속에 묻어버리기 위해 나는 일에 매달리고, 더욱 일에 열중하고 있었는지도 모른다.

나는 그사이 그녀를 만나기를 기대하고 그녀의 집 부근에서 어정거린 적이 있었다. 덕수궁에서 우연히 그녀를 본 뒤 몇 달이 지난 그해 가을이었다. 주소는 공무를 핑계로 마산에 있는 동창 강욱을 통해 알아냈다.

나는 장거리 전화로 그에게 외사촌 형, 즉 여진의 남편이 운영한다는 회사 이름과 연락처를 물었다. 국내 중소기업 제품의 해외수출에 관한 자료수집을 위해 한 업체를 직접 찾아가 봐야 할 일이 생겼다고 둘러댔다.

"생판 낯선 데보다는 나을 것 같거든. 회사에 불이익이 갈 건 없으니 그 점은 안심해도 되네."

"그 형의 회사가 중소기업 축에나 끼일지 모르겠어. 아무튼 찾아가서 잘 알아봐."

강욱은 회사 이름과 주소, 전화번호는 말할 것도 없고, 그 형이 자리에 안 붙어 있을지도 모른다면서 집 전화번호와 주소까지 알려준 것이었다. 나는 다이얼만 돌리면 그녀의 목소리를 들을 수 있다는 생각에, 금방 눈앞이 환해지는 듯한 벅찬 한순간을 맛보았다.

그런데 나는 끝내 전화 한번 해보지 못했고, 집 부근에까지 가서도 얼마 안 있어 돌아오고 말았다. 그녀가 내 목소리를 듣고, 또는 나를 보았을 때 과연 어떤 반응을 보일지 겁이 났기 때문이란 게 가장 정확한 이유일 것이었다. 만약 그녀가 어색해하거나 나를 달갑지 않게 여긴다면… 그 뒤의 일을 나는 생각조차 하기 싫었다.

나는 외국으로 가기 직전에 한 번 더 같은 일을 시도해보려 했다. 이제 서울을 떠나면 다시 오지 못 할 수도 있다는 절박한 심정이 되어서였다. 이때도 내가 그녀에게 전화하지 못하고 찾아가 보지도 못한 것은, 역시 그녀의 반응이 두려워서라는 편이 옳았다.

　나의 해외 근무지는 월남이었다. 정치적인 소용돌이와 전화에 시달리고 있는 가난한 후진국이라 직원들 사이의 인기순위로는 꼴찌였다. 한국군 전투부대 파견 이후 공관원 등 한국정부 요원도 베트콩의 공격대상에 포함돼, 특히 가족을 거느린 사람들은 가기를 꺼렸다. 다른 나라는 가능성이 없어 나는 지원하는 형식으로 희망국 첫 순위에 바로 월남을 써넣었다. 그렇지 않았으면 삼년차 신출내기인 내게 벌써 해외에 나갈 기회가 오지 않았을 것이다.

　나는 생계를 책임진 가장도 아니었고, 내게는 그 같은 위험지역으로 데리고 갈 가족도, 또한 거기 혼자 가 있는 나를 걱정해줄 아무도 없었다. 그런데다가 내게는 모든 것을 잊고, 다 떨어버리고 훌훌 떠나갈 어딘가가 필요했던 것이다.

　담당 국장은 내게 두어 해 고생하라고 했다. 해외에서의 한 지역 계속 근무기간은 삼 년이 보통이지만, 전쟁이나 그에 준하는 상황에 있는 나라의 경우 단축되기도 한다고 위로 섞인 말도 해주었다. 그리고 업무연락 관계로 서울에 자주 오기는 어렵다 해도, 일 년에 한 번은 휴가를 얻을 수 있다는 것이었다.

　나로선 사이공에서 얼마 동안이나 있게 되던 거기엔 별 관심이 없었다. 여진이 내게서 '완전히' 떠나버린 마당에 내가 어떻게 되던 무슨 대수냐, 설사 내게 죽음이 닥친다 해도 어쩔 수 없다는, 자포자기에 가까운 심경이 되어 있었다.

　월남으로 떠나기 전날 나는 강욱에게 전화를 했다. 그 친구에게는 중소기업 제품의 해외수출 현황 어쩌고 하는 핑계를 대고, 여진의 집 전화번호와 주소를 알아내고는 아직 연락을 하지 못 했던 터여서, 안부도 물을 겸 내가 외국으로 간다는 사실을 알려두고 싶었다.

전화를 받은 강욱은 그 일부터 먼저 물었다.

"그때 그건 어떻게 됐지? 그 형 만나 이야기 잘 들었어?"

"업무계획이 바뀌어 그 일이 내 손에서 떠났어. 공연히 자네만 성가시게 한 꼴이 된 거지. 미안해."

나는 그렇게 또다시 둘러댈 수밖에 없었다.

"성가시긴, 무얼. 까짓것 어떻게 되든 무슨 상관이야. 그건 그렇고, 어떻게 지내?"

"월남에 가게 되었어. 내일 떠나."

"내일 떠난다고? 월남에? 이거 해외에 나가게 되어 축하한다고 해야 할는지, 안 됐다고 해야 할는지 알 수가 없군 그래."

"이왕이면 듣기 좋게 축하한다고 해."

"그래야지. 장도를 축하한다. 가까이 있었으면 대포라도 한잔 할 텐데 말이야. 잘 가. 위험 지역이니 특히 몸조심하고…"

"그래. 잘 있어, 잘 있어."

나는 '잘 있어요, 부디 잘 있어요'하고 마치 여진을 향해 작별하듯 친구에게 마지막 인사를 했다.

사이공에서의 나의 일은 주월한국군에 대한, 그리고 한국군의 개개 작전에 대한 현지 월남 국민들의 여론동향을 그때그때 수집, 파악해서 서울본부에 보고하는 것이 주임무였다. 곁들여 부수적인 일로 미군과 월남 정부군에 관한 여러 정보도 모아야 했다. 본부에서는 그것들을 선별해서 정책입안에 참고하는 것이다.

그일에 007식의 '특별 활동'이 필요한 건 아니었다. 그런 것과는 상관없었다. 나는 사안에 따라 직접 사람들의 입을 통해 듣기도 하나, 주로 공개된 자료에서 얻고 있었다. 예컨대 사이공에서 영문으로 발행되는 일간지와 잡지, 미군의 성조지와 이곳 한국대사관에서도 구독하고 있는 미국의 주요 신문들이었다.

그 일은 끝이 없었다. 하루 스물네 시간 매달린다고 해서 '해결'될 일은 아무것도 없었다. 일의 적정량을 나 스스로 정해서 하거나, 하다 지치면 그만두고 쉬었다가 다시 시작할 뿐. 나는 한국대사관 건물 한 귀퉁이 내게 배정된 쬐그만 방 안에 처박혀 하루를 보낼 때도 있었고, 아침에 밖에 나가 들어오지 못할 때도 있었다.

더위에 익숙해지고, 언제 어디에서 닥칠지 모를 '위험'을 늘 달고 다니는 것도 보통 일이 아니었다. 둘 다 나의 선택사항이 아니었기 때문에 더위는 참는 수밖에 없었고, 위험 같은 건 나와는 상관없다고 여기고 여기 사람들처럼 태평스러운 마음으로 지낼 수밖에 없었다.

하루 종일 으스스 기분 나쁜 에어컨 바람을 쐬고, 밖에 나와서는 땀을 쏟고 쉴 새 없이 찬 콜라를 들이켜고, 또 땀을 쏟고 콜라를 들이켜도, 감기에 걸리거나 배탈이 나지 않는 게 신기했다. 그러다 보니 몸이 더위에 마비되어 가듯 정신도 마비되어, 베트콩의 폭탄으로 앞에서 옆에서 사람들이 죽어가고 아우성쳐도, 정말 아무렇지 않게 그저 남의 일로 보아 넘기고 있었다.

소년시절 6·25때는 먼 산 너머에서 쿵쿵 대포 소리가 들리는 것만으로도 온몸이 오그라들지 않았던가. 여기서 이렇게 살다가는 신경이 닳고 무디어져 올바른 사고능력까지 잃게 되지 않을까… 그러한 걱정스러운 마음마저도 '마비'되어갈 지경이었다.

그런데, 그런데 말이다. 모든 것을 잊고, 다 떨어버리고, 훌훌 떠나왔다고 생각했는데, 윤여진_ 그녀가 있는 곳에서 멀리 떠나왔다고 생각했는데, 그것이 아니었다. 결코 아니었다.

서울을 떠난 비행기 안에, 매일 혼자 처박혀 일하는 쬐그만 사무실 안 곳곳에, 자료들이 어지러이 늘린 책상 위에, 펼쳐보는 신문과 잡지의 글자 하나하나에, 그리고 밖에 나가면 절로 눈이 닿는 낯선 풍경 속에, 내 발길이 닿는 사이공의 거리거리마다, 언제나 그녀는 나와 함께 있었다.

나는 내가 여진을 잊고, 그녀에게 속한 모든 것을 떨어버리고, 훌훌 떠난다는 것이, 또한 단 한 순간이라도 그럴 수 있다고 여겼다면, 그 생각이 얼마나 어리석은 것이었던가를 뼈저리게 느꼈다. 그리고 나는 내가 진정으로 그녀를 잊고, 그녀에게 속한 모든 것을 떨어버리고 싶었던 것은 아니라는 사실도 알게 되었다.

그와 같은 새삼스러운 깨달음이 내게 안겨준 건 그녀에 대한, 전보다도 한층 더 절실하고 간절한 그리움이었다. 이럴 바엔 차라리 그녀 가까운 곳에, 설사 가슴이 터져 죽는 한이 있더라도 그녀가 숨 쉬는 하늘 아래에 있는 게 나으리라 여겼다.

내가 월남에 간 지 일 년 만에 본국에 잠시 다니러 오게 된 것은, 그러나 그래서는 아니었다. 일 년에 한 번 얻을 수 있다고 했던 휴가를 즐기기 위해서도 아니었다. 손꼽아 기다릴 일이 없으므로 실상 휴가는 생각지도 않고 있었다. 작은형이 세상을 떠난 것이었다.

올 것이 왔다… 내가 가장 두려워하던 일이 그예 오고야 말았다. 연락을 받고 급히 오느라고 했지만, 나는 형의 장례식 날짜에 맞추지 못했다. 사이공으로부터의 비행기편을 제때에 잡지 못한 데다, 서울에서 어쩔 수 없이 지체된 시간 때문에 하루 늦게 왔다.

마산에는 오후 늦게 닿아 작은형 묘소에는 다음 날 가보기로 했다. 사촌형 댁에서 쉬는 동안 내가 맨 먼저 전화한 사람은 형과 같은 세공소에서 일하던 철호였다. 사이공을 떠날 때부터 내내 생각해 왔던 일이었고, 금방 연락이 되어 철호와는 이날 저녁을 같이하게 되었다.

그에게서 들어 안 일이지만, 철호는 지난해에 독립해 나와 따로 세공소를 차렸다. 이 년 전 결혼하여 아이도 낳았다. 사 년 전에 내가 이곳을 떠날 때 만나고는 처음이었다. 그는 조금 의젓해 보인 것 외에는 전과 변함없는 모습이어서, 서먹한 느낌이 곧 없어지고 친근감이 되살아났다.

철호에게는 언제나 빚진 기분이었다. 지금도 마찬가지였다. 철호는 친구가 없었던 작은형의 친구 노릇과 함께 늘 말상대가 돼주고, 때때로 술상대까지 해주었다. 그래 형은 친동생인 내게도 하지 않은 이야기를 그에겐 곧잘 해주었다.

"제가 가까이 있으면서도 그 형께 힘이 돼드리지 못했어요. 볼 낯이 없군요."

철호는 정말 죄송스럽다는 듯이 마주 앉은 뒤에도 내게 다시 머리를 숙여 보였다.

"무슨 말을요. 동생이 둘이 있는 것도 아닌데, 장례식에도 오지 못했으니… 오히려 내가 면목이 없어요."

"그 먼 데서 이렇게 오신 것만 해도 보통 일이 아니지요. 그동안 용돈도 보내드린 걸로 알고 있습니다. 옆에 누가 있었다고 그 형이 달라지셨겠어요."

그는 형의 마지막 얼마 동안의 일을 비교적 소상히 말해주었다. 보고 들은 일에 철호 자신의 짐작도 들어갔을 터이었다.

"하루하루 눈에 띄게 쇠약해지시고, 사정이 아주 나빠져 가는데도 술집 출입은 여전하셨어요. 이 세상 사는 일을 그만두려는 분이 아니고서야 그러실 수 없다고 여겨질 정도였어요."

'사정'이 아주 나빠져 갔다는 것은, 술집 여자들이 형을 더 이상 반기지 않게 된 것을 두고 하는 말이었다. 몸이 약해질 대로 약해져 '쓸모'가 없어져 버린 형은, 술집에서 문전박대당하거나 쫓겨나지 않는 것만으로도 고마워해야 할 처지였다. 그래도 형은 거의 하루도 빠짐없이 술집을 찾았다. 거기 외엔 갈 데가 없었고, 그밖에 할 일이 없었기 때문이었다.

철호가 형을 마지막으로 만난 것은 형이 죽기 한 주일쯤 전이었다. 그때만 해도 형은 정신이 또렷해 철호와 꽤 길게 이야기를 나누었다. 그날 밤 그는 일을 마치고 형을 찾아 형이 잘 가는 술집 몇 군데를 들렀다. 그저 그러고 싶어지더라는 것이었다.

형은 이미 술을 꽤 마신 듯했으나 취한 상태는 아니었다. 그러지 않았던 여자들마저 다 자기를 외면하니, 오히려 오기가 생겨 그런 덴 더 자주 간다고 했다. 무슨 말 끝엔가 예의 그 여관 여주인 이야기가 나왔다. 형은 그로부터 몇 해 지나 밤늦게 터덜터덜 그 여관에 찾아갔었다고 한다.

"특별히 무슨 목적이 있어선 아냐. 그냥 생각나더라고. 예쁜 딸아이 모습도 떠올라, 이래저래 마음이 좀 그랬어."

그런데 이미 주인이 바뀐 뒤였다. 형의 형색을 살피던 늙수그레한 새 주인은 형이 딱했던지, 그 여자는 일 년 전에 여관을 팔고 시골로 갔다고 말해주더라는 것이다.

형이 한 번도 하지 않았던 가족에 대한 말을 철호에게 한 것도 그날 밤이었다.

"우리 아버지 어머니, 나 때문에 멍이 들어 가슴에 성한 데라곤 하나도 남지 않았을걸…. 전쟁터에서 죽은 내 형은 그분들에게 슬픔을 준 것밖엔 없지만… 그리고 명색이 형이 돼 갖고선 동생 뒷바라지를 해주기는커녕 손만 내밀고 있는 꼴이니… 영훈이만 생각하면 마음이 아파. 나 같은 놈은 태어나지 말았어야 했는데 말이야."

철호는 형의 그 말에 위로 한마디 해주지 못하고, 공연히 가슴이 찡해오더라고 했다. 형이 혹시 우는 건 아닌가 여겼는데, 그러진 않았다고 한다.

형과 철호는 술집에서 나오자마자 헤어졌다. 형이 셋방을 얻어들어 있는 집까지 그가 데려다주겠다는 것을 형은 싫다고 했다. 한번 싫다면 그만인 형의 고집을 잘 아는 철호는 조심해 잘 가라는 말밖에 해주지 못했다. 지팡이를 짚고 넘어질 듯 비틀거리며 어둠 속으로 사라지는 형의 모습을 철호는 망연한 기분으로 바라보고 있었다.

그날 밤 형이 술집에서 쓰러져 병원에 실려 갔다는 연락을 사촌형은 열한 시 지나 받았다. 가까운 곳이라 금방 달려갈 수 있었다. 그런데 형은 병원에 실려 오기 한 시간 전에 이미 숨져 있었다고 한다.

누가 사촌형 댁에 연락했는지는 모른다. 그 술집에서도 전화한 사람이 없다고 했고, 세든 집에서는 그런 일이 있었는지도 알지 못했다는 것이다. 전화를 건 사람이 목소리로 젊은 여자라는 것과, 사촌형 댁 전화번호를 알고 있었던 점으로 보아, 형과는 여러 번 만난 사이일 거라는 짐작만 할 수 있을 뿐이었다.

그날 여덟시 조금 지나 술집에 들어와 구석자리에 앉은 형이 소주를 몇 잔 마신 것까지는 주모도 기억하고 있었다. 늘 혼자 그렇게 술을 마시고, 다른 손님도 있었기 때문에 별로 신경을 쓰지 않았다. 그러다가 어느 한순간 형이 탁자에 얼굴을 박고 늘어져 있는 게 보였다. 별일이랴 싶어 가보니 형이 숨을 쉬는 것 같지 않아, 놀란 주모가 택시를 불렀다.

다음 날 사망진단서를 떼러 병원에 간 사촌형이 의사에게 형의 사인이 무엇이었는지 물었다.

"진단서엔 급성 장출혈이라고 했어요. 그것은 나타난 증상일 뿐이고, 근본 원인을 따지자면 아마 수십 가지는 될걸요. 내장, 그 밖의 신체기관 할 것 없이 한 군데라도 성한 데가 있어야지요. 여태까지 용케 버티어 온 거예요."

병원엔 누가 데리고 온 거냐고 물으니 의사는,

"택시 운전사라지요, 아마."

그랬다가 곧 이렇게 덧붙였다.

"행색이 초라한 어떤 젊은 여자가 몹시 걱정스러운 얼굴로 복도에서 서성거리고 있는 걸 우리 직원이 보았대요. 실려 온 사람의 누이나 아내일 거라고 여겼는데, 어느새 없어졌더라나요. 죽은 이에겐 누이도 없고 독신이라고 하니 직원이 착각한 모양이지만서도…"

"착각이겠지요, 뭐."

그렇게 맞장구를 쳤다는 사촌형도 알 수 없기는 매한가지였다. 형과 사귀던 여자가 따로 있었는지 확인할 길도 없다. 하지만 이제 와서 그런 게 다 무슨 소용이냐고 사촌형은 내게 말했다.

그렇다. 이제 와서 그런 게 다 무슨 소용인가. 그런데 나는 행색이 초라했다는 그녀가 형과 관계가 있는 여자임이 틀림없을 것이라 여겼다. 왜 그렇게 생각하는지 스스로도 설명하기 어려웠다. 그리고 그녀가 행색이 초라했다는 것과 남 앞에 나서지 못했다는 사실이 가슴 아팠다. 형의 불우하고 어두웠던 삶을 바로 말해주는 것 같았기 때문이었다.

이 세상에 나와서 얼마 지나지도 않아 무거운 짐을 지게 된

형. 가족 외에는 진정으로 좋아한 사람도 없었고, 가족 말고는 누구로부터 깊은 사랑을 받아보지도 못한 채 저세상으로 간 형. 그래도 형에게 빛이 반짝이듯 반짝 빛난 때가 있었다면, 형과 어울린 그 여자들과 육체적인 기쁨을 나눈 순간들이었으리라는 생각이 들었다.

다음 날 아침 나는 두 홉들이 정종 한 병을 사서 들고 형이 묻힌 산소에 갔다. 나는 아버지와 어머니, 그리고 큰형에게 인사한 다음에 작은형 앞에 무릎을 꿇고 술을 따랐다. 형 생전에 그 좋아하던 술 한잔 제 손으로 대접한 일이 없는 동생, 고작 몇 푼 용돈을 조금씩 보낸 것만으로 할 일 다 했다는 듯 모른 척해온 못된 동생… 나는 뒤늦게나마 형에게 사죄하고 용서를 빌었다.

나는 형에게 해준 게 아무것도 없으나, 형은 죽어서 내게 실로 큰일을 해주었다. 나를 여진에게 안내한 것이었다.

마산에서 강욱을 만난다는 것도 철호의 경우처럼 내가 월남에서 올 때부터 생각해온 일이었다. 고향에 눌러앉아 있는 고등학교 동창으로는 드물게 연락을 해온 녀석. 내가 이 친구와 연락을 끊지 않고 있는 것은 동창 사이여서가 아니었다. 나와는 인연이 완전히 끊어진 거나 다름없는 여진의 소식을 간접적으로나마, 아니 설사 풍문에 지나지 않는 것이라도 내가 얻어들을 수 있는 유일한 통로가 이 친구_ 강욱이기 때문이었다.

물론 강욱이 나와 여진에 대해 아는 건 아무것도 없었다. 내가 말하지 않았고 섣불리 말할 수도 없는 일이었다. 그래서 내가 할 수 있는 물음은 기회를 엿보다가 지나가는 말처럼 '네 외사촌 형 사업 잘하고 있느냐'고 슬쩍 던져 보는 게 고작일 터이었다.

그러한 꾀를 써서 내가 그를 통해 지난번에 알아낸 것은, 소원한 친척 사이라도 나쁜 일은 말이 돌기 마련인데, 아직 아무 말도 들리지 않으니 그 형 부부 별일 없이 사는 모양이라는 정도였다. 그것이 사 년 전. 다시 그 비슷한 말을 듣게 된다면 내 기분이 어떨지 스스로도 모를 일이나, 나는 그에게서 여진에 관계되는 어떤 말이든 듣고 싶었다.

그나저나 내가 월남에 갈 때 전화로 작별인사까지 한 친구이니, 여기까지 와서 연락을 하지 않는다는 것은 있을 수 없는 일이기도 했다. 나는 산에서 내려와 사촌형 댁에 돌아오자마자 강욱에게 전화를 했다.

"어어, 이게 누구야?"

그는 뛸 듯이 반가워했다. 전화로도 느낄 수 있었다.

"월남에서 온… 김영훈이군."

낮엔 시간이 적절치 않아 저녁에 만나기로 했다. 내일 아침에 서울로 가야 했던 내겐 오늘밖에 시간이 없다. 그리고 서울에서는 겨우 이틀 머문 뒤 사이공으로 가야 한다. 나는 벌써 마음이 조급해지기 시작했다.

강욱과는 이 고장에서 가장 유명하다는 한식집에서 만났다. 먼 데서 온 손님, 허술하게 대접해 보낼 수는 없지 않느냐고 친구는 시종 농을 섞어 말하고 있었다.

"여기서 우선 기름기 있는 것으로 속을 든든히 다져 놓고설랑, 이차에 가서 본격적으로 마셔보세 그려."

"내가 술 잘 못 한다는 건 너도 알지? 적당히 반주나 하고 여기서 끝내도록 하지."

"사람… 그건 돼 가는 대로 하기로 하고, 그래 월남에서는 어땠어? 고생은 하지 않았나? 얼굴이 까맣게 탄 걸 보니 거기가 덥긴 더운 곳이로군."

"더운 곳이긴 하지만 특별히 고생이라고 할 것까지야. 어디 있든 하루하루 지내는 것 자체가 고해인 걸 뭐."

"위험하지는 않았어? 베트콩의 폭탄테러가 다반사처럼 되고 있다니 여기 앉아서 상상이나 할 수 있겠나."

"그래도 거기 사람들은 태평스럽게 살고들 있어. 그곳밖에 아는 세상이 없고, 달리 선택의 길도 없어 아예 체념을 하고 있는 것이겠지만…"

술이 두어 잔 들어가자 친구는 기분이 좋은지 말이 많아졌다.

"영훈이 너 결혼 안 해? 만 서른이면 노총각 중에서도 단연 선배 대열에 끼네."

"떠돌이 객지생활을 하고 있으니 어디…"

"그럴수록 안정을 찾아야지."

"결혼해서 반드시 행복하리라는 보장도 없지 않나. 그런데…"

그런데 나는 결국 이렇게 묻지 않을 수 없었다.

"저번에 괜히 연락처만 알아놓고는 찾아가 보지도 못했어… 너 외사촌 형 말이야, 사업 잘하고 있겠지?"

"사업을 그 형이 하나, 뭐. 그 형 아버지가 수렴청정을 하고 있으니 굴러가긴 굴러가나 보더라만…"

"가정은 잘 꾸려가고 있나? 그것도 수렴청정 할 수는 없을 테니…"

나는 한 발 더 들어갔다.

"잘 꾸려가긴. 엉망이 돼버렸지."

"엉망이 돼버렸다고?"

나는 예기치 않았던 친구의 말에 바짝 신경을 곤두세웠다.

"그 형 부부 갈라섰어. 이혼해버렸어."

"뭐? 이혼했다고?"

나는 놀란 나머지 들고 있던 숟가락을 떨어뜨렸다. 그것은 갑작스럽게 휘몰아친 세찬 바람과도 같은 충격이었다. 그것이 어디서 온 건지, 여진에게 그와 같은 불행이 닥친 사실 때문인지, 그 사실이 너무나 뜻밖이어서인지, 아니면 나도 의식하지 못하는 중에 기다리고 기다린 일이 기적처럼 일어났기 때문인지, 스스로도 알 수가 없었다.

"왜 그래? 왜 그렇게 놀라나, 이 친구야."

강욱의 말에 정신이 돌아온 나는 얼른 말을 돌렸다.

"아니 딴생각을 좀 했었어… 그 형 부부, 아이는 어떡하고?"

"다행인지 불행인지 아이가 없어. 어느 쪽에 문제가 있었는지는 모르지만 말이야."

"이혼은 언제 했지?"

"정식으로 도장 찍은 게 일 년 됐어. 그 전에 일 년이나 별거를 하면서 어떻게든 재결합하려고 했나 본데, 이미 깨어져버린 걸 어떻게 하겠나."

그녀가 일 년 전에 이혼을 했고 그 전 일 년 동안 별거를 했다면, 내가 이 년 전에 덕수궁에서 그녀를 보았을 때는, 그러니까 그들이 별거에 들어가기 직전이었던 것 같다. 그리고 내가 그녀를 만나려고 그녀의(그녀 남편의) 집주변에서 서성거렸을 때는 이미 별거를 한 뒤였음에 틀림없다. 또한 그녀가 이혼을 했을 무렵에 나는 서울을 떠나 월남으로 간 것이었다.

나는 그 중요한 일을 그동안 까맣게 모르고 있었다. 어쩌면 그럴 수 있었던가. 나는 갑자기 초조하고 조급해진 마음으로 그녀의 일을 생각하느라 친구가 하고 있는 말이 귀에 들어오지도 않았다. 식당에서 나와 기어코 나를 끌고 간 술집에서도 마찬가지였다.

이윽고 어지간히 취한 친구를 택시에 태워 보낸 뒤에야 섬광과도 같은 깨우침이 반쯤 얼이 빠진 상태에 있는 내 머리를 쳤다. 택시는 이미 어둠 속으로 사라졌고 밤도 너무 늦었다. 나는 사촌형 댁으로 돌아가 거의 뜬눈으로 긴 밤을 보냈다.

나는 일곱시가 되기를 기다렸다가 강욱에게 전화를 했다. 친구 사이라도 그보다 더 일찍 전화하기는 어려운 노릇이었다. 마침 그가 전화를 받았다. 나는 급한 마음을 누르고, 너무 일찍 전화한 건 아니냐는 따위 인사말부터 먼저 했다.

"언제나 여섯시만 되면 절로 눈이 떠져. 어젠 그렇게 늦지도 않았잖아. 자네가 술을 별로 안 마시니 그 정도로 끝났지. 나야 말짱해."

강욱이 활기 있는 목소리로 말했다. 아침에, 될 수 있으면 이른 시간에 만나고 싶다는 내 말에 친구는 쾌히 응했다. 우리는 여덟시에 그의 회사 부근 찻집에서 만나기로 했다. 출근시간이 여덟시 반이나 아홉시까지는 시간을 낼 수 있다고 했다. 그만하면 충분할 것이었다.

나는 사촌형 가족에게 떠나는 인사를 하고 시간 맞춰 나왔다. 예정대로 서울로 가든, 어떻게 되든 오늘 다시 이 댁에 들를 틈은 없을 것 같았다.

찻집에는 강욱이 먼저 와 있었다. 그는 그렇지 않아도 어젯밤에 작별인사도 제대로 못 해 서운하던 참이었다고 했다.

"다음엔 또 언제 오게 되나?"

"늦어도 일 년 뒤면 올 수 있겠지만, 고향에 오게 될지는 알 수가 없어."

"몸조심해. 아무리 그래도 곳곳이 전쟁터인 위험한 나라잖아."

"고마워. 그런데… 한 가지 청이 있어."

"뭔데?"

뜸을 들이고 어쩌고 할 여유가 없었다.

"내겐 중요한 일이니까 꼭 들어줘야 해. 자세한 이유는 묻지 말고…"

"이 친구, 되게 거창하게 나오시네. 그래 이유도 안 묻겠고, 내가 할 수 있는 일이라면 무조건 들어줄 테니, 어서 말이나 하라고."

"네 외사촌 형과 일 년 전에 이혼했다는 그 형수 말이야. 사는 데가 어딘지, 연락처를 알아봐 줘."

그녀를 들먹이는 것만으로도 가슴이 두근거리고 말이 떨려 나왔다.

"저… 윤여진, 그 형수 말이야?"

나는 머리를 끄떡였다. 강욱이 의아스러운 표정을 짓자 나는 얼른 말했다.

"이상하게 여길 건 없어. 내가 어렸을 때부터 중학 삼학년 때까지 우리 이웃에 살았어. 우리 부모님도 잘 아셨지. 그동안 사실은 소식이 궁금했거든. 남의 부인이라 관심을 나타낼 수 없었을 뿐이었네."

"그래서 어제 이혼했다는 말을 듣고 놀란 거로군. 난 또 무슨 일인가 했네. 이유도 안 묻고 무조건 들어준다고 했으니 알아봐 줘야지. 여기서 잠깐 기다려. 우리 어머니가 알고 계시지 싶어."

그렇게 말하고 회사로 들어간 친구의 약간 떨떠름해 하는 표정이 마음에 걸렸다. 서로가 이유는 묻지 말고, 묻지 않는다고 한 말로 끝날 일이 아닌 듯했다.

십분 쯤 지나 강욱에게서 전화가 왔다. 기다리는 나를 생각해서 '중간보고'를 해주는 셈이었다.

"청신호야. 우리 어머니 말씀이 금방 알아봐 줄 수 있대. 내 외사촌 형이라면 어머니에겐 친정 조카가 아닌가. 그쪽 사정에 밝은 소식통을 아신다나. 연락받는 대로 나갈 테니 조금만 더 기다려."

"내가 널 너무 성가시게 하고 있군. 만에 하나 꺼림칙한 생각이 든다면 알아봐 주지 않아도 돼."

"쓸데없는 걱정 마. 우리가 어디 어린애야? 우리 어머니가 아실 일이라면 비밀사항도 아니잖아. 네게 도움이 되게 정확한 연락처를 얻을 수 있길 바랄 뿐이야."

강욱이 온 것은 그로부터 이십분 남짓 지나서였다. 친구는 찻집에 들어서면서 나를 향해 손가락으로 오케이 신호를 보냈다.

"집 전화번호나 주소를 알아내지 못해 유감이지만, 지금 나가고 있는 덴 알아냈어. 선생이래. 결혼하기 전에도 교사생활을 한 건 나도 알아. 기독교 계통 재단에서 운영하는 여자중학교라는군. 방학 중이긴 해도 당직 교사가 있지 않겠어. 학교에 알아봐. 교직원 비상연락망 같은 게 있을 거야. 그 학교가 마침 여기서 멀지 않은 곳에 있어."

친구가 쪽지에 적어온 학교 소재지는 진주에서 가까운 S읍이었다. 나는 그곳에 가본 적은 없어도 바닷가 소도시란 것은 알고 있었다. 마산에서 기차나 자동차 편으로 두어 시간이면 갈 수 있지 않을까 여겨졌다.

별처럼 까마득하고 멀리 있던 여진이 갑자기 내 앞에 다가온 것 같았다. 나는 다시금 초조하고 마음이 조급해졌다.

"그 형수가 어떤 연고로 그 시골구석에 가 있는지는 우리 어머니도 모르신대. 되도록 서울에서 멀리 떨어져 있고 싶었으리라는 짐작은 가지만 말이야."

나도 얼핏 그런 생각이 들었다. 그리고 그렇다면, 그녀가 서울에서 멀리 떨어져 있고 싶은 거라면, 방학 중이라도 거기 있을 가능성이 크다. 강욱이 건네준 쪽지에는 그녀의 서울 친정집 전화번호도 적혀 있었다. 그는 그것에 대해서도 설명을 붙였다.
"어머니가 몇 해 전에 적어두셨던 것이래. 사돈지간인 셈이라 당연히 알아 두셨겠지. 그동안에 이사 갔으면 물론 쓸모가 없고…"
나는 쪽지를 무슨 보물인 것처럼 중히 다루었다. 친구가 보는 앞에서 가지런히 두 번을 접어 지갑 깊숙이 넣었다.
"무슨 말을 해야 할는지 모르겠네. 정말 고마워."
"쉽게 연락이 되었으면 좋겠어. 잘 알아봐."
친구와 헤어진 나는 곧바로 역으로 갔다. 아홉시 조금 지났다. 진주로 가는 열차는 여덟시 반에 이미 하나가 떠났고, 열시 사십분에 떠나는 게 있었다. 그걸 탈 수밖에 없다. 역 안내에 물으니 S읍까지는 진주에서 버스로 가면 금방이라고 했다.
지금 서울로 바로 떠나도 저녁에 도착하므로 본부 사무실에는 어차피 내일 아침에 출근하게 된다. 낮에 학교에 찾아가 그녀의 연락처를 알아볼 만큼 알아본 뒤, 밤에 서울로 떠나면 내일 출근하는 데에 아무 지장이 없다. 나는 서울행 밤열차 시간표를 살펴 수첩에 적어두었다.
그녀가 만약 그 학교에 재직하지 않거나, 거기서도 연락처를 알지 못하면 어떻게 하나. 남은 길은 단 한 가지, 그녀의 친정에 전화해 보는 일이다. 그는 그럴 경우에 도움이 되게, 제발 그 번호 그대로이기를 바랐다.
진주에는 열두시 조금 지나 도착했다. S읍으로 가는 버스는 거의 시간마다 있었다. 정류장도 역에서 가까웠다. 나는 출발시간을 기다리는 동안 근처 식당에서 국수로 점심을 때웠다.
'금방'이라던 곳에 가는 데 거의 한 시간이나 걸렸다. 거리가 먼 것은 아니었다. 버스가 곳곳에 서서 사람을 내렸고, 곳곳에서 사람을 태워 속력을 낼 수가 없었다. 나는 버스 운전사가 일러주는 대로 종점에서 내렸다. 벌써 두시였다. 학교는 거기서 걸어 오륙 분 거리에 있었다.

마을의 한 끄트머리, 산 아래에 자리 잡고 있는 학교 건물은 서울의 여느 학교들보다는 훨씬 작았다. 그래도 운동장은 꽤 넓었고, 예쁘게 잘 가꾸어진 뜰에서도 사립 여자중학교 분위기가 풍겼다. 운동장과 주변 어디에도 사람의 모습이 보이지 않았다. 이곳 어딘가에 그녀의 숨결이 깃들어 있으리란 생각에 나는 가슴이 울렁거렸다.

복도로 들어가는 바깥문이 열려 있는 것으로 보아, 안에 누군가가 있음이 틀림없다. 내가 안내표지를 따라 들어가 교무실 문 앞에 이르렀을 때, 문을 열고 얼굴을 쓱 내미는 사람이 있었다. 흰 셔츠 차림의, 마흔은 훨씬 넘어 보이는 사나이였다.

"무슨 일로 오셨어요?"

표정이 덤덤한 것으로 보아, 내가 운동장을 질러 들어오는 것을 창을 통해 본 모양이었다.

"당직 선생님이시군요. 무엇 좀 여쭈어보려고 왔습니다만…"

나는 용건이 용건인지라, 정중하게 허리를 숙이며 말했다.

"무슨… "

"선생님 한 분께 급히 연락 드려야 할 일이 있어서요."

"우리 학교 선생님에게요?"

내가 머리를 끄떡거리자, 당직 교사는 나를 안으로 들어오게 했다. 우리는 교무실 한구석에 놓인 탁자를 사이에 두고 마주 앉았다.

"어떤 선생님이죠?"

"윤여진 선생님… 연락처를 알려주실 수 있을까요?"

"윤 선생님요?"

호기심 어렸던 교사의 눈초리가 의아스러움으로 변하는 듯했다. 내게는 그렇게 비쳤다. 나는 얼른 자기소개를 했다.

"미처 인사드리지 못했군요. 김영훈이라고 합니다. 윤 선생님의 고향 동생입니다."

"나는 정입니다. 그런데 윤 선생님에게 급히 연락드려야 한다고요? 집안에 무슨 일이 생긴 건가요?"

"아니, 걱정 끼쳐드릴 일은 아닙니다. 만나 뵐 수 있으면 더욱 좋겠습니다만…"

내가 조심스럽게 하는 말에 교사는 오른손으로 이마를 두어 번 쓸어 올리며 난처한 얼굴로 말했다.

"글쎄요. 연락도 좋고 만나는 것도 좋지만, 윤 선생님이 뭐라고 하실지도 모르겠고, 더구나 혼자 사는 젊은 여자분의 연락처를 함부로… 무슨 말인지 이해하실 수 있겠지요?"

"네, 이해할 수 있고말고요."

교사의 반응이나 말로 보아, 그녀가 방학을 이용하여 어디 딴 데 가지 않고 이곳에 있는 게 틀림없었다. 또한 그녀가 아직 혼자 지낸다는 사실도 절로 알았다. 나는 더욱 조바심이 났다.

"정 선생님께서 꺼리시고 걱정하시는 건 당연한 일이십니다. 저라도 그럴 거예요. 그런데… 무어라고 설명 드리면 좋을지… 제겐 시간 여유가 없습니다. 먼 곳에서 온 지 며칠 되지 않았어요. 곧 또 가야 합니다."

"먼 곳이라니요? 요즘 서울을 먼 곳이라고 하지는 않는데요."

"월남요, 사이공… "

그 말에 교사는 적이 놀라며 자세를 고쳐 앉기까지 했다.

"파월 장병… 혹시 장교이신가요?"

"아니, 군인이 아닙니다. 파견 나가 있는 공무원이에요."

"그게 그거지 다를 게 있겠습니까. 그런데 우리 장병들이 거기서 수없이 죽어간다는 말이 사실인가요? 신문엔 도통 나지 않으니…"

"전쟁터에서 사상자가 생기지 않을 수는 없지요. 할 일 잘하고들 있습니다."

이야기가 엉뚱한 방향으로 흐른다 싶더니, 교사가 말머리를 도로 제 자리로 끌고 왔다.

"윤 선생님 건 말이에요, 내가 아무래도 말 들을 것 같아 망설여지는데, 어떻게 하면 좋을까요?"

그런 말을 하면서도 교사의 마음은 이미 반쯤 움직여진 상태에 있음을 나는 느낄 수 있었다.

"선생님께서 연락을 해주시면 안 될까요? 만약 윤 선생님이 조금이라도 꺼리시거나, 달가워하시지 않는다 싶으시면 전 그냥 돌아가겠습니다. 그건 얼마든지 약속드릴 수 있습니다." 사실이었다. 그녀가 만약 나를 달가워하지 않는다면 그녀를 만날 수가 없는 일이었다.

"어디 보자. 전화번호가 있긴 있을 텐데…"

교사는 혼잣말을 하며 교무실 가운데 쪽으로 갔다. 등을 돌린 채 그대로 앉아 있던 나는, 조금 뒤 그가 다이얼을 돌리는 기척에 숨을 죽이고 신경을 곤두세웠다. 금방 저쪽에서 전화를 받은 모양이었다.

"윤 선생님? 나 정 선생입니다."

나는 숨을 죽이고 내 가슴의 고동 소리와 함께 교사가 하는 말을 듣고 있었다.

"이 좋은 날씨에 집안에만 들어박혀 있으면 어떡합니까. 여행이나 다녀오시지 그랬어요. 이제 방학도 얼마 안 남았구먼. 바다는 옆에 두었다 뭐에 쓸려고 그래요. 나가 바람도 쐬고 그러시지 않고. 나요? 당직 걸려 학교에 나와 있어요. 다른 일이 아니고… 손님이 찾아오셨어요, 학교에. 윤 선생 손님이지 누구 손님이겠어요. 잘생긴 젊은 분이에요. 농담 아닙니다. 먼 데서 오셨네요. 월남… 이름요? 김영훈 씨래요, 김, 영, 훈… 아니, 왜 그렇게 놀라요? 귀청 떨어지겠네. 틀림없이 그렇게 들었어요. 시간 여유가 많지 않으신가 봐요. 저쪽에 앉아 있는데 목소리 직접 들어보겠어요? 그래요. 그게 낫겠네. 그렇게 전하지요."

교사가 송수화기를 놓고 내가 앉아 있는 곳으로 오자 나는 일어나 꾸벅 절을 했다. 그녀에게 전화를 해줘서 고맙다는 인사이기도 하고, 그녀가 무엇이라고 했는지 빨리 말해 달라는 뜻이기도 했다.

"반가운 손님이신가 본데, 시골학교라 대접할 게 아무것도 없군요. 차지도 않은 미지근한 보리차 한잔 드릴까?"

"아니에요. 조금 전에 오다가 마셨습니다."

교사는 내게 종이쪽지를 건넸다. 여진의 집 전화번호가 적힌 것이었다.

"알고 싶었던 거잖아요. 앉으세요. 윤 선생 곧 이리로 오신대요. 곧이라고는 해도 머리 빗질은 해야 할 테니까, 적어도 삼십 분은 걸리지 않을까 싶어요."

교사는 새삼스러이 나를 빤히 쳐다보았다.

"감사합니다."

나는 다시 한 번 머리를 숙여 보였다. 나는 교무실에 앉아 있기보다는 밖에서 기다리는 게 나을 것 같아, 그렇게 말하고 나왔다.

두시 반이었다. 나는 손질이 잘 돼 있는 뜰 여기저기를 오락가락했다. 가슴이 설레고 마음이 차올라 한 군데에 가만히 있을 수가 없었다. 그늘에 들어가 있어야 할 만큼 그리 더운 날도 아니었다. 그녀가 오고 있다. 그녀가 나를 만나러 오고 있다. 꿈도 꾸지 못 한 일이, 상상조차 할 수 없는, 믿을 수 없는 일이 내게 일어나려 하고 있다. 분명히 꿈이 아니고, 상상 속의 일도 아니다.

두시 삼십오분. 오분이 지났다. 앞으로 이십오분 남짓 지나면 그녀가 온다. 나는 운동장의 한 끝인 정문께로 눈을 주었다. 그녀가 온다면 아마 정문을 통해 들어오리라. 올 때쯤 거기 나가 있어도 좋을 것이다.

두시 사십분. 이십분이다. 아아, 이십분만 있으면… 나는 마음을 진정시키기 위해 깊은숨을 들여 마시고 내쉬기를 여러 번 거듭했다. 그녀에게 내 감정을 굳이 감추고 싶지는 않지만, 그녀가 거북해할 정도가 되면 곤란하다.

두시 사십오분. 십오분 남았다. 그녀를 만나 무슨 말부터 해야 할는지. 참으로 오랜만입니다… 이 년 전에 덕수궁에서 그녀를 보았던 나로선, 그렇게 따지면 이 년 만이라 할 수 있을지는 몰라도, 나의 대학 졸업식 이후 사실상 육 년 만이다. 영훈 씨가 어쩐 일이에요?… 그녀는 맨 먼저 그렇게 말할까.

두시 오십분. 이십분 지났다. 이제 십분만 있으면 그녀를 만난다. 나는 정문 밖에 나가 있을 셈으로 마음을 가다듬고 뜰에서 운동장으로 내려갔다. 바로 질러가도 이분은 걸릴 것 같다. 그런데 내가 천천히 마악 몇 걸음 옮겼을 때였다. 급히 정문을 들어서는 사람이 있었다.

그녀였다. 여진이었다. 얼굴을 확실히 분간할 수 있는 거리는 아니었다. 그러나 내게는 낯이 익고 친근한 모습, 그녀임에 틀림없었다. 나는 걸음을 빨리했다. 그녀의 걸음도 더욱 빨라졌다.

운동장 한 가운데쯤에서 마주친 우리는 동시에 우뚝 섰다. 그녀가 먼저 입을 열었다.

"영훈 씨…"

그녀의 얼굴에 웃음이 가득했다. 나는 자신도 모르게 그녀의 손을 덥석 잡았다. 이어 스스로도 전혀 예상하지 못했던 말이 내 입에서 튀어나왔다.

"저… 몹시 보고 싶었습니다."

"나를요?"

"그럼요. 지금 여기 제 바로 앞에 서 계신 분이지 누구겠습니까."

그녀의 얼굴이 보일 듯 말 듯 한순간 불그스름하게 물드는 듯했다.

"그런가요? 그러고 보니 나도 영훈 씨가 보고 싶었던 것 같네요."

정문으로 들어서는 그녀를 처음 보았을 때는 그녀가 흰색의 하늘 하늘 가벼운 원피스를 입은 것 같았는데, 지금 보니 엷은 푸른색이 도는 긴 소매 블라우스에 같은 색의 스커트 차림으로, 쏟아지는 햇빛 속에서 더할 나위 없이 산뜻한 느낌을 주었다.

또한 어깨에 닿은 단발 스타일의 머리 모양 때문인지는 모르나, 그동안의 보낸 세월에도 나이가 더 들어 보이지는 않았다. 다만 활기가 없고 쓸쓸해 보인 것이 나로선 못내 마음에 걸렸다.

"잘 쉬고 계시는데 제가 방해한 건 아닌가요?"

나를 대하는 그녀의 따뜻한 태도로 하여 나는 그녀를 보지 못한 기나긴 공백의 세월이 순식간에 메워지고, 마치 그녀를 늘 만나온 것처럼 느껴져 마음이 그지없이 가벼워졌다.

"무슨 말씀을. 영훈 씨가 학교에 와 있다는 말을 듣고 내가 얼마나 놀랐는지 아세요? 여기서 이럴 게 아니죠. 우선 당직 선생님께 인사드리고, 우리 나가서 이야기해요."

교무실에 들어갔다 나온 우리는 다시 운동장을 가로질러 정문으로 나갔다.

"시간 여유가 많지 않다지요? 여기선 어디로 가세요?"

"바로 서울로 가야 합니다."

"언제요?"

"오늘 밤차로 일단 서울로 갔다가…"

"오늘 밤차라면…"

"진주역에서 다섯시 반에 출발하는 기차를 타면 됩니다."

두 사람이 동시에 손목시계를 들여다보았다. 세시였다.

"두 시간밖에 남지 않았네요."

"오늘은 그렇지만…"

여기 또 올 것이라는 말이 내 입에서 나오지 않았다. 그녀가 그러기를 바랄는지 알 수 없었기 때문이었다.

"영훈 씨, 점심 식사는 했어요?"

먹었다고 하니 찻집에 갈까, 조금 걸을까 물어서 나는 걷자고 했다.

"월남에는… 어떻게 가 있어요?"

"그때 제 대학 졸업식에 오신 것 기억하세요?"

"그걸 내가 잊어버렸을까 봐서요?"

하고 그녀는 웃었다.

"고향에 있다가 서울에 가서 취직한다고 한 게 공무원 노릇을 하게 되지 않았겠어요."

나는 내가 하는 일을 대충 설명했다.

"이번에 고향에 다녀왔겠군요. 어머님 안녕하시죠?"
"돌아가셨습니다."
"네에? 언제요?"
"사 년 전에요."
"벌써 그렇게 되셨어요? 그런 줄도 모르고 있었네."
그녀는 한동안 잠자코 있다가 물었다.
"형님은 잘 계시겠죠?"
작은형도 세상을 떠나, 그 때문에 이번에 잠깐 다니러 오게 된 거라고 하니, 그녀는 더욱 놀란 듯 선뜻 무슨 말을 하지 못했다.
우리는 마을을 벗어나 들판 길로 들어서서 개울을 따라갔다. 앞에 막혀 있는 산 너머가 바다라고 했다. 불어오는 바람에 갯냄새가 났다.
"영훈 씨 혼자 외톨이가 된 거로군요."
그녀는 정말 안 됐다는 얼굴로 나를 쳐다보며 말했다.
"완벽한 외톨이지요. 하지만 전 그렇게 여기고 있진 않습니다. 제겐 어떤 분이 지켜주고 계시거든요."
"어떤 분…이요?"
그러나 그녀는 더 묻지 않았다. 산이 막혀 있는 줄 알았는데, 가까이 가니 산의 한 끝이었고, 거기를 돌자 바다가 바로 앞에 있었다. 작은 만을 이룬 바다는 둘러싸고 있는 산과 들로 하여, 돌과 흙으로 메우기 전의 마산 앞바다 같았다.
우리는 바닷가에 오래 머무를 수가 없었다. 내가 타야 할 기차 시간 때문이었다. 온 길을 되돌아와 버스 종점 부근에 이른 우리는 찻집에 들어갔다. 거기서 진주역까지 택시로 가기로 한다면 대략 십오분 가량의 여유가 있었다.
"영훈 씨, 대체 어찌 된 거예요? 내가 여기 있는 걸 어떻게 알 있어요?"

그녀는 자리에 앉자마자 내게 물었다. 그것이 내내 궁금했던 모양이었다.

"어쩌다 알게 되었어요. 그건 차차 말씀드리면 안 될까요? 그것보다도 여긴 지내실 만해요?"

"이제 일 년 됐어요. 서울처럼 번잡하지 않고 사람들도 잘 대해주니까요. 고마운 일이죠. 잘 지내고 있어요."

일어나야 할 시간이 가까워지자 나는 초조해지기 시작했다.

"이제 가야겠어요."

그녀가 시계를 보며 말했다. 밝은 표정은 아니었다. 나로서는 더욱 이렇게 만나 헤어져 월남으로 훌쩍 떠날 수는 없었다. 도저히 그럴 수는 없었다.

"다시 오겠습니다. 월남으로 떠나기 전에요. 모레가 될 거예요. 여기 도착하는 대로 전화 드리겠어요. 되도록 일찍 오겠습니다. 전화번호는 아까 당직 선생님이 주셨어요. 기다려주실 거지요?"

그녀가 머리를 끄떡거리는 것을 보고서야 나는 일어났다. 밖으로 나오자 그녀는 울적해 하는 내 마음을 풀어주고 싶었던지, 내 옆에 바짝 다가와 발꿈치를 들고 키를 대며,

"영훈 씨, 전보다 훨씬 늠름해 보이는데 키도 더 컸나요?"

하고 웃었다. 나도 따라 웃었다. 그녀에게 정중히 인사를 하고 택시에 오른 나는, 택시가 움직이자 그녀에게 손을 흔들었다. 그녀도 손을 흔들어 보였다.

한순간 코끝이 찡하면서 내 눈에 눈물이 핑 돌았다. 그립고 그리웠던 그녀가 활기 없고 쓸쓸해 보인 것 때문인가. 그립고 그리웠던 그녀를 만나고, 또 사실상 만날 약속까지 얻어낸 게 너무 기뻐서인가. 택시가 길을 꺾어 돌 때까지 나는 뒤창을 통해 이쪽을

향해 서 있는 그녀의 모습을 보고 있었다.

　진주역에서 다섯시 반에 출발하는 기차를 탄 나는 마산에서 내려 한 시간 가까이 기다렸다가 부산행으로 갈아탔다. 그리고 중간 연결 역인 삼랑진에서 내렸다. 거기서 나는 두어 시간 기다려 부산에서 출발한 서울행 야간급행을 탔다. 서울역에는 이튿날 다섯시 조금 지나 도착하게 돼 있었다.

　나는 서울로 오는 동안 열차 안에서 거의 잠을 자지 못했다. 생각할수록 마음은 부풀고 가슴은 설레고, 정신과 신경은 벅찬 흥분으로 팽팽해져 잠이 비집고 들어갈 틈새가 없었다. 기차에서 내리자마자 찾아 들어간 대중목욕탕 휴게실에서 나는 겨우 두어 시간 눈을 붙일 수 있었다.

　나는 다음 날까지 이틀에 걸쳐 해야 할 일을 이날 하루 동안에 마칠 작정이었다. 사이공으로 가기 위해서는 모레 아침에 김포에서 떠나는 특별기를 반드시 타야 하므로 하루도 더 머물 수가 없었다. 내일 낮에 단 몇 시간이라도 그녀와 같이 지내려면 오늘 밤차를 타고 그곳으로 향해 천리 길을 가야 하고, 내일 밤차로 다시 서울로 돌아오지 않으면 안 되는 것이다.

　해야 할 일이란 본부의 몇몇 업무관련 간부들을 두루 찾아, 인사도 겸해 지시사항을 받는 게 전부였다. 가족이 없어 그 때문에 지체하는 시간을 절약할 수 있음은 차라리 잘 된 셈이었.

　또 짐가방을 공항에 가져가 수하물 취급소에 미리 맡겨두는 것도 이날 내가 할 일이었다. 그래야 나는 모레 아침에 서울역에서 바로 공항으로 갈 수가 있다. 온 김에 백화점이나 남대문시장에라도 나가 쉬이 상하지 않는 식품과 상비약, 간편한 옷가지 따위를 사 갖고 간다는 계획은 모두 생략하기로 했다. 사실 그럴 틈이 없었다.

아무리 마음이 급하다 해도 내가 이날 빼먹지 못할 일도 생겼다. 업무지휘계통상 나의 최고 상사인 국장이 주재하는 저녁 모임이었다. 다행히 이차 삼차까지 끌려다니지 않는 한 늦게 끝나도 기차 시간은 댈 수 있을 것 같았다.

내가 탈 기차는 밤 열시 이십분에 출발하는 부산행 급행이었다. 두 시간 전에 가는 것도 있었으나 삼랑진에서의 연결 열차도 문제였고, 너무 이른 시간에 마산에 닿아도 곤란했다. 열시 이십분 기차를 이용하면 아침 일곱시 즈음에 마산에 닿는다. 마산에서 조금 쉬고 여덟시 반에 떠나는 기차를 타면 열시 전후하여 진주에 도착하게 되므로, 시간적으로 가장 적당했다.

그런데 나는 그렇게 계산했던 것보다는 한 시간 남짓 절약할 수 있었다. 마산에서 진주행 기차를 기다리지 않고 곧바로 시외버스를 탔기 때문이었다. 그동안 부족했던 잠이 쏟아져 서울을 떠나 삼랑진에 닿을 때까지 댓 시간 내처 잔 덕분에, 일곱시 못 되어 마산에 내리니 기분이 아주 상쾌했다. 한 시간 반이나 기다리기가 싫었다. 역 앞에 서 있던 택시 운전사에게 물어 마침 시외버스가 있는 걸 알게 되었던 것이다.

진주역 앞에서 내린 나는 그녀에게 전화하기 위해 근처 찻집에 들어갔다. 아홉시 조금 지났다. 시간이 이른 듯하기도 하고, 그녀가 기다릴지도 모른다는 생각도 들어, 아홉시 삼십분이 되는 것을 보며 전화를 했다.

"여보세요."

그녀가 금방 받았다. 혹시 그녀가 나와 만나는 일이 번거로워져 어디로 가버리지나 않았을까, 내내 마음을 끌어당기던 불안이 싹 가시고, 갖가지 밝고 고운 색깔의 아지랑이 같은 것이 내 마음을 가득 채웠다.

"저 영훈입니다. 너무 일찍 전화 드리는 게 아닌지 모르겠습니다."

"지금 몇 시인데요."

나무라는 듯한 웃음 섞인 목소리.

"기다리셨어요?"

그녀는 그 물음엔 대답하지 않고 어디냐고 묻고는, 바로 택시를 타고 오라면서 방향을 말해 주었다.

"거기 은행 건물은 하나뿐이에요. 건물 앞에 나가 있을게요. 이십분쯤 걸릴 거예요."

"네에, 차질 없이 곧장 가서 뵙겠습니다."

색색의 아지랑이가 가득 찬 내 마음이 물결처럼 출렁거렸다. 그녀에게로 간다. 내가 지금 그녀에게로 가고 있다… 나는 아름다운 꽃 한 다발을 사 들고 가고 싶었다. 이 세상에서 가장 아름다운 꽃을. 가능하다면 천상의 꽃이라도 훔쳐 들고 가고 싶었다.

주변에는 꽃집이 없었다. 나는 할 수 없이 택시를 타고 가면서 길 양쪽을 살폈다. 목적지에 거의 다다랐을 때에야 꽃집을 하나 발견할 수 있었다. 나는 차를 세우고 색깔이 짙고 아주 성성해 보이는 장미꽃 한 아름을 샀다.

은행 건물 앞에 그녀가 서 있는 게 택시 앞창을 통해 보였다. 베이지색 바지와 검은색 티셔츠 차림이 썩 잘 어울려, 서른 넘은 여성으로는 보이지 않고 이제 대학을 갓 나온 주니어의 모습이었다. 열시 십분 전, 이십오분이 지났다. 그러고 보면 그녀가 그렇게 서서 오분이나 기다린 것이 된다.

그녀는 내가 택시에서 내리는 것을 보고 활짝 웃으며 다가왔다.

"차질 없이 바로 찾아온 거예요? 길을 헤매지는 않았어요?"

"헤매긴요. 잘 찾아왔어요. 오래 기다리신 것 같은데요?"
"아니에요. 금방 나온걸요. 우리 집으로 가요. 귀한 손님을 누추한 집에 모셔도 될는지 모르지만…"
"영광입니다. 그리고… 댁에 초대해 주셔서 정말 기쁘고 반가워요."
"영훈 씨에게 깍듯한 인사말 받기 싫어요. 마음 편히 가져요."
그녀의 집이 있는 곳은 상가 길에서 조금 떨어진 꽤 한적해 보이는 마을의 한 끝이었다. 지은 지 얼마 되지 않은 듯 작고 아담한 새 양옥이었다. 나는 그녀의 집에 들어서서야 들고 있던 장미꽃 다발을 그녀에게 안겨주었다.
"아유, 이렇게 많이… 오십 송이도 넘겠네."
"이것의 오십 배, 오백 배도 넘는 더 많은 장미를 드리고 싶습니다."
"언제 봐도 예뻐요, 장미는. 고마워요."
그녀는 빨갛다 못해 검은색이 도는 꽃송이들에 코를 대고 깊이 들여 마시듯 냄새를 맡고는, 부엌에서 가지고 온 연푸른색의 큼직한 자기 항아리에 꽂아 거실로 꾸며진 마루의 탁자 위에 놓았다. 그녀는 항아리를 가리키며, 별로 쓸 일이 없더니 이제야 제구실을 하네, 하고 중얼거렸다.
"그 먼 길을 쉬지도 못하고 가고 오느라 몹시 고단할 거예요. 소파에 기대요. 배가 고파도 조금 참구요."
그녀가 부엌에서 식사를 준비하는 동안 나는 장미꽃송이들을 보며, 초여름이면 탐스러운 장미가 무더기로 피던 옛 고향집 뜰을 떠올렸다. 큰형을 만나러 집으로 자주 왔던 소녀시절의 윤여진, 그녀는 특히 그 뜰을 좋아했고 내가 그녀를 처음 본 것도 우리 집 뜰에서였다. 그리고 그때는 그녀의 얼굴이 지금처럼 희지 않고 장미를 닮아 불그스름했다. 그녀도 그때의 일을 잊지 않고 있겠지.

그러한 추억 때문에 이날 내가 장미를 사 들고 온 건 아니었다. 그제와는 사정이 달라 빈손으로 그녀에게 가는 것이 아무래도 허전했다. 나는 옛 그때의 일을 입 밖에 내진 않았다. 그녀에게 지난 일을 연관시켜 조금이라도 마음의 부담 같은 것을 주고 싶지 않았다.

그녀가 식탁으로 나를 부른 것은 삼십분쯤 지나서였다. 내가 언제 올지 몰라 사실은 어제저녁부터 준비한 것이지만, 너무 초라해서 미안하다고 그녀는 웃으며 말했다.

"오늘 저 여러 해 만에 처음 생일상 받는 거예요. 올 생일은 봄에 벌써 나가버렸지만요."

어느 집에서건 누가 정성스레 지어주는 밥과 국과 반찬을 먹어보기는 참으로 오랜만의 일이었다. 월남에서야 내가 직접 만들어 먹거나, 사 먹는 것도 제때에 먹어본 적이 거의 없었다. 하숙집 밥은 여관 밥과 비슷해서 그럴듯하게 한 상 갖춰 차려놓긴 해도 입에 당기는 게 하나도 없고, 한 그릇 다 먹어치워도 먹은 듯 만 듯 늘 '허기'가 남아 있는 느낌이었다.

효선과 같이 보낸 그 불안정한 나날에도 출퇴근 시간이 서로 다르고 각각 밖에서 먹는 일이 많아 뜨내기 생활이나 다름없이 보냈다. 집에서 둘이 함께 지어먹을 때도 '식사'라기보다는 마지못해 한 끼 때우는 식이었다.

그리고 나는 효선과의 '한 때'를 나의 지난 '생의 기록'에서 완전히 지워버리고 싶을 따름이었고, 더구나 여진을 앞에 두고 있는 지금 효선과의 일은 그것을 떠올리는 자체가 오랜 세월 이 여인을 갈구해온, 그리고 이젠 더욱더 깊고 절실해진 나의 그 마음에 오물을 끼얹는 것이나 마찬가지여서, 그 일은 생각하기조차 싫었다.

어머니가 세상을 떠난 지 사 년. 그렇다. 나는 사 년 만에 처음으로, 실로 처음으로 정말 먹고 싶어지는, 절로 군침이 도는 밥과 국과 반찬을 먹었다. 그녀는 '솜씨가 없어서' 또는 '입에 맞을는지'라는 말을 되풀이하면서 나의 밥공기를 여러 번 채워주었고, 나는 파를 송송 띄운 바지락조개 국에 미역무침 김 도미조림 톳나물 두부부침 불고기 김치 따위를, 스스로의 생각에도 '염치없이' 다 먹어치웠다. 모두 어머니가 곧잘 해주던, 바닷가 고향사람들이 즐기는 것들로, 그녀가 '경상도 말로 짜구 나겠네' 하고 우스갯말을 했을 정도로 나는 그야말로 흡족한 '만복' 상태에서 숟가락을 놓았다.

"정말 여러 해 생일상을 오늘 한꺼번에 받은 거나 다름없어요."

그녀는 졸리면 방에 들어가 한숨 자라고 했다.

"천금 같은 시간을 잠으로 보내다니요. 제가 진짜 콜콜 자면 무얼 하실 건데요?"

"글쎄요, 영훈 씨 잠든 모습이나 보고 있을까."

"그렇다면 모른 척하고 잠자는 게 좋겠는데요. 하지만 잠이 와야 말이지요. 너무 기쁘고 흥분이 되어서…"

"뭐가 그리 기쁘고 흥분이 돼요?"

"저도 모르겠어요."

그녀는 한동안 입을 다물고 있다가 이렇게 물었다.

"영훈 씨, 결혼해야 하잖아요."

나는 정신이 번쩍 드는 것 같았다.

"네에?"

나도 모르게 큰 소리가 되어 나왔다. 순식간에 그녀로 하여 얻게 된 '기쁨의 흥분' 상태가 사라지는 듯했다. 그 대신 현실이, 구름처럼 떠도는 허황된 '망상'이 아닌 그녀와 나 자신의 '현실'이 큰 무게로 나를 짓눌렀다. 그녀가 그렇게 묻는 진정한 뜻이 무엇인지, 나로선 궁금하고 불안했다.

"왜 그래요? 영훈 씨 마음 상했다면 말하지 않은 걸로 할게요."

그녀는 분명 웃음을 띠고 있었다. 하지만 그 뒤에 감추어진 진지함을 나는 엿볼 수 있었다. 그 '진지함'이 무엇을 뜻하는지 나로선 알 수가 없었다.

"마음 상한 건 아닙니다. 너무 마음이 들떴던 게 부끄럽군요."

"너무 마음이 들뜨다니요?"

"저의 결혼 말씀을 하셨는데…"

"말하지 않은 걸로 하고 싶어요."

"아니에요. 말씀드릴게요."

나는 비장해지는 기분이었다.

"제 나이 서른이니까 세속적인 의미에서는 결혼할 때가 지났는지 몰라요. 또 저와 결혼하고 싶어 했던 여자도 있었고요."

"그랬어요?"

"떠난 지 벌써 삼 년이나 되었습니다만…"

"왜요? 왜 떠나요?"

그녀는 비상한 관심을 보였다.

"내가 떠나보냈으니까요."

"영훈 씨가 떠나보내요?"

"그렇습니다. 이유가 궁금하지 않으세요?"

"왜 떠나보냈나요?"

"그 여자와는 결혼할 마음이 전혀 없었으니까요."

"그 이유를 물어도 돼요?"

"그 여자뿐 아니라 이 세상 어떤 여자와도 결혼하고 싶지 않았어요. 지금도 마찬가지지만…"

"왜요?"

"제가 원하는 분이 따로 있었으니까요. 아니 있으니까요. '그 한 분을 빼고는 이 세상 어떤 여자와도 결혼하고 싶지 않으니까' 하고 정정해야겠군요. 전 오랜 세월 단 한 순간도 그분을 생각하지 않고 지낸 적이 없습니다. 멀리, 제가 월남으로 거의 자진해서 간 것도 그분이 있는 곳에서 떠나고 싶었고, 잊을 수만 있다면 잊기 위해서였지만, 그럴수록 그분이 더욱 가까이 있는 듯 느껴졌습니다. 낯선 이국의 어떤 신기한 풍경도 제겐 신기하지 않았습니다. 전 그 풍경을 본 것이 아니라 언제나 그 앞을 가리는 그분의 모습을 보고 있었습니다. 때론 웃는 모습이기도 하고, 저를 나무라는 듯한 표정이기도 하고… 그분의 어떤 표정도 전 좋아합니다. 그러니까 그분이 있는 괴로운 땅을 떠나 떠돌이로 나섰는데, 오히려 그분의 모습을 보기 위해 세상을 떠도는 꼴이 되었어요. 그분은 제 첫사랑이고 영원한 사랑입니다."

나는 울컥 치밀어 오르는 것을 가까스로 삼켰다. 그녀의 얼굴에 한 줄기 빛 같은 것이 지나가는 듯했다. 그것이 무엇을 뜻하는지 역시 나로선 알 수 없었다. 다만 그것이 내 자신을 제어하지 못한 '힘'이 된 것만은 틀림없었다. 나는 오랜 세월 싸서 감춰두고 있던 마음의 보자기를 풀어놓았다.

"전 그분이 아니면, 그분과 결혼할 수 없다면, 결혼 같은 건 하지 않을 거예요."

"………"

"제 결혼문제에 대해 더 알고 싶은 게 있으세요?"

그러면서 내가 피식 웃자 그녀도 따라 웃으며,

"아니에요."

했다. 그랬으면서도 그녀는 잠시 뒤 같은 말을 꺼냈다.
"영훈 씨의 그분에게 정식으로 구혼해보셨던가요?"
"아닙니다. 그러지 못할 사정이 있었습니다. 그럴 기회가 없었다는 말도 되고요."
"아직도 기회가 없는 상태인가요?"
만날 기회는 있게 되었어도 구혼할 기회는 아직 없었다는 말을 나는 가까스로 삼켰다.
"구혼신청을 할 기회를 찾아보려 하고 있습니다."
"만약에 말이에요…"
하고 그녀는 또다시 잠시 입을 다물고 있다가 말을 계속했다.
"그 여자가, 아니 그분이 영훈 씨의 구혼을 받아들이지 못할 사정이라면 어떻게 하겠어요?"
"세상에 그럴 사정이 어디 있겠습니까. 그분이 저를 받아들일 마음이냐 아니냐, 그런 사정이라면 몰라도, 그밖엔 아무 장애도 있을 수 없습니다. 하긴 한 가지 있긴 하군요. 혹시 그분이 다른 사람을 생각하고 있다면…"
"영훈 씨의 그분이 다른 사람을 생각하고 있지 않기를 빌어야겠군요."
그녀는 다시금 웃음을 지으며 말했다.
"제발 그러기를 빕니다."
어쩌다 그녀를 상대로 이처럼 사랑의 고백과 함께 사실상의 구혼을 하게 되었는지, 나 스스로도 그저 얼떨떨한 느낌이었다. 그 어색한 분위기를 그녀가 바로 잡으려 하고 있었다.
"궁금한 게 있는데, 영훈 씨 말해줄래요?"
그녀는 자기가 여기 있는 걸 어떻게 알았느냐고 그제 했던 질문을 되풀이했다. 그때 나는 차차 말하겠다고 했었다. 그녀의 고종

사촌 시동생이었던 강욱의 말은 할 수가 없었다. 그쪽 일을 상기시키는 공연한 말은 하고 싶지 않았다.

"어떻게든 만나게 되기를 간절히 바라고 바랐던 결과입니다. 무슨 일이든 그 바람이 진실 되고 크면 이루어진다고 하지 않습니까. 제가 월남에 가지 않았다면 더 일찍 찾아왔겠지요. 하나님의 계시를 받았다고 하고 싶어요."

그러고 나서 나는 참으로 조심스러운 마음으로 덧붙였다.

"혼자 되시는 걸 기다린 것이 아닙니다. 다만 만나 뵐 수 있는 기회를 기다리고 있었던 거예요. 단지 그 기회를. 혼자가 아니실 때도 전화번호와 주소를 알아놓고는 망설이기만 했고, 실제로 집 근처에까지 가본 일도 있어요. 이번에 작은형의 일 때문에 마산에 갔다가 우연히 소식을 듣게 되어 한달음에 왔던 것입니다."

"내 소식을 영훈 씨에게 전해준 사람도 있었군요."

이번에는 그녀 쪽에서 조금 어색해하는 것 같아, 내가 얼른 다음 말문을 열었다.

"앞으로 언제까지 이곳에 계실 작정이신가요?"

"부모님이 자꾸 서울로 오라고 해요. 당신들과 같이 살면 좀 좋으냐구요. 여기 학교와 같은 재단에서 운영하는 중고등학교가 서울에도 있어요. 거기에서 자리를 얻을 수도 있겠죠. 하지만 혼자 이렇게 지내려고 일부러 온 걸요. 지내보니 나쁘지 않네요. 앞으로 마음이 어떻게 변할지 모르겠어요. 이쪽 학교 사정도 있으니 당분간은 더 있어야 할 거예요."

"부모님 댁은 전에 계시던 그대론가요?"

나는 강욱에게서 전해 받은 그녀 부모 집 전화번호가 그대로 인지 알고 싶었다. 같은 집에서 십여 년 살고 있다는 말에 전화번호를 댔더니 맞다고 한다.

"그 봐요. 저 몰래 어디 멀리 가셔도 소용없어요. 이젠 아예 그럴 생각 마세요."

그로부터 그녀는, 나의 바람과는 달리, 몹시 착잡한 기색이었다. 그리고 말수도 적어졌다. 나는 그녀의 마음을 충분히 이해할 수 있었다. 나는 그녀가 마음을 편하게 갖도록 말을 신중히 골라 했다. 그래도 한 가지 말만은 빠뜨리지 않았다.

"주제넘게 절 기다려달라는 말은 하지 않겠습니다. 그러나 만약에 어떤 변화가 생길 가능성이 있으면, 결정하시기 전에 꼭 알려주셨으면 합니다."

바로 말해, 어떤 사람과 결혼할 마음이 생기면, 모든 것이 끝나기 전에 알려 달라는, 참으로 어린애 같고 터무니없는 부탁이었다. 그런데 그 말을 나는 진지한 얼굴로 했고 그녀도 똑같은 표정으로 듣고 있었다.

우리는 세시 조금 못 되어 그녀의 집에서 나왔다. 그녀는 선창가로 가자고 했다. 거기서 진주역으로 가는 게 그녀의 집에서 가는 것보다 가깝기도 하다는 것이었다. 선창가에 이르자 나는 그녀가 이곳에 오자고 한 이유를 알았다.

그녀는 거기 즐비한 포장마차 같은 간이식당들을 가리켰다.

"저리 봬도 저기선 어떤 종류의 생선회든 다 맛볼 수 있어요. 서울에서도 일부러 찾아오는 사람들이 있다나요. 들어가요."

"월남에서 몹시 생각났던 게 무엇인지 아세요? 해삼 멍게 생굴 따위와 가오리 같은 회였어요."

"월남에도 있을 텐데요."

"그래요. 한국 사람들이 하는 음식점에도 좋은 게 있다고 선전합니다. 한 번도 가보진 않았어요. 그들이 못 미더워서라기보다, 만약 탈이 나면 혼자 감당하기 어려우니까요."

그녀는 내가 읊은 그대로 해삼 멍게 생굴과 가오리 회를 시켰다. 그녀는 기차 안에서 저녁 사 먹기가 마땅찮을 테니까… 하면서 밥 한 공기도 달라고 했다. 그녀의 집에서 실컷 먹은 지 몇 시간 지나지 않았는데, 나는 또 먹을 만큼 먹었다.

그녀는 내가 먹는 모습을 보고 있을 뿐 자신은 먹으려 하지 않았다. 아까 그녀의 집에서처럼 내가 자꾸 권하니까 수저를 들긴 하면서도, 나중에 먹으면 돼요, 하고 곧 수저를 놓았다. 마치 어릴 때 내 어머니가 그랬듯이, 그녀는 내가 맛있게 먹는 모습을 보는 것만으로 흡족한 듯했다.

"월남에 도착하는 대로 편지하겠어요. 매일 편지를 쓰게 될 거예요."

그녀는 말없이 빙그레 웃었다.

"쓰고 싶은 편지를 써서 보낼 분이 계시니, 월남에 있어도 이젠 외롭거나 지루하지 않을 거예요."

나는 그녀에게 무슨 말이라도 하게 하고 싶었다. 그녀와 같이 있으면서 순간순간 느껴온 '시간의 흐름'을 잠시나마 잊으려면 침묵의 상태에서 벗어나는 게 상책이다.

"제가 편지 매일 쓴다니까 겁나죠? 걱정 마세요. 답장은 요구하지 않을 거니까요. 의무적으로 답장은 안 하셔도 됩니다."

그녀는 무슨 말을 하려다 말고 그저 웃음을 보여줄 뿐이었다. 그녀도 멀리 가는 내게 한마디라도 신중히 하지 않으면 안 된다고 여기는 것일까. 내가 울적한 기분에 빠져든 것은 그녀 곁에서 떠날 때가 가까워오고 있기 때문이었다. 그녀 역시 그것을 의식하고 있는지 시계를 보는 일이 잦아졌다. 그러다가 먼저 일어나며 말했다.

"우리 나가요. 여기 이러고 있다간 영훈 씨, 기차 놓치겠어요."

"택시를 탈 수 있는 데까지만 데려다주세요."

"내가 역까지 따라가면 안 돼요?"

"아닙니다. 어디로든 혼자서 가시는 모습을 보고 싶지 않고, 상상하기도 싫어요. 역엔 혼자 가겠습니다."

그녀는 더 아무 말도 하지 않았다. 우리는 선창가로부터 꽤 부산한 거리로 나왔다. 진주역으로 가는 버스나 택시를 쉽게 탈 수 있는 곳이었다. 시간 여유가 없게 되자 그녀가 지나가는 택시를 불러 세웠다.

"빨리 가라고 쫓는 게 아니에요."

"잘 알아요. 아무쪼록…"

"내 걱정 말아요. 잘 지낼게요. 전보다 더… 다른 생각 하지 말고 잘 가요. 몸조심하구요."

"하고 싶었던 말 다 못 하고 갑니다. 가능한 빠른 시일 안에 와서 뵐 거예요. 아시겠지요?"

그녀가 머리를 끄떡이는 것을 보며 나는 택시에 올랐다. 내가 문을 닫으려 했을 때 그녀가 다가왔다.

"편지해요. 영훈 씨가 뭐라고 써도 겁 안 나요. 언제든 쓰고 싶을 때 써서 보내요."

뒤창을 통해 저번만큼 그녀의 모습을 오래 볼 수가 없었다. 택시가 금방 길을 꺾어 돌았기 때문이었다. 나는 손을 흔드는 그녀에게 같이 손을 잠깐 흔들어 보일 수 있었을 뿐이었다.

앞쪽으로 향해 돌아앉자 그저께처럼 다시 눈물이 핑 돌았다. 그녀를 갈구했던 길고 긴, 지난 시간이 정말 기적처럼 메워지긴 했어도, 앞으로 또 얼마나 많은 시간을 메워야 할는지 아득해졌다. 그러나 그런 속에서도 그 '아득함'이 어둠의 단색이 아니라, 여러 가지 색깔로 채색된 '밝음'임을 나는 예감할 수 있었다.

"오, 하나님…"

내의 입에서 절로 터져 나온 말이었다. 나는 그다음 말을 이을 수가 없었다. 말로 표현할 길이 없었다. 한 여자로 하여 얻을 수 있는 그 모든 것이 이처럼 크고 감동적일 수가 있는 것일까. 이번에 그녀를 만나지 못했으면 어쩔 뻔했던가. 나는 윤여진, 그녀가 없는 나의 생을 이젠 더욱 상상조차도 할 수 없게 되었다.

그로부터 1년

…. 떠나올 때는 택시가 너무 빨리 도는 바람에 서 계신 모습을 '오래' 보지 못해 서운하기 그지없었습니다. 십초, 아니 오초만 더 볼 수 있었어도 그런대로 '만족'했을 텐데요. 하지만 언제가 될지는 몰라도, 다시 뵐 수 있다는 것만으로도 얼마나 기쁘고 가슴 벅찬지 모르겠습니다. 짐작하시겠지만 제가 걸어온 생은, 저를 둘러쌌던 세상은 따스하고 밝기보다는 차고 어두운 편이었고, 어린 시절 한때를 제외하고는 '기쁨'이라는 말은 차라리 잊고 사는 게 나을 정도였습니다. 그런데 이제 진정 기쁨을 맛보게 되었으니 얼마나 '기쁘고 가슴 벅찬' 일이겠습니까.   제가 당치도 않게 주제넘은 말을 한다고 나무라실지 모르겠습니다. 제가 '난데없이' 찾아뵌 것부터가 사실은 '주제넘은' 일이었겠지요. 그래도 그럴 수밖에 없었던 저를 너그러이 받아들여 주셨기를 바라고 있습니다. 지금 생각하면 만나뵌 뒤에도 저는 줄곧 조심성도 철도 없는 어린애처럼 굴었습니다.

저는 원래 신중한 편이고, 어디서나 함부로 말하지 않고 행동하지 않는, 무겁기만 하고 '재미'라고는 하나도 없는 쪽입니다. 그런 제가 어떤 분 앞에서는 조심성도 없이 막 굴었던 것 같습니다. 비유하자면 어떤 면에서는 어머니보다 더 좋은 큰누나에게나 부리고 싶은 어리광과도 같은 그런 '짓'이었지요. 그러나 저로선 그 어떤 분 앞에서 그런 '어리광'밖에 달리 어떻게 '행동'할 수 있었겠습니까. 앞으로도 그분 앞에서는 또 그리 되리라 여겨지니 큰일이지요.

 기차를 타거나 비행기를 타고 어디로 갈 때는 언제나 막막했습니다. 무슨 일이 기다리고 있건 아무것도 기대할 수 없고 기대하고 싶지도 않는, 그런 상태에서 어디로 향하고 있는 것처럼 허망한 일도 없습니다. 제가 그래 왔어요. 지금까지는.

 그런데 이제는 그렇지 않습니다. 앞으로도 그러지 않을 것입니다. 어둠 속을 달리고 있는 밤 열차를 타고, 저는 지금 여러 줄기의 빛으로 내닫고 있는 느낌입니다. 그런 제 '기분'을, 아니 '마음'을 고스란히 받아 주십시오(또 제가 철부지로 굴고 있군요).

 제가 어떤 분이 부모님과 다른 가족들이 계시는 서울이나 서울 가까이로 가 계셨으면 하고 바란다면 또 '주제넘은' 짓이 될까요? 저는 그분이 필요할 때 언제나 보살핌을 받을 수 있는 분들 가까이에 계시기를 바랄 뿐입니다.

 '하고 싶었던 말 다 못 하고' 떠나왔는데, 이 편지에서도 하고 싶은 말 다 못 했군요. 서울역에 내리는 대로 우표를 사서 붙여 가장 가까운 우체통에 넣을 거예요. 안녕, 안녕, 안녕히⋯

 나는 이 편지를 서울역 앞 우체통에 넣었다. 역 매점에서 우표를 살 수 있었다. 나는 택시를 타고 곧장 공항으로 갔다. 두어 시간 여유가 있어 맡겨 두었던 짐을 찾아 청사 안 레스토랑에서 간단히 아침을 먹었다. 그리고 거기서 그림엽서를 한 장 사서 그녀에게 몇 줄 적어 보냈다. 전화를 할까 하는 생각도 들긴 했으나, 그녀에게 부담을 줄지도 모르고 나로서도 몇 마디 떠듬거리다 말 것 같아 그만두었다.

… 보고 싶어요. 뵙고 온 지 하루도 지나지 않았는데, 이렇게 보고 싶으니 앞으로 어떻게 하지요? 아무리 궁리해도 당장 다른 길이 없어, 제가 본 여러 모습을 머릿속 필름에 담아 간직해두고 견디기 어려울 때마다 풀어서 비춰볼까 합니다. 보고 싶습니다. 내 마음속에 가득 담긴 말 한마디는 이것입니다. 보고 싶어요.

—김포공항에서.

내가 사이공에 도착하여 제일 먼저 한 일은 여진에게 편지를 보낸 것이었다. 편지는 비행기를 타고 오는 동안에 쓴 것에다 그날 밤 숙소에서 쓴 것을 보탰다.

…계시는 곳에서 점점 더 멀어져 가고 있어 아득해집니다만, 돌아가면 또 만나 뵐 수 있다는 생각으로 자신을 달래고 있습니다. 그래 돌아가면 만나 뵐 수 있다… 제가 오랫동안 꾸어온 한갓 헛된 꿈이 아니라 틀림없는 사실임을 새삼스레 나 자신에게 새기고 되새기고 있습니다.

바라고 바라던 꿈같은 일이 너무나 '꿈' 같으면, 그것이 꿈이 아님을 거듭거듭 확인해보고 싶은 건 자연스러운 욕망입니다. 제게 있어 그것이 '꿈'이 아님을 확인하는 길은 계시는 곳으로 가서 다시 뵙는 일밖에 없습니다.

그래서 지금이라도 당장 가고 싶을 뿐입니다. 가서 다시 거듭거듭 확인하고 싶습니다. 그분이 그러한 저의 마음속 가득한 그 마음을 결코 물리치지 않는다는 사실을. 그런데 어찌할 거나, 지금은 그럴 수가 없으니…

(월남으로 가는 하늘길에서)

…제가 또다시 온 사이공은 일 년 전에 발을 디뎠던 바로 그 도시이지만, 이곳에 다시 온 제 마음은 그때와는 하늘과 땅만큼이나 차이가 있습니다. 절망과 좌절 속의 그리움, 절망과 좌절 속에서도 꺼지지 않고 피어나는 그리움, 가슴 아픈 그리움… 저는 지금 어설픈 언어로 유희를 하고 있는 게 아닙니다. 희망이 없으니 절망할 수밖에 없고, 그래도 미련을 버리지 못해 갖게 되는 실오라기 같은 기대도 꺾이고 마는 좌절 속에서도, 그리움은 가시지 않고 그대로 남아 있습니다. 이해하실 수 있을는지 모르나, 제 지난날은 그야말로 절망과 좌절 속에서 그 그리움을 계속 붙들고 살아온 가슴 아픈 나날이었습니다. 그러니 어디 간들, 무엇을 하든 진정한 의욕과 일에 대한 기쁨이 있었겠습니까.

그때는 모든 것을 잊기 위해, 그러지 않으면 견딜 수 없으니까, 주어진 일을 넘어 새로운 일을 찾아 거기에 매달렸던 것입니다. 그러지 않고는 단 하루도 보낼 수가 없었으니까요. 서울 본부에서 보내준 표창장을 받고 저는 혼자 쓴웃음을 지었습니다. 오냐, 그래 당신들이 바라는 대로 더욱더 '분골쇄신' 하겠소. 그러다가 정말 분골쇄신 되어 쓰러져도 그만이라는 허탈감만 저를 휩쌌던 것입니다.

그러나 이젠 달라졌습니다. 순간순간 의욕과 기쁨이 넘칠니다. 사는 일에 이처럼 신난 때는 일찍이 없었던 것 같습니다. 오래고 오랜 시간 바라고 바라온 간절한, '간절하다'는 표현이 얼마나 불완전한지 뼈저리게 느낄 만큼, 어떤 말로도 나타낼 수 없는, 저의 마음속 깊고 깊은 곳으로부터 샘솟듯 솟는 간절하고 간절한 소망의 한 부분이 이루어졌고, 그에 따라 희망이 보이기 때문입니다. 이루어진 '소망의 한 부분'이 무엇인지 아세요? 저의 '그분'을 만난 것입니다.

그 '희망'의 두께가 얼마만큼 되는지, 부는 듯 마는 듯한 실바람에도 끊어져버릴 약하디약한 것인지, 태풍보다 더 세찬 바람과 거친 세파의 어떤 시달림에도 흔들리지 않는 굳건한 것인지 아직은 판단하기 어려우나, 저로선 '희망'이라는 어휘가 지니고 있듯이 모든 것을 밝은 쪽으로만 보고, 또 그러려고 하고 있습니다. 그런데 저의 이 '희망'이 무엇인지 아세요? 그분 곁에, 단 몇 시간 몇 날이 아니라 영원히 그분 곁에 있게 되는 것입니다.

그리고 지금은 다만 보고 싶습니다, 보고 싶을 따름입니다.
(다시 사이공에 도착한 날 밤에)

나는 사이공에 와서 그녀에게 첫 편지를 보낸 뒤, 서울본부의 직속 우두머리 상사인 국장에게도 편지를 써서 보냈다. 내가 그 상사에게 보고서 아닌 개인편지를 보낸 것은 처음이었다. 그리고 보고서를 보낼 때 이용하는 대사관 파우치 편에 편지를 넣지 않고 따로 일반 우편으로 보냈다.

그 편지에서 나는, 개인사정으로 특별소청이 있어 글월 올리게 되어 송구스럽기 그지없다고 먼저 용서를 빌고, '언제가 될지 모르오나 월남에서의 임무가 끝나면 일단 본국에 들어가 일하고 싶다'

고 밝힌 뒤, 길어도 일 년 정도면 자신의 개인 일이 마무리될 듯한데, 그로부터는 해외의 어떤 오지에 나가서도 명을 받들어 충실히 일하겠다고 다짐했다. 그러면서 나는 그 '개인 일'에 대해서는 차츰 말씀드리겠으나, '저의 일생을 좌우하는 중요한 일'이라 덧붙였다.

나는 이런 방식의 '특별소청'이 근무지침에 어긋난다는 것을 모르지 않았다. 그래서 최대한 정중한 표현을 썼고 '요청'이라기보다 '호소'하는 마음을 담으려고 애썼다. 국장이 내 개인 일을 어떻게 받아들이고 풀이했는지 몰라도, 두어 주일 뒤 통상적인 일로 사이공에 다녀간 본부직원을 통해 '대답'을 보내왔다. '고려하겠다. 인생설계 잘하라.'

나는 매일 일기를 쓰듯 그녀에게 편지를 썼다. 주로 하루 일을 마치고 자리에 들기 전에 쓰곤 했지만, 때론 이른 아침에 쓰기도 했고, 밖에 나갔다가 점심이나 차 한잔 마시려 들어간 카페 같은 데서도 썼다. 그럴 때를 위해 나는 늘 두터운 노트를 수첩 대용으로 갖고 다녔다. 숙소로 돌아오면 그것을 하얀 타자지에 옮겨 써서 그녀에게 보내는 것이다.

그렇게 일기처럼 매일 쓰는 편지를 나는 '매일' 보내지는 않았다. 한 주일에 두 번꼴로 묶어서 보냈다. 특별한 뜻이 있어서가 아니라, 받는 쪽에서도 '틈'이 필요하다는 생각에서였다. 그래서 편지가 두툼해져 우표를 보통보다 훨씬 많이 붙여야 했다.

매일 쉬지 않고 쓰고 또 써도 쓸 것이 있었다. 그녀에게는 그처럼 할 말, 하고 싶은 말이 많았다. 그래도 꼭 해야 한다고 생각하고 있는, 꼭 하고 싶은 말 한마디는 나오지 않았다. 쓸 수가 없었다. 여진은 그 말이 무엇인지 알 것이었다. 편지의 한 줄 한 줄에, 행간 행간에 무수히 담긴 것은 바로 그 말에 다름 아니었기 때문이었다.
　언제나 '보고 싶다'는 말로 끝나는 내 편지에는 '사랑'이라는 말이 어느 한 귀퉁이, 단 한 번도 들어가지 않았다. 그러나 편지는 처음부터 끝까지, 글로 채워지지 않은 여백마저도 그 말로 가득 차 있었다. 내 편지는 곧 그녀에 대한 그리움, 나의 사랑의 고백, 사랑의 호소를 담은 동시에 그녀의 사랑을 갈구하는 것 외의 아무것도 아니었다. 마치 전 인생을 건 듯 내게 가장 절실했던 것도 그것이었다.
　나는 너무 지나치지 않는가 하는 생각에 그녀에게 월남 풍물을 소개하고 그저 소식을 전하는 담담한 내용의 편지를 써보려고도 해보았다. 그런데 그렇게 되지 않았다. 첫째로 내가 쓴 것 같지가 않아 도저히 내 이름으로 보낼 수가 없었다. 그리고 내게 가장 절실한 것을 제쳐두고 허황된 말로 채워 보낸다는 건 아무 의미도 없었다.
　한번은 그녀와 관계된 서글픈 꿈을 꾸고 난 뒤, 울적한 마음으로 쓴 편지를 그대로 보낸 일이 있었다. 그녀를 만나고 월남에 온 지 다섯 달쯤 지나, 해가 바뀐 정월 어느 날이었다. 꿈 장면이 사실처럼 너무나 선명하게 남아 하루 내내 우울하게 보낸 뒤, 일찌감치 자리에 들어 잠을 청하다 말고 일어나 책상 앞에 앉았다.

　… 지난밤에는 어쩌다가 처음으로 그분을 꿈에 보았습니다. 진정 보고 싶은 분은 꿈속에서도 잘 찾아와 주지 않는지, 기다리고 기다려도 그분은 그동안 제 꿈자리에조차 오시지 않아 안타까움만 더했을 뿐이었습니다.
　어릴 때의 고향집 부근이라는 것 외엔 정확히 어딘지 알 수 없는 곳이었습니다. 얼음이 얼면 스케이트를 지치곤 했던 그 연못 가까운 철로가 언덕 같기도 했는데, 그분을 찾고 있던 저는 거기서 찾지 못하고 어느 사이 한갓진 길을 가고 있었습니다. 한국의 겨울철 시골풍경이 그렇듯이 여기저기 앙상한 가지들을 달고 있는 나무들만 보여 쓸쓸한 기분이었습니다.

여기도 아니군, 하고 돌아서려는데 저 앞에서 어떤 분이 걸어가고 있는 게 보였습니다. 제가 찾는 그분이 틀림없다고 여겨 막 달려갔습니다. 그런데 웬일인지 아무리 달려가도 간격은 그대로 남아 그분 곁에는 갈 수가 없었습니다.

그러는 동안 또다시 장면이 바뀌어, 시골학교 안 같기도 한 넓은 정원을 헤매고 다니다가 누군가를 기다리고 서 있는 그분을 보았습니다.

저는 너무나 기쁘고 반가워 손을 흔들었습니다만, 그분은 말없이 싸늘한 눈길로 저를 힐끔 한 번 보고는 그만, 누굴 찾는지 주위를 살피고 있었습니다. 그러다가 저만치서 누군가 오는 기척이 나자 그분은 또다시, 아까보다 더욱더 싸늘한 눈길을 제게 보낸 뒤 어디론가 가버렸습니다.

'이건 꿈이 아닌데…' 빈 가슴에 슬픔의 강물만 가득 차, 꿈이 아니라고 중얼거리기만 하다가 눈을 떴지요. 어찌나 가슴이 쓰린지 그로부터는 잠을 이룰 수가 없었습니다.

꿈은 반대로 나타난다고는 해도 이런 꿈은 다시는 꾸고 싶지 않습니다. 정말 다시는… 그리고 꿈속에서가 아니라, 그 어떤 즐겁고 기쁜 꿈속에서가 아니라, 어김없는 현실 속에서 그분을 보고 싶습니다. 보고 싶어요…

써놓고 보니 이 편지가 그녀의 마음을 확인하고 싶은, 말하자면 그녀의 마음을 떠보려고 쓴 것 같아 꺼림칙했다. 그러나 아무런 의도 없이 그때 우러난 내 마음을 표현한 것이어서 고치지 않고 그대로 보냈다. '보내고 싶지 않는 편지'라는 제목까지 붙여서.

그녀에게서 '답장'이 온 것은 그로부터 한 달쯤 지나서였다. 내가 그녀에게 편지를 보내기 시작한 지 여섯 달 남짓, 반년도 더 지나 실로 처음으로 기다리고 기다리던 그녀의 편지를 받은 것이다.

'기다리고 기다리던'이라고는 해도, 실제로 내가 그녀의 답장을 기다렸는지는 잘 알 수가 없었다. 답장 같은 건 기대하지 않고 편지를 보냈고, 또 보내고 있으므로 '기다리고 기다리던'이라는 표현은 맞지 않을는지 모른다. 그러나 내가 그녀에게 보내고 있는 편지들은 역시 그녀에 대한 그리움, 사랑의 고백, 사랑의 호소를 담은 동시에, 그녀의 사랑을 갈구하는 것 외의 아무것도 아니어서, 무의식적으로라도 그녀의 '반응'을 기대해온 것 또한 사실이므로, 내가 그녀의 편지를 기다리지 않았다고 한다면 오히려 거짓말이 될 것이다.

길쭉한 보통 편지봉투가 아닌, 정사각형에 가까운 두툼한 하얀 봉투에 짙푸른 만년필 글씨로 얌전하게 'Mr. Young Hoon Kim'이라 쓴 내 영문 이름과, 왼쪽 위 귀퉁이에 우리말로 조금 작게 쓴 '윤여진'이란 이름의 글자 하나하나를 확인하듯 빠짐없이 훑은 나는, 벅차고 떨리는 마음으로, 그러나 불안보다는 훨씬 더 큰 뿌듯함으로 조심스레 봉투를 뜯어보았다.

영훈 씨, 안녕하세요?

다녀가신 이후 정성 어린 편지를 한 주일에 두 번씩 꼬박꼬박 받아오고 있으면서도 이제야 '답장'이라고 몇 자 적어 보냄을 용서하세요. 하지만 영훈 씨가 미리 '침'을 놓으신 것처럼 '의무적으로' 쓰고 있는 건 아니에요. 사실은 영훈 씨가 사이공에 도착한 날 밤에 쓰신 편지를 받고 곧 보내고 싶었는데, 단지 그리 되지가 않았다면 이유나 변명이 될까요?

나도 여러 가지 생각을 정리할 시간이 필요했던가 봐요. '생각'이란 것이 이건 이렇게, 저건 저렇게 해야지 마음먹는다고 바로 '정리'되는 게 아니잖아요. 또 자기 혼자만의 일이 아닐 경우엔 자기 욕심으로, 자기가 원하는, 자기에게 좋도록만 '생각'해서도 안 되는 것이거든요. 그러기에는 영훈 씨나 나나 세상을 너무 '많이'는 아니라도 '적지 않게' 산 사람들이에요.

나는 그저 지금의 이 생활이 크게 변하지 않기를 바라왔어요. 인생의 '쓴 잔'은 한번 마시는 것으로 족하기 때문에 또다시 되풀이하기는(아니 되풀이할 가능성이 있는 일에는 아예 가까이하기조차) 싫었거나 겁이 났던 게지요. 그래서 될수록 번잡한 일과는 멀리 떨어져, 조용한 곳에서 내가 할 만한 일을 하며 지내는 것으로 '만족'할 작정이었습니다.

실제로 이곳 생활에도 어느 정도 재미를 느끼고 있어요. 누구를 가르친다는 것은 정신적으로나 육체적으로 간단하고 쉬운 일은 아니나, 허망함이나 허탈감을 안겨주지는 않아요. 또 그것은 자기몰입도 가능한 일입니다. 학교에서 정해진 교과에 따라 아이들을 가르치는 일 외에 한 주일에 한 번씩 주말마다 마을 사람들에게 기초영어를 가르치고 있습니다. 처음에는 이곳 직장여성들을 대상으로 했지만, 굳이 대상을 한정할 필요가 있겠느냐고 하여 제한을 없애고 나니, 희망자가 늘어 클래스를 더 만들지 않겠느냐는 말도 나오고 있습니다.

내가 하고 있는 일들을 영훈 씨에게 떠벌이고 싶어서가 아니라, 내가 하고 있는 이런 일들에 나 자신이 '만족'하고 있는 줄 알았는데, 사실은 그게 아니었다는 말을 하고 싶은 거예요.

영훈 씨가 그렇게 '난데없이' 오셨다 가고, 그 먼 데서 보내주는 편지를 끊임없이 받아보고 있는 동안에, 내가 나 자신을 '기만'까지는 아니라 해도, 자신도 모르게 스스로를 누르고 누르며 살아왔다는 깨달음이 후드득 찾아왔어요.

나의 여러 가지 '생각' 중에는 고향에서의 일, 특히 영훈 씨 큰형님에 대한 일도 당연히 포함돼 있지요. 그때 큰형님에 대한 나의 감정이 어떤 것이었는지, 지금 판단하기는 쉽지 않고 또 무의미한 일이지만, 내가 큰형님으로 하여 장차 이 댁 가족의 일원이 된다는 생각을 한 건 사실입니다.

늘 은근한 정을 주셨던 아버님과 어머님. 그분들과 영훈 씨와 작은형이 큰형님과 더불어 만들어내던 한 가족의 끈끈하고 따뜻한 분위기가 좋았습니다. 딸부자인 우리 집과는 사뭇 다른 분위기이기도 했고요. 내가 언제나 아련한 그리움으로 그때를 돌이켜보게 되는 것도 영훈 씨 가족과 관련된 그러한 일들로 해서입니다.

큰형님의 일은, 그분과의 추억이 아름답게 여겨졌던 그만큼 내게 준 상처도 컸습니다. 아버님과 어머님, 그리고 그분 동생들의 아픈 마음을 더욱 아프게 해드려선 안 되기 때문에 될 수록 내색은 하지 않으려 했지요.

세상일이란 자기가 바라는 대로는 되어가지 않는다는 것을 아프게 느낀 나는, 남자든 여자든 새로운 사람을 사귀는 일에 적극성이 없이 매사가 시들해져 가기만 했습니다. 그 결과 좋은지 싫은지 확실치 않은 상태에서 어른들이 정해주는 '사람'과 일시적이나마, 맺지 않았으면 좋았을 인연을 맺게 되었던 거예요. 참으로 어리석기 그지없는 일이었지요. 영훈 씨는 이런 이야기 듣고 싶지 않다고 할지도 몰라요. 나로선 '정리'를 하기 위해서도 드러내놓아야 할 일들입니다.

　영훈 씨와의 일도 돌이켜보고 있습니다. 우리들 고향시절의 일은 접어두고도 몇 가지 이야깃거리가 있지요, 아마? 영훈 씨가 대학 일학년 때, 고등학교를 졸업하고 서울에 오신 지 얼마 되지 않았다고 했을 때였어요, 우연히 명동에서 만난 일 잘 기억하고 있습니다. 햇수로 벌써 십이 년 전 일이네요. 그리고 영훈 씨가 군복무로 늦어진 대학 졸업식장에 갔던 일도 물론 잘 기억하고 있어요. 그날 우리 명동에 가서 붉은 포도주잔을 앞에 놓고 식사한 것 기억해요?

　붉은 포도주라면 떠오르는 시가 있을 거예요. 예이츠의 시 말예요. 내가 대학진학으로 서울로 떠날 때 역에 나온 영훈 씨에게 적어주지 않았던가요? 술은 입으로/ 사랑은 눈으로….

　그것이 몇 행의 짧은 시이니까 외웠을 뿐 달리 무슨 큰 의미가 있었겠어요만, 영훈 씨가 혹시 이 시를 즐겨 요즘도 가끔 흥얼거린다 해도 앞으론 더구나 '나는 잔을 들면서/ 그대를 바라보고 한숨짓는다'는 마지막 구절은 웃으며 흘려버리세요. 그래요, 이젠 흘려버리세요. 영훈 씨, 내가 하는 말 무슨 뜻인지 알아요?

　나도 그동안 영훈 씨를 잊고 있었던 건 아니에요. 늘 잘 되시기 바랐고, 문득문득 생각날 때마다 지금은 잘 되어 있겠지 하는 생각을 했습니다. 그리고 영훈 씨를 매양 '고향 동생'으로만 생각하고 있지도 않았어요. 대학생이 된 모습을 보고, 또 대학 졸업식장에서 보았을 때, 그리고 그 뒤 '난데없이' 내 앞에 다가온 영훈 씨는 같으면서도 각각 별개의 존재이기도 했어요. 어떻게 별개의 존재냐고요? 그건 설명하기 힘드니 그만두기로 해요. 어떻든 우리는 각기 이러저러한 도정을 거친 끝에 다시 만나기에 이르렀어요. 그것을 나는 피하지 않고 '현실'로 받아들이려고 합니다.

'주제넘은' 말 하나 더 할까요? 영훈 씨의 편지는 여기 다녀가신 다음 날부터 기다렸다고 해도 지나친 말은 아닙니다. 만남 자체가 너무나 갑작스러워 서로 충분한 이야기를 못 나누었기 때문이었겠지만, 누구로부터 무엇을 기다린다는 일과는 동떨어진 생활에 지친 나머지, 자신도 모르게 거기서 벗어나려 하고 있었기 때문이 아닌가 여겨지기도 합니다.

편지를 받는 일이 거듭됨에 따라 어느덧 영훈 씨의 편지는 내 생활의 중요한, '중요하다'는 말이 지닌 의미를 훨씬 넘는 아주 큰 부분을 차지하게 되었습니다. 만약 누군가 내게서 그것을 뺏으려 했다면, 나는 뺏기지 않기 위해 온갖 수단을 다 쓰지 않았을까요.

하지만 영훈 씨, 앞으로는 내게 쓰는 편지의 횟수를 줄이시기 바랍니다. 편지를 쓴다는 게 쉬운 일이 아니라는 것은 나도 잘 알고 있어요. 이제 내가 영훈 씨로부터 편지를 받는 기쁨과 즐거움을 줄일 수는 있을지라도, 내게 편지 쓰는 일 때문에 영훈 씨의 정신력 같은 것이 조금이라도 소모되는 것을 내 스스로도 더 이상 용인할 수 없는 마음이에요. 그런 내 마음을 헤아릴 수 있으리라 믿어요.

영훈 씨가 꾸었다는 '꿈' 이야기에 대해 한마디 하지 않을 수 없군요. 그 '꿈' 속에서 보았다는 '나'는 내가 아닌 게 틀림없습니다. 나였다면 영훈 씨에게 그처럼 싸늘한 눈길을 보냈을 리가 없었을 테고, 더구나 못 본 척 딴 데로 가지는 않았을 것입니다. 그러니까 그런 일로 우울해하거나 서글퍼하는 일이 앞으로는 절대로 없기를 당부하겠어요.

쓰다 보니 길어진 이 편지를 이젠 끝내야 할 것 같군요. 지난밤에 쓰던 것을 아침에 계속 쓰고 있는데, 곧 밖에 나가야 해요. 나가는 길에 우체통에 넣지 않으면 편지 보내는 것이 하루 늦어질지도 모르잖아요. 나는 영훈 씨가 빨리 이 편지를 받아보시기 바라거든요.

영훈 씨, 내 마음속에 들어 있는 말 몇 마디만 더 하고 끝내겠어요. 이제 나는 영훈 씨의 요구를, 그 어떤 요구도 물리칠 자신이 없어요. 그리고 물리치고 싶지 않아요. 그러나 내가 지금 당장 간절히 바라는 것은 영훈 씨가 건강한 모습으로 하루 빨리 돌아왔으면 하는 거예요.

또 편지 쓰겠어요. 안녕…

나는 봉투에 쓴 것과 같은 만년필 글씨로 얇은 타자지 다섯 장에 쓴 여진의 편지를 읽고 또 읽었다. 또박또박 힘을 준 글자 하나하나, 헝클어지지 않도록 가다듬은 문장 한 줄 한 줄, 거기에 담긴 그녀의 따뜻한 숨결과 마음씨와 정성을 듬뿍 들여 마시듯 나는 읽고 또 읽었다.

나는 편지를 받은 날 그 자리에서 다섯 번을 읽고, 그날 밤에도 그 다음 날 아침에도, 그 뒤에도, 그리고 그것을 지니고 다니며 밖에서도 틈이 날 때마다 꺼내 읽었다. 무슨 뜻일까 하고 고개를 갸웃거린 구절도 있긴 하나, 그 편지의 확고한 결론은 그녀가 결국 나의 사랑을 받아들인 것에 털끝만큼의 어김도 없으므로, 그러한 사실을 굳건히 딛고 넘치는 기쁨으로 읽고 또 읽었다.

나는 그녀의 권고대로 그녀에게 보내는 편지의 횟수를 줄였다. '줄이자' 하고 그것을 실천에 옮겼다기보다, 그녀의 편지를 읽는 데 시간을 빼앗긴 나머지 절로 그렇게 되었다. 그래도 나는 한 주일에 한 번 거르지 않고 보냈다. 거기에 나는 그녀의 편지를 읽고 또 되풀이 읽는 즐거움과 기쁨을 담는 것을 잊지 않았고, 그녀의 사랑을 갈구하는 내용이 줄어든 대신, 내가 하루하루 보낸 일들을 '보고'하듯 거의 빠짐없이 썼고, 끝머리엔 언제나 두 사람이 건강한 모습으로 다시 만날 날을 고대하고 고대하는 간절한 소망을 실어 보냈다.

내가 이처럼 고대하고 고대하는 '그날'이 나는 오는 팔월, 또는 늦어도 구월께가 되지 않을까 여겼다. 나의 '특별소청'에 대해 일단 긍정적인 대답을 보내주었던 본부 국장은 그 뒤 내게 아무런 언질을 주지 않고 있긴 해도, 해외파견 업무의 경우 한 사람에게 같은 자리― 같은 일을 오래 하게 하지 않는 관례가 지켜진다면, 만 이 년이 되는 팔월 말께에는 '좋은 소식'이 오리라 기대하고 있었다. 나는 이 사실을 그녀에게도 말해 두었다.

그녀에게서 두 번째 편지가 온 것은 한국의 절기로 늦봄에 해당되는 오월로 마악 접어들었을 때였다. '또 편지 쓰겠다'고 한 그녀의 첫 편지를 받은 지 석 달 만이었지만, 나는 그런 일을 조금도 마음에 두지 않았다. 나에게로 향한 그녀의 마음이 확고하고, 그것을 내가 믿어 의심치 않음을 그녀 또한 알고 있는 이상, 두 사람에게는 내가 늘 보내는 편지로 나누는 '대화'만으로도 충분했던 것이다.

그녀의 이번 편지는 그리 길지 않았다. 그러나 그 안에, 특히 행간에 많은 '이야기'가 들어 있었다.

　　영훈 씨, 안녕.
　　편지 기다리실 줄 알면서 또 이렇게 늦었네요. 영훈 씨의 편지를 읽는 동안 나도 영훈 씨에게 마음속의 말을 쉼 없이 계속하고 있기 때문에 따로 '답장'을 보낼 수가 없어서… 라고 한다면 참 '이상한' 핑계는 될지언정 '합당한' 이유가 되긴 할까요?

그렇지만 그게 사실이고 진실이니 어떻게 하죠? 가령 가르치는 일이 힘들지 않느냐, 너무 과로를 하고 있지 않은지 걱정이라는 영훈 씨의 말에 금방 대답이 나와요. 설사 가르치는 일이 힘들다 해도 무더운 이국의 하늘 아래에서 위험을 무릅쓰고 해야 하는 일에 비해 무엇이 힘들겠으며, 하루하루 즐거이 하는 일이 무슨 과로가 되겠느냐, 영훈 씨야말로 부디 몸을 아끼고 스스로를 중히 여겼으면… 하고.

우리가 만날 날을 기다리는 일이 때론 아득하게 여겨지기도 하지만, 반드시 올 '그날'을 향해 하루하루 나아가고 있다는 생각에 한량없는 기쁨으로 가슴 설렌다고 영훈 씨가 말하면, 나는 또 그 말에 맞장구를 치고 똑같은 말을 되풀이해요. 그리고 나의 그 말이 어떤 '하늘길'을 통해서든 영훈 씨에게 곧바로 전해진다는 것을 느껴요.

그렇다면 새삼 무슨 일로 오늘 이렇게 편지를 보냈느냐고 놀라실 건가요? 그럴 일은 아니에요. 한 가지 알릴 일이 있어서예요. 앞으로 또 언제 편지를 보내게 될지 모르지만, 첫 편지와 이 편지의 간격을 그대로 '고수'한다면, 아마도 이것이 내가 이곳에서 쓰는 '마지막' 편지(표현이 간지럽네요)가 되지 싶어요. 부모님의 권고대로 서울로 아주 가기로 했거든요.

부모님 말씀을 따른 결과가 되긴 해도, 이 일은 전적으로 내 스스로 결정한 것입니다. 물론 아직 나의 진정한 뜻을 모르고 계시는 그분들에게는 차츰 설명 드리려고 해요. 그분들도 나의 일에 전폭 지지하리라 믿어요. 지금까지도 그러셨던 것처럼 말예요.

    부모님은 내가 서울로 가면 당신들과 함께 지내기를 원해요. 전에 그분들 슬하에 있을 때 내가 쓰던 방을 새로 단장하겠다고 하시지만, 부모님 댁에 들어가지는 않을 거예요. 그분들 품 안에서 살 수는 없는 일이니까요. 다만 당분간 부모님 댁에서 그리 멀지 않는 곳에 거처를 정하는 것으로 '타협'할 작정이에요.

    이곳 학교에는 이번 학기까지만 있게 됩니다. 섭섭해하시는 선생님들도 나의 앞날, 또는 새 생활에 대해 축복의 말을 해주고 있어요. 그들이 나의 '앞날'이나 '새 생활'에 대해 아는 건 별로 없지만요. 어떤 선생님이 한마디 하시긴 했어요. 영훈 씨가 처음 이곳에 오셨을 때 보았던 그 '당직 선생님' 기억하죠? "윤 선생님이 서울로 도로 가신다는데, 어째서 월남에서 왔다던 그때 그 젊은이 얼굴이 떠오르는지 모르겠네." 나는 '그러세요?' 하고 웃고 말았어요.

    서울에서는 이곳과 같은 재단의 학교 자리만 염두에 두고 있지 않아요. 다른 일도 알아보고 있어요. 어떤 일을 하게 되든 그 건 별로 중요하지 않아요. 서울 거처가 정해지면 곧 영훈 씨에게 알릴 거예요. 혹시 잠시라도 '연락두절' 상태가 되면 '비상연락망'을 이용하세요. 영훈 씨도 번호를 갖고 있는 서울 부모님 집 전화 말예요.

    영훈 씨가 건강한 모습으로 하루빨리 돌아오시기 바라는 마음이 더욱 간절해져요. 영훈 씨도 그러시리라는 것 잘 알아요. 그렇더라도 오실 날짜가 예정되어 있는 것이나 다름없으니 너무 조급하게 여기지 말고, 부디 마음 느긋하게 모든 일 차질 없도록 정리하시기 바랍니다.

내가 서울로 가는 건 영훈 씨를 더 가까운 데서 맞기 위해서라는 것 잘 알죠? 그날을 손꼽아 기다려요. 안녕.

그녀의 이 편지를 받은 지 석 달 조금 더 지난 그해 팔월 말, 나는 고대하던 본부 귀환령을 받았다. 나는 후임자에의 업무인계 절차 때문에 열흘 뒤에야 서울로 돌아올 수 있었다.

그 사이 그녀로부터 한 번 더 편지를 받았다. 내가 사이공을 떠나기 한 달 전인 팔월 초였다. 그녀가 서울로 옮겨 살 집을 정한 직후 써서 보낸 것으로, 그 소식과 함께 그녀의 새 주소와 전화번호도 들어 있었다.

그 집에 대해 그녀는 '도심에서 그다지 멀지 않으면서 조용한 곳'을 찾느라고 했는데, 지나고 보면 불편한 점이 나타날 수도 있어 자신은 어디까지나 '임시거처'로 여기고 있다고 했다. 그녀가 굳이 '임시'라고 한 데 대한 설명은 하지 않았다. 나는 그것을 나에 대한 배려라고 여겼다. 우리의 결혼을 전제로 그녀가 그곳을 정했다면, 그녀로선 내 마음에 들지 않을 경우도 대비하지 않을 수 없었을 것이다.

하지만 지금 단계에서 그건 어디까지나 나 혼자만의 '생각' 또는 '상상'에 지나지 않았다. 그녀가 나의 사랑을 받아들일 결심을 한 것이 틀림없다고 해도, 아직 우리는 정식으로 결혼을 약속한 사이는 아니었다. 또한 나는 아직 '정식으로' 그녀에게 청혼하지도 못한 상태에 있었다.

그리고 장애요소는 얼마든지 있었다. 그녀의 부모나 가족들이 어떻게 생각할지 알 수가 없다. 부모형제도 없는, 고아나 다름없는, 나이마저 네 살이나 아래인 나를 그녀의 배필로 손색없다고 선뜻 받아들이려 할 것인가.

그녀가 내게 보낸 편지를 통해, 그녀의 부모가 자신의 일에 '전폭지지' 하리라고 한 말이, 바로 우리의 결혼문제를 두고 한 것으로 나는 이해하고 있었다. 그러나 그런 일이 말처럼 쉽게 풀릴지 장담할 수는 없는 일이다.

그럼에도 나는 그녀와의 일이 잘 못 될지도 모른다는 생각은 한 번도 해보지 않았다. 그녀에게로 향한 내 마음이나, 나에 대한 그녀의 마음이 확고하다는 사실을 서로가 잘 알고, 또 믿고 있었기 때문이었다. 두 사람이 해결할 수 없는 어려움이 있을 것 같지도 않았고, 설사 어려움이 닥친다 해도 같이 부딪쳐 나가면 될 일이다.

나는 사이공을 떠나기에 앞서 전에 하숙을 했던 집에 연락하는 것도 잊지 않았다. 마침 방이 비어 있어 다시 그 집에 들어가기로 했다. 그녀에게 '당분간' 지낼 데를 얻어달라고 부탁할 수도 있었으나, 그런 일을 그녀에게 시키고 싶지 않았다.

이 년이나 하숙을 한 집이고 주인아주머니도 무던했다. 게다가 이불과 책상 따위 처치 곤란했던 짐보따리도 그 집에 그대로 보관돼 있어 굳이 다른 데를 알아볼 이유가 없었다. 그녀에게도 그렇게 하겠다고 알렸다.

현지 사정에 따라 나는 사이공에서 군용 비행기로 홍콩에 갔다가, 거기서 다음날 일반 여객기 편으로 서울로 왔다. 나는 정확한 서울 도착 날짜와 시간을 홍콩에 와서야 그녀에게 알릴 수가 있었다.

그날은 토요일이었다. 나는 그녀에게 공항에 나오지 말라고 했다. 그녀에게 번거로움을 주고 싶지 않아서이긴 했으나, 단지 그 한 가지 이유밖에 없었으나, 그것이 얼마나 공허한 말인지는 나 자신뿐만 아니라 그녀도 잘 알고 있었다. 그녀는 내 말에 따르지 못할 이유를 한마디 웃음말로 설명했다.
 "영훈 씨한테 누구 좋은 사람 따로 있는지 알아보기 위해서라도 나가봐야겠네요."
 비행기가 김포공항에 도착한 것은 세시 조금 못 되어서였다. 입국심사를 거쳐 짐을 찾고 세관검사대를 지나는 데에 한 시간 걸렸다. 큰 가방 하나에 작은 손가방을 얹은 카트를 밀고 나온 나는, 마중 나온 사람들이 반원을 이루어 빙 둘러 서 있는 속에서 얼굴 가득 웃음을 담고 있는 그녀를 금방 찾을 수 있었다.

그 가을의 8일간

첫날

　내가 공항에 마중 나온 여진을 그처럼 쉽게 찾을 수 있었던 것은 그녀가 손을 높이 들어 흔들고 있었기 때문이 아니었다. 다른 사람들도 그렇게 하고 있었다. 색깔이 들어간 듯 만 듯한 그녀의 연보라 수츠 차림이 특별히 눈을 끈 것도 아니었다. 주니어 스타일의 머리 모양을 하고 있던 지난여름 그때와는 달리, 볼을 가렸던 머리를 뒤로 모아 묶어 다 드러난 그녀의 환한 얼굴이, 마치 자잘한 꽃들 속에 활짝 핀 한 떨기 큰 꽃처럼 유난히 돋보여 제일 먼저 내 눈이 간 것이었다.
　"영훈 씨, 여기예요."
　사람들 사이를 비집고 나온 나는 다시 손을 흔들고 있는 그녀에게로 내닫듯이 다가갔다. 그로부터 우리가 청사를 나와 택시에 오를 때까지 십분 남짓 동안의 일을, 나는 그 뒤 흐뭇한 마음으로 자주 돌이키곤 했다.
　그녀 앞에 이른 나는 짐 카트를 놓자마자 지난여름에 그랬던 것처럼 그녀가 내민 손을 덥석 잡았다. 그러나 그것만으로는 넘치는 기쁨과 반가움을 도저히 억누를 수가 없었다. 다음 순간 나는 자신도 모르게 그녀의 어깨를 감싸 안았다.

"얼마나 보고 싶었는지 몰라요."

그녀는 내 행동을 거리낌 없이 받아들이고, 부드러운 손길로 연신 나의 뒷머리를 쓸어내렸다.

"나도 영훈 씨가 보고 싶었어요. 몹시…"

내가 무엇보다도 기뻤던 것은 그녀의 모습이 밝고 활력에 차 있는 점이었다. 시골학교 운동장에서 보았던 지난해 여름에는, 그녀의 얼굴이 특별히 그늘지거나 거기에 우수 같은 것이 드리워져 있지는 않았으나, 그녀의 모습에 활기가 없고 쓸쓸함이 느껴졌었다.

가까이에서 몇 사람이 치는 박수 소리가 들렸다. 우리를 향한 것임에 틀림없다. 그녀가 먼저 몸을 풀고 내 얼굴을 다시 찬찬히 보며 말했다.

"더위를 먹거나 불편한 데는 없었어요?"

"별일 없이 잘 지내 오히려 앞으로가 걱정입니다."

"앞으로가… 왜요?"

"긴장이 풀려 몸살을 앓을까 봐…"

"집에 왔는데 어때요. 너무 풀어지지만 않으면 상관있나요."

그녀가 말하는 '집'이 무엇을 뜻하는지 정확히 알 수 없었으나, 그녀의 그런 표현이 싫지 않았다.

그녀는 일단 '집'으로 가자고 했다. 하숙집에는 며칠 쉰 뒤에 가더라도 가라는 것이었다. 그녀의 그 어떤 말에도 따르지 않을 이유가 없는 나로선 그것 역시 싫지 않았다.

택시 안에서는 그녀가 먼저 내 손을 잡았다.

"전장이나 다름없는 곳에서 아무 탈 없이 돌아와 줘서 정말 기뻐요."

그녀가 혹시 6·25때 전장에서 끝내 돌아오지 못한 큰형의 일을 떠올리고 있는지도 모른다는 생각이 퍼뜩 들었다. 그러자 가슴이 꺼억 막혀오고 코끝이 찡했다. 나는 그녀의 그 손 위에 나의 다른 손을 가져가 겹쳤다.

"눈앞에서 갑자기 시한폭탄이 터지고, 베트콩 앞잡이들이 나타나 기관총탄을 퍼부어 납작 엎드려 있을 때도, 이것으로 끝일지도 모른다는 생각 같은 건 한 번도 해보지 않았어요. 제겐 어떤 일이 있더라도 반드시 돌아가 뵈어야 할 분이 있었기 때문입니다."

나는 무어라고 계속 말하고 싶었으나 더는 말이 나오지 않았다. 그 어떤 말로도 그녀를 옆에 둔 감동과 나 자신의 벅찬 마음을 표현할 수가 없었다.

그녀가 말한 '집'은 세검정 부근, 큰길에서 조금 떨어진 산언덕에 있었다. 분명히 단층인데도 안으로 들어가니, 거실의 널따란 창을 통해 시원한 하늘과 그 아래 마을이 한눈에 들어왔다. 그녀의 부모님 댁과 그리 멀지 않다고 한다.

"아무 생각 말고 마음 편히 지내요. 영훈 씨가 내 집이라 해도 탓할 사람 없어요. 난 부모님 댁에 가 있으면 돼요."

방은 셋이었다. 한 방은 침대를 들여놓은 침실, 그 옆방엔 꽤 많은 책이 꽂힌 책장과 책상이 있었고, 나머지 다른 한 방은 깨끗이 치워진 채로 비어 있었다. 크기는 모두 비슷했다. 그녀는 내게 세 방을 차례로 보여주며 아무 방이나 쓰라고 했다. 그것은 아무 방에서나 자도 된다는 뜻이었다.

'불편을 끼쳐 미안하다'는 말이 내 입에서 나오려다 말았다. 역시 공허한 말인데다, 그런 말로 나는 스스로 그녀와 '거리'를 만들고 싶지도 않았다. 이젠 그저 되어가는 대로 내버려 두고, 그녀가 하자는 대로 하면 될 것이다. 조금 뒤 그녀는 나갈 채비를 하며 '저녁거리'를 준비해 올 테니 두어 시간 쉬고 있으라고 했다.

그녀가 나간 뒤 손이라도 씻을까 하고 욕실에 들어간 나는 욕조를 가린 커튼 자락에 붙어 있는 메모를 보았다. 그녀가 나를 위해 써서 붙여놓았음이 틀림없었다. '더운물 나옴. 이용하시압.'

이미 가을로 접어들어 찬물로 몸을 씻기는 어려운 때였다. 나는 욕조 가득 더운물을 받고 그 안에 들어가 비스듬히 누웠다. 온몸이 따뜻하게 풀어짐에 따라 나는 더할 나위 없이 흡족한 기분을 맛보았다. 이와 같은 그녀의 '환대'는 내가 막연히 예상했던 범위를 훨씬 벗어나는 것이어서, 새삼 가슴이 설레어 왔다.

삼십분쯤 지나 욕실에서 나온 나는 어떻게 시간을 보내야 할지 몰라 거실 소파에 가서 앉았다. 나는 창밖을 향하고 있으면서도 바깥 풍경을 보지는 않고 있었다. 나는 내 팔목시계와 거실의 벽시계를 자꾸 번갈아 보며 그녀가 올 시간이 되기만을 기다렸다.

다섯시 반. '두어 시간'이라던 그녀의 말대로라면 일곱시 반 가까워야 그녀는 돌아온다. 이 집에서 며칠은 지내게 될 테니, 우선 내 짐가방을 빈방에라도 들여놓아야 할 텐데, 몸을 움직이기도 싫어 거실 한구석에 밀어 붙여둔 그대로 두었다.

'내 집이라 해도 탓할 사람 없는' 남의 집에 와 있기도 처음이었고, 더구나 거기에 들앉아 사람을 몹시 기다려보기도 처음이었다. 그러면서도 나는 낯설다거나 어색하고 거북한 느낌은 들지 않았다. 오히려 이 모든 일들로 기쁨에 겨워 '야호' 소리라도 내지르고 싶었다.

그녀에게서 전화가 온 것은 여섯시가 마악 지나서였다. 나 혼자 있을 때 전화가 오는 경우에 대비해선 그녀로부터 '지침'을 받은 게 없었다. 나는 잠시 망설이다가 혹시 그녀일지도 모른다는 생각에 송수화기를 든 것이었다. 이쪽에서 무슨 말이 나오기 전에 그녀의 목소리가 바로 가까이에선 듯 크게 울려왔다.

"영훈 씨, 나예요."

"아아…"

나는 마치 그녀의 전화를 기다리고 있기라도 한 것처럼 몹시 반가웠다.

"내가 잠을 깨웠나요?"

"아닙니다. 잠은요. 전화를 받아야 할지 어떻게 해야 할지 몰라서요."

"받아도 좋고 안 받아도 상관없어요. 지금은 잘하셨지만요. 그런 일에 신경 쓰지 마세요. 혹시 받게 되어 나를 찾는 사람이면 부모님 집에 갔다고 하면 돼요."

"전화 받는 사람이 대체 누구냐고 물으면 뭐라고 하지요?"

농 삼아 물은 것인데,

"영훈 씨 마음대로 대답해요, 마음대로. 전화할 사람도 별로 없지만…"

하고 그녀는 아무렇지도 않게 말했다.

"제 마음대로요? 그러겠습니다. 그런데 언제 오시지요?"

"조금 더 있다가. 일곱시가 지나야 할 것 같아요. 시장하더라도 참으시라고 전화한 거예요."

"네에, 잘 참고 있겠습니다."

나는 가기로 되어 있는 하숙집에 전화를 했다. 주인아주머니는 그렇지 않아도 내가 도착했으리라 여기고 있던 참이라고 말했다. 나는 '친구 집'에서 이삼일 지내야 할 사정이 생겨, 며칠 뒤에 다시 연락하겠다고만 해두었다.

그녀가 온 것은 여덟시가 다 되어서였다. 저녁거리를 '준비'해온 것이 아니라 아예 저녁을 만들어 왔다. 그녀는 양손에 싸 들고 온 음식보따리를 식탁 가득히 펼쳐놓고 국물만 새로 데웠다. 여러 가지 푸짐한 거라든지 솜씨가 식당 음식은 아니었다. 그녀 부모님 댁에서 장만한 것 같았다. 그렇다면 그녀 어머니의 도움을 받았을 것이다. 그녀가 부모님에게 나를 어떻게 설명했는지 몹시 궁금했다.

그녀는 이날도 포도주를 한 병 사 갖고 오는 것을 잊지 않았다. 그녀가 내게, 내가 그녀에게 각각 따라준 술잔을 마주 들고 우리는 먼저 건배를 했다.

"무사귀환을 다시 한 번 축하해요."
"따뜻하게 맞아주셔서 감사합니다. 이날이 오기를 기다리고 기다려 왔습니다. 내 앞에 앉아 계신 분이 정말 그분인지, 보고 또 보고 자꾸 확인해봐야겠습니다."

식탁이 놓인 부엌 쪽에서도 유리창을 통해 바깥 풍경이 잘 보였다. 검은 장막처럼 깔리는 어둠 속 여기저기에 밝은 빛들이 점점이 돋아나고 있었다. 나는 서울에서의 첫 밤을 이렇게 보내게 되리라고는 상상도 하지 못했었다. 바로 그녀의 집이 아닌가.

"나요, 다른 누구도 아닌 영훈 씨가 아는 바로 그 여진이에요. 조금도 변하지 않았어요. 소년소녀 시절에 고향에서 우리 자주 만났어요. 대학 진학 때문에, 그리고 서울로 이사한 뒤로 한동안 만나지 못하다가 어느 날 만났어요. 서울 어느 거리에서 우연히 만났다… 어디서 어떻게 만났건, 우연이건 우연이 아니건, 장소가 어디건 그런 건 중요하지 않아요. 그리고 우린 또 만났어요. 누구의 졸업식장에 누가 찾아갔건 어쨌건 그 또한 중요하지 않아요. 그리고 그 뒤 두 사람이 각각 제 갈 길로 갔다가 다시 만난 거예요. 그 땐, 영훈 씨가 시골구석 학교에 찾아왔을 땐 정말 놀랐어요. 명동에서, 영훈 씨의 대학 졸업식장에서, 그 시골 학교 운동장에서 영훈 씨가 본 여진과 지금의 나는 똑같은 바로 그 여진이에요. 먼 곳에서 일기처럼 써서 보내는 편지를 기다리면서 난 생각했어요. 영훈 씨가 나를 떠날 수가 없다면, 결국 나도 영훈 씨를 떠날 수 없는 것이다… 변한 것은 아무것도 없어요. 영훈 씨가 지금 나를 보고 또 보고 자꾸 확인해 봐도 그 여진 외의 다른 아무도 찾지 못할 거예요."

그녀가 하는 말의 뜻을 모두 정확히는 알 수 없다 해도, 한 가지만은 분명히 믿을 수 있었다. 나에 대한 그녀의 마음이 흔들림 없이 확고하다는 사실이었다.

나는 이날 저녁 식탁에서 포도주를 한 잔 이상은 마시지 않았다. 입에 대다 마는 그녀도 무슨 생각에선지 내게 더 권하지 않았다. 내가 몇 잔 더 마신다고 해서 헝클어지지는 않을 것이나, 그녀에게로 향한 마음을 가누지 못한 나머지 자칫 그녀에게 '실수'를 저지를지도 몰랐기 때문이었다. 그건 나 자신이 용납할 수 없는 일이었다.

식사를 마치고 얼마쯤 더 같이 있을 동안, 나는 그녀에게 한마디 묻고 싶었던 것을 끝내 입 밖에 내지 못했다. 내게 보낸 첫 편지에서 그녀는 이제 나의 어떤 요구도 물리칠 자신이 없고 물리치고 싶지 않다고 했었다. 그녀가 말한 '어떤 요구' 중에는 나의 '구혼신청'도 들어 있으리라 믿고 있는데, 나는 그것을 그녀에게 확인하고 싶었던 것이다.

내가 그 말을 꺼내지 못한 것은 너무 서둘 일이 아니라고 여겼기 때문이다. 내 경우와는 달리 그녀에게는 부모와 가족이 있다. 그들이 아무리 그녀의 뜻을 '전폭' 지지한다고는 하나, 첫 결혼에 실패한 딸의 혼사에만은 어떤 식으로든 관여하려 할 게 아닌가.

그리고 그녀 자신이 그 문제를 어떻게 생각하고 있는지는 사실 나도 모른다. 나에 대한 그녀의 마음이 '흔들림 없이 확고'하다는 것은 나의 믿음일 뿐이다. 그 '믿음'이 어김없는 사실이라 해도, '결혼'으로 이어지기까지에는 '단계'가 필요하지 않을까. 나의 어떤 요구도 '물리칠 자신이 없고 물리치고 싶지 않다'는 말은 나에 대한 그녀의 감정표현에 지나지 않을 수도 있다. 그렇다면 내게로 기울어진 그 '감정'이 감정 이상의 확고한 믿음으로 그녀의 내면에 자리 잡을 때까지 나는 그저 참을성 있게 기다려야 하는 것이다.

그러한 생각 때문에 나는 얼마간 울적해졌다. 나는 그것을 겉으로 나타내지 않으려 애를 쓰고 있었다. 그런데 그녀는 금방 알아차린 듯 나를 위로하는 말을 했다.

"오늘은 우리가 오랜만에 만난 첫날이에요. 다른 건 천천히 생각하기로 해요. 알았죠?"

이어 그녀는 마주보고 앉아 있던 소파에서 일어나 내게로 와서 팔을 끌었다.

"나 좀 데려다줘요. 요 아래 버스 타는 데까지."

이미 열시가 돼오고 있었다. 버스정류장까지는 오분도 걸리지 않는 거리였으나 한갓진 골목길이기도 해서, 그녀가 말을 하지 않아도 나는 따라나섰을 테고, 그것을 그녀도 잘 알고 있었다. 그녀는 다만 자신의 따뜻한 감정을 그런 말로 나타낸 데에 지나지 않았다.

정류장에 와서 나는 부모님 댁 부근까지 같이 가면 안 되느냐고 물었다.

"왜 안 되겠어요. 하지만 거기서 영훈 씨를 혼자 보내기가 싫어지면 어떡하죠?"

"따라잡지 못하게 막 달려오면 되지 않을까요."

"같이 가요, 그럼. 두어 정거장만 가면 돼요."

그녀 부모의 집을 그녀는 '평창동집'이라고 불렀다. 그 집도 큰길로부터 조금 떨어진 고지대 주택가에 있었다. 거기 희미한 가로등 불빛을 받고 있는 골목 안, 벽돌담에 덩굴나무들이 흘러내린 모퉁이 집에 이르자, 그녀는 걸음을 멈추며 '바로 여기'라고 했다. 막연히 더 가야 하는 줄 알고 있었던 나는 약간 놀라 주춤거렸다.

"왜 그러세요? 우리 아버지가 몽둥이 들고나오실까 봐서요?"

그녀의 웃음 말에 나도,

"그러시면 흠씬 두들겨 맞아야지요."

하고 웃음으로 흘렸다. 나도 자신이 왜 놀란 모습을 보였는지 알 수가 없었다. 그녀 부모나 가족들이 나를 어떻게 생각할지 신경이 쓰이는 건 사실이나, 갑자기 그들과 마주친다고 해서 놀랄 것까지야 없지 않은가. 그들과 알고 지내면서 하루빨리 익숙해지는 게 나으리란 생각이 들었다.

그런데도 '부모님께 인사를 드리고 싶다'는 말이 내 입에서 나오지 않았다. 그 또한 그녀가 먼저 말을 꺼내지 않는 한 나로선 언제까지나 입을 다물고 있을 수밖에 없었다. 무슨 생각을 했는지 그녀는 내 팔을 끌고 온 길을 조금 되돌아 나와 담벼락에 섰다.

"내가 편지로 한 말 기억하고 있을 줄 알아요. 난 이제 영훈 씨의 어떤 요구도 물리칠 자신이 없고 물리치고 싶지 않다고 했어요. 지금도 같은 마음이에요. 그리고 그 마음 변하지 않아요. 다만⋯ 너무 빨리 요구하진 말았으면 해요. 알죠?"

무엇을 아느냐고 하는지 나는 물론 그녀의 정확한 뜻을 알 수가 없었다. 다만 무언가 좀 더 정리할 시간이 필요한 게 아닐까 짐작될 뿐이었다. 그럼에도 나는 잘 안다는 듯이 머리를 끄떡거렸다.

"그러겠어요. 전 얼마든지, 언제까지나 기다릴 수 있어요. 정말이에요, 얼마든지 언제까지나…."

"조심해서 가요. 내일 적당한 시간에 갈 거예요. 피로를 푸셔야 하니 실컷 자요."

나는 그녀가 집 안으로 들어가는 것을 보고 있다가, 조금 전보다는 훨씬 가벼운 마음으로 총총걸음을 옮겼다. 그녀의 말 한마디에 따라 이렇게 기분이 달라지다니. 정말 어른스럽고 자상한, 큰누나 같은 그녀 앞에서 매양 어린애처럼 구는 자신이 한심스러우면서도, 나는 한편으로 흐뭇하기 그지없었다. 그래 기다리고말고. 얼마든지 언제까지나… 나는 버스를 탈 생각도 하지 않고 뜀뛰듯 빠른 걸음으로 걸어갔다.

둘째 날

다음 날 아침 눈을 뜨니 열시였다. 부엌 쪽에서 기척이 났다. 그리고 지난밤에 아무 가구도 없는 빈방에 분명 담요만 들고 들어왔는데, 기분 좋은 감촉을 주는 깨끗한 이불이 내 몸에 덮여 있었다. 그녀가 와 있음에 틀림없다. 그녀가 오기 전에, 늦어도 일곱시에는 일어나 기다리고 있다가 문 앞에서 그녀를 맞는다는 것이 틀어져 버렸다.

지난밤에는 쉬이 잠이 들지 않았다. 모든 게 갑작스럽게(내게는 그렇게 생각되었다), 그래 갑작스럽게 바뀐 탓이었다. 두어 해 월남에서의 생활에 나도 모르게 익숙해져 있었던지, 서울에서 밤을 보내는 자체가 낯설었다. 그리고 오랫동안 옆에 아무도 없이 혼자 살아온 타성에 젖어, 그 밖의 일은 현실로 받아들일 태세가 미처 갖춰지지 못 하고 있는 터에, 그녀로 인한 정신적인 흥분상태로 밤새 떠 있다가 지친 새벽녘에야 잠에 빠져든 것이었다.
그래도 너무 늦잠을 잤다는 낭패감은 들지 않았다. 오히려 그 반대에 가까운 기분이었다. 그것은 어젯밤에 내게 실컷 자라고 했던 그녀가 이미 이런 일을 양해하고 있다는 생각에서 오는 안도감 같은 것이 아니라, 학생 때 혼자 서울에 가 있던 내가 방학으로 고향집에 와서 마음 놓고 늦잠을 자고 난 아침, 부엌에서 아침 준비를 하는 어머니의 기척을 들으며 느꼈던 흐뭇함이었다.
나는 누운 채 곧잘 어머니를 부르곤 했었다. 어머니에게 지난번에 입었던 바지를 찾아달라거나 물 좀 달라고 그때마다 핑계를 댔지만, 나는 다만 부르면 아궁이에 불을 지피다가도 금방 달려오는 어머니임을 다시 확인하고 싶었던 것뿐이었다.
얼른 옷을 입고 나온 나는 앞치마를 두른 채 부엌에서 나오는 그녀와 마주쳤다.
"오신 줄도 모르고 잠만 자고 있었습니다."
"왜 벌써 일어나요?"
"한낮인걸요. 오신 지 오래되셨어요?"
여덟시에 왔다고 한다. 두 시간이나 된 셈이었다. 그녀가 안 해도 좋을 고생을 나 때문에 하고 있었다. 서운하기 그지없긴 해도, 나는 하루빨리 하숙집으로 옮겨야겠다고 생각했다.
"맛있는 냄새가 나는데요. 제가 할 일 없어요? 무엇이든지 시키세요."
"무엇이든지 시켜요? 해야 할 일이 뭐지?"
그녀는 혼잣말처럼 중얼거리다가 생각난 듯이 말했다.
"그래요. 영훈 씨가 할 일이 있어요."
내가 할 일이란 다름이 아니었다. 나의 모든 빨랫감을 욕실에 있는 세탁기 옆에 갖다 놓으라는 것이었다. 사양한다고 그녀가 가만있을 것 같지가 않아, 빨래하는 건 이미 선수가 돼 있기 때문에 내게 맡겨두면 안 되겠느냐니까, 나중에 아줌마가 오기로 되어 있으니 자기한테 미안해하지 말고 그냥 갖다 놓기만 하라고 했다.

그래도 나는 아래 속옷과 양말은 남겨두었다. 그것들은 자기 전에 손으로 빨아 의자에라도 걸쳐두면 밤새 마른다. 그런 거야 허구한 날, 집을 떠난 날부터 거의 하루도 거르지 않고, 심지어는 효선과 같이 있을 때도 하던 노릇이라, 나 자신이 직접 하지 않으면 오히려 찜찜할 일이었다. 그러나 그것조차 그녀는 내 마음대로 하게 내버려 두지 않았다. 그녀는 내가 빨래할 옷을 가지러 방에 들어가는 것을 보며 단호하게 말했다.

"모두예요. 남김없이 모두… "

그래도 그녀는 안심이 되지 않는지 꼬리를 달았다.

"내가 들어가 살펴볼 거예요. 한 가지도 빠뜨리지 말아요."

나는 그녀의 '등쌀'이 싫지는 않았으나, 그녀에게 그런 일까지 신경 쓰게 하고 싶지는 않았다. 집에만 있는 것도 아니고 직장에 나가고 있는 그녀가 아닌가. 역시 빨리 하숙집으로 가야 할 것 같았다. 그런데 그 생각을 하니 금방 또 서운해지고 맥이 빠졌다.

우리가 그녀의 집에서 나온 것은 열두시가 다 되어서였다. 초가을 햇살이 따스해서 바람을 쐬며 어슬렁거리기 알맞은 날씨였다. 우리는 택시를 타고 중앙청을 거쳐 남대문으로 갔다가, 거기서 돌아 남산 쪽으로 올라갔다. 그녀가 몇 해 전 마음이 답답해서 혼자 팔각정이 있는 데까지 올라가 본 적이 있다면서, 오늘 나와 함께 가보고 싶다고 했던 것이다.

'몇 해 전'이라면 그녀가 이혼을 한 이 년 전, 또는 이혼을 앞두고 있었을 즈음일 터이어서, 그녀로선 정신적으로 아주 어려웠던 때였으리라 짐작되었다. 그것을 그녀는 '마음이 답답해서'라고

만 표현하고 있었다. 그녀는 그때 왜 마음이 답답했는지 그 이유를 말하지 않았고, 나도 물론 묻지 않았다.

그녀가 내게 너무 서둘지 말기를 바라고 있는 것은, 바로 그녀가 받은 그 상처를 치유할 시간이 그녀에게 필요하기 때문이 아닐까 하는 생각이 퍼뜩 들었다. 그렇다. 그녀의 말대로 모든 것을 '너무 빨리' 요구하지 말고, 그녀가 '준비'될 때까지 기다리자고 나는 다시 한 번 다짐했다.

우리는 어린이회관 앞에서 내려 천천히 걸어 올라갔다. 그녀는 그때의 일을 두고, '아무리 둘러봐도 젊은 여자 혼자 온 건 나뿐이더군요.' 했다. 얼마 뒤 꽤 가파른 계단을 오를 때는 내 팔짱을 끼며, '누가 봐도 샘을 낼 사람은 없겠죠?' 하고 나를 향해 빙긋이 웃었다. '샘을 내려면 내라지요.' 내가 말했다. 오늘따라 몹시 친근하게 느껴지는 그녀의 웃음, 오래전 고향에서 자주 만났을 때 그녀가 곧잘 내게 보여주던 그 웃음이었다.

어제저녁 식탁에서 그녀가 한 말 ─ 아무것도 변하지 않은, 내가 아는 그대로의 여진이 바로 지금의 자기라고 한 말을 떠올리며, 나는 정말 그 말이 옳다고 여겼다. 내가 다시 그녀의 얼굴을 쳐다보았을 때도 그 웃음이 거기 머물러 있었다. 우리는 팔각정이 있는 데서 주위를 돌다가 빈 벤치를 찾아 앉았다.

이곳엔 나 역시 혼자 온 적이 있다. 나도 마음이 답답해서였다. 효선과의 일 이전에 여진에 대한 그리움과 어떻게도 풀 길이 없던 안타까움이 그 주된 이유였다. 그런데 바로 그 그리움과 안타까움의 대상이었던 여인과 팔짱을 끼고 올라와, 지금 어깨를 대고 나란히 앉아 있다. 나는 기적 같은 '현실'을 기뻐하면서도, 그녀와의 사이에 아직도 가로놓여 있는 기다림의 시간때문에 안타까움을 완전히 풀지는 못하고 있었다.

따스하고 상쾌한 기분으로 하여 거기서 꽤 오랜 시간을 보낸 우리는 다시 어린이회관으로 내려와, 이번에는 드라마센터 길을 거쳐 명동 쪽으로 걸어갔다. 그 길을 택한 것은 나였다. 어린이회관 앞에서 피곤하면 택시를 타고 집으로 가자고 했더니,

"피곤하긴요. 쌓인 피로도 풀릴 만큼 몸이 가볍고 좋아요. 좀 더 걸어 어디로든 가요."

그녀의 말이었다. 벌써 세 시가 지난 시각이어서 늦은 점심이 되든 이른 저녁이 되든, 그녀와 식사를 하고 돌아가고 싶었다. 명동은 오래전에 그녀와 저녁을 같이 했고, 또 그보다 더 전에는 찻집에 같이 들어갔던, 내게는 말 그대로 '추억의 장소'였다. 명동으로 들어선 뒤 나는 그녀에게 물었다.

"여기 오면 혹시 생각나는 게 없으세요?"

"생각나는 게 있죠. 그것보다도 영훈 씨가 무슨 생각을 하는지 알아맞혀 봐요."

"알아맞혀 보세요."

"알아맞히면 무슨 상을 줄 거예요?"

"무엇이든지. 요구하시는 대로. 그리고 우선 차와 저녁을 사겠습니다."

"좋아요. 따라와요."

하고 그녀는 앞서서 걸으며 말을 이었다.

"우린 지금 시간여행을 하는 거예요. 지난날 같이 왔던 곳을 찾아가고 있어요. 맞죠?"

"맞아요."

나는 머리를 끄떡였다. 우리는 먼저 찻집을 찾았다. 내가 대학 일학년 때의 초여름이었으니 꼭 십이 년 전이다. 몇 달 전 대학을 졸업한 그녀는 어떤 학습자료 출판사에 다닌다고 했었다. 그날 우

리는 미도파 쪽 명동 입구에서 마주쳤다. 그녀는 친구와 함께 명동에서 나오는 중이었고, 나는 거기 있는 음악실로 향하고 있었다. 그녀는 친구를 보내고 나와 함께 찻집에 온 것이었다.

우리가 마주친 곳으로부터 국립극장 못미처 오른쪽 골목 안에 있던 찻집은 쉽게 찾을 수 있었다. 내부구조가 바뀌고 이름이 낯설기는 해도, 같은 찻집이 틀림없었다. 한 시간쯤 뒤 우리는 거기서 나왔다. 이미 여섯시가 돼오고 있어 우리는 지난날 함께 왔던 그 양식집을 찾아 저녁을 먹기로 했다.

칠 년 전 가을, 나의 늦은 졸업식장에 온 그녀는 나를 데리고 졸업축하를 겸해 저녁을 샀다. 몇 마디 나누는 동안 그녀는 앞으로 나와 만나기 어려우리라고 암시하는 말을 했다. 그녀가 뜻밖에 졸업식장에 찾아온 것은 나와의 '결별'을 위해서라는 것, 그리고 그녀가 머지않아 결혼할 것이라는 느낌을 나는 받았다.

그래 포도주를 곁들인 그날의 저녁식사 자리, 그녀와 마주보고 앉은 내 심경에 딱 맞는 시 한 구절, 우리가 즐겨 흥얼거리곤 했던 바로 그 시 구절이 내 머릿속에 절로 떠올랐었다… 나는 잔을 들고／ 그대를 바라보며 한숨짓는다.

그때의 처참했던 기분과 아픔이 새삼 엷게나마 되살아나는 듯하여, 나는 그녀의 팔짱을 끼며 아까 산에서 그녀가 했던 말을 흉내 냈다. '누가 봐도 샘을 낼 사람은 없겠지요?' 그녀가 그때처럼 빙긋이 웃으며 말을 받았다. '샘을 내려면 내라죠.'

국립극장 바로 맞은편 길가에 있는 양식집은 그 모습 그대로였다. 그때와는 달리 안이 좁고 몹시 초라해 보인 것 말고는(내 눈이 달라진 건지 모른다), 비프스테이크도 먹을 만했고 잔에 따라진 포도주 색깔도 매혹적인 장밋빛으로 내 눈을 끌었다. 나는 여기서도 어제저녁처럼 한잔 이상은 마시지 않았다. 입에 대다 마는 그녀 또한 내게 더 권하지 않았다.
　양식집에서 나온 우리는 곧바로 그녀의 집으로 왔다. 저녁 어스름이 깔리기 시작할 무렵이었다. 그녀는 들어오자마자 '점검'할 게 있다면서 욕실 문을 열어본 뒤 내가 쓰는 방으로 들어갔다. 거기 내가 아침에 그녀의 '명'에 따라 세탁기 옆에 갖다 놓았던 빨랫감 옷들이 깨끗이 개켜지고, 다림질이 필요한 것들은 잘 다려져 옷걸이에 걸려 있는 것을 본 그녀가 흡족한 얼굴로, '그 아줌마 생각보다 깔끔하게 잘해놓았네' 하고 중얼거렸다.
　"아까 명동에서 잘 알아맞히신 상을 무얼로 드리지요? 제가 할 수 있는 일 무어든 시키세요."
　"차를 마시고 저녁 잘 먹은 것으로 끝낼까 말까… 좀 더 생각해 봐야지."
　얼마 뒤 과일 접시를 가지고 온 그녀는 내가 앉은 소파 맞은편에 앉았다. 월요일인 내일 출근해야 할 그녀가 피곤하지 않을까 걱정이 되긴 했으나, 그녀에게 일찍 쉬라는 말을 할 수가 없었다. 오늘도 그녀 부모 댁에 갈 게 틀림없는데, 거기로 얼른 가라고 하는 거나 다름없기 때문이었다.
　그녀는 시골 학교를 그만두고 서울에 와서 다른 직장을 얻었다. 여러 가지 잡지와 단행본, 학술서적과 학습자료 따위 다양한 종류의 책들을 내는 큰 출판사였다. 서울에 있는 같은 재단의 중고등학교 교사 자리는 처음 계획과는 달리 아예 알아보지 않은 모양이었다. 나에게는 자신이 교사 일에 꽤 익숙해져 있긴 하나, 시간을 너무 많이 빼앗기고 속박감도 커 거기서 벗어나고 싶었다고만 했다. 나는 그것이 나 때문이 아닌가 하는 막연한 생각을 하고 있었다.
　대학에서 나와 얼마 동안 학습자료 출판사에서 일한 경험이 있는 그녀였다. 그 인연으로 자리를 얻은 그녀는 출근한 지 두 주일 지났는데, 독립적으로 하는 일이라 마음이 편하고, 창의성도 발휘할 수 있어 '자잘한 재미'를 느끼고 있으며, 무엇보다도 분위기가 자유로워 내가 부근에 와서 전화하면 아무 때나 나올 수가 있다고 했다.

"내일 사무실에 나가실 거예요?"

나는 머리를 끄떡거렸다. 나는 내일 아침 일단 출근하여 귀임 신고를 한 뒤 휴가를 신청할 작정이었다. 지난 이 년 동안 형의 일 때문에 잠깐 왔다 간 것 외에는 사실상 휴가를 얻은 적이 없어, 한 주일 정도는 거부반응 없이 얻을 수 있을 것이다. 그러나 무슨 급한 일을 맡길지도 모르는 일이므로 그녀에게는 그 말을 하지 않았다.

나는 휴가를 얻어도 그녀가 있는 서울을 떠나지는 않을 셈이었다. 가고 싶은 데도 없었다. 다만 그사이 하숙집으로 옮길 생각을 하고 있었다. 당장 내가 할 수 있는, 그녀를 조금이라도 편하게 해줄 수 있는 길은 그것밖에 없었다. 그렇게 될는지는 알 수 없었다. 그렇지 않아도 그녀가 내 마음을 읽기라도 한 것처럼 미리 쐐기를 박는 듯한 말을 했다.

"여기 그냥 계속 있어요. 내게 불편을 끼친다거나 하는 생각은 말아요. 내가 서울에 있고 집도 버젓이 있는데, 영훈 씨가 왜 따로 나가 하숙을 해요?"

"불편을 끼쳐드려 미안해서 그러는 건 아닙니다. 편하게 해드리고 싶어서예요. 정말 편하게 해드리고 싶은걸요. 편하게. 제 마음 이해하실 수 있지요?"

"이해하죠. 그렇지만… 그 일은 좀 더 생각해보기로 해요. 내일 당장 옮기겠다는 말은 하지 말아요. 그리고 참, 내게 줄 상이 있다는 것 아직도 유효해요?"

"물론이지요."

"평창동 집에 데려다줘요. 그것으로 모든 걸 면제하기로 합니다."

오늘은 많이 걸은 탓으로 피곤할 것 같아 택시나 버스를 타자고 하니, 그녀는 어제처럼 걷겠다고 했다. 늦은 시간이 아니어서 무리는 아닐 듯싶어 그대로 따랐다.

"내일 아침엔 들르지 못할 거예요. 식빵 달걀 주스 커피가 있으니 간단히 아침은 해결할 수 있겠죠? 굶으면 안 돼요. 저녁엔 정식으로 지어 먹기로 해요. 아, 직원들이 저녁에 귀임 턱을 내라고 하진 않을까요?"

"뭐 그럴 일은 없을 거예요. 오늘은 인사만 하고 나올 작정입니다."

"그렇게 해요. 집에 들어와 쉬시든지, 볼일 보고 천천히 들어오시든지. 난 여섯시 반이면 돌아올 수 있을 거예요."

"일찍 들어와 있겠습니다."

"그 아줌마가, 평창동집 가정부예요, 오더라도 신경 쓰지 말아요. 와서 청소를 하든 무얼 하든…"

"몇 시쯤 될는지, 그 시간 피할 수도 있는데요."

"그럴 것 없어요. 하루만 왔다 갈 아줌마가 아니에요. 일부러 피할 일 아무것도 없어요. 무슨 말인지 알죠?"

"네, 잘 알겠습니다."

그러긴 했으나, 그녀의 말뜻이 무엇인지는 잘 알 수가 없었다. 그저 그 아줌마와도 얼굴을, 또는 여러모로 익혀둬야 한다는 뜻이 아닐까 여겨질 뿐이었다. 그럴 필요가 있다고는 하더라도, 또 그녀의 마음 씀씀이가 고마울 따름이긴 해도 나로 하여 그녀에게 이런

저런 신경을 쓰게 하는 건 아무래도 마음 편한 일이 아니었다.

그리고 그녀는 내가 제일 중요하다고 여기는 일을 아직 이행하지 않고 있었다. 그녀 부모에게 나를 인사시키는 것 말이다. 그 일에 대해서는 그녀가 내게 편지로 한 말이 전부였다. '…그분들도 나의 일에 전폭 지지하리라 믿어요.'

그렇다고 나는 그녀가 하는 일에 의문을 품거나 의심하는 마음은 털끝만큼도 없었다. 그녀를 믿는 마음은 한결같았다. 그녀가 나를 대하는 하나하나 세세한 모든 일들은 그녀에 대한 믿음을 갈수록 더욱 확고히 했다. 나는 다만 그녀 주변의 일들에 정말 '털끝'만큼이라도 부정적으로 작용하는 것이 있을까 불안했던 것이다.

나무 덩굴들이 흘러내린 그녀 부모 집 담벽에 이르자 그녀는 걸음을 멈추었다.

"다 왔네요. 오랜만에 잘 보낸 일요일이었어요. 영훈 씨 덕분에…"

"저도 마찬가집니다. 덕분에 하루를 잘 보냈습니다. 정말 잘 보냈어요."

"버스 타는 데까지 바래다줄까요? 갑자기 그러고 싶어지네."

"아닙니다. 버스 같은 것 안 타요. 한달음에 갈 수 있어요, 한달음에. 오늘 하루 종일 걸어 다니시느라 수고하셨어요. 잘 쉬세요."

"그래요. 조심해서 가요. 내일 봐요."

내가 머뭇거리고 있으니,

"어서 가요. 오늘은 가는 걸 봐야겠어요. 한달음에 가지 말고 천천히…"

하고 그녀는 잘 가라는 손짓을 했다. 나는 머리를 꾸벅 숙여 보이고 돌아서서 걸음을 옮겼다. 나는 십여 미터 떨어진 모퉁이를 돌기 전에 서서 돌아보았다. 그 자리에 그대로 서 있던 그녀가 다시 잘 가라는 손짓을 하기까지 잠깐 동안, 아마도 삼초나 사초쯤 그녀는 내가 도로 그녀에게로 오기를 기다리는 듯한 모습을 보였다.

그런 느낌이 들자 희열 같은 것이 내 몸과 마음 가득히 차오르며 가슴이 세차게 뛰었다. 그 간격이 조금만 더 길었더라면 나는 아무것도 가리지 않고 그녀에게로 달려갔을지도 모른다. 잘 가라는 그녀의 손짓으로 숨을 가다듬은 나는 그녀에게 손을 번쩍 들어 보이고, 스스로 자제력을 잃기 전에 얼른 모퉁이를 돌아 걸음을 빨리했다.

셋째 날

나는 아침에 여진이 전화하기 전에 일어나 있었다. 여덟시 출근 시간에 맞추려면 늦어도 일곱시 반에는 집에서 나가야 하고, 그러자면 아침을 거르더라도 일곱시에는 일어나야 한다. 나는 이 날 여섯시 반에 일어났다. 아무것도 입에 당기지 않았다. 나는 굶으면 안 된다고 한 그녀의 당부를 생각하고 토스트와 달걀 프라이를 만들어 먹고 커피도 타 마셨다.

그녀가 전화를 한 것은 일곱 시 조금 지나 내가 마악 커피를 마시고 난 뒤였다.

"일어났네요. 혹시 아직도 한밤중일까 봐 전화한 거예요."

"시키신 대로 아침도 만들어 먹고 난 참입니다. 그런데 아홉시 출근이시라면서 벌써 일어나셨어요?"

"교사생활 하느라 일찍 일어나는 게 습관이 됐어요. 아침에 나가기 전에 할 일도 많아요. 또 이 기회에 엄마한테 잘 보여 두면 여러 가지로 좋으니까요. 무슨 일 있으면 출판사로 전화해요. 자리에 없으면 메모 남기세요."

"알겠습니다. 잘 다녀오세요." 나는 전화를 끝내고 바로 나갔다.

본부 국장은 나를 반갑게 맞아주었다.
"그동안 어려운 일 잘해주었네. 당분간 서울에서 슬슬 일하게. 자네가 말한 새 인생설계도 잘 돼 가겠지?"

일 년 전에 그녀를 만나고 월남에 가서 내가 편지로 국장에게 개인적인 '특별소청'을 했던 것을 두고 하는 말이었다. 나는 월남에서 임무를 마치면 단 일 년이라도 좋으니 서울에서 일하게 해달라고 청하면서, 나의 '일생을 좌우하는' 중요한 문제가 걸린 일 때문이라고 했었다. 단순한 순환인사로 내가 서울로 돌아오게 되었다고 해도, 결과적으로 국장이 나의 소청을 들어준 셈이 된 것이다.

"네, 감사합니다. 더욱 열심히 하겠습니다."

휴가 건도 이야기가 잘 되었다. 오늘 날짜로 휴가원이 받아들여져 한 주일 뒤인 내주 화요일부터 출근하게 되었다. 그리고 오늘은 오전 중에 사무적인 정리를 대충 끝내고 퇴근하기로 했다.

본부의 몇몇 직원들과 점심을 같이하고 사무실에서 나온 건 두 시 조금 지나서였다. 정말 긴장이 풀린 탓인지 갑자기 할 일이 없어진 것 같고 맥이 빠졌다. 얼른 들어가 쉬고 싶을 뿐이었다. 그녀 부모 댁 가정부가 와 있을 것 같아 하숙집이 있는 신촌으로 갔다. 거기에도 옮길 날짜를 확실히 알려줘야 했다.

주인아주머니는 이제나저제나 하고 연락이 오기만을 기다리고 있었다고 했다. 나는 내일 아니면 모레 오게 될 것이라고 말했다. 정말 그렇게 하겠다고 마음먹었다. 그러자 가슴이 뻥 뚫리는 듯한 느낌이 들고 갑자기 그녀가 보고 싶었다. 나는 머리를 흔들어댔다.

그러나 나는 끝내 마음을 잠재우지 못했다. 그녀가 나가는 출판사는 퇴계로에 있었다. 큰 건물이라 금방 찾았다. 네시였다. 나는 같은 건물의 지하 찻집이 너무 소란스러울 듯싶어, 거기서 조금 떨어진 작은 건물 아래층에 있는 찻집에 들어가 전화를 했다.

바로 전화를 받은 그녀는 무척 반기는 목소리였다. 그렇지 않아도 조금 전에 집으로 전화를 해보았다는 것이다. 그녀는 바쁘지 않다며 곧 나오겠다고 한다. 나도 마치 둘이 오랜만에 만나기라도 하는 듯 몹시 반가운 마음이었다. 어제 거의 하루를 같이 보냈고, 몇 시간 뒤면 만나게 되는데도 말이다.

이날 그녀는 지난해 여름 시골학교에서 만났던 때처럼 단발 스타일의 머리를 했다. 거기에 짙은 감색 스커트와 엷은 하늘색 블라우스 차림이 더할 나위 없이 산뜻해 보였다. 비록 며칠 되지는 않았으나, '집'에서 '같이' 지내다가도 밖에서 만나면 이처럼 느낌이 달라지는 것인가.

"오늘 첫 출근을 하니 어땠어요?"

"아직도 얼떨떨한 상태입니다. 일이 바뀐 게 실감 나지 않아요. 오늘도 버스를 타고 다니면서, 여긴 사이공이 아니고 서울이지, 하고 중얼거리기도 한 걸요."

"시간이 조금 필요하겠죠."

"한 주일 휴가를 얻었습니다. 정신 좀 차리고 나오라는 뜻인지 선뜻 허락해주었어요."

"잘 됐군요. 멀리 가실 생각 말고 쉬세요. 그럴 기회도 쉽지 않잖아요."

아무리 바쁘지 않다고는 해도, 그녀를 오래 붙들고 있을 수는 없었다. 네시 반이었다. 그녀의 퇴근까지 한 시간 반 남아 있었다.

"지금 혼자 들어가기 싫은데요. 이따 같이 가면 안 될까요?"

그녀는 빙긋이 웃었다.

"왜 안 되겠어요. 든든한 보디가드를 대동하고 퇴근하니 얼마나 좋아요. 그때까지 어떻게 시간을 보낼 거예요?"

"시간 보낼 데는 많아요. 슬슬 걸어 책방에 가서 어떤 책들이 나와 있는지 살펴보고 내용도 슬쩍 훑어보고, 그리곤 어슬렁어슬렁 걸어오면 시간 다 돼요."

그녀의 퇴근시간에 맞춰 내가 다시 이 찻집에 와 있기로 했다. 우리는 찻집에서 나와 그녀의 회사 건물 앞에서 헤어졌다. 내가 했던 말대로 거기서 꽤 떨어져 있는 을지로 책방에서 책 몇 권 뒤적거리다가 찻집에 오니 오분 전이었다. 그녀는 그로부터 정확히 십분 뒤에 왔다.

아직도 해가 남아 있는 시각이어서, 우리는 충무로 명동을 거쳐 소공동으로 해서, 덕수궁 정문 맞은편 쪽 버스정류장까지 걸어갔다. 그러는 동안 나는 내일 하숙집으로 옮기겠다는 말을 했다. 그녀에게 나로 인해 쓸데없이 신경을 쓰지 않게 해주고 싶은 마음이 첫째 이유였고, 사리로 따져도 그래야 할 일이었다.

그리고 그녀가 바라는 대로 그녀에게 '정리'할 시간이 필요하다면, 지금처럼 둘이 같이 있으면서 자신들도 모르게 서로가 자칫 '감정의 혼란'을 겪기보다(어젯밤에 그랬었다), 차라리 '당분간' 떨어져 있는 게 좋으리라 여겼다. 그 기간이 얼마가 될지 나로선 알 수 없었다. 그러나 지금까지 보낸, 그녀에게로 향한 그리움과 안타까움의 그 오랜 세월에 비한다면, 하늘과 땅만큼의 차이인 지극히 '행복한 기다림'이 아닌가.

하숙집으로 옮기겠다는 내 말에 한동안 입을 다물고 있던 그녀는,

"영훈 씨 마음 잘 알아요."

하고는 다시 얼마 뒤 이렇게 물었다.

"영훈 씨가 하숙집에서 지내면 내가 신경을 안 쓰고 편하리라 여겨요?"

그녀가 오히려 신경을 더 쓰게 된다 해도, 내가 그녀를 위해 당장 할 수 있는 일은 그것밖에 없었다. 나는 아무 말 하지 않았다.

"그런 걸 따지기 이전에, 그러는 편이 좋다면 그래야겠죠. 그래요, 그럼."

그녀는 웃으며 말했다. 마지못해 '승낙'한 셈이었다.

"대신 영훈 씨가 어떻게 지내고 있을까… 그런 신경을 쓰지 않게 해줘야 해요."

"그러겠습니다. 매일 오전과 오후에 전화 드리고, 퇴근 때는 오늘처럼 충실한 보디가드의 역할 다하겠습니다."

나는 휴가 동안이라도 저녁에는 꼭 그녀를 데리러 갈 작정이었다. 그래도 정작 하숙집으로 옮기기로 정하고 나니, 어려운 숙제를 푼 듯 마음이 놓이는 한편 아쉽고 서운한 느낌을 지울 수가 없었다. 그녀가 그러지 말라고 했더라면 굳이 고집을 피우진 않으리라는 '기대'도 없지 않았던 것이다.

하긴 그녀로서도 어쩔 수 없을 것이다. 결혼하거나 정식으로 약혼한 사이도 아닌 남자를 집에서 언제까지나 기거하게 할 수는 없다. 우선 가족들에게 떳떳하지 못할 터이다. 아무리 딸이 하는 일을 '전폭 지지'한다는 부모에게도 마찬가지다. 그녀가 내키지 않는 마음이면서도 그러라고 하지 않을 수 없었던 데에는 그러한 이유도 있었으리라 여겼다.

그래서인지 그녀의 기색이 얼마간 달라진 느낌이었다. 별다른 표정의 변화가 엿보이진 않아도 무슨 생각에 잠긴 듯한, 조금 갈아 앉은 그녀의 기분이 내게 그대로 전해져 왔다. 처음에 내가 마음먹었던 것처럼 그녀가 하자는 대로, 또는 그저 '되어가는 대로' 내버려 둘 걸 하고 후회도 되었다.

그녀 부모 댁 가정부가 저녁준비를 다 해둔 모양이었다. 우리가 들어가자마자 중년의 그 아줌마는 가고 그녀가 식탁을 차렸다. 그녀는 '하숙집 음식이 변변치 않을 텐데' 하면서, 내게 여러 가지 맛깔스러운 반찬을 골고루 권했다. 그런데 그녀 자신은 거의 먹지 않았다. '오늘 점심 회식이 있어 많이 먹었더니' 하며, 이따 배가 고파지면 평창동에 가서 먹겠다고 했다.

밤에 그녀 부모 집 앞에서 헤어질 때도 그녀는 마치 집을 떠나보내는 어린 동생에게 당부하듯 했다.

"식사는 제때 잘 먹어야 해요. 방에 불 잘 넣어달라고 하세요. 밤엔 꽤 서늘해졌어요. 빨래는 그때그때 모아두었다가 가지고 와요. 퇴근 땐 보디가드 역할 하시겠다니, 밤에 늦게 다니지 말라는 말은 안 해도 되겠네요."

넷째 날

여덟시에 일어날 작정이었는데, 여섯시도 되지 않아 잠이 깬 뒤 머리가 무거웠음에도 정신이 말똥말똥해져 자리를 박차고 일어난 게 일곱 시. 나는 공연히 울적하기만 해서 한동안 거실 안을 왔다 갔다 했다. 욕조에 뜨거운 물을 받아 몸을 담글까 하다가 성가셔져 그만두었다.

그녀가 전화를 한 것은 여덟시가 마악 지나서였다. 집을 나서기 전에 하는 모양이었다. 나는 화장실에 있다가 부랴부랴 나와서 전화를 받았다.

"내가 잠을 깨운 건 아닌가요? 전화를 하지 말 걸 그랬죠?"
"무슨 말씀을요. 한 시간 전에 일어나 전화 기다리고 있었습니다."

즉흥적으로 나온 말이었다. 하고 보니 정말 그랬던 것 같았다. 그녀의 목소리를 듣는 것만으로도 기분이 좋아졌다.

"그랬어요? 전화하길 잘했네요. 그런데 왜 그렇게 일찍 일어났어요? 아침부터 하숙집에 가 있으려고요?"
"아닙니다. 버릇이 돼서인가 봐요. 지금 출근하세요?"
"그러려고 해요. 부엌 전기밥솥에 뜨뜻한 밥이 있을 거예요. 토스트를 만들어 드시든지 알아서 하세요. 안녕, 저녁에 만나요."
"네, 거기서 뵙겠습니다."

울적하던 기분이 싹 가셨다. 그래도 머리가 무거운 건 여전했다. 잠이 부족한 탓인가 보았다. 얼른 짐가방을 하숙집에 옮겨놓고 목욕탕에라도 가서 두어 시간 쉬고 싶었다.

열시 조금 지나 그녀의 집에서 나오기 전에 나는 흰 종이에 하숙집 전화번호를 적어 거실 탁자 위에 놓았다. 저녁에 만나서 적어주면 되지 하고 생각했으면서도 그렇게 한 것이었다. 그런데 그것만 달랑 적어놓으니 더욱 허전해 그 위에 다시 두어 줄 적었다. '벌써 보고 싶으니 어떻게 하지요? 저의 임시 비상연락 전화번호입니다. 언제든 호출하십시오.'

나는 혼자 쓸 수 있는 전화를 하숙집 내 방에 따로 놓을 생각을 하고 있었다. 본부의 총무과를 통해 '중요 국가기관 근무자용'으로 관계부처에 가설 협조요청을 하면 일반 신청자보다는 빨리 놓을 수 있다. 다음 주 출근하는 대로 신청서를 낼 생각이었다. 월남에 가기 전까지는 별로 필요를 느끼지 못해 주인집 전화를 이용했었다. 지금은 사정이 달라졌다. 가설비는 물론 전화요금을 전적으로 신청자가 부담하는 개인용이기 때문에 내가 어떻게 쓰든 관계없다.

하숙집에 오니 방 안이 썰렁해 도무지 들어앉아 있을 기분이 아니었다. 아궁이에 뻘건 연탄이 들어 있는데도 담요가 깔려 있는 아랫목만 뜨뜻했다. 조금 있으니 몸이 으슬으슬해져 밖으로 나와 목욕탕을 찾아갔다. 나는 사우나와 미지근한 물과 뜨거운 물에 번갈아 드나들며 땀을 빼고 몸을 식혔다 데우고, 다시 땀을 빼고 몸을 식혔다 데운 다음에 '휴게실'에 들어가 젖은 나무 평상 위에 수건을 깔고 누웠다.

헐벗은 산등성이에 혼자 찬바람을 맞으며 서 있는 꿈을 꾸다 눈을 뜨니 온몸이 싸늘하게 식어 있었다. 나는 뜨거운 물에 들어가 한참 동안 몸을 데웠다. 그렇게 하여 목욕탕에서 나왔어도 여느 때와는 달리 몸이 개운치가 않고 기운이 빠졌다. 두 시가 다 된 시각이라 하숙집에서 점심을 달라고 하기도 어중간했던 데다, 갑자기 우동이 먹고 싶어져 중국집으로 들어갔다.

더운 국물 때문에 땀이 났다. 밖에 나오니 햇볕이 따스한데도 몸이 떨리고 머리가 띵했다. '아뿔싸, 감기몸살이 시작되는가 보군'. 그 말이 입에서 절로 나왔다. 간혹 겪는 일이었다. 초기에 잡지 못하면 여러 날 고생하곤 했는데, 월남에 가 있을 때는 별일 없이 잘 넘겼었다.

나는 약국에서 아스피린을 사서 두 알을 먹고 들어와, 담요를 둘러쓰고 누웠다. 그녀에게 가려면 다섯시에는 나가야 급하지 않다. 시작하는 조짐이 기분 나빴다. 그래도 약을 먹었으니 두어 시간 자면 괜찮아지겠지 여겼다.

내가 어딘가로 빨려 들어가지 않으려고 몸을 뻗대며 허우적거리다가 잠을 깼다. 머리가 지끈거리고 스스로도 느낄 수 있을 만큼 열이 있었다. 벌써 여섯시가 가까웠다. 십분 전이었다. 놀라 몸을 일으키려 했으나 마음먹은 대로 되지 않았다. 일어났다가 어질어질해서 도로 주저앉았다. 낮에 우동 먹은 게 체했는지 속도 거북했다.

낭패였다. 당장 날아간다 하더라도 그녀의 퇴근시간에 맞출 수는 없다. 그녀에게 전화하는 일이 급했다. 마루에서 주인아주머니가 전화를 하려다 말고 내게 전화기를 밀어주었다. 마침 그녀가 자리에 있었다. 나는 일이 생겨 시간을 맞추지 못하게 되었다고 말하고, 이따 집으로 가겠다고 했다. 몸이 불편하다는 말은 나오지 않았다. 그녀는 바로 집으로 가 있겠다면서, 자기 걱정은 하지 말고 할 일 잘 끝낸 뒤 전화하라고 했다.

나는 조금만 더 쉬었다가 바로 그녀의 집에 갈 작정으로 방에 들어와 누웠다. 그러나 오분도 되지 않아 일어나지 않으면 안 되었다. 속이 뒤틀려 견딜 수가 없었다. 화장실에 가서 토하고 나니 속은 조금 갈아 앉았다. 그러나 한기가 더욱 심해지고 머리가 깨어져나갈 듯 아팠다. 나는 아스피린 두 알을 더 먹고 다시 누웠다.

그녀가 보고 싶었다. 빨리 일어나야 하는데… 빨리 일어나야지 하면서도 몸을 움직일 수가 없었다. 그냥 그녀의 집에 그대로 머물러 있었으면 좋지 않았을까 후회가 되다가도, 나의 이런 꼴을 그녀에게 보이지 않아 잘 되었다고 여기기도 했다.

또다시 어딘가로 자꾸 빨려 들어가려 하고 있었다. 그렇게 되면 끝장이라 몸을 뻗대보려고 안간힘을 썼다. 마음은 점점 더 급박해지고 괴롭기만 하여 견디기가 어려웠다. 어떻게든 견뎌내야 한다. 견뎌내야 한다. 그러나 빨아 당기는 힘이 갈수록 거세지자, 나는 공포에 질려 마구 소리를 내질렀다….

누가 방문을 열고 무어라고 하는 것 같았다. 누군지는 알 수가 없다. 무슨 말을 하는지도 알아들을 수가 없었다. 저리 가. 필요 없어. 나는 손을 흔들어댔다. 난 일어나야 해. 금방 가봐야 해. 아아, 빨리 가봐야 해…

얼마나 지났는지, 꿈결엔 듯 이름을 부르는 소리에 눈을 떴다. 누군가가 옆에 앉아 있었다. 여진이었다. 그런데 그녀가, 그녀가 왜 여기 있을까. 이건 꿈속이라고 생각했다. 꿈속이니까, 그래 꿈속이니까 상관없겠지, 하며 나는 그녀의 손을 잡았다….

그녀도 내 손을 잡았다. 의사가 왔을 때까지 나는 그녀의 손을 놓지 않고 있었다.

나는 다음 날 아침에야 전날 밤에 일어났던 일을 소상히 알게 되었다. 정신을 차린 내게 하숙집 아주머니와 그녀가 말해준 것이었다.

아홉시가 돼왔을 무렵, 아주머니는 내 신음소리를 듣고 방문을 열었다. 한눈에 내가 심하게 앓고 있음을 알 수 있었다. 물컵과 약(아스피린) 봉지가 있는 것을 보고 얼마간 안심을 했다. 저러다 괜찮아지겠거니 여기고 방으로 돌아갔다. 그런데 신음소리가 더 크게 들렸다. 어떻게 해야 할지 몰라 난감하기만 했다. 그때 그녀에게서 전화가 왔다.

일곱시 조금 못 되어 집으로 돌아온 여진은 탁자 위에 놓인 메모를 보았다. '벌써 보고 싶으니 어떻게 하지요? 저의 임시 비상연락 전화번호입니다. 언제든 호출하십시오.'

나의 하숙집 전화번호를 수첩에 옮겨 적은 그녀는 내가 쓴 메모 종이를 없애고 싶지 않아 책방의 책상 위에 갖다 놓았다. 여덟시가 지나도 아무 연락이 없어 혼자 저녁을 먹었다. 나 스스로 한 '약속'을 내가 지키지 못할 정도라면 보통 일은 아닌 듯하니, 그럴 사정이 생겼거니 하고 기다렸다.

아홉시가 되어도 전화가 오지 않자 부쩍 이상한 느낌이 들었다. 내가 약속을 지키지 못한 것 자체도 그렇거니와, 지금까지 전화 한 통화 없는 건 아무리 생각해도 나답지 않은 일이었다. '비상연락 전화'를 이때 쓰지 않고 언제 쓰랴 싶어, 그녀는 하숙집으로 전화했다.

주인아주머니는 나를 찾는 젊은 여자가 누굴까 알아볼 경황도 없이, '그 양반 지금 인사불성이 될 만큼 앓고 있어요' 했다. 깜짝 놀란 그녀는 하숙집 주소와 위치를 물어 급히 와서, 아주머니한테 의사를 불러 달라는 부탁부터 한 것이었다.

독감에 바이러스성 급체가 겹친 것이라고 진단한 의사는 주사를 두 대나 놓아주며, 며칠 잘 쉬도록 하라고 그녀에게 일렀다. 그녀가 내 옆에서 떨어지려 하지 않아, 자기가 약을 가지러 병원에 갔다 왔다는 아주머니는 그녀를 두고 '김 선생이 어떻게 되실까봐 안절부절못하더니 의사가 다녀간 뒤에야 얼굴에 화색이 돌더라'고 나중에 내게 말해주었다.

내가 잠든 뒤 그녀는 아주머니에게 몇 가지를 간곡히 당부했다. '아주머니께서 신경 좀 써주세요. 곁에 누가 있어야 하는데 아무도 없잖아요. 약 먹을 시간 머리맡에 써두고 갑니다만, 일어나는 기척이 나면 주의를 주세요. 아침에 맑은 콩나물국 좀 끓여주시면 좋을 텐데요. 밤중에 연락하실 일이 생기면 꼭 전화해 주세요.' 그리고는 내일 오겠다면서 열한시가 지나 돌아갔다.

다섯째 날

새벽녘에 잠을 깬 내 눈에 제일 먼저 띈 것은 그녀가 써놓고 간 '약 복용시간' 쪽지였다. 아랫부분에 긴 편지의 추신처럼 한 줄 덧붙여져 있었다. '여진이 올 때까지 이 집에서 한 발짝도 나가지 마시압.'

나는 나의 바람과는 반대로 그녀에게 더 큰 불편을 주게 되어 몹시 당혹스러웠던 한편, 그녀가 다녀갔다는 사실로 하여 흐뭇하기 그지없는 마음이었다. 나는 그녀가 쓴 것을 글자 하나하나를 따로 떼어 훑듯이 여러 번 되풀이 읽고, 약 한 봉지를 먹은 뒤에 또 읽었다. 몸의 열이 조금 가신 것 같고 거북하던 속도 편했다.

아침에 그녀는 일찌감치 왔다. 일곱시가 조금 지났다. 나는 그녀가 저녁에나 들르지 않을까 여겼었다. 내가 깨어 있음을 알고 방에 들어온 그녀는 일어나려는 나를 그대로 누워 있게 하고 내 이마를 짚어보며 모습을 살핀 뒤, 새삼 방 안을 둘러보고 있었다.

책상과 의자, 책상 옆 몇십 권의 책이 꽂혀 있는 책꽂이, 그 맞은편에 덩그러니 놓여 있는 작은 옷장 하나… 그것들 외에는 벽에 그림 한 장 붙여져 있지 않아, 나 자신이 보아도 어설프기 그지없었다. 그녀는 무슨 말을 하려다 말고, 때마침 아주머니가 들고 온 나의 아침상을 받았다.

그녀는 집에서 먹고 왔다면서 아주머니가 들여놓으려는 식사를 끝내 사양했다. 나는 그녀가 이처럼 이른 시간에 아침을 먹고 오지는 않았으리라 짐작하면서도 권하지는 않았다. 그녀가 아무데서나 음식을 잘 먹지 않는다는 것을 알고 있기 때문이었다.

나는 콩나물국에 밥을 말아 억지로 조금 먹었다. 그녀가 지켜보고 있지 않았더라면 그나마도 먹지 못했으리라. 그녀는 방에서 나가며 내게 어젯밤 쪽지에 쓴 것과 비슷한 당부를 하는 것을 잊지 않았다.

"조금 나아졌다고 바람 쐬러 나가거나 해선 안 돼요. 내가 언제 올지 모르니 방에 가만히 누워 있어요. 약 거르지 말구요."

그녀가 가자마자 새로 끓인 보리차 주전자를 가지고 들어온 아주머니는 방 안에서 머뭇거리며 궁금증을 내보였다.

"누구예요, 그 아가씨? 하는 양을 보면 아가씨가 아닌 것 같기도 하고…"

"하는 양이 어땠는데요?"

"아주 듬직한 규수예요. 요즘 그런 아가씨가 어디 있나요. 몹시 안쓰러워하고, 이것저것 알뜰히 보살피려 애쓰는 모습이 꼭 객지에 혼자 나와 있는 아들이나 동생을 보러온 어머니나 누나 같더라니까요. 그리고 김 선생도 그 앞에선 온순하고 고분고분하기가…"

아주머니는 더 말을 잇지 못하고 웃었다. 그러다가 내가 입을 다물고 있으니 더 묻지 않고 나가버렸다.

한시 조금 지나서 하숙집에 온 여진은 누워 있는 내 옆에 바싹 다가앉아 정색을 하며 말했다.

"영훈 씬 무엇이든지 내가 하자는 대로 하겠다고 했죠?"

나는 머리를 끄떡거렸다.

"그렇습니다. 무엇이든지… 단 한 가지만 빼놓고요."

"그게 뭐예요?"

"그건… 그건 나중에 말할게요."

"좋아요. 그건 다음에 듣기로 하구요. 영훈 씨 지금 걸을 수 있죠?"

"배탈이 나고 감기에 걸렸을 뿐인 걸요, 뭐. 지금은 거의 다 나았어요."

"아직 다 나은 건 아니죠. 하지만 걸을 수 있다면 됐어요. 우리 집으로 가요, 지금."

"집으로요?"

"그래요. 집으로… 싫어요?"

싫다니. 어디에서건 그녀와 떨어지지 않아도 될 날이 하루빨리 오기만을 바라고 있는 내가 아닌가.

"싫진 않지만요…"

"그럼 됐어요."

"그렇지만…"

그녀는 내 마음을 다 안다는 듯이 말했다.

"나를 편하게 해주고 싶어요? 내가 하루 두 번씩 매일 왔다 갔다 하기를 영훈 씨가 바란다면 여기 그대로 있어도 좋아요."

"아닙니다. 가겠어요. 가고말고요."

그녀가 방에서 나가자 나는 자신도 모르게 자꾸 웃음이 나오려는 것을 억지로 참으며 일어나 옷을 갈아입었다. 그녀와 같이 있게 되는 것만큼 기쁘고 좋은 일은 없었다. 나는 머릿속에 무언가 잔뜩 끼어 있는 것처럼 편치 않고 어수선하고 온몸이 뻐근하긴 해도 견딜만했다.

나는 그녀의 집에서 올 때 가져왔던 가방을 다시 챙겼다. 갈아입어야 할 옷가지들이 거기 다 들어 있었다. 책 몇 권과 노트를 포함하여 늘 내 옆에 두고 있는 소지품들도 모두 그 안에 넣었다. 그로부터 나는 그녀와 함께 하숙집에서 나와 그녀의 집에 닿을 때까지, 그리고 그 뒤에도 한참 동안 마치 이러기를 기다려온 듯 어깨춤이라도 추고 싶은 신나는 기분을 감추려고 애를 쓰지 않으면 안되었다.

그녀는 그저 모른 척하고 있긴 했지만, 그러한 내 기분을 알아차리고 몹시 흡족해 했다. 그러는 한편 그녀는 집으로 가는 택시 안에서 무엇을 골똘히 생각하는 듯한 표정을 짓고 있었다.

그녀의 집에는 그녀 부모 댁 가정부가 와 있었다. 집안이 후끈

한 걸로 보아 나를 위해 일부러 난방을 해둔 모양이었다. 내가 기거하던 방에는 이부자리가 펴져 있었다. 그녀는 내게 마음 편히 쉬라고 당부하고 회사에 잠깐 들렀다 오겠다면서 나갔다. 벌써 세 시가 돼오고 있었다.

그녀와 함께 하숙집에서 나올 때만 해도 거의 다 나은 것 같았는데, 아직도 열이 달라붙어 있는지 머리가 띵하고 몸이 떨렸다. 하지만 그녀의 당부가 아니라도 마음은 그지없이 태평스럽고 기분도 좋았다. 내 몸이 어떻게 되든 이제 모든 것을 그녀에게 맡겨두면 된다는 생각에 웃음이 절로 나올 만큼 기뻤다.

그로부터 일곱시 조금 못 되어 그녀가 돌아왔을 때까지 나는 잠에 빠져 있었다. 그전에 누가 방문을 두드리고 무어라고 한 것 같은데, 약기운 때문인지 일어날 수가 없었다. 나중에야 가정부가 가면서 '저녁 준비 다 돼 있으니 이따 국물만 데우면 된다'고 했던 게 생각났다.

그녀는 이날 밤 부모 댁에 가지 않았다. 몸이 편치 않은 나를 혼자 두고 갈 수가 없었나 보았다. 이날따라 혼자 있기 싫었던 나는 몹시 기뻤다. 이곳이 그녀의 집이므로 '나는 괜찮으니 걱정 말고 어서 가라'고 하지 않아도 되는 사정이 얼마나 다행스러웠는지 모른다.

내가 약을 먹는 것을 보고 일찍 쉬라면서 방에서 나가려던 그녀가 주춤하며 물었다.

"아까 영훈 씨가 하숙집에서 한 말 있죠? 한 가지만 빼놓고 내가 하자는 대로 다 하겠다고 한 것 말이에요."

"네, 분명히 말씀드렸어요. 그 한 가지는 안 되고 말고요."

"그게 무엇인지 물어봐도 돼요?"

"그걸 말하라고요?"

나는 머리를 내저었다.

"나중에요. 지금은 말하기 싫어요. 나중에 말하겠습니다. 감기 다 나은 뒤에요. 그래도 되겠어요?"

"할 수 없군요. 나중에 듣기로 할 수밖에요."

"저어… 어젯밤에 제 손 잡아주신 것 감사해요."

내가 웃으며 하는 말에 그녀도 웃으며 말했다.

"내가 영훈 씨 손을 잡은 게 아니라 영훈 씨가 내 손을 잡았어요. 한참 동안 꼭 잡고 있었어요."

"그게 그것, 같은 말 아닌가요?"

"그런데 그걸 어떻게 기억해요? 정신이 없었던 것 같은데…"

"그러게 말이에요. 아파서 정신이 없었어도 그 기억은 생생하고 또렷하니 참으로 신기하지요. 그 순간에 제가 무슨 생각을 했는지 아세요?"

"무슨 생각을 했는데요?"

"이젠 죽어도 좋다…고요."

"맙소사… 지금은 어때요?"

"이젠 거꾸로예요. 몹시 살고 싶어요. 몹시…"

"그렇다면 됐어요. 잘 쉬어요. 필요한 게 있으면 불러요. 언제든지."

그녀는 웃으며 방에서 나갔다. 그럴 일이야 없으리라 여겼지만, '혹시 그럴 일이 생기면 그녀를 어떻게 부르지'하고 나는 혼자 기분 좋은 상상에 잠겼다. '윤 선생님'이라 하긴 싫고, '여진 누나'는 전부터 입에서 나오지 않았던 것, 또한 느닷없이 '여진 씨'라 할 수도 없는 일이었다. 나는 몸을 움직이지 못하는 사태가 오지 않는 한, 엉금엉금 기어서라도 내가 그녀의 방문을 두드릴 수밖에 없다고 생각했다.

여섯째 날

아침에 그녀가 깨워 약을 먹은 게 여섯시였다. 잠깐 누워 있다 일어난다는 것이 다시 잠이 들어 아홉시가 지나서야 깼다. 적이 놀라 방에서 나오니 가정부가 '아침상 올릴까요?' 한다.

"언제 나가셨어요?"

물론 그녀를 두고 물은 말이었다.

"여덟시 조금 지나서요. 일어나실 때까지 깨우지 말라고 하시데요."

"네에… "

나는 도로 방에 들어가려고 하다가 아침상 올릴까 묻던 생각이 나서, '아침 지금 먹겠어요' 했다. 세수를 하고 방에 들어가니 이미 밥상이 들여놓아져 있었다. 머리가 한결 가볍고 몸도 훨씬 가뿐해졌는데도 입맛이 그리 당기지 않는다. 내가 들어간 기척을 듣고 부엌에서 나온 가정부가 방문 밖에서 말했다.

"식사 많이 드세요. 그래야 빨리 기운을 차리시지요. 남기시면 상을 물리지 말라고 했어요. 이따 전화해서 물어볼 거예요. 보나마나죠."

"알겠습니다. 많이 먹으려고 해요."

말이 끝나고 얼마 지나지 않아 전화벨이 울리는 소리가 났다. 그녀임이 틀림없었다. 가정부는 '지금 차려 올렸어요.' '많이 잡숫겠다고 했어요.' '네에, 그럭허세요.'하고는 전화를 끊고, 나 들으라는 소리로 '그 보세요, 금방 전화가 왔잖아요' 했다.

나는 아무리 많이 먹으려 해도 밥 한 공기 이상은 먹게 되지 않았다. 조개를 넣어서 끓인 시금칫국 때문인지 땀이 나서 난방을 조금 줄이도록 했다.

"이만하면 많이 먹은 거예요. 또 전화하시거든 아주 많이 잘 먹었다고 해주세요."

마흔은 넘어 보이는 가정부는 내가 하는 말에 정색을 하고 머리를 내저었다.

"아니에요. 그런 거짓말은 하는 게 아니랍니다."

"아침은 원래 잘 먹지 않거든요. 이따 점심때 많이 먹지요."

그렇게 얼버무린 나는 점심도 많이 먹지 못했다. 아침을 먹고 다시 잠들어 한시가 지나 가정부가 깨워서야 겨우 일어난 터에, 무엇이 먹고 싶을 리도 없었다. 그 사이 그녀에게서 한 번 더 전화가 왔었다고 한다. 아마도 그래서 가정부가 나를 깨운 것 같았다.

점심상을 내가려고 방에 들어온 가정부는 새삼 나를 물끄러미 쳐다보며 혼잣말하듯 중얼거렸다.

"정말 정성이지. 밖에 나가 있는 어미가 집에 둔 어린 자식 생각하듯 한다니까요."

가정부가 나가자 나는 다시 이불을 둘러쓰고 누웠다. 입은 계속 벙긋거리고 눈엔 눈물이 핑 돌았다. 이제 다시는 그녀와 떨어지고 싶지 않았고, 이 집에서 나가기도 싫었다. 그런데 쉽게 그렇게 될 수가 있을 것인가. 어떻든 빨리 자리를 박차고 일어나야 한다. 그러한 마음과는 달리 다시 스르르 눈이 감겼다.

내가 잠을 깬 것은 그녀가 돌아온 뒤였다. 댓 시간은 좋게 잔 셈이었다. 어지러운 꿈도 꾸지 않고 깊이 자서인지 머리가 맑고 몸도 아주 가벼워져 밖에 나가 걸을까 하는 생각이 들었다. 그녀가 그러지 말라고 할 게 틀림없으므로 그냥 참고 있기로 했다. 만약 몸의 상태가 이대로라면 내일부터는 '환자 노릇'을 할 필요가 없다고 여겼다.

"이젠 얼굴에 혈색이 돌아오는 것 같네요."

이날 밤에도 그녀는 평창동 집에 가지 않았다. 어젯밤처럼 내가 약을 먹는 것을 보고 일찍 그녀의 방에 들어갔다. 나는 좀 더 이야기를 나누고 싶은 것을 누르고 일찌감치 방의 불을 껐다.

일곱째 날

나는 일찍 잠을 깼다. 일곱시였다. 열이 싹 가신 것 같고 배가 고팠다. 배고픔을 느낀다는 것은 건강을 거의 완전히 회복했음을 뜻하는 것이었다. 그러면 어떻게 되는가. 다시 하숙집으로 가야 하는가. 그 생각 자체만으로도 아주 싫은 기분이었고 울적해지기까지 했다.
내가 하숙집에 가기 싫다고 하면, 그녀는 물론 가지 말고 여기서 지내라고 할 것이다. 처음에 그랬던 것처럼. 그러나 그런 방식으로라면, 그녀의 집에서 그저 '기식'하는 방식으로라면 하숙집으로 돌아가는 것과 별 차이가 없지 않은가. 그렇다. 그녀에게 정식으로 구혼하는 길밖에 없다.
그런 생각을 하는 것만으로 가슴이 세차게 뛰었다. 오늘 그녀의 얼굴 표정이 어떨까. 밖에서는 그녀의 기척이 났다. 가정부도 이미 와 있었다. 나는 그녀에게로 가서 그녀의 얼굴을 보며, 반가이 아침 인사를 하고 싶은 것을 가까스로 참고 있었다.
얼마쯤 지나 '영훈 씨 일어났어요?'하고 물은 그녀가 내 대답을 듣고 방문을 열었을 때, 나는 뛰는 가슴을 진정시키지 못한 채 어정쩡하게 선 자세로 그녀를 쳐다보았다.
"아, 일어나 있었네요. 좀 어때요?"
그녀는 뜻밖이라는 듯, 그러나 더할 나위 없이 밝은 얼굴로 말했다.

"좋아요. 기분도 좋고 몸도 날듯이 가벼워요."

나는 마치 자신의 비밀을 엿보이기나 한 것처럼 당혹스럽고 수줍은 마음이기도 해서 얼마간 과장된 표현을 썼다.

"그래도 하루쯤은 더 조리를 하는 게 좋겠어요. 오늘이 금요일이니, 내일과 모레 글피까지 사흘을 잘 보내야 화요일 출근하는데 아무 지장이 없을 것 아녜요? 식사 지금 하실래요?"

"네, 오늘은 아침부터 배가 고파요. 그런데 저도 식탁에서 같이 하면 안 될까요? 더 이상 환자취급 받기 싫거든요."

"그래요. 대환영이죠. 나와요."

두 사람이 마주앉아 식사하는 모습을 가정부는 흘끔흘끔 쳐다보았다. 내가 금방 밥 한 공기를 비우자,

"일어날 생각 마시고 조금 더 들어요."

하고 그녀가 얼른 밥을 퍼주었다. 얼마 뒤 출근하는 그녀를 문 밖에서 배웅하고 들어온 나는, 가정부가 부엌에서 혼자 중얼거리는 말을 들었다.

"사람은 혼자서는 못 살지, 못 살아. 남자 여자 때가 되면 같이 살아야 하는 것이야."

나는 방 안에서 오락가락 서성거렸다. 그녀의 말대로 오늘 하루는 더 조리를 하는 게 좋으리라 여겼으나, 드러눕고 싶지는 않았다. 잠은 그저께 여기 온 뒤로 낮 밤 가리지 않고 마음 편히 많이 잔 셈이었다.

다시는 그녀와 떨어지기 싫다⋯ 나는 소리 내어 중얼거렸다. 그러나 확실하고 확고한 것은 내 마음뿐이었다. 그녀에게 어떻게 '정식으로' 구혼을 해야 할는지도 생각이 떠오르지 않았다. 나는 그녀가 오늘 회사에 가 있는 동안, 또는 늦어도 내일모레 일요일

안에는 잡다한 '생각'들을 한 가닥으로 정리하고 '결판'을 내야 한다고 마음을 다잡아먹었다. 아니 마음을 '다잡아먹은' 것이 아니라, 그녀에게로 향한 나의 모든 욕구와 갈망이 절로 그 한줄기로 쏠려가고 있었다.

오후 들어 가정부가 나가고 없는 사이에 그녀의 전화를 받은 나는 이따 여섯시에 회사 건물 옆 찻집에 나가 기다리고 있겠다고 일방적으로 '통고'하다시피 했다. 처음엔 나오지 말라고 하던 그녀는 내 마음을 돌리기 어렵다고 여겼는지, '건강이 완전히 회복된 것으로 자신한다면'이라는 조건을 달고 물러났다.

나는 기다리는 시간이 지루해서 네 시도 되지 않아 그녀의 집에서 나와 우선 대중목욕탕에 들어갔다. 감기로 며칠 동안 샤워 한번 하지 못해 몸이 찌부등하기도 했지만, 그렇게라도 하여 시간을 빨리 보내고 싶었다.

나는 여섯시 십분 전에 찻집에 도착했다. 그녀의 퇴근 시간이 여섯시이니 십오분 정도만 기다리면 된다고 생각하고 있었는데, 오분도 지나지 않아 그녀가 왔다.

"영훈 씨가 와 있을 줄 알면서 느긋하게 앉아 있을 수 있어야죠. 조금 먼저 나왔어요."

"전 얼마든지 기다려도 되는데요."

"내가 지루했어요. 십분 일찍 나온 게 대수겠어요. 오늘 일 마무리 잘했으니까 걱정 말아요."

우리는 곧 찻집에서 나와 지난 월요일처럼 충무로 명동을 거쳐 소공동으로 해서, 덕수궁 정문 맞은편 버스정류장까지 걸어갔다. 그녀가 피곤해질지 모르니 택시를 타고 가자는 것을 내가 백 퍼센트 건강을 회복해서 괜찮다고 우긴 것이었다.

그날 거기까지 걸어오는 동안에 나는 그녀에게 하숙집으로 옮기겠다는 말을 했었다. 이날도 나는 꼭 하고 싶은 말이 있었으나, 결국 입 밖으론 내지 못한 채 버스를 탔다. 그녀의 집에 와서 그녀와 마주 앉은 식탁에서는 물론, 그녀 부모 댁 앞에서 헤어질 때까지도 하지 못했다.

그녀는 이날 저녁식사를 끝내고 얼마 지나지 않아 내게 오늘은 부모님 집에 가야 하니 데려다 달라고 했다. 이젠 그 혼자 지내도 된다고 여겨서인지, 아니면 정말 그럴 일이 있어서인지는 알 수 없으나, 나는 그러는 그녀를 충분히 이해하고, 또 그래야 한다고 생각하면서도 실망스러움을 완전히 지우지는 못했다. 내가 그녀에게 하고 싶은 말을 끝내 하지 못한 것은, 그런저런 일들로 보아 아직 '때'가 아닌 것 같았기 때문이었다.

내 마음을 들여다보기라도 한 듯 헤어질 즈음, 그녀는 내게 하고 싶은 말이 있으면 감춰두지 말고 꼭 그때그때 해야 한다고 했다.

"우리가 어린애들도 아닌데 못 할 말이 있어요?"

그녀의 말에 마음이 놓인 나는, 그러나 잘 쉬라는 밤 인사를 해야 할 순간에 '심각한' 말을 하기는 역시 부적당하다고 생각했다.

"그럴게요. 아무것도 감춰두지 않겠어요. 어서 들어가 잘 쉬세요. 그리고 내일 뵙겠어요."

"영훈, 잠깐만."

나는 돌아서서 몇 걸음 옮기다 말고 다시 그녀 앞에 와 섰다.

"그게 뭐죠? 내가 하자는 대로 다 해도 한 가지만은 하지 못한다는, 그 한 가지가 뭐죠?"

갑자기 내 가슴이 꾹 막혀왔다. 바로 앞에 두고 있는 그녀에게로 향한 솟구치는 그리움이, 그것을 제대로 드러내지 못하는 아품과 함께 찾아온 것이다. 벌써 세 번째인 그녀의 물음에 이번에는 대답을 하지 않을 수 없었다.
"만나지 말자거나 헤어지자거나… 그런 것 말예요. 죽는 게 차라리 낫지, 제가 그럴 수는 없다는 것 아시지요?"
말을 마치고 나는 그녀가 무어라고 할 새도 없이 뒤돌아 얼른 모퉁이를 돌아나갔다. 나는 격해지려는 감정을 누르며 언제나처럼 걸어 그녀의 집으로 향했다.

여덟째 날

전화벨 소리에 일어난 나는 얼른 거실로 나와 송수화기를 들었다. 그녀였다.
"내가 잠을 깨웠어요?"
"아니에요. 일어나려던 참이었습니다. 여덟 시나 된 걸요. 잘 쉬셨어요?"
"그러믄요. 영훈 씨는요? 잘 잤어요?"
"잘 자고 말고요. 지금 출근하세요?"
"조금 이따요. 오늘은 한시에 마쳐요. 영훈 씨와 밖에서 점심 먹고 데이트하고 싶은데요."
"저도 그러고 싶어요. 시간 맞춰 거기로 나가겠습니다."
"그러세요. 나중에 봐요. 아침 거르지 말아요."
오늘은 그녀에게 하고 싶은 말을 꼭 해야겠다고 나는 별렀다. 그런 뒤에 여기 계속 눌러 있거나, 다시 하숙집으로 가도 가리라 스스로 다짐하고 또 다짐했다.
한시 조금 지나 그녀의 회사 옆 찻집에서 만난 우리는 충무로에 새로 생겼다는 경양식집으로 갔다. 식사를 하고 커피를 마시며, 다른 사람들의 방해를 받지 않고 이야기도 나눌 수 있게 꾸민 곳이었다. 그녀도 처음 와본다고 했다. 우리는 웨이터가 안내해주는 자리에 마주 앉았다.

이날 그녀는 머리를 뒤로 모아 묶어 그 환한 얼굴을 온통 드러내고 있었다. 지난해 여름 시골 학교에서 오랜만에 처음 보았을 때도 그랬던 것처럼, 그녀가 직장에 나가기 때문이기도 하겠으나, 머리모양이 두 볼을 가리는 단발 스타일이 보통이었고, 집에서도 대개 그렇게 지냈다.

한 주일 전에 내가 월남에서 돌아왔을 때 공항에서 본 그녀의 모습이 오늘과 같았다. 마치 자잘한 꽃들 속에 활짝 핀 한 떨기 큰 꽃처럼 단연 돋보여 많은 사람들 속에서도 제일 먼저 눈에 띄었다. 그리고 보니 색깔이 들어간 듯 만 듯한 연보라 수츠 차림도 그날과 같았다. 일 년 만에 그녀를 보았던 그때의 감동이 되살아났다.

"예쁘고 아름다워요. 오늘은 특별히 더 그래요."

그녀를 앞에 두고 그녀에게 처음 해보는 말이었다. 늘 생각하고 있는 사실, 늘 마음속에 품고 있는 것을 그녀에게 직접 말로 표현하는 것이 내게는 쉽지 않았다. 그녀가 어린 시절부터 아는 사이이고 나보다 나이도 많은데다, 포근하면서도 조심스럽기만 한 대상이었기 때문이기도 했다.

그런데 그 말을 하고 나니 그녀가 더욱 가깝게 느껴지고, 그녀에게로 향한 뜨거운 감정의 격류가 나를 뒤흔들어, 그것을 잠재우느라 나는 한동안 마음을 가다듬지 않으면 안 되었다.

"영훈 씨도… 새삼스럽게… 제 눈에 안경이라더니… 그래도 영훈 씨한테서 그 말을 들으니 기분이 나쁘진 않네요."

그녀는 얼마간 당황해하는 듯하다가 이내 활짝 웃으며 말했다. 식사를 하고 시간이 지나는 동안 실내의 열기로 해서인지 그녀의 얼굴이 고운 분홍빛으로 물들었다. 그것은 어릴 때 우리 집 뜰의 장밋빛을 닮았던 그 시절 그녀의 불그스름했던 얼굴빛과 같기도 했고, 또 전혀 달라 보이는 것이기도 했다.

달라 보이는 것은 그러한 모습으로 나를 쳐다볼 때 번뜩이는 그녀 눈길의 강렬함, 그것이었다. 나는 그녀의 아름다움 말고, 그와 같은 여성으로서의 강렬함을 그녀로부터 엿보기는 처음이었다. 지금까지 나는 그녀의 더할 나위 없는 아름다움에 취해 그 안에 감춰진 것을 미처 보지 못한 것이었다. 나는 그녀의 그 힘에 끌려 들어가는 느낌이었다.

"그 말이 기분 나쁘지 않으시다면… 언제나 제가 곁에 있으면서 그 말을 하게 해주십시오. 언제나 곁에서 말이에요, 언제나… "

하고 나니 '나와 결혼해 주십시오'라는 말과 같은 뜻이 되어버렸다. 그것은 내가 오늘 꼭 하고 싶었던 바로 그 말이기도 했다. 그녀는 빙그레 웃으며 되물었다.

"정말 언제나 내게 그 말해 줄 거예요?"

"그럼요. 언제나…"

내게 있어 '그 말'은 그녀를 '사랑한다'는 말과 같다. 그렇다. 나는 언제나, 어릴 때나 철들었을 때도, 떨어져 있을 때나 다시 만난 뒤에도 한결같이 그녀를 사랑했고, 앞으로도 언제나 그녀를 사랑한다. 자신의 그 마음에 결코 변함이 있을 수 없음은 물론, 그 사랑에 덜함이 있을 수도 없다고 나는 속으로 수없이 뇌이고 또 뇌였다.

세시가 지나 경양식 집에서 나와 언제나와 마찬가지로 덕수궁 정문 맞은 편 버스정류장까지 걸어온 우리는 집에 바로 가기는 이른 시각이라 거기서 다시 걸어 광화문을 거쳐 경복궁으로 들어갔다. 그녀는 대학을 나와 잠깐 출판사에서 일할 때나, 그 뒤 교편생활을 할 때도 토요일이면 집으로 가는 도중에 있는 경복궁에 가끔 혼자 들러 시간을 보내곤 했다고 한다.

우리는 연못가의 노랗게 물든 잎들을 달고 있는 큰 나무 아래 벤치에 앉았다. 거기까지 오는 동안에 우리는 주로 일상적인 이야기를 나누었다. 내가 별렀던 말은 이미 해버린 거나 마찬가지이므로 이젠 그녀의 말을 들을 차례여서, 나는 그것을 기다리고 있는 셈이었다. 그녀는 그에 대해선 내내 아무 말도 하지 않고 있다가, 해가 기울고 바람이 차져 앉은자리에서 일어났을 때에야 한마디 꺼냈다.

"내가 영훈 씨 곁에서 늘 그 말을 들을 자격이 있을까요?"

웃음을 띠며 슬쩍 가벼이 하는 말투이긴 했으나, 오래 생각한 끝에 하는 말임에 틀림없었다.

"무슨 말씀을요. 자격이라니요. 저야말로 무슨 자격이 있겠어요. 부끄러울 따름인걸요."

밖으로 나와 곧 세검정 행 버스를 탄 우리는 그 이상 별다른 말을 나누지 않았다. 버스에서 내려 그녀의 집으로 가는 동안에도 마찬가지였다. 그녀는 가게에서 포도주 한 병을 사며 이렇게 말했을 뿐이었다.

"영훈 씨의 건강 회복을 축하해야죠. 그러고 싶어요."

저녁식탁은 이미 준비되어 있었다. 그녀가 가정부에게 몇 시쯤 들어간다고 말해둔 모양이었다. 가정부가 돌아간 뒤 우리는 식탁에 마주앉았다. 어둠이 깃드는 창밖으로 도시의 불빛들이 돋아나고 있었다.

내가 포도주병을 들어 그녀의 잔에 먼저 따르고, 그녀가 그것을 받아 내 잔에 따랐다. 우리는 잔을 들어 부딪친 다음에 그것을 입으로 가져갔다. 그녀가 빙긋 웃으며 먼저 한 모금 마시고, 나도 웃으며 뒤따라 한 모금 마셨다. 내 잔이 비자 그녀는 그 잔을 채워 주었다.

"마실 수 있으면 더 마셔요. 아니면 잔에 그대로 남겨 두시고."

나는 그녀와 식사할 때는 늘 한잔 이상은 마시지 않았었다. 더 마신다고 취하거나 주정을 할 것도 아니었으나, 그녀에 대한 예의와 조심스러움이 그렇게 하게 했다. 그런데 오늘은 그러한 격식을 벗어나고 싶었다.

"한잔 더 마시겠어요. 그러고 싶은걸요."

언제나 입에 대다 말곤 했던 그녀도 식사를 끝낼 때까지 여러 모금 마셨다. 그녀는 그 때문에 감정의 영향을 받는 것 같지는 않았다. 나도 그 점에서는 같았다. 다만 그것이 오늘은 그녀의 확실한 '대답'을 들어야 한다는 결심을 스스로 더욱 굳히는 촉매제는 되었다.

"오늘은 평창동 부모님 댁에 가시지 않으셨으면 합니다."

거실 소파로 자리를 옮겨 과일을 먹으며 내가 말했다.

"평창동에 가지 말라구요?"

"집을 두고 어디로 가신다는 것도 그렇고요… 여기서 주무셨으면 해서요."

"영훈 씨 분부라면 그래야겠죠."

그녀는 별다른 표정의 변화 없이 말했다.

"부탁입니다. 아무 데도 가시지 말고 여기 계세요. 그러실 거지요?"

"그러겠어요."

하며 나를 쳐다보는 그녀의 눈길에서 나는, 낮에 경양식집에서처럼 번뜩이는 강렬함을 볼 수 있었다. 또한 나는 다시금 자신이 그녀의 그 힘에 끌려들어가는 느낌이었다. 그런데 이번에는 그녀의 그 힘이 너무 강해 나는 자신을 제어하지 못 했다.

나는 일어나 탁자를 돌아 그녀 앞 카펫 바닥에 무릎을 꿇듯이 하고 앉아, 두 손으로 그녀의 두 손을 모아 잡았다.

"아무 데도 가시지 말아요. 저도 이젠 어디에도 가고 싶지 않아요. 언제나 언제까지나 옆에 있고 싶어요. 영원히 같이 있고 싶어요. 매일 매시간 순간순간 떨어지지 않고 같이요. 가장 가까운 친구나 누나 동생으로서가 아니고요, 그러한 사이에서 있을 수 있는 모든 것들이 다 포함된, 아니 그 이상의, 한 몸이나 다름없이 되어… 말이 불완전하여 내 마음을 다 표현할 수가 없군요. 결혼해서 말이에요… 저와 결혼해 주십시오. 그러실 거지요?"

나는 잡고 있던 그녀의 손에 여러 번 입을 맞춘 뒤, 그 손을 풀고 가지런히 모은 그녀의 무릎 위에 내 얼굴을 댔다. 한 겹 스커트로 가려진 그녀의 살갗에서 그녀의 체온이 따스하게 전해져 왔다. 그녀는 한 손으로 내 머리를 쓰다듬고 머리칼을 부드럽게 쓸었다.

"제가… 가정적인 배경도 없고 사회적으로도 하잘것없는, 고아나 다름없는 존재라는 건 잘 아시지요? 전 개인적으로 결점도 많아요. 나이는 들었어도 철이 들지 않고 늘 어린애처럼 굴고 있기만 하지요. 나 자신이 생각해도 한심스럽기 그지없어요. 제가 내세울 수 있는 건 단 하나, 우주보다 더 크고 깊은 사랑입니다. 제가 이 세상에서 사랑이라는 말을 붙일 수 있을 만큼 몸과 마음을 다해 사랑하는 이는 단 한 분뿐입니다. 어릴 때부터 이십여 년 동안 줄곧… 그것도 잘 아시지요? 그 사랑을 곁에서 더욱 키워가고 싶어요. 그리고… 한 몸이 되고 싶어요."

그녀는 계속 내 머리를 쓰다듬고 머리칼을 부드럽게 쓸면서 말했다.

"아까 영훈 씨에게 내가 사랑받을 자격이 있을까 라고 물었었죠? 나도 결점과 허점이 많은 여자예요. 내가 가정을 제대로 이루지 못했던 것 알잖아요. 내게도 잘못이 있지 않았을까. 그래서 그동안 혼자 걱정을 많이 했어요. 나보다 젊고 좋은 여자들이 많은데, 내가 스스로 비켜나야 하지 않는가. 내가 영훈 씨에게 과연 잘할 수 있을까… "

나는 그녀의 무릎에 얼굴을 댄 채 그녀의 손을 잡아끌어 입을 맞추고 맞추고 또 맞추며 말했다.

"정말 아무 필요가 없는, 있을 수도 없는 걱정이란 건 잘 아시잖아요. 그건 저를 너무나 모르시거나, 저의 사랑을 과소평가하신 결과거나…"

그녀가 손으로 내 입을 막았다. 더 아무 말도 하지 말라는 뜻이었다. 나는 그녀의 손가락을 입안에 넣어 살짝 깨물었다.

"같이 한 주일 동안 지나고 보니, 할 수 있을 것 같기도 하고… "

그녀가 나직이 말했다. 나의 구혼을 받아들이겠다는 말과 다름이 없지 않은가.

"그동안 연습을 하신 거로군요."

내가 웃으며 말하자 그녀도 웃으며 고개를 끄떡였다. 나는 머리를 들어 그녀를 쳐다보았다. 그녀의 눈이 젖어 있었다.

"됐지요? 이젠 된 거지요? 우린 결혼하는 거예요. 그렇지요?"

그녀는 또다시 고개를 끄떡였다.

"오히려 제가 걱정입니다. 모든 걸 잘해드릴 수 있을지… "

그녀는 두 손으로 내 얼굴을 받쳐 들었다. 그리고는 얼굴을 숙여 내 이마와 볼에 입을 맞추었다. 그녀의 살냄새 같기도 한 냄새가, 분명 향수 냄새는 아닌 향긋함이, 어릴 때 우리 집 뜰에 피었던 장미꽃 향기 같은 냄새가 그녀로부터 풍겨왔다. 그것을 깊이 들여 마시다 말고 나는 자신도 모르게 허리를 펴고 그녀를 끌어안았다. 그리고 다음 순간 나는 그녀의 볼에 입을 댔다가, 그것을 곧 그녀의 입술로 가져갔다.

닿을 듯 말 듯 부드러운 접촉으로 시작된 우리의 입맞춤은, 그녀가 입을 열어 나를 받아들이고부터는 점점 더 격렬해져 갔다. 우리는 서로의 혀를 입안 깊숙이 넣고 휘저으며, 누구도 제어할 수 없는 힘과 기세로 서로가 그 안의 모든 것을 흠뻑 주고 또 빨아들였다.

나는 지금까지 그녀로부터 얻은 모든 기쁨을 철저히 확인하고 다시 맛보고, 또 확인하고 거듭 맛보고, 지난날 그녀로 하여 겪은 모든 아픔에 대한 보상을 한꺼번에 받으려는 듯 그녀 입안의 모든 것을 빨아들인 뒤, 다시 그녀의 이마와 눈꺼풀과 눈언저리, 코와 볼과 귓불과 턱과 그 아래 드러난 목 언저리를 입으로 핥았다. 하나하나 깊이 음미하며 핥고 또 핥았다.

나는 참으로 황홀한 통곡과도 같은 큰 울음을 터뜨리고 싶었다. 불쌍하고 불쌍한 너… 나는 자신을 향해 속으로 중얼거렸다. 정말 불쌍하고 불쌍한 너, 드디어 사랑하고 사랑해온 사랑하는 여자를 얻었구나… 그러나 울음은 나오지 않고 자꾸 웃음이 나오려 했다.

울음은, 들릴 듯 말 듯한 울음소리는 오히려 그녀로부터 나오고 있었다. 볼을 타 내리는 눈물로 그녀가 울고 있음을 안 나는 가슴이 막혀오는, 아픔이 아닌 더할 나위 없는 기쁨을 맛보았다. 그녀의 그 눈물은 그녀 스스로를 위한 눈물이 아니라, 불쌍하고 불쌍한 나를 기쁘게 해주고, 그럴 수 있게 된 것이 기뻐 흘리는 눈물임을 내가 느낄 수 있었기 때문이었다. 나의 뜨거운 숨결을 고스란히 받으며 그녀는 또 나직이 말했다.

"내가 그렇게 좋으면… 영훈 씨, 날 마음대로 해요. 마음대로…"

나의 끊임없는 입맞춤으로 평형을 잃은 그녀의 몸이 소파 등에 비스듬히 기울어지면서, 두둑한 그녀의 가슴이 절로 내 얼굴에 와 닿았다. 나는 얼굴로 그것을 문지르며 한 손으로 그녀 가슴을 가린 블라우스 앞자락의 단추를 풀기 시작했다. 단추가 쉽게 풀리도록 몸을 숙이려던 그녀는 그 동작을 멈추고 다시금 나직이 말했다.

"여기서는… 안 되겠어요. 우리 안으로 들어가요."

그녀의 눈엔 아직도 물기가 남아 있었으나, 내게 웃음을 지어 보인 얼굴은 그럴 수 없이 평온하고 밝았다. 나를 이끌고 침실로 들어선 그녀는 뒤로 묶었던 머리를 풀며 말했다.

"나 옷 벗을게요."

그녀는 나를 향해 서서 블라우스를 벗고 스커트를 내렸다. 그녀의 눈부신 하얀 몸이, 우뚝 솟은 가슴과 다리 사이 깊은 곳만 살짝 가려진, 그녀가 옷을 입고 있을 때는 상상하지도 못했던 풍만한 몸이 나를 황홀하게 했다. 이 세상의 그 어떤 아름다운 풍경도, 그 어떤 매혹적인 대상도 그녀의 저 몸처럼 아름답고 매혹적이지는 못할 것이다.

그녀가 손을 내밀며 말했다.

"영훈 씨에겐 아무것도 아까울 게 없어요. 날 가져요. 모두 마음껏 가져요. 자…"

나를 침대로 이끈 그녀가 먼저 그 위에 반듯이 누웠다. 그리고 눈을 감고 나를 기다렸다. 이제부터는 내가 그녀를 이끌 차례였다. 나는 옷을 벗고 그녀의 옆에 누워 그녀의 가슴과 다리 사이의 가린 것을 벗긴 뒤 그녀를 부드럽게 감싸 안았다. 그녀의 살냄새가,

향긋함이, 장미꽃 향기 같은 냄새가 더욱 짙게, 물씬 풍겨왔다. 그와 함께 높아지는 그녀의 숨소리가 마치 기쁨을 토해내듯 더욱 높아져갔다.

그녀를 갖는다는 것은 무엇인가. 내게 있어 그녀를 모두 마음껏 갖는다는 것은, 단순히 그녀와 성관계를 할 수 있음을 뜻하는 게 아님은 두말할 나위가 없다. 그것은 그녀의 모든 것을 말한다. 그녀 몸의 모든 것을, 머리끝에서부터 발끝까지 그 안의 모든 것을 만지고 쓰다듬고 입 맞추고, 또 삼킬 수는 없으므로 깨물고 빨고… 그러기를 언제나 되풀이하고 되풀이할 수 있음을 뜻한다.

내게 있어 그녀를 모두 마음껏 갖는다는 것은, 지금 이 순간의 그녀뿐만이 아니라, 내가 아는 그녀의 지난날과 그녀가 맞을 앞날의 모든 것이 송두리째 나의 것이 되고, 또 모든 것을 나의 것으로 함을 뜻한다. 그리고 그녀 생각의 크고 작은 모든 것, 그녀 마음의 자디잔 부스러기까지도 모두 나의 것으로 삼음을 뜻한다.

아니 나에게 있어 그녀를 모두 마음껏 갖는다는 것은, 그 이상의 모든 것을 뜻한다. 나는 이 세상에 태어나 그녀를 만난 것을, 그녀를 알게 된 것을 무엇보다도 가장 큰, 그리고 최상의 기쁨으로 여겨왔다. 만약 그녀가 없었더라면, 불우한 가정적인 배경으로 하여 아직도 슬픔 속에서, 세상을 한탄하며 하루하루를 보내고 있을지도 모르는데, 그러한 그녀를 얻고 마음껏 갖는다는 것은, 바로 그 뒤에 죽어도 좋은, 그래야 한다면 그래도 좋은, 얼마든지 그럴 수 있는, 내게 있어서는 삶 그 자체였다.

나는 그녀의 몸을 부드럽게 감싸 안았던 팔을 풀고, 먼저 그녀 몸의 모든 것을, 머리끝에서 발끝까지 그 안의 모든 것을 만지고 쓰다듬고 입 맞추고, 또 삼킬 수는 없으므로 깨물고 빨고 그러기를 되풀이했다. 그녀의 볼과 입술과 입안의 모든 것은 조금도 달치 않으면서 이 세상의 그 어떤 단 것보다도 달았고, 무어라고 표현할 길이 없는 그 맛은 이 세상의 그 어떤 맛있는 음식보다도 맛이 있었다.

그녀의 가슴은, 지난 두어 해 동안 꽁꽁 싸매고 있었을 젖가슴은, 그래서 더욱 팽팽하게 솟아오른 두 젖가슴은, 그사이에 내 얼굴을 묻을 수 있을 만큼 풍부했다. 나는 마치 어린아이가 엄마의 젖을 만지듯이 만지고, 또 그것을 입안에 넣어 빨듯이 빨았다. 그것을 남에게 뺏기지 않고 내가 이처럼 듬뿍 가질 수 있다는 것은 얼마나 기쁘고 흡족한 일인가. 나는 이루 말할 수 없는 기쁨과 흡족함을 좀 더 오래 누리기 위해 만지고 빠는 일을 되풀이하고 또 되풀이했다.

그녀는 내가 하는 대로 아무런 거부의 몸짓 한번 없이 다 받아들이고, 또한 모든 것을 내게 내맡기고 있었다. '거부의 몸짓 없이' 가만히 받아들이기만 하지 않았다. 만지든 빨든 내가 원하는 대로 나의 어떤 동작도 내가 쉽게 할 수 있도록 몸을 움직여 나를 도왔다. 그녀는 내가 원할 때 자신의 숨소리를 한껏 높이며 더한 기쁨을 내게 주고, 그녀 또한 그 기쁨을 나누어 가졌다.

그녀는 내게 모든 것에 대해, 성적 기쁨의 마지막 단계에 이르러서까지도 너그럽고 너그러웠다. 그녀의 다리 사이 그 깊은 곳에 내 손이 가고 입이 닿자, 그녀는 부끄러운 듯 잠시 다리를 오므리다 말고 더욱 넓게 열어 주었다. 이미 매끈거리는 물기가 흠뻑 고인 데를 내 손과 입이 깊게, 그리고 짙게 만지고 빨기를 되풀이하는 동안 그녀는 스스로의 기쁨을 소리 낮춰 토해내면서, 두 손으로는 내내 내 얼굴과 머리와 등을 어루만지고 쓰다듬고 쓸기를 거듭하고 있었고, 이윽고 내가 온 힘을 다하여, 그리고 열성을 다하여 내 모든 것을 그녀의 깊은 곳에 터뜨리고 쏟아 넣자, 그녀는 그것이 아무 데도 빠져나가지 않도록 내 몸을 힘껏 끌어안으며 고스란히 그 모든 것을 자기 몸 안으로 받아들였다.

얼마 뒤 나는 그녀의 몸이 식지 않도록 담요를 덮어주고, 옆에 누워 그녀를 다시 감싸 안으며 한참 만에 처음으로 입을 열었다.

"사랑해요. 지금까지보다 백 배로 천 배로 더. 지금까지 이십 년이 넘는 세월 동안 흠모하고 한숨짓고 그리워하고 사랑한 것을 합친 것보다 훨씬 더…."

그녀는 웃으며 손으로 내 입을 막았다가 금방 손을 떼고는, 거기에 입술을 가져와 살짝 댔다.

"제가 입에 발린… 거짓말을 하는 것 같아요?"

그녀는 웃음을 머금은 채로 머리를 저었다.

"아니에요. 그렇게 생각 안 해요."

그녀는 한 번 더 자기 입술로 내 입을 막았다. 내가 그다음에 한 말은 이것이었다.

"저 이젠 하숙집에 가기 싫어요. 가지 않아도 되지요?"

그녀는 머리를 끄떡였다.

"난 처음부터 영훈 씨가 아무 데도 가지 않고 여기서 지내기를 바랐어요."

"그런 뜻만이 아닙니다… 우리 이젠 결혼한 거나 다름없지요? 앞으론 떨어지지 않고 같이 있을 수 있는 거지요?"

그녀는 다시 머리를 끄떡였다. 여러 번 끄떡였다. 그리고 나서 내 가슴에 얼굴을 묻었다. 나는 그녀의 헝클어진 머리칼을 손으로 가지런히 다듬어 주었다. 그리고 곧 우리는 달콤한 잠에 빠져들었다. 깊이 빠져들었다.

다음날인 일요일 오전 나는 그녀를 따라 평창동 그녀의 부모 댁에 갔다. 그녀의 아버지는 이미 팔순을 바라보고 있는 나이였다. 소년시절 고향에서 그녀의 집에 갔다가 한두 번 보긴 했지만, 그때의 모습을 연상시킬만한 아무것도 남아 있지 않았고, 노인은 나를 기억하지도 못했다.

"자네가 내 딸을 좋아하고 내 딸이 자네를 좋아하면 그것으로 그만이지, 우리가 무엇을 더 바라겠나. 서로 위하며 잘 살게."

갓 일흔이라는 나이보다 훨씬 젊고 고와 보이는 그녀의 어머니는, 그녀 아버지의 경우처럼 그 시절 내가 한두 번 보았을 뿐인데도 꽤나 낯익고 친밀감이 느껴졌다. 내 기억 속의 옛 모습에 가까웠거나, 그 얼굴에 담긴 여진의 모습으로 그런 느낌이 드는지도 몰랐다.

그녀 어머니의 말은 좀 더 실질적이었다.

"솔직히 말해 자네가 젊은 것이 조금 꺼림칙했네만, 여진이 말을 들으니 걱정하지 않아도 되겠다 싶어 안심을 하고 있네. 그 애 상처받은 것 잘 알지? 탈 없이 아물도록 어루만져주고, 아무쪼록 마음 변하지들 말고 해로 하게. 그리고…"

그녀의 어머니는 내 귀에다 입을 갖다 대는 시늉을 하며 말했다.

"내 도움이 필요한 일이 생기면 언제든 바로 말해주게나. 알았지?"

이로써 우리의 결혼에 필요한 중요한 '절차'는 사실상 끝난 셈이었다. 그녀의 언니들이나 가까운 친척들에게는 앞으로 틈나는 대로 찾아가 인사하기로 했다. 다음에는 이승에 없는 우리 아버지 어머니와 형들에게 알릴 차례였다.

우리가 그들이 묻혀 있는 산소를 찾은 것은 그로부터 한 주일 뒤인 일요일 아침나절이었다. 우리는 전날 오후에 서울을 떠나 밤에 이곳에 도착하여 호텔에서 밤을 보냈다.

이곳에 오자고 한 건 그녀 쪽이었다. 둘이 그녀 부모 댁에 다녀오자마자 그녀가 그 말을 꺼냈다.

"우리 부모님께 인사드렸으니 영훈 씨 부모님께도 인사드리러 가야죠."

"그래야지요. 차차…"

"차차가 아니에요. 빨리 가요. 다음 주말에 갔으면 하는데요. 토요일 오후에 떠날 수 있게 영훈 씨, 시간 얻을 수 있겠어요?"

그건 어렵지 않을 것이다. 타이피스트 등 기능직들 외엔 토요일에도 늦게까지 사무실에 있어야 하는 게 보통이지만, 일이 있을 때는 먼저 퇴근할 수 있는 것 또한 불문율처럼 되어 있었다. 나는 그녀가 먼저 그 말을 해준 것을 고맙게 여겼다.

한창 벼가 무르익고 있는 들판, 예전에 우리 소유였던 논 바로 옆 좁은 길을 지나 올라온 산의 무릎께에 있는 산소. 무덤들과 주변이 깨끗이 손질돼 있어 나는 적이 마음이 놓였다. 부지런한 사촌형 덕분이었다.

지난해 여름에 들어앉은 작은형의 무덤도 이젠 제 자리를 잡아 아버지 어머니, 시신 없는 큰형의 무덤들과 어깨를 나란히 하고 있었다. 그리고 네댓 기는 더 들어앉을 만한 빈터는, 우선 장차 나와 나의 배필이 될 그녀의 유택으로 사용될 것은 정해진 거나 다름없었다. 그 나머지는 어찌 될지 나로선 지금 어떤 짐작도 할 수가 없었다.

나는 그녀에게 그와 같은 앞날의 일에 대해서는 아무 말도 하지 않았다. 아버지 어머니 무덤에 목례를 하고 난 그녀는 큰형의 무덤 앞에 이르러서는 조금 더 시간을 지체했다. 시신이 없어 소지품들을 대신 묻은 사실은 이곳에 오기 전에 이미 그녀에게 말해

주었다.

"아버지 어머니는 물론이시고, 큰형도 틀림없이 우리 둘이 이렇게 여기 같이 오게 된 것을 참으로 잘된 일로 여기고 반가워할 거예요. 전 확신할 수 있어요. 그렇게 생각하지 않으세요?"

"그래요. 나도 그렇게 생각하고 있어요."

그러면서 그녀는 내 손을 잡았다. 그녀가 작은형 무덤 앞에 섰을 때 나는 옆에서 울먹이는 소리로 중얼거렸다. 참고 있던 울음이 자신도 모르게 나오는 것이었다.

"이 세상에 태어나 얼마 되지 않았을 때부터 형벌이나 다름없는 무거운 짐을 지고, 사는 것 같지 않게 살다 간 형. 형의 그 마음을 누구도 다 알지 못했지. 아버지와 어머니조차도 몸이 온전치 못한 형을 그저 측은하게만 여기고 가슴 아파했을 뿐이었어. 형은 그 짐을 끝내 벗어 던지지 못하고 그것에 눌려 한 많은 세상을 등지고 만 거야. 나는 그런 형을 위해 아무것도 한 게 없으니 정말 무능하고 무정한 몹쓸 동생이었어. 형, 미안해. 그리고 용서해 줘. 이 담에 우리 다른 세상에서 만나 행복하게 잘 지내."

그로부터 우리가 산에서 내려와 사촌형 댁에 갈 때까지, 또 그 댁에서 잠깐 머물다 나와 서울행 기차에 올라서도 한동안 나는 거의 입을 다물고 있었다. 옛 생각에 가슴이 막혀 무슨 말을 할 수가 없었다. 그러한 내 마음을 잘 알고 있는 그녀는 내게 될수록 말을 시키지 않았다. 다만 몇 마디 나를 위로하는 말만 했다.

"지난 일들로 혼자서만 아파하지 말아요. 지금부터는 모든 것을 나와 나눠 가져요. 이젠 기쁜 일과 앞으로의 일들을 더 많이 생각해요. 우선 말예요, 영훈 씨 말대로 영훈 씨가 오랜 세월 좋아해 온 여진을, 여진이란 여자를 얻은 기쁨이 크다면, 다른 생각 말고 그 기쁨을 만끽하세요. 어떤 식으로든. 충분히 그럴 수 있어요. 그래도 되구요."

그렇다. 그녀의 말 그대로였다. 나는 내가 이 세상에 나와 그녀를 알게 되고 그녀를 만나고 그녀를 얻은 것을 내가 이룬, 내가 이 세상에서 이룰 수 있는 최고 최대 최상의 일이요, 가장 큰 기쁨이므로 그것을 그녀와 더불어 만끽하는 일이 무엇보다도 중요하다고 거듭거듭 다짐했다.

우리 두 사람이 결혼식을 올린 것은 그해 십일월이었다. 그때까지 두어 달 동안 우리는 사실상 신혼생활을 하고 있었다. 보금자리는 물론 그녀의 집이었다. 그녀는 내게 집이나 위치가 마음에 들지 않으면 다른 데로 이사 가도 된다고 했다. 이 집을 마련할 때부터 그런 생각을 했다는 것이다.
나로서는 집이나 위치가 마음에 안 들 이유가 없었다. 그녀도 부모 댁과 가까운 곳이라 하여 신경을 써서 고른 집이었다. 그녀가 좋으면 좋은 것이었다. 그리고 오래지 않아 우리는 이 집에서 살지 않게 되었다. 내가 다시 해외로 나가게 되었기 때문이었다.
우리의 결혼식은 예식이라고 할 수도 없을 정도로 '조촐'하기 그지없었다. 참석자는 그녀의 가족과 가까운 친척 등 열댓 명, 그리고 내 쪽에서는 동향의 스승 한 분과 친구, 동료직원 및 상사(국장) 한 사람씩이 고작이었다. 이들이 토요일 낮 서울 교외에 있는 호텔의 한 방에 모여 나와 그녀를 축하하고 식사를 같이한 것이 전부였다.
주례를 맡은 스승은 인사말과 주례사와 축사와 당부의 말을 겸하여 가슴 스미는 몇 마디 말을 했다.
"김영훈 군이 소싯적에 고향에서 만난 윤여진 양을 마음에 두고 오랜 세월 그리워하고 사랑을 키워온 끝에, 드디어 그를 아내로 맞는 일생 가장 복되고 성스러운 행사를 갖게 된 지금, 가까이서 멀리서 군을 지켜 보아온 한 사람으로서 그 기쁨을 여러분과 함께 나눠 갖고자 합니다. 이제 한 마음 한 몸으로 세파를 헤쳐나가는 험난한 길에 선 젊은 두 남녀를, 앞에서 당기고 뒤에서 밀고 옆에서 격려하는 일은 이들을 아끼는 모든 사람들의 몫이 되었습니다. 원컨대 여진 양, 부모와 함께 두 형마저 저세상에 보내고 혼자 외롭게 지내온 영훈 군을 아내로서 받들고 친구로서 조언하고, 또한 누나나 어머니의 손길로 어루만져 주오. 그리고 영훈 군, 부모님의 귀한 딸자식이요, 언니들의 귀여운 동생인 여진 양을 더욱 사랑하고 감싸고, 더불어 따뜻하고 화목한 가정을 이루는 일에 성심을 다하시오."

남은 이야기

내가 미국에 처음 파견된 것은 우리가 결혼한 지 일 년 조금 못 된 다음 해 가을이었다. 나의 첫 근무지는 한국 교민들이 막 크게 자리를 잡기 시작한 로스앤젤레스였다. 거기서 나는 처음 얼마 동안 혼자서 지내지 않으면 안 되었다. 만삭이어서 나와 동행할 수 없었던 아내 여진은 출산 후 몸이 완전히 회복될 때까지 친정에서 지냈다. 출판사는 그녀가 임신 사실을 알았을 때 그만두었다.
그때 나는 가을부터 겨울을 거쳐 봄에 이르는 반년 가까운 기간을 그녀와 떨어져 있었다. 그동안 나는 매일, 하루도 빠짐없이 그녀에게 전화를 했다. 그녀가 틀림없이 집에 있는 서울의 아침 시간, 일곱시에서 여덟시 사이에 맞춰 낮 두시에서 세시에 하는 게 보통이었는데, 내 사정으로 그 시간을 놓치면 서울의 밤 시간

(열시에서 열한시)인 이른 아침(다섯시에서 여섯시)에 했다. 그녀도 그 시간에 내게서 전화가 올 줄 알고 일어나 있거나 자지 않고 기다렸다.

별일 없이 잘 지냈는지, 하루를 어떻게 보냈는지, 나는 아무 탈 없이 할 일 다 하고 있다, 이쪽 걱정은 하지 말고 날씨도 불순한 계절인데 특히 몸조심하라, 보고 싶다, 만날 날이 빨리 왔으면 좋겠다… 전화로 그녀에게 매일 같은 말을 반복해도 마음은 언제나 새로웠고, 그녀에 대한 정이 샘솟듯 솟아올랐다.

"식사 절대로 거르지 말아요. 집에서 적당히 만들어 먹거나 햄버거 같은 것으로 때우려 하지 말고 맛있는 것 자주 사 먹어요. 월남에서 혼자 지낼 때와는 다르다는 것 알죠? 나 집에서 잘 먹고 편히 지내고 조심하고 있으니 걱정 말아요. 밖엔 별로 나갈 일도 없어요. 나도 보고 싶어요."

그녀가 하는 말 또한 매일 비슷하긴 해도, 들을 때마다 나는 나에 대한 그녀의 넘치는 사랑을 확인하고 또 확인할 수 있었다.

그렇게 하루도 빠짐없이 전화를 하면서도 나는 한 주일에 한 번씩 그녀에게 꼭 편지를 했다. 전화로 하기 적당치 않는 말을 대개 편지를 통해 하는 것이지만, 전화로 했던 말도 나는 하고 또 하곤 했다. 그런데도 그런 일들이 내게는 지극히 자연스럽고 너무나 당연하게 여겨질 뿐, 조금도 어색하거나 지루하지 않았다.

…. 여긴 더운 사막성 기후대에 속해 햇빛이 강하고 많아서 늘 기온이 높아요. 월남처럼 찌는 더위가 아니어서 견디기는 한결 쉬워요. 날씨가 그래서 한국에선 특정 계절에만 피는 꽃들도 여기선 일 년 내내 볼 수 있지요. 올햇 서울에 추위가 빨리 온다는데, 이곳의 따뜻한 햇볕을 갖가지 고운 꽃들과 함께 듬뿍 보내고 싶군

요. 잘 지내시는 줄 아니 걱정은 하지 않지만, 몸이 무거워 너무 힘들지는 않으신지 마음이 몹시 쓰입니다. 그리고 너무 보고 싶으니 어떻게 하지요?

아이가 태어난 뒤에는 두 사람의 전화 말이나 편지글에서 자연히 아이 이야기가 상당 부분을 차지하게 되었다. 그리고 아이로 하여 더욱, 아이에게 기울이는 그만큼의 사랑과 정성과 관심이 서로에게서 떨어져 나가는 것이 아니라, 아이로 하여 상승작용을 일으켜 더욱 두터워져 갔다.

드디어 그녀가 넉 달 된 아이를 안고 로스앤젤레스 공항에 도착하던 날, 나는 아침 일찍 잠이 깨면서 안절부절을 하지 못 했다. 내 신경이 곤두서있었던 것은 지난밤 자정께부터였다. 서울은 오후 다섯시, 그녀가 아이와 함께 탄 비행기가 김포공항을 출발한 시간이었다.

내가 그녀로부터 곧 공항으로 떠난다는 전화를 받은 것은 그세 시간 전인 밤 아홉시 조금 지나서였다. 그때만 해도 제법 덤덤한 기분이었는데, 시간이 갈수록 점점 불안해지더니 자정이 되어 '이제 비행기가 이륙했겠군' 하는 생각과 함께, 갑자기 머리가 쭈뼛거린다고 할 정도로 조마조마해져서 아무리 잠을 청해도 잠은 오지 않았다. 거기다가 서울에서 온 전화 때문에 잠이 완전히 달아나 버렸다.

그녀의 아버지였다. 공항에서 그녀를 배웅하고 집으로 돌아와 그녀가 예정대로 떠났음을 알리는 전화였다. 한시였다. 나는 그 뒤 한참 동안 방 안을 오락가락하며 서성이다가 새벽녘에야 겨우 눈을 붙일 수 있었다. 그러나 그것도 몇 시간에 지나지 않았다. 나는 다섯시도 되지 않아 잠을 깬 것이다.

서울시간으론 밤 열시, 그녀가 아이와 함께 공중에서 다섯 시간을 보냈다. 지금쯤 그들을 태운 비행기는 날짜변경선 가까운 태평양의 어두운 상공을 날고 있으리라. 비행기 안에서 잠은 잘 자고 있을까. 멀미는 하지 않는지. 만약 뭔가 잘 못되기라도 한다면… 나는 벌떡 자리에서 일어났다.

아무래도 마음을 진정시킬 수가 없었던 나는 서울 그녀의 친정집으로 전화를 했다. 그녀의 어머니가 전화를 받았다. 할 말이 없어 '아직 주무시지 않으셨군요… 그냥 전화를 했습니다… 지금 한창 오고 있겠지요?' 하니, 그제야 사정을 짐작한 장모는 '걱정이 돼서 전화했구먼. 마음 놓고 있게. 자네 안사람과 아들 녀석 무사히 잘 갈 거야. 도착하는 대로 전화하게나.'하고 나를 안심시켰다.

그런데 나는 그로부터 일고여덟 시간이 지나, 로스앤젤레스공항 승객 출구로부터 아이를 안고 활짝 웃으며 나오는 그녀를 보자, 지금까지 무슨 일이 있었느냐는 듯 순식간에 모든 먹구름은 사라지고 내 마음이 활짝 개었다.

그녀의 아름다운 모습을 보고 또 보아온 내게도, 그녀의 모습이 그때처럼 아름답고 크게 보인 적이 없었다. 나는 사람들 틈을 헤치고 그녀에게로 달려가, 그들이 보건 말건 아이와 함께 그녀를 한참 동안 얼싸안고 있었다. 그때의 감격은 내 마음과 가슴과 머릿속에 각각 깊이 박히고 크게 한 자리씩 차지하여, 세월이 흘러도 조금도 덜함이 없이 나는 언제나 그것을 생생히 되살릴 수 있었다.

삼 년 뒤에 둘째 아이를 낳을 때도 우리는 넉 달 동안 떨어져 있지 않으면 안 되었다. 그때 나는 호주의 캔베라에 있었다. 예정일 한 달 전에 큰아이를 데리고 서울로 간 그녀는 출산 후 충분히 쉰 뒤에 내게로 왔다. 두 번째라 첫아이 때처럼은 아니라 해도, 그녀의 나이로 보면 늦은 출산이어서 몹시 걱정이 되었다. 아무 탈 없이 아이를 낳고 다시 그녀의 건강한 모습을 보았을 때, 나는 벅찬 기쁨과 함께 얼마나 대견스러웠는지, 그녀가 위대해 보이기까지 했다.

그 뒤에도 우리는 여러 번 떨어져 있었다. 몇 해 만에 근무지가 바뀌고, 그 사이사이 서울 본부에서 일하다가 나가기도 해서, 내가 먼저 가서 자리를 잡는 게 여러모로 간편했고, 아이들을 보살펴야 할 그녀를 위해서도 그편이 좋았다. 또 그 뒤엔 서울에서 학교에 다니는 아이들 때문에 그녀 혼자 아이들한테 가서 몇 주일 또는 한두 달 머물다 내게 오곤 했던 것이다.

그러고 보면 그녀와 함께한 나날은 그녀를 그리워하고 기다리며 산 나날이었다 해도 그리 지나친 말은 아니다. 예전에 오랫동안 집을 떠나 외지에까지 나가 막노동 일을 하면서 가족을 그리워하고, 아내와 아이들을 만날 날을 고대하고 고대했던 아버지의 심경을 나는 그제야 이해할 수 있었다. 더구나 아버지 때는 길어 몇 주일씩 걸리는 편지가 유일한 통신수단이 아니었던가.

아이들이 중고등학교에 들어갈 무렵부터 서울에 몇 차례 잠깐씩 와 있던 때를 제외하고, 줄곧 미국 여러 곳에서 일했던 한동안은, 나로선 가족과 가정을 가진 행복과 기쁨을 마음껏 누릴 수 있었던 기간이었다. 사실상 절해고도나 다름없는 낯선 외국에서는 가족밖에 없어, 서로를 묶은 끈은 더욱 강해져 갔다. 내게는 가족이 전부였고, 내게 나 자신의 가족을 갖게 해준 그녀 또한 나의 전부였다.

그녀에게도 미국에서 보낸 그 기간은 또 다른 면에서 뜻 있고 보람 있는 나날이었다. 나와 아이들을 뒷바라지하는 틈틈이 그녀는 가는 곳마다 적당한 장소를 빌려 한국 이민자 자녀들에게 한국어를 가르쳤다. 그러한 봉사활동으로 그녀가 지역 한인단체로부터 받은 감사장, 감사패만 해도 여남은 개는 되었다. 언젠가 그녀는 그것들을 하나하나 들어 보이며 감회가 깊은 듯 '나의 미국생활 기록부'라고 말했다.

그렇다. 미국에서의 그녀의 생활, 그리고 나와 아이들과 함께 우리 가족들이 보낸 날들의 일을 기록하자면 또 한 권의 책이 될 수 있으리라. 그러나 이 이야기는 여기서 끝내려고 한다.

나는 집에 혼자 있을 때는 곧잘 우리 가족 앨범을 들춰본다. 그것이 내게는 큰 즐거움이다.

지금까지 수없이 보고 또 보아온 사진들. 그 앨범의 첫 장을 장식한 것은 여진과 나, 두 사람의 결혼식 때 사진이다. 둘이 나란히 서서 활짝 웃고 있는 모습을 얼굴 중심으로 확대한 것이다. 그녀도 이 사진을 좋아했다.

그 뒷장으로 아이들과 함께 사진관에서 찍은 가족사진들이 최근 것부터 몇 장 들어 있고, 이어 미국 곳곳의 풍경을 배경으로 주로 그녀와 아이들의 모습을 담은 사진들이 앨범 앞쪽을 차지하고 있다. 오래된 사진, 우리 아버지와 어머니, 그리고 형들의 사진은 뒤쪽에 더는 손상되지 않도록 특별히 잘 붙여두었다.

언젠가 이 앨범이 아이들 손에 넘어가면 앞쪽 사진들은 뒤로 옮겨질 게 틀림없다. 그때 지금 뒤에 있는 것들이 어떻게 보관될는지는 알 수가 없다. 그래도 이 가족 이야기는 계속 이어질 것이고, 이미 한편에서는 새로운 이야기가 시작되고 있다.

송상옥 작가 작품론

부조리한 삶의 구조 : 욕망과 현실 사이

이태동
(문학평론가 · 서강대 명예교수)

1

송상옥은 1938년 일본 토야마현에서 태어나 경남 마산에서 성장기를 보냈다. 그는 서라벌예술대학 재학 중이던 1959년 동아일보 신춘문예에 「검은 이빨」이 입선되고 당시 권위를 자랑하던 『사상계』지에 단편 「제4악장」과 「바닥없는 함정」(「검은 이빨」 제목 바꿈)을 발표하고 문단에 나온 후 신예작가로서 주목을 받으며 14권의 창작집을 내놓을 정도로 활발한 창작활동을 했다. 그가 이렇게 일찍이 남다른 작가적인 재능을 보이며 활발하게 작품 활동을 해왔으나 독자들의 기억 속에서 멀어지고 있는 것은 두 가지 측면에서 생각해 볼 수 있다. 하나는 그의 작품이 모더니즘 경향을 띠고 난해하기 때문이다. 우리는 세계에서 그 유래를 찾아볼 수 없을 정도로 민족주의적인 의식이 강할 뿐만 아니라 그동안 대중문화가 지배하는 시대에 살아왔던 것이 그에게 큰 부담으로 작용할 수 있었을지도 모른다. 프랑스 철학자이자 극작가인 가브리엘 마르셀이 "현대 사회에서 대중으로 안 태어난 것이 비극의 시작이다"라고 말한 것은 그에게도 적용될 수 있기 때문이다.
 그의 작품이 우리들의 눈에 오랫동안 두드러져 보이지 않았던 또 다른 이유는 그가 1981년 조국을 떠나 광대한 대륙인 미국으로 이민 아닌 이민을 가서 모국어의 영역에서 벗어난 상태로 오랜 세월을 이방인으로서 소외된 유랑의 삶을 살았기 때문이다. 그는 90년대 중반에 귀국을 해서 서울에서 다시 정착을 시도하며 문학과 대결하는 정신으로 창작집 『광화문과 햄버거와 파피꽃』을 출간했었지만 다시 미국으로 돌아가야만 했었다. 그가 마지막으로 발표한 이 창작집은 뿌리 뽑힌 작가로서의 그의 번민과 갈등을 처절하게 그리고 있다.
 송상옥의 대표작에 속하는 초기 작품들은 '의식의 흐름'과 상징적 이미지에 의한 소설 구성, 그리고 감정을 완전히 배제해버린 환상적이고 희화적인 스타일로 써졌기 때문에 일반 독자들이 그의 작품세계를 접근하기란 그렇게 쉬운 일이 아니다. 만일 우리들이 그의 작품 세계의 주제를 형상화하기 위해 사용한 소피스티케이트한 상징적 이미지와 치밀하게 설계된 소설 구조를 있는 그대로 올바르게 파악하면, 그의 '소설의 집'에서 새로운 의미와 가치를 발견하게 된다. 송상옥이 미국으로 건너가기 전, 그러니까 그의 작가 생활 전반부에서 집요하게 추구해온 주제는 부조리한 인간 조건 내지 상황이다. 그가 이러한 주제를 택하게 된 것은 그가 작가 생활을 시작했을 때 지구촌은 물론 우리 문단을 지배하고 있던 카뮈를 비롯한 프랑스 실존주의 사상에 세례를 받았기 때문일 가능성이 크다.
 그런데 송상옥의 초기 작품 세계를 이해하는 데 무엇보다 필요한 것은 『바다와 술집』 등에서 볼 수 있는 바와 같이 바다의 이미지이다. 그는 한때 자신의 소설 속에 바다를 많이 그린 연유를 다음과 같이 썼다.

　내가 처음으로 바다를 알게 된 것은 다섯 살이나 여섯 살이었을 때였다. 맑은 날 집 부근의 언덕에 오르면 멀리 바다가 보였다. 그러나 바다가 너무 멀리 있었던 탓인지, 혹은 내가 너무 어렸기 때문이었는지 바다에 가본 적은 한 번도 없었다. 내게 있어서 그 바다는 하늘에 떠 있는 구름조각처럼 도저히 접근 불가능한 것으로 여겨졌을 뿐이다. 여덟 살이었을 즈음, 나는 또 다른 바다를 건너와 이번에는 바로 바닷가에서 살게 되었다. 십여 년 동안 줄곧 여기서 살면서 자유로운 거의 대부분의 시간을 바다에서 보내곤 했다. 그러나 이때의 바다 역시 내게 가져다준 것이나 나한테서 가져간 것은 아무것도 없다고 생각했다. 바다는 언제나 내 앞에서 출렁이고 있을 뿐이었다. 이제 바다를 떠나온 지 십여 년이 지난 지금은 어떤가. 지난여름에는 참 오랜만에 기차를 타고 여덟 시간쯤 기차 속에서 바다를 그리다가 기차에서 내려 물씬 풍기는 바다 냄새에 혼자 껑충껑충 뛰다 말고 곧장 바다로 달려가서 미친 사람처럼 풍덩 빠졌었다. 그런데 다음날, 나는 쫓기듯 기차를 타고 만 것이다. 그리고 지금은 다시 매일 밤 꿈결에 파도 소리를 듣고 있다.

　이상하게도 나는 바다에서 집념이 강하게 느껴질 때일수록 좋은 소설을 쓰고 싶어진다.(「바다에의 집념」, 「13인 단편집」, 신구문화사, 1979년, 545~546면) 송상옥이 일찍이 '바다에의 집념'에 대해 이렇게 고백한 것은 얼핏 들으면 대단히 평범한 담론 같지만, 이것은 그의 작품 세계의 주제뿐만 아니라, 구성을 상징적으로 조명해 주고 있다. 여기서 그가 언급하고 있는 바다는 그의 소설 가운데 빈번히 나타나는 '바다'처럼 죽음과 삶이 동시에 일어나는 신화적인 곳에 대한 원형적인 이미지의 역할을 하고 있는 듯하다.

어릴 때부터 바다를 그리워하는 것은 그가 태어나는 순간에 떠나온 생명의 근원인 '형이상학적인 고향에 대한 그리움'으로써 프로이트가 말한 이른바 죽음에 대한 무의식적인 갈망과 같은 인상을 짙게 나타내고 있다. 그러나 그가 어른이 되어 바다를 그린 나머지 기차를 타고 가서 바닷물에 빠졌다가 다시 쫓기듯이 기차를 타야만 하는 것은 존재의 구조적인 변화에 대한 신화적인 상징을 구성할 수 있다. 즉 바다에 뛰어 들어가는 것은 죽음인 동시에 새로운 탄생을 위한 세례와도 같은 것으로써, 새로운 삶의 시간을 상징하는 기차의 이미지와 이어지고 있다. 먼저 그의 작품에 나타난 바다의 이미지가 어떻게 사용되었는가를 살펴보자. 바다는 생명의 근원인 섹스의 뿌리와 관계된 생의 모순된 현상학과 일치된 양상을 보이면서 그의 작품 세계 전반에 걸쳐 나타나고 있다. 이를테면 『바다와 술집』에서 화자(금)인 주인공의 누나가 옷을 찢기고 바닷물에 몸을 던져 자살하는 것은 그녀가 바닷물에 몸을 적신 이후였다. 주인공은 누나가 어느 사내에게 짓밟힌 것을 슬퍼하면서도 아이러니컬하게도 바다로 뻗은 하얀 길 위에서 다른 여인을 만나자마자 그녀를 누나처럼 짓밟아버린다. 이러한 그의 행위는 누나의 죽음에 대한 반항일는지도 모른다. 그는 또 길 위에서 방황하며 여러 사람에게 무서운 폭력을 행사한다. 드디어 그는 자기가 가는 길에 여자가 나타나면 환상 속에서지만 돌멩이로 그녀를 살인까지 한다. 그 후 그가 지나온 들판에서 어느 여자가 누구의 돌에 맞아 죽게 되자, 그는 살인 혐의를 받게 되어 어두운 감방에 투옥되어 심한 고통을 받으면서 순간적인 자유나마 갈망한다. 이 작품에서 누나가 산에서 바다로 가고 싶어 하는 것은 앞에서 언급한 것처럼 자연적인 힘에 투합하고자 하는 죽음을 향한 갈망으로 해석할 수 있다. 다시 말하면, 누나가 바다에 도달하는 것은 죽음의 영역에 도달하는 것이고, 자연적인 힘의 근원을 상징하는 바다와 일치되는 듯한 섹스가 파괴된다는 것은 신화적인 의미에서 일차적인 생의 죽음을 의미하는 것이다. 그리고 주인공의 행위에서 볼 수 있는 바와 같이 남자가 여자를 파괴하고자 하는 충동 또한 바다에서 볼 수 있는 것과 같은 자연적인 힘의 발로이다. 그리고 그가 여자를 환상적으로 살해한 후 감옥에서 괴로움을 당하는 것은 여자와 관계를 한 후 신화적인 죽임을 당하는 것에 대한 상징이 될 수 있다. 여기서 환상적인 살인은 실제 살인과 물론 다르지만, 작가의 견해는 살해 의식과 살인을 동일시하고 있다. 작가 송상옥이 여기서 나타내고자 하는 것은 인간이 본능적인 힘에 지배되어 대죄를 범한 후 죽음과 같은 고통을 겪어야만 하는 부조리한 슬픈 운명이다.

송상옥에게 '현대문학상'(1968년)을 가져다준 「열병」은 이러한 주제를 보다 현실적인 문맥에서 구체화하고 있다. 이 작품의 주인공 김장성은 '성실한 공무원'이라고 말하나 두 여자가 그를 떠났고 거리에서 어느 노인을 살해했다는 혐의로 체포된다. 그의 두 번째 아내 계연이 달아나던 날, 그의 첫 번째 아내와의 사이에 난 딸 영선이가 강물에 투신자살을 하게 된다. 그가 딸의 시체를 방에다 눕혀 놓고 아내를 찾아 밤거리로 나갔을 때 추운 거리에서 어떤 사람이 돌담에 머리를 박은 채 쓰러져 있는 것을 발견한다. 김장성은 그가 몹시 추울 것이라는 순간적인 생각 끝에 자기 외투를 벗어 그를 덮어 주었다. 그런데 거리에 쓰러져 있는 그 사내가 머리에 타박상을 입은 채 죽게 되자 주인공 김장성은 사내의 살인범의 혐의를 받고 체포된다. 그가 달아난 아내를 찾으러 나갔던 날 그 사내를 만나 죽인 것은 결코 아니었다. 그러나 그는 과거에 이와 비슷한 사내를 만나 살인을 했을지도 모른다고 생각한다. 10년 전 그는 어느 추운 겨울밤 거리로 나와 어느 늙은이를 만나게 된다. 그때 그들은 산다는 것이 '무서울 때 웃음이 나온다'는 견해 때문에 서로 말다툼을 하다가 김장성은 노인을 밀어버렸다. 그는 '도처에 죄는 있으나 죄는 아무 데도 없다'고 말한 그 노인이 죽었는지 살았는지 모르고 있었지만, 그날 밤 아내를 찾아 나선 거리에 쓰러져 있는 사내를 보자 '불현듯' 그 노인이 생각나서 그가 추우리라 생각하고 외투를 덮어 준 것뿐이었다.

딸은 아내를 찾아 헤매는 아버지에게 자기는 엄마 없이도 사는데 '아버지는 왜 혼자 살지 못하는가'하며 자기는 아버지에게 필요 없느냐고 물었다. 그러나 그날 밤 딸이 속이 다 들여다보이는 계연의 잠옷을 입고 있는 것을 보고 딸을 짓밟게 되고 딸은 강물에 투신자살을 한다. 이 작품에서는 바다가 아니고 강물이 나오지만, 주인공이 아내를 찾아 거리를 계속 헤맨다는 것과 두 아내와 딸아이를 짓밟아버리고 살인 혐의로 고발을 당해 심문을 받는 것은 앞에서 논의한 작품과 주제면에서 크게 유사하다. 물론 영선이는 그의 딸이었지만 아내의 옷을 입었을 때는 보편적인 여인으로 변신한다. 그래서 작가는 두 사람의 아내와 아내의 잠옷을 입은 딸을 짓밟는 과정을 부조리한 삶의 신화적인 패턴으로 보았다.

주인공은 이렇게 부조리한 인간 조건을 처음에는 경험하지 못하고 무서운 삶의 현실을 우습다고 말하는 노인의 희화적인 말의 숨은 뜻을 이해하지 못하고 저항감 때문에 살의마저 느껴 그를 돌담에 밀어 머리를 부딪치게 만들었으나, 두 아내와 딸을 잃은 다음 밖으로 나왔을 때는 부조리하고 가혹한 인간 상황에 대해 분노한 나머지 추운 길바닥에 쓰러져 있는 사나이에게 외투를 벗어주었다. 그런데 또 다른 한편 송상옥의 문학 작품에 등장하는 여인은 어둠속을 달리는 밤 열차의 창문에 어린 얼굴처럼, 바다를 떠나온 후 밤마다 꿈결에 들리는 '파도 소리'처럼 인간이 희구하는 대상(화)이 된다. 그러나 그 여인의 잔상은 항상 그를 배반하고 있기 때문에 그는 그것에 대해 반항한다. 그래서 송상옥 소설 문학은 신(神)이 인간에 부여했을지도 모르는 허위적인 영상을 거부하는 반항의식과 파괴적인 본능이 결합되어 나타나는 현상을 보인다. 그래서 대부분 그의 작품들은 「투시도」가 압축되어 소설 구성으로 보여주고 있는 것처럼 인간이 추구하고 있는 잔상의 실체인 여자가 대단히 허위적이고 무섭지만 또한 웃지 못 할 희극의 대상이 된다는 것을 반항과 후회 그리고 연민을 통해 전음계(준급)로 나타내고 있다.

2

그러나 송상옥 문학이 존재의 부조리한 구조에 대해 반항하기 위해 파괴적인 폭력행위를 끝까지 계속하게 되었다면, 이른바 '도덕적인 리얼리즘'의 차원에서 문제점이 없지 않았을 것이다. 그러나 그는 『흑색 그리스도』에서 이러한 문제를 훌륭하게 극복하고 있다. 송상옥이 그의 첫 창작집을 내면서 그 제목을 『흑색 그리스도』로 정한 것은 다른 의미가 없고 수록된 다른 어떤 작품의 제목을 붙인다고 해도 좋을 것이라고 말한 것은 다른 작품이 이 작품과 유사한 주제를 가지고 있다는 뜻이 되겠다. 그의 대표작이자 그의 문학 세계를 나타내는 표상(emblem)이 되고 있는 이 작품은 그 제목이 말해 주듯이 존재의 모순된 구조에 대한 인간의식 때문에 신의 빛과 그 존재를 부정하는 흑색 그리스도의 세계이다.

이 작품은 치밀한 구성, 상징적인 작품 배경, 다층적인 의미를 포함하고 있는 탁월한 이미지. 그리고 주제를 유기적으로 반영하고 있는 하드보일드한 개성적인 언어 등으로 특수성을 보편적으로 확대시키는 탁월한 예술을 창조하고 있다. 앞에서 논의한 다른 작품의 경우에서와 같이 자의식에 일찍 눈을 뜬 이 작품의 주인공은 형의 죽음에 심한 충격을 받고, 인간이 처해 있는 모순된 상황에 대해 회의를 하기 시작한다. 즉, 그가 처해 있는 상황은 바다가 상징하는 죽음의 유혹만이 기다리고 있는 가파른 절벽 위가 아니면 파자마 무늬의 회색빛 천장과 벽으로 둘러싸여 있는 어두운 방, 그리고 콘크리트 바닥을 가진 좁은 그의 사무실처럼 지극히 제한된 삶의 공간이다. 그래서 그는 대학을 다니기 위해 서울로 올라오기 전에 자신의 환경은 죽음과 삶의 딜레마라 생각하고 그것을 상징하는 바다와 산이 맞닿은 벼랑에 누워 무의미하고 권태로운 삶의 공간을 벗어나고자 하는 막연한 욕망에서 밝은 햇빛이 눈부시게 하는 바다에 대한 그리움과 푸른 하늘을 날고 싶은 마음에서 눈을 감고 있었다. 그러나 그는 곧 돌에서 느껴지는 차가움과 귀에 울리며 들려오는 자신의 호흡 소리로 인해 그 자신이 살아 있다는 사실을 새삼스럽게 발견한다. 그리고 이어서 그를 찾아와 이야기한 '바다보다 인간의 삶이 중요하다'는 소리를 듣게 된다. 그 결과 그는 형이 죽자 벼랑 위에 누워 있는 자기에게 흰 살을 들어내 보이며 유혹하던 형수를 자의식적인 반항과 본능적인 욕망의 복합적인 감정을 통해 냉소적으로 수용한다. 그가 산속에서 영희를 만나 쓰러뜨리는 것도 이와 같은 이유 때문이리라. 이러한 과거를 가진 그는 나이가 들어 성장함에 따라 의미 없는 생명의 연속적인 흐름과 그것을 생산하는 성(性)에 대한 남다른 자의식을 가지고 냉소적인 반항의식을 보인다. 그가 아침에 일어나 하숙집 마루에 걸터앉아 수도꼭지에서 물방울이 뚝뚝 떨어지는 것을 뚫어지게 응시하는 것은 이 작가만이 발견한 이것에 대한 탁월한 상징이다. 왜냐하면 그의 눈에 수도꼭지에서 흐르는 물은 생명의 수액을 분출하는 하나의 성적 이미지가 되기 때문이다. 또 '수인(지시)의 방'에 비유되는 그의 방 앞으로 수건으로 얼굴을 가린 힘겹고 슬픈 인간 행렬이 지나가고 있는 것을 발견한 그는 신의 무책임한 행위를 저주한다. 그래서 그는 인간 가치를 지키지 못하고 자연의 '톱니바퀴 운동'의 기능만을 한 끝에 괴로워하는 경자는 죽어야만 한다고 생각한다.

그러나 그는 이렇게 모순된 인간 존재의 조건에 대해 생각하는 동안, 그에게 탈모증을 가져오게 한 병균들이 서식하게 하는 곳이 아이러니컬하게도 생명이 탄생하는 곳이란 것을 발견하고 경악한다. 이러한 존재의 현실을 발견해 가는 동안, 그는 비록 콘크리트 사무실이라는 닫힌 삶의 공간에서 밖으로 나가고자 하는 욕망 때문에 뜰에 해당되는 다방을 오르내리며 초조한 시간을 보내지만, 인간 현실이 아닌 다른 세계를 결코 믿지 않으려고 한다. 그래서 그가 서 있지 않은 나라로부터 들어오는 통신은 전부 불안한 것이고, 결코 인간을 구원해 주려는 것이 되지 못하고 인류를 마지막 한 사람까지 파괴하려는 것이라고 생각한다. 그의 사무실에서 전화가 끊어지고 소식 올 사람이 도망가버린 사실 등은 모두 다 신(神)의 부재에 대한 아날로지이다. 또 그는 내세를 믿지 않는다는 상징으로 자기가 갈 곳은 감옥과도 같은 파자마 무늬의 어두운 하숙방밖에 없지만 화려한 동료직원의 송별회에는 송상옥의 다른 작품의 주인공이 상가를 찾아가기 싫어하듯이 참석하지 않는다. 그가 믿을 수 있는 것은 인간뿐이었다. 그래서 그는 방황하는 거리에서 도서실의 미스 윤을 만났을 때 남다른 애정을 느낀다. 그러나 여자가 그의 애정을 거절했을 때 그의 마음속에 자연적인 힘으로 인한 본능적인 물결이 일어나, 다시 연약한 사람이 되어 그녀를 짓밟아버리고 싶어 한다. 그러나 그는 그러한 충동을 인간적인 의지로 억누른 채., 아무도 기다리지 않는 하숙집으로 향해 걸어가면서 신이 이 권태로운 수렁에서 자기를 구해주었으면 하고 중얼거려본다. 그러나 그는 결코 기적은 일어나지 않는다는 사실과 예수는 흑색으로 죽어 있다는 사실을 다시 확인하듯 믿는다. 그리고 고통스러운 삶을 경멸하고 저주한 나머지 대문간에 누운 거지 노인을 학대한다. 그러나 마지막 부분에 가서 그가 하루 종일 생각해 온 문제에 대해서 깨우쳐 주는 '기적'이 살아 있는 사람들 가운데서 일어났음을 발견한다. 그가 실의에 차서 밤늦게 집으로 돌아와 자리에 눕다 말고 약을 먹고 자살을 기도한 건넌방의 경자를 업고 병원에 갔다 오는 동안 의사의 말과 함께 '산다는 것이 얼마나 소중한 것인가'를 체험으로 깨닫게 된다. 다시 말하면, 인간 상황은 모순투성이이고 황무지처럼 살벌하지만, 생명의 의미와 인간 가치가 얼마나 귀중한 것인가를 확인하고 다시금 삶을 새롭게 긍정한다. 그는 비록 생명의 현실에서 파괴 속에서의 창조라는 역설적 구조의 모순을 발견하지만, 실존적인 삶과 인간 가치의 주장은 그것대로의 값진 것이라는 결론을 얻는다. 그래서 그는 죽음을 가져오는 시간에 대해 지나치게 민감한 자신을 형의 시 구절을 생각하며 반성하고, 형이 죽을 때 처절하게 살려는 의욕을 보인 것을 외면했던 자신을 후회한다. 그리고 그는 고통 속에서 살아가는 문간의 거지를 발길로 학대한 자신을 부끄럽게 생각한다. 또 정절(H)이라는 인간의 존엄성을 버리고 본능적인 행동만을 하며 생글거리던 형수에 대해 다시금 경멸과 증오를 느낀다. 이어서 그는 도피적인 향순에게 인간을 서로 믿고 긍정하는 적극적인 태도를 요구할 것을 생각하며, 삶에 대한 영희의 적극적인 태도를 이해하고 열려진 마음으로 그녀를 받아들일 것을 결심한다. 그는 영희를 받아들이는 순간, 바다 위를 날 수 있는 것은 실존적인 현실과 자아의 절대적인 긍정에 있다는 것을 경험으로 발견하고 깊이 깨닫는다.

경자의 죽음이 그에게 가져다준 새로운 창조이다. 하느님이 만든 시계, 즉 인생이라는 이름의 시계는 항상 고장이 잘 나고 시간이 지나면 그것을 버리고 새 시계를 구해야만 하는 모순된 현실의 연속 과정이지만, 우리들은 그 틈바구니에서도 존재하지 않을 수 없는 것이다. 다시 말하면 주인공이 영희에게 말하려고 결심한 것처럼 인간과 인간 현실이 완전하고 만족할 만한 것이기 때문에 받아들이는 것이 아니라, 인간이 가진 것은 그것밖에 없고 또 그것과 더불어 살아가야만 하기 때문이다.

모순된 인간 상황 속에서 자아 발견이라는 복잡하고 신비스러운 삶의 과정을 수준 높은 상징적 이미지들로 치밀하게 엮은 '소설의 집'을 통해 극적으로 표현한 작품 『흑색 그리스도』는 어느 면으로 보나 결함이 없다.

3

그러나 송상옥이 조선일보 기자생활을 청산하고 미국으로 떠나간 후 그곳에 정착하기 위해 오랫동안 침묵을 지켜야만 했다. 그가 미국으로 건너갈 때는 그의 작품을 영역해서 세계 시장에다 내어놓을 수 있는 꿈도 꾸었다. 그러나 미국은 그가 상상했던 것과 같은 약속의 땅이 아니었다. 그래서 그는 그곳에서 작가로서의 그의 꿈을 실현하지 못하고 13년이란 긴 세월을 휴면기나 다름없이 보내야만 했다. 그러나 그것은 결코 헛된 경험이 아니었다. 인고의 세월 속에 이국땅에서 얻은 처절한 체험은 그를 한결 성숙하게 만들어 작가로서 많은 변모를 보이게 했다. 이상(추)을 닮은 듯이 어둡고 닫힌 세계 속에서 자신을 수인(지시)으로 만들었던 자의식적인 그의 과거 스타일은 쉽고 잔잔하여 넘침이 없는 서정적인 리얼리즘의 그것으로 바뀌었다. 지면 관계로 자세히 밝힐 수 없지만, '바다의 이미지'가 그의 작품세계의 전반부와 유기적으로 밀접한 관계가 있듯이, 미국에서 쓴 그의 후기 작품 세계는 '바다'의 변형처럼 그에게 황홀하게만 보였던 미국을 중심으로 이루어지고 있다. 여기서 이국땅인 미국을 '바다'의 이미지와 같은 문맥에 놓을 수 있다고 생각되는 것은 그가 '미국의 꿈' 때문에 막연히 그렇게도 동경했던 미국 생활과 실제 미국 생활 사이의 괴리가 앞에서 인용한 바다에 대한 그리움과 그가 뛰어 들어갔던 실제 바다의 현실 사이의 그것과 크게 유사하기 때문이다. 사실 그가 안정된 현실인 조국을 버리고 불확실하고 허상에 불과한 꿈을 찾아서 미국으로 건너갔던 것은 마치 '물씬 풍기는 바다 냄새에 혼자 껑충껑충 뛰다 말고 곧장 바다로 달려가서 미친 사람처럼 풍덩 빠졌었던' 것과 다를 바가 없다. 유년시절이나 젊은 시절에 바다를 마음속으로 그리워하거나 멀리서 바라다보며 바다의 물결소리를 들을 때 아름답고 황홀하게 느껴졌지만 실제로 그 속으로 뛰어 들어가 보았을 때 실제는 그의 환상과 다를 뿐만 아니라 생명마저 위협한다는 사실을 발견하고 밖으로 뛰어나왔던 경험과 깊은 관계가 있는 주제의식은 그의 초기 작품에서뿐만 아니라 후기 작품에서도 지속적으로 나타나고 있다. 차이점이 있다면 앞에서 살펴보았듯이 초기의 작품 세계는 닫힌 공간과도 같은 한국을 무대로 한 것이고, 후기의 작품세계는 열린 듯한 광대한 미국땅을 무대로 한 것이라는 사실이다. 『창작과 비평사』에서 마지막으로 출간한 그의 창작집 『광화문과 햄버거와 파피꽃』은 그의 후기 작품을 집대성한 것으로 여러 편의 단편과 중편으로 되어 있지만 핵심적인 작품들은 하나같이 그가 오랫동안 뿌리를 내리고 벗들과 함께 어울렸던 조국을 떠나 이방인(A)으로서 미국에서 지내면서 '바닥없는 함정'과 같은 생활을 하다가 정신적인 구원을 찾아 조국으로 다시 돌아와서 새로운 출발을 하고자 하는 자서전적인 경험의 궤적을 서정적인 문체로 리얼하게 그리고 있다. 이러한 사실에 대한 보편적이고 일반적인 구도는 중편으로 씌어진 「버려진 방」에 잘 나타나 있다. 현대판 율리시즈를 닮은 듯한 이 작품의 주인공은 안정된 직장 생활을 하고 있었으나, 남달리 예민한 작가적인 의식 때문에 폐쇄적인 공간에 갇혀서 늪 속으로 침몰하고 있다는 느낌을 처절하게 느낀다. 그래서 그는 현재의 위치에서 벗어나 열려진 공간에서 자신의 가능성을 실현해 보고자 하는 저항할 수 없는 욕망 때문에 신기루와도 같이 화려하게 보이는 자유의 땅인 미국으로 탈출 아닌 탈출을 한다. 그러나 중요한 것은 주인공인 '그가 조국을 떠나 태평양을 건너서 미국으로 건너간 것은 일반 이민처럼 물질적인 풍요로움을 추구하기 위해서가 아니라는 것'이다. 그것은 그의 예술적인 야망, 즉 작가로서의 꿈을 실현하기 위한 도전적인 모험이었다. 이러한 사실은 그가 초라하고 누추하게만 여겨졌던 이 땅의 좁은 공간에서 불안하고 불확실한 미래를 안고 개미처럼 일을 하다가 열려진 땅인 깨끗하고 정리된 서구 세계를 방문하고 그곳에서 본 찬란한 예술에 너무나 충격을 받았을 뿐만 아니라 정신적인 세례를 받았다는 고백으로 충분히 증명될 수 있겠다. 그러나 그가 일찍부터 발견했던 삶의 부조리한 현실, 즉 겉모양과 내적 현실 사이의 괴리에서 오는 함정을 그가 그토록 동경했던 미국에서도 발견하고 심한 갈등을 겪게 된다. 그는 미국으로 건너와서 자유롭게 살면서 시간적인 여유를 가지고 친구의 도움으로 어느 마음씨 좋은 유대계 변호사를 통해 자신의 작가적인 재능을 살릴 수 있을 것으로 믿었다. 그러나 그가 실제로 미국으로 건너와 옆방에서 사람 소리가 들릴 정도로 낡은 아파트에 머물면서 자유로운 시간을 가지고 생활을 시작했으나, 그의 미국 생활은 멀리서 또는 외면적으로 보았던 그것과는 많은 차이가 있다는 것을 발견하게 된다. 그는 마치 뿌리 뽑힌 인간처럼 되어 또 다른 늪 속으로 침몰해감을 느낀다. 왜냐하면 '예닐곱 평 남짓한 거실 겸 침실의 한쪽 벽은 거의 창으로 되어 있는 방'에서 그가 자유롭게 글을 쓸 수 있는 시간적인 여유를 가졌지만 그가 쓴 작품을 영어로 번역해서 출판하는데 큰 의미를 부여할 수 없다는 사실을 발견하게 되었기 때문이다. 그래서 그는 퀴퀴한 냄새를 맡으며 벽 너머에 있는 옆방에서 쿵쿵거리는 소리를 들으면서 그만 마음속으로 다시 고국으로 돌아가야만 된다는 것을 서서히 그러나 깊이 의식하게 된다. 그러나 서울에서 모든 것을 뿌리치고 왔기 때문에 그것을 실행하기란 그리 쉬운 일이 아니었다. 그러나 불행인지 다행인지 모르지만 그는 한국에서 그렇게도 벗어나고자 했던 '남의 일'을 다시 되풀이하게 된다. 그는 한국에 있는 어느 신문사의 지사에서 다시 일자리를 구하게 되었던 것이다. 그는 계획대로 그의 가족을 미국으로 데리고 와서 낡은 집 한 채를 사서 그곳으로 옮겨가 살게 되었으나 자유롭게 시간적인 여유를 가지고 훌륭한 작품을 쓰는 보람 있고 만족스러운 일을 하겠다는 그의 꿈은 산산조각이 났다. 그는 늘어진 신경줄을 운동 경기에 붙잡아 매어두는 일 등으로 소일하면서 소외된 지역에서 또 다른 하나의 늪 속으로 빠져들어 가는 자신을 발견하게 된다.

　작품 『흔들리는 땅』은 로스앤젤레스에서 일어난 지진 경험을 바탕으로 쓴 작품이다. 땅이 흔들리는 현상과 그에 대한 경험에 특별한 관심을 가지고 리얼하게 묘사하고 있는 것은 그것이 물리적 자연현상 못지않게 미국에서의 그의 꿈과 생활의 바탕이 무너져 가고 있음을 구조적으로 나타내기 위함인 듯하다. 그런데 꿈을 실현하기 위해 찾아온 미국에서의 생활에서마저 위협을 느끼는 것은 그가 살고 있는 집을 뒤흔들어놓은 지진뿐이 아니었다. '보복'에서 볼 수 있듯이 그칠 줄 모르는 부랑아들의 강도짓과 그것을 막고 생존권을 지키려는 한국이민자들에 대한 잔혹하고 무분별한 폭력행위였다. 그러나 가장 견딜 수 없는 것은 세월이 지나고 나이가 들면 들수록 더욱 가슴 깊이 스며드는 고국에 대한 아픔과 이끌림이었다.

그리하여 자신을 태어나게 만들어주고 또 길러준 고향땅은 물론 함께 어울려 살던 이웃과 벗들로부터 스스로 자기를 소외시키면서까지 신기루와 같은 환상을 믿고 찾아온 미국에서조차 모든 것을 뿌리치고 조국으로 돌아가고자 하는 욕망은 '기묘한 삶'과 '말과 아픔으로 시작되었다' 등의 작품들 속에 밀도 짙게 나타나고 있다.

'기묘한 삶'의 화자이자 주인공인 '그' 역시 미국으로 건너와 생계를 유지하기 위해 청소부 일을 했으나 일 그 자체보다 지나치게 피곤하고 자기 자신을 목적 없이 낭비하고 소모한다는 느낌 때문에 괴로워한다. 그래서 그는 다시금 어느 조그만 한국인회사에 자리를 얻어 몸은 다소 편한 일을 하게 되었으나 청소할 때와 꼭 같이 자기 소모를 하며 허송세월한다는 느낌을 뿌리칠 수 없다. 그는 영어 학교에 들어가 영어를 배워보았으나 그곳에서마저 말할 수 없는 소외감을 느끼게 되어 가게라도 하나 얻을까 하다가 힘든 일이지만 땅을 갈기로 결심한다. 그러나 캘리포니아에서는 여건이 좋지 못해 국경 밖에서 땅을 얻어 그곳에서 가꾼 농작물을 큰 트럭에 싣고 장장 스무 시간이 넘는 거리를 달려와 로스앤젤레스에서 파는 일을 하게 된다. 그러나 방황하는 자신의 불행한 처지를 상징하듯 큰 트럭을 몰고 프리웨이를 달리다가 자기가 하는 일에 또다시 회의를 느낀 그는 가을날 일정한 곳에 정착을 하듯 도로변에 있는 나지막한 산등성이에 올라가 고국의 산하와 어릴 때 같이 놀던 달훤이라는 벗을 생각하며 짙은 향수에 젖어 깊은 상념에 빠지게 된다. 그 후 그는 모든 것을 그만두고 가볍고 즐거운 마음으로 고국으로 돌아갈 결심을 하게 된다. 방황하는 작가 자신과 일치된 면을 보이는 듯한 「딸의 캠퍼스」의 주인공은 한국 회사의 로스앤젤레스 지사에서 십여 년 근무를 하다 휴직 상태에 있는 인물이다. 이름마저 밝히지 않는 그가 휴직을 하고 가을에서 봄에 이르는 긴 세 계절 동안 하는 일이란 아침 일찍 일어나서 집에서 약 70마일 정도 떨어져 있는 로스앤젤레스 남쪽 한 조용한 도시에 있는 캘리포니아 주립대학으로 딸을 실어다 주고 수업이 끝나면 그녀를 데리고 귀가하는 일이다. 딸을 기숙사에 머물게 하면 그 같은 일을 하지 않아도 되겠지만, 딸을 임신한 흑인 여대생을 비롯해서 도덕적으로 이해할 수 없는 다른 몇몇 룸메이트와 도저히 같이 생활하게 할 수 없어서 집으로 거처를 옮겨왔다. 특별하게 하는 일이 없는 그는 딸을 자동차로 학교까지 데리고 갔다가 집으로 데려오는 일을 반복한다. 딸이 강의실에서 공부를 하는 동안 그는 도서관에서 신문을 보기도 하고 이 책 저 책을 뒤적이며 시간을 보낸다. 그래도 그의 유일한 즐거움은 사랑하는 딸과 함께 자연 풍경이 그림처럼 펼쳐져 있는 로스앤젤레스 고속도로를 속 시원하게 달리는 일이다. 그러나 이 작품의 전편에 흐르는 감정 구조는 고독과 소외로 짙게 물든 애잔한 시정 같은 것이다. 유난히 푸른 하늘 아래 프리웨이가 하얗게 뻗어 있는 광활한 대지 위로 차를 몰고 있는 주인공이 마음으로 의지할 수 있는 것은 그가 매일 학교까지 실어다 주고 데려오는 딸밖에 없다고 생각한다. 딸이 결혼하게 되면, 적막하게 될 자신을 발견하고 가슴이 꽉 막혀옴을 느낀다.

결국 그는 『광화문과 햄버거와 파피꽃』에서 볼 수 있듯이, 미국에서의 생활이 안정되고 신기루의 부스러기가 남아 있다고 해도 그곳에서 하루하루 지내는 일이 또 다른 늪 속에서 허우적거리는 것 같다고 생각한 끝에 그곳에서 탈출을 하듯 조국으로 돌아와 서울에 '재상륙' 하는 용기를 보인다. 그러나 그가 서울에서 교두보를 확보하는 일이 그렇게 쉬운 일이 아니었다. 학생 시절 지방 도시에서 서울로 올라와 자리를 잡고 정착할 때보다 훨씬 더 힘겹다는 사실을 발견한다. 서울로 돌아와서 프리랜스로 일하면서 작가 생활을 한다는 그의 계획은 그를 도와줄 것으로 믿었던 선배와 벗들의 무관심으로 실현되기 어렵게 되었다. 그러나 그가 돌아오게 된 것은 미국으로 건너갈 때처럼 신기루와도 같은 허황된 꿈 때문이 아니라, 그것을 쫓아서 끝없이 헤매던 방황을 끝내고 현실 세계의 땅에 그 스스로를 새로이 뿌리내리기 위함이었다. 그래서 그의 어려움은 이 작품에서 묘사하고 있는 그 무덥던 그해 여름 날씨와도 같다. 그러나 그는 비록 오십대 중반의 나이지만 시골서 서울로 올라와 하숙을 정하고 공부를 하며 일자리를 찾는 젊은 대학생처럼 서울 거리를 헤매면서 어떠한 시련에 부딪혀도 결코 좌절하지 않는다. 그는 그 옛날 거닐던 광화문 거리를 걷다 말고는 서점에 들어가 그 많은 책들에 감탄하기도 하고 점심때가 되면 햄버거를 사 먹고, 또 거리를 걷다가 땀이 나고 피곤하면 우체국에 들어가 거리가 내다보이는 창 곁에 놓여 있는 의자에 앉아서 땀을 식히면서 시간을 보내기도 한다. 또 문득 생각이 나 고향에 내려가 그가 어릴 때 즐겨 찾던 바다가 메워지고 이른바 산업화 물결에 의해 그 옛날의 모습이 황폐화한 것을 보았을 때는 물론, 그가 그렇게도 그리워했던 옛 친구들마저 변해 있는 것을 보았을 때도 절망하지 않았다. 그래도 다시 찾아온 조국이, 미국에서 살던 어느 날 물이 말라 사막이 된 땅을 아내와 더불어 찾아가 자신이 처해 있던 상황이 투영된 모습을 그곳에서 읽었을 때보다는 나을 수가 있다고 믿었기 때문이다. 또한 그는 그가 미국에 있을 때 아름다운 파피꽃이 바다 물결을 이루고 있는 곳을 찾아가곤 했지만, 그것들은 그를 더 이상 유혹할 수 없다.

존재하지 않는 꿈을 좇기 위해 자신이 속해 있던 사회와 공동체로부터 자기 자신을 소외만 시켜오던 방황도 실패한 미국 이민으로서의 그의 뼈저린 경험 때문에 완전히 끝이 났다. 그는 이제 아무리 현실이 부조리하더라도 그것을 긍정적으로 수용하는 자세를 취하면서 그 위에 흔들림 없이 서 있게 되었다.

이것은 그가 귀국 후 짧은 기간 동안에 온갖 어려움과 시련 속에서도 원고지(이백 자) 5천 장 이상을 썼다는 사실로 증명되고 있다. 글은 그의 인생과 대결하면서 외로움과 고독 속에서 씌어졌지만, 그것은 그를 위해 우리의 정서가 깊게 담겨 있는 모국어의 매체를 통해서 인간과 인간, 즉 그 자신과 사회라는 공동체 간의 관계를 맺어주고 있다. 그래서 한 가지 분명한 것은 '그도 언젠가는 이곳의 방식에 휩쓸리고' 함께 더불어 살아가리라는 점을 스스로 밝히고 있다고 하겠다. 물론 이것은 그의 사실상의 첫 작품인 『바닥없는 함정』에서 발견한 주제를 구체화하기 위해 오랜 세월 방황한 끝에 힘겹게 발견한 리얼리즘의 세계이다.

그러나 이 창작집을 발간한 후 오래지 않아 그는 한번 떠난 사람을 다시 받아주지 않는 한국 사회의 냉혹한 현실을 이기지 못하고 다시 미국으로 돌아갔다. 그 후 그는 작가로서 침묵을 지키고 있지만, 그동안 많은 작품을 써왔을 것이다. 우리는 미국 이민자의 고단한 삶을 담았을지도 모르는 그의 미발표 작품을 찾아서 발표할 수 있다면, 그것은 한국 이민 1세대의 꿈과 좌절을 그린 최초의 문학적인 문서가 되어, 그것은 그의 작품세계를 정리하는 데도 큰 도움이 될 뿐만 아니라 우리 현대문학사의 지평을 넓히는데도 필요불가결할 것이다.(*)

송상옥 선생 연보

(1938 ~ 2010)

1938년   일본 토야마현에서 아버지 송용순, 어머니 김수민의 3남으로 출생. 위로 두 형과 세 누이. 아래로 누이 하나(일찍 죽음)와 남동생 하나를 둠. 해방 직후(46년) 부모 따라 한국으로 와서 경남 마산에서 자람.

1950년   6월 마산중학(구제) 입학. 2주 만에 6·25 발발. 와세다대학 출신으로 마산상업중학에서 영어교사로 재직 중이던 큰형 상종이 미군 통역으로 자원. 그해 겨울 북한지역 서부전선에서 실종됨(후에 전사로 처리).

1956년   마산고등학교 졸업. 고교재학시절 이제하, 강위석(마산고교 동기동창)과 이광석, 박현령, 김만옥 등 후에 시인, 소설가로 데뷔한 친구들과 '백치동인회'를 만듦. 그 시절 학원문학상 및 <학생신문>(서울)에 소설 입선. '문학인생' 길로 한 발 다가섬.

1958년   서라벌예대 문예창작과 입학. 창작수업. 김동리, 서정주, 박목월, 김구용 교수 등의 지도 받음. 급우들 중에 후에 문단에 데뷔한 김문수, 김민부, 김사림, 김주영, 박경용, 박이도, 박종태, 백도기, 서영수, 오재철, 오찬식, 유현종, 윤석진, 윤혁민, 이규호, 이근배, 이리화, 이창영 조대현, 조창희 천승

	세, 최선호, 홍기창 등이 있음. 11월 부친 별세.
1959년	1월 <동아일보> 신춘문예 소설 「검은 이빨」 입선. 흑백 문제가 다루어진 자극적인 소설 내용이 한미관계에 부정적인 영향을 미칠까 우려. <동아일보>에 발표 수가 없어 '당선' 대신 '가작'으로 처리됨 (당시 동아일보 문화부장이 직접 밝힘). 이 작품은 같은 해 『사상계』 9월호에 「바닥없는 함정」이라 제목을 바꾸어 발표되어 호평받음. 한편, 단편 「제4악장」이 『사상계』 5월호에 '신인작품'으로 추천 발표됨. 단편 「밤 바닷가의 이야기」(자유공론), 「죽음 저쪽」(학생예술) 발표.
1960년	서라벌예대 문예창작과 졸업. 군복무 중 중편 「도피」(새벽), 단편 「바다 저쪽」(새벽) 발표.
1961년	5·16 직후인 6월 군에서 제대. 단편 「잠복초」(『사상계』 6월호), 「형제, 그리고 두 죽음」(『사상』계 12월 임시 중간호) 발표. (이듬해 「잠복초」 내용을 문제 삼아 당국에서 조사).
1962년	『사상계』 출신 소설가 김동립이 근무하던 국제문제연구소 (국가재건최고회의 산하 기관)에 그의 추천으로 들어감. 단편 「성바오로의 신부」(『사상계』 6월호) 발표.
1963년	단편 「짓밟힌 유산」(『현대문학』), 「마의 계절」(『사상계』) 발표.
1964년	6월 모친 별세. 단편 「어두운 날」(『세대』), 「다시 그 웃음을」 (『사상계』), 「투명도」(『문학춘추』), 「냄새 나는 사나이」(『현대문학』 10월호), 「두 친구」(『신동아』), 「추상」(『세대』 10월

호. 뒤에 「눈 오는 날」로 제목을 바꾸어 소설집에 수록) 발표.

1965년	중편 「찢어진 홍포」(『세대』), 「또 다른 세계들」(『사상계』), 「흑색 그리스도」(『현대문학』 6월호), 「묘혈」(『사상계』 10월호) 발표.
1966년	1월 <일요신문사> 기자 생활 시작. 단편 「화석」(『청맥』), 「단층」(『현대문학』), 「마로니에 주변」(『신동아』 6월호), 「하이 소사이어티 클럽」(『문학』 7월호), 「옥상에서」(『사상계』), 「귀환선」(『자유공론』 8월호), 「귀향」(『청맥』 9월호), 「38선이 이사갔다」(『시사』), 「바다와 술집」(『문학』) 발표.
1967년	단편 「어머니를 위하여」(『소설계』), 「우리 어머니를 아시나요?」(한국문인협회 발행 『한국전쟁문학전집』 수록). 「떠도는 심장」(『현대문학』 7월호), 「작은 석상」(『동서춘추』) 발표.
1968년	4월 권경자(41년 출생. 서라벌예대 동기 권영근의 누이)와 결혼. 10월 직장을 <조선일보>로 옮김. 동사 <주간조선> 기자, 문화부 차장, 월간부 부장 대우 역임(81년 2월까지). 단편 「잃어버린 동산」(『농원』), 「O양의 병실」(여성동아 5월호), 「열병」(『현대문학』 4월호), 「허깨비」(『월간문학』 11월호) 발표.
1969년	7월 아들 인준 출생. 2월 제14회 『현대문학』 신인상(현대문학사 제정. 현대문학상으로 이름 바꿈. 68년도) 수상(수상작 단편 「열병」). 단편 「말라리아 섬」(신동아 1월호), 「시계와 예수 그리스도」(『현대문학』 4월호), 「형장」(『현대문학』 10

	월호), 「천사의 집」(주부생활) 발표.
1970년	12월 딸 규영 출생. 단편 「실종」(『월간문학』 5월호), 「반신불수」(『현대문학』 6월호), 「썩은 맹장」(『세대』 6월호), 「가면주점」(『문화비평』), 「낮과 밤의 이야기」(『예술』), 「어두운 바다」(『다리』) 발표.
1971년	장편 『죽어서 말하는 여자』(주간조선 1~6월 연재. 후에 『환상 살인』으로 제목 바꿈). 단편 「비너스 작전」(『현대문학』 1월호), 「탈바가지의 얼굴」(『월간문학』 1월호), 「흉물」(신동아), 「어떤 몰락」(『현대문학』 12월호), 「유배」(『월간문학』) 발표. 장편 『환상 살인』(삼성출판사 문고 '한국현대문학전집 60') 간행(중편 「찢어진 홍포」도 같이 수록).
1972년	단편 「여배우의 결혼」(여성중앙 7월호) 발표.
1973년	단편 「겨울비」(『문학사상』 1월호), 「어떤 종말」(『현대문학』 3월호), 「유한술전」(『문학사상』 11월호), 「어떤 증상」(『한국문학』 11월호), 「아무도 오지 않았다」(『세대』) 발표.
1974년	단편 「가면 부대」(신동아 9월호), 「상가」(『한국문학』) 발표.
1975년	「어떤 수인」(『문학사상』 6월호), 「다시 귀향」(주간조선 8월 24일 자), 「장미는 피고 지고」(『소설문예』 9월호), 장편 『밤으로 흐르는 강』(<국제신보> 연재. 후에 『어둠의 강』으로 제목 바꿈). 소설집 『흑색 그리스도』(『일지사』) 간행.
1976년	단편 「병문안」(『한국문학』 5월호), 「우리들의 날」(『문학사상』 7월호), 「어떤 오후」(『한국문학』 8월호), 「어둠의 끝」(『한국문학』 10월호), 「죽어가는 사람」(『소설문예』 11월호),

「사진 한 장」(『뿌리 깊은 나무』 11월호), 「한밤중 잠 깨어」(『독서생활』 7월호) 발표. 제2회 한국소설문학상 수상(수상작 「어둠의 끝」).

1977년	단편 「작아지는 사람」(『문학사상』 10월호) 발표. 소설집 『작아지는 사람』(『일신서적』 공사) 간행. 문고 소설집 『성바오로의 신부』(『범우사』) 및 『마의 계절』(『삼중당』) 간행. 7월 첫 해외여행(대만-홍콩)
1978년	단편 「해외여행」(『문학사상』 5월호), 「목련」(주간조선 6월호) 발표. 소설집 『우리 어머니를 아시나요?』(세종출판공사) 간행. 콩트집 『토요일 아무 일도 없었다』 간행. 4월 두 번째 해외여행(일본)
1979년	단편 「허깨비춤」(『문학사상』 5월호), 「어떤 훈장」(『한국문학』 5월호), 「환상의 끝」(『현대문학』 3월호), 「벗은 혼」(『현대문학』 12월호), 「아이들」(『시문학』), 「외출」(주간조선 2월호) 발표. 장편 『어둠의 강』(한진출판사), 소설집 『떠도는 심장』(『조사』) 간행. 5월 세 번째 해외여행으로 25일 동안 미국(하와이-로스앤젤레스-뉴욕)을 거쳐 유럽(런던-오슬로-스톡홀름-코펜하겐- 암스텔담-제네바-로마-마드리드-파리) 순방. 10월 네 번째 해외방문(일본).
1980년	단편 「형」(『문학사상』 5월호), 「1981년 5월 1일」(월간조선 창간호), 발표. 장편 『겨울 무지개』 연재(조선일보 81년 중반까지). 여름, 다섯 번째 해외여행(미국 로스앤젤레스-뉴욕-워싱턴 DC).

1981년	2월 <조선일보> 퇴직. 9월 <한국일보> 미주 본사 로스앤젤레스 입사. 장편 『겨울 무지개』(『삼중당』) 간행. 단편 「산타모니카에서의 죽음」(월간조선 10월호) 발표. 미주한국일보 문예작품 공모 소설 부문 심사 맡음.
1982년	9월 로스앤젤레스에서 김호길, 전달문 시인 등과 미주한국문인협회 창립. 초대-2대 회장 역임. 단편 「어떤 시작」(『미주문학』 창간호) 발표.
1984년	단편 「쌍권총의 사나이」(『문학사상』 7월호) 발표.
1986년	미주한국일보에 1년 동안 신작 단편 발표.(「서울에서 온 손님」, 「도서관에 가는 아이」, 「비 오는 날」, 「창밖은 황혼」, 「회색의 풍경」, 「회색의 풍경 그 후」, 「장미 시들다」, 「바람소리」, 「첫 번째 고국 방문」, 「아메리카 아메리카」, 「기다리는 사람들」, 「불꽃놀이」, 「돌아나는 말」, 「두 번째 고국 방문」, 「미스터 미우라」, 「인형의 집」, 「여름이 간 뒤」, 「우리들의 날」, 「창을 열고」, 「소리」, 「꽃의 얼굴」, 「꽃의 그늘」, 「어떤 덫」, 「어떤 덫 그 후」, 「그 가을의 끝」, 「보복」, 「그로부터 7년」, 「메리 크리스마스」 등 29편). 고원, 박이문, 이계향, 황영애, 김정기 등과 6인집 『객지문학』(융성출판사) 간행.
1987년	소설집 『소리』(부제 '아메리카 통신' 전년 미주 한국일보에 발표했던 소설 중 「보복」, 「그로부터 7년」, 「메리 크리스마스」를 제외한 26편 등, 28편 수록. 『범우사』) 간행.
1988년	단편 「기묘한 삶」(『현대문학』 10월호), 「보복」(미주한국일보 발표 작품을 개작. 『동서문학』 10월호) 발표.

1990년	5월 여섯 번째 해외여행으로 로스앤젤레스를 떠나 모스코바-유럽(츄리히-프랑크푸르트-파리) 순방.
1993년	4월 미주한국문인협회 창립 10주년(1992년 9월 2일)을 맞아 협회로부터 '협회 기틀 마련한 공로(협회 창립 및 초대-2대 회장 역임)'로 공로패 받음. 12월 한국일보 미주 본사 퇴직.
1994년	7월 일시귀국. 창작 활동 중 『YBM 시사영어사』 편집위원으로 일함(1998년 4월까지). 중편 「버려진 방」(『문학사상』 9월호) 발표.
1995년	단편 「흔들리는 땅」(『동서문학』 봄호), 「말과 아픔으로 시작되었다」(『상상』 봄호) 「딸의 캠퍼스에서」(조선일보 여성지 'Feel-가정조선' 전신지 4월호), 「종이비행기」(『현대문학』 12월호) 발표. 『세 도시 이야기』 상·하 두 권(삼성당 산하 여명출판사) 간행. 12월 제5회 서라벌문학상(서라벌예술대학-중앙대예술대학 동문회 제정) 수상. 12월 제7회 미주문학상(미주한국문인협회 제정) 수상.
1996년	단편 「두 세계에 살다」(『샘이 깊은 물』 6월호), 중편 「비밀을 가진 사나이」(『현대문학 6월호)발표. 소설집 『광화문과 햄버그와 파피꽃』(미발표 표제작 등 수록.『창작과비평』) 간행. 장편소설 『들소 사냥』(『세계사』) 간행.
1997년	중편 「불타는 도시」(『21세기문학』 봄호), 중편 「라스베가스로 가는 길」(『문학시대』 전신 『시대문학』 여름호), 단편 「사람이 없는 마을」(한국소설가협회 발행 『한국소설』 가을호.

	소설집 『소리』 수록 「여름이 간 뒤」 개작). 「부르는 소리」」 (『믿음의 문학』 가을호. 소설집 『소리』 수록 「소리」 개작) 발표.
1998년	4월 서울에서 로스앤젤레스로 돌아옴. 미주중앙일보 신춘문예 소설부문 등 심사 맡음.
2000년	8월 미주한국문인협회 제13대 회장 추대(9월부터 임기 시작).
2001년	단편 「사막 구경」(중앙일보사 발행 '에너지 새천년' 8월호), 중편 「아버지의 죽음」(『작가세계』 겨울호) 발표.
2002년	1월 미주지역 한국(한국어) 문학 발전 공로로 남궁진 문광부장관 표창장 받음.(2001 – 1946호, 2001년 12월 31일자). 12월 미주한국문인협회 제14대 회장 피선 유임(2003년 1월부터 새 2년 임기 시작). 『미주문학』을 연간에서 계간으로 전환. 한국문예진흥원 지원금 승인받음.
2003년	9월 경희대-한국평론가협회 주최 휴전 50주년 기념 심포지엄에서 '미주 한국계소설에 나타난 6·25'(「순교자」에서 「여우 소녀」까지) 발표.
2004년	중편 「산장으로 가는 길」(『문학수첩』 봄호) 발표. 12월 미주한국문인협회 제15대 회장 피선 유임(2005년 2월부터 새 2년 임기 시작).
2005년	단편 「눈 구경, 또는 알래스카」(『문학나무』 겨울호) 발표. 10월 국민대 창립기념 심포지엄에서 '작가가 본 한국인의 정체성(미국)' 발표. 12월 미주한국문인협회 회장 이임. 협

	회 고문 추대.
2007년	1월 미주한국문인협회로부터 회장직 6년 재임 중 공로로 두 번째 공로패 받음.
2009년	중편 「초승달의 추억」(『문학나무』 겨울호) 발표. 미발표 장편 『순결한 여인』 및 『가족의 초상』 남김.
2010년	2월 5일 오후 6시 30분 영면(향년 73세).
2011년	유고소설집 『잃어버린 말』(『문학나무』) 출간함.
2020년	소천 10주기를 맞아 미발표 유작 장편소설 『가족의 초상』(『시산맥』)을 후배소설가들이 주축이 된 미주문인들의 후원금으로 출간함.

송상옥 선생 화보

■ 신혼시절

산다는 것은 제가 나서 자란 땅에 두 다리를 굳건히 딛고 사는 것을 뜻하지 않는가. 고향을 떠나, 자신이 영위하고 있는 삶의 터전을 떠나, 낯선 나라에 가서 대체 어떻게 산단 말인가. 자신을 키우는 토양, 자신을 보호하고 있는 울타리에서 벗어나, 자기의 둥지에서 추방된, 어디에도 마음을 붙이지 못하고, 끈 떨어진 풍선 꼴이 되어 둥둥 떠다니는, 어디엔가 혼을 빼놓고 사는 허깨비 삶이 되지 않을까…… 막연히 그런 생각이 들었던 것이다.

- 『불타는 도시』

■ 가족

■ 사모님

고속도로 다리 아래를 거쳐 고개를 넘으면 금방 지나치게 되는 게 넓게 자리 잡은 공원묘지다. 높은 담으로 가려져 있는 묘지 안은 물론 길에서는 보이지 않는다. 거기 담 저쪽에 이승을 떠난 사람들의 몸이 묻혀 있으리라는 것만 의식할 뿐이다. 그는 이곳을 지날 때마다 엉뚱한 생각을 하곤 했다. 대체 나는 이다음에 어디에 묻히게 될까. 까마득히 멀고 멀게만 여겨지는 한국하고도 남쪽 끄트머리 고향땅 부모님 산소 언저리가 될까, 그리 될 것 같기도 하고, 어느 땐 결코 그리 되지 않으리라는 생각이 들기도 했다.

■ 아들과 딸

■ 초창기 문인들

우리가 태어나서 이만큼 살아올 때까지, 우리의 사고를 지배해 온 것은 모국어다. 우리는 모국어로 생각하며, 온갖 오묘한 감정표현도 모국어가 아니고서는 불가능하다. 흔히 말하는 문학의 세계성이란 가장 '한국적인 문학'이야 말로 세계문학에 이어진다는 것을 간과해서는 안 될 것이다.

- 「미주문학」 창간호 권두언 中

■ 이민 100주년 심포지움

■ 인사말

우리가 지난 8월 협회창립 20주년 및 이민 100주년 기념 '미주한국문학 심포지엄'을 연 것은, 이러한 때 우리 자신들의 문학적 위치를 점검 정리하고, 내일의 가능성을 내다보기 위한 것이었다. 이제 우리가 할 일은 자명하다. 우리가 이룬 성과를 꾸준히 지속시켜 나가는 것이다. 그러기 위해 개개인은 열과 성을 다해 창작에 임해야 할 것이다.

- 미주문협 창립 20주년, 이민 100주년 기념 권두언

■ 미주문학상